国家出版基金项目
NATIONAL PUBLICATION FOUNDATION

王力全集　第二十三卷

龙虫并雕斋琐语

王　力　著

中华书局

图书在版编目（CIP）数据

龙虫并雕斋琐语/王力著. —北京:中华书局,2015.1
（2025.4 重印）
（王力全集;23）
ISBN 978-7-101-09980-5

Ⅰ.龙…　Ⅱ.王…　Ⅲ.散文集-中国-当代　Ⅳ.I267

中国版本图书馆 CIP 数据核字（2014）第 023580 号

书　　名	龙虫并雕斋琐语
著　　者	王　力
丛 书 名	王力全集　第二十三卷
责任印制	韩馨雨
出版发行	中华书局
	（北京市丰台区太平桥西里 38 号　100073）
	http://www.zhbc.com.cn
	E-mail:zhbc@zhbc.com.cn
印　　刷	河北新华第一印刷有限责任公司
版　　次	2015 年 1 月第 1 版
	2025 年 4 月第 4 次印刷
规　　格	开本/880×1230 毫米　1/32
	印张 12½　插页 2　字数 240 千字
印　　数	6401-6800 册
国际书号	ISBN 978-7-101-09980-5
定　　价	58.00 元

《王力全集》出版说明

王力（1900－1986），字了一，广西壮族自治区博白县人，我国著名语言学家、教育家、翻译家、散文家和诗人。

王力先生毕生致力于语言学的教学、研究工作，为发展中国语言学、培养语言学专门人才作出了重要贡献。王力先生的著作涉及汉语研究的多个领域，在汉语发展史、汉语语法学、汉语音韵学、汉语词汇学、古代汉语教学、文字改革、汉语规范化、推广现代汉语普通话和汉语诗律学等领域取得了杰出的成就；在诗歌、散文创作和翻译领域也卓有建树。

要了解中国语言学的发展脉络、发展趋势，必须研究王力先生的学术思想，体会其作品的精华之处，从而给我们带来新的领悟、新的收获，因而，系统整理王力先生的著作，对总结和弘扬王力先生的学术成就，推动我国的语言学及其他相关学科的发展，具有重要的意义。

《王力全集》完整收录王力先生的各类著作三十余种、论文二百余篇、译著二十余种及其他诗文等各类文字。全集按内容分卷，各卷所收文稿在保持著作历史面貌的基础上，参考不同时期的版本精心编校，核订引文。学术论著后附"主要术语、人名、论著索引"，以便读者使用。

　　《王力全集》的编辑出版工作，得到了王力先生家属、学生及社会各界人士的帮助和支持，在此谨致以诚挚的谢意。

　　　　　　　　　　　　　　　　　　中华书局编辑部
　　　　　　　　　　　　　　　　　　2012 年 3 月

本卷出版说明

本卷收入王力先生的散文集《龙虫并雕斋琐语》。

据张双棣先生介绍，原文集由上海观察社于 1949 年出版，1973 年香港波文书局重印。1982 年中国社会科学出版社再版，删去五篇文章。1993 年中国社会科学出版社再版，恢复了被删去的五篇文章，同时增补了十五篇文章，归为《增补拾遗》。并请张双棣和李钊祥两位先生仔细校阅，改正了其中的错字。

此次收入《王力全集》，我们以 1993 年中国社会科学出版社本为底本进行了整理和编辑，增加了《中国人和法国人》《名词的把戏》《谈科学的文学院》《岭南大学员生工友协商会议开幕词》《法语的起原及其最早的史诗》《谈谈怎样读书》《我所知道的李石岑先生》《我所知道闻一多先生的几件事》《祭父文》《"作家生活自述"特辑：王了一》《我的治学经验》《我是怎样走上语言学的道路的》《我和商务印书馆》等十余篇文章。为方便读者理解，我们将张双棣先生的《后记》一并收入。

中华书局编辑部

2013 年 11 月

目　录

新　序

　　这本小册子收集了我在 1942 年到 1946 年所写的小品文。共分五个部分：（一）瓮牖剩墨；（二）龙虫并雕斋琐语（《生活导报》时期）；（三）棕榈轩詹言；（四）龙虫并雕斋琐语（《自由论坛》时期）；（五）清呓集。1942 年，我因避敌机空袭，搬到昆明远郊龙头村赁房居住。房子既小且陋，楼上楼下四间屋子，总面积不到 20 平方米，真是所谓斗室。土墙有一大条裂缝，我日夜担心房子倒塌下来。所以我在这个农村斗室里写的小品就叫《瓮牖剩墨》。1943 年我兼任粤秀中学校长，搬回城里，住在这间中学里，房子虽然仍旧陋小，但是比龙头村那房子好多了。小院子里有一棵棕榈树，所以我在这所中学宿舍里写的小品就叫《棕榈轩詹言》。《庄子·齐物论》："大言炎炎，小言詹詹。""詹言"就是小品文的意思。

　　这本小册子由观察社编入《观察丛书》，1949 年在上海出版。印数甚少，流传不广。1973 年，香港波文书局把它重印了，事先并没有通知我。现在承蒙中国社会科学出版社予以再版。我删去了五篇，并改动了几处。又蒙张双棣同志给做注释，特此致谢。

　　　　　　　　　　　　　　　　王了一

　　　　　　1981 年 5 月 6 日序于北京大学燕南园

《生活导报》和我
（代序）

去年今日，《生活导报》第一期出版，当时我已经注意到它了。但是，我虽则注意到它，却没有感觉到它是值得注意的。尤其是当时有人对它作种种恶意的批评，更使不愿花两元钱买一张来看看的我，猜想它也不过是一种低级趣味的读物而已。后来我看见我所敬爱的朋友，如潘光旦、费孝通诸先生，都常有文章在《生活导报》上发表，就把我的错误的观念矫正过来：他们的作品里如果还有低级趣味，更有谁的作品是高级趣味的呢？

但是，除了偶然买一份消遣消遣之外，当时我和《生活导报》并没有什么关系。直到今年五月里，我从重庆回来，卧病在床，费孝通先生来看我，这时他才使我和《生活导报》建立了关系。他是《生活导报》的台柱，那时他快要到美国去了，他表示希望我为《生活导报》常写文章，并且希望我写些像在

《星期评论》和《中央周刊》发表过的《瓮牖①剩墨》一类的小品。费先生启程之后，《生活导报》的编辑又亲自来催稿子。于是我答应写《龙虫并雕斋琐语》。由"瓮牖"一变而为"龙虫并雕斋"是由自谦变为自夸。其实雕虫②则有之，雕龙③则未也。偶然想要雕龙，结果恰像古人所谓画虎不成反类狗。实在是雕龙不成反类蛇，所雕的仍旧是虫，只不过是一条"长虫"而已。

　　我开始写小品的时候，完全是为了几文稿费。在这文章不值钱的时代（依物价三百倍计算，我们的稿费应该是每千字一千五百元），只有多产才不吃亏。正经的文章不能多产，要多产就只好胡说。同是我这一个人，要我写正经的文章就为了推敲一字呕出心肝，若写些所谓小品，我却是日试万言，倚马④可待。想到就写，写了就算了，等到了印出来之后，自己看看，竟又不知所云！有时候，好像是洋装书给我一点儿烟士披里纯⑤，我也就欧化几句；有时候，又好像是线装书唤起我少年时代的《幼学琼林》⑥和《龙文鞭影》⑦的回忆，我也就来几句四六，掉一掉书袋。结果不尴不尬，连我自己也不知道是什么

---

① 《史记·秦始皇本纪》："陈涉，瓮牖绳枢之子。"孟康注："瓦瓮为窗也。"
② 比喻小技巧。扬雄《法言·吾子》："童子雕虫篆刻。"这里指微不足道的小文章。
③ 战国时，齐人驺奭记录驺衍谈天之术而成文，人们称之为雕龙奭。后用来指善于撰写文章。这里指撰写高质量的大文章。
④ 晋桓温北征，袁宏倚马前草拟文告，顷刻而成。语见《世说新语·文学》。后用来比喻文思敏捷。"日试万言，倚马可待"，见李白《与韩荆州书》。
⑤ 烟士披里纯，即灵感，英文为 inspiration。
⑥ 书名，旧时儿童读物，用四六骈体教儿童学习词藻。
⑦ 书名，旧时儿童读物，记一些历史故事来教儿童。

文体。

　　像我们这些研究语言学的人，雕起龙来，姑勿论其类蛇不类蛇，总是差不多与世绝缘的。有时一念红尘，不免想要和一般读者亲近亲近。因此，除了写一两本天书之外，不免写几句人话。如果说我们写小品文不单为卖钱，而还有别的目的的话，这另一目的就是换一换口味。这样，就是不甘岑寂，是尼姑思凡，同时，也就是不专心耕耘那大可开垦的园地，倒反跑到粥少僧多的文学界里去争取一杯羹了。

　　记得抗战以前，有一位先生署名棱磨的（至今我还不知道这棱磨是谁）在上海《申报》的《自由谈》上发表一篇谈话。大意是说：语言学是介于科学和文学之间的学问，所以难怪语言学者常常走到文学上去。但是，语言学者不要忘记他们自己的园地。当然，像《之部古读考》一类的文章是不能引起一般读者的兴趣的，但是，像王了一的《论别字》之类却是颇有贡献。语言学者如果不谈他的本行，却只知道写些幽默的小品，未免太可惜了。这一篇文章发表于《论语》[①] 最盛行的时候，显然是讽刺林语堂，其恭维我的几句话只不过是旁敲侧击的一种手段而已。假使棱磨先生现在看见了我的《龙虫并雕斋琐语》，一定长叹一声说："王了一跟着林语堂堕落了！"

　　老实说，我始终不曾以什么文学家自居，也永远不懂得什么是幽默。我不会说扭扭捏捏的话，也不会把一句话分做两句

[①]　林语堂主编的小品文杂志。

说。我之所以写《琐语》，只是因为我实在不会写大文章。我不明白为什么《生活导报》的宝贵篇幅肯让我这种胡扯的文章来占了差不多每期的八分之一。自从《生活导报》登载了《琐语》之后，可说是整个的《导报》都变了作风。所谓《生活导报》，顾名思义应该是指导人们的生活的，这几个月来，我因为每期都细细读它，每周都和它的编辑先生见面，更觉得《导报》的态度是那么严肃，编辑先生是那样诚恳，和我这种随随便便的文章太不相称了。听说费孝通先生称赞我"表演精彩"，又据说读者们喜欢看《琐语》，桂林有人转载我的文章，这一切陡然增加我的惶惑。在这几个月来的《生活导报》上，我最喜欢看的是铁谷先生的《六朝隋唐女子的化装》和闻一多先生的《端午节的故事》等等，无论从学问上说，从趣味上说，它们都胜过《琐语》百倍。《龙虫并雕斋琐语》根本说不上"雕"，因为太轻心了，太随便了。更进一步说，即使经心刻意地去雕，恐怕也雕不好，因为它的本质是朽木，非但龙雕不成，连虫也不会雕得好的。

　　不管雕得好不好，在这大时代，男儿不能上马杀贼，下马作露布①，而偏有闲工夫去雕虫，恐怕总不免一种罪名。所谓"轻松"，所谓"软性"，和标语口号的性质太相反了。不过，关于这点，不管是不是强词夺理，我们总得为自己辩护几句。世

---

① 《后汉书·李云传》："云素刚，忧国将危，心不能忍，乃露布上书。"古代称檄文、捷报一类紧急文书为露布。这里指为国家、民族之生死存亡而著文立论，大声疾呼。

间尽有描红式的标语和双簧式的口号，也尽有血泪写成的软性
文章。潇湘馆的鹦鹉虽会唱两句葬花诗，毕竟它的伤心是假的；
倒反是"满纸荒唐言"①的文章，如果遇着了明眼人，还可以看
出"一把辛酸泪"来！

　　我们也承认，现在有些只谈风月的文章实在是无聊。但是，
我们似乎也应该想一想，有时候是怎样的一个环境逼迫着他们
谈风月。他们好像一个顽皮的小学生不喜欢描红，而老师又不
许他涂抹墙壁，他只好在课本上画一只老鸦来玩玩。不过，聪
明的老师也许能从那一只老鸦身上看得出多少意思来。直言和
隐讽，往往是殊途而同归。有时候，甚至于隐讽比直言更有效
力。风月的文章也有些是不失风月之旨的，似乎不必一律加以
罪名。

　　关于这个，读者们可以说，《龙虫并雕斋琐语》里并没有什
么隐讽，只是"瞎胡调"。我也可以为自己辩护说，所谓隐讽，
其妙在隐，要使你不知道这是讽，才可以收潜移默化之功。但
是，我并不预备说这种强词夺理的话。老实说，我之所以写小
品文，完全是为的自己，并非为了读者们的利益。其中原委，
听我道来：实情当讳，休嘲曼倩②言虚；人事难言，莫怪留仙③

---

① 意思是全篇都是荒诞无稽的事。与下句"一把辛酸泪"都见于《红楼梦》第一
　　回。
② 西汉人东方朔，字曼倩，以诙谐滑稽著称。
③ 清朝人蒲松龄，字留仙，著《聊斋志异》，多记鬼狐之事。

谈鬼。当年苏东坡是一肚子不合时宜①，做诗赞黄州猪肉；现在我却是俩钱儿能供日用，投稿夸赤县辣椒（《瓮牖剩墨》里有一篇《辣椒》，极力称赞辣椒的功能，结果是被一位药物学家写信来教训了一番）。"芭蕉不展丁香结"②，强将笑脸向人间；"东风无力百花残"③，勉驻春光于笔下。竹枝④空唱，莲菂⑤谁怜！这只是"吊月秋虫，偎栏自热"⑥的心情，如果读者们要探讨其中的深意，那就不免失望了。

感谢《生活导报》给我一个发牢骚的地方，以后恐怕不免还要再发几次牢骚。这对于读者们也许是味同嚼蜡，然而对于我自己却是一服清凉散。一个刊物能支持一年是不大会夭折的。我就借这一篇"瞎胡调"的文章来庆贺它的周岁，同时恭祝它长寿。这是为公也是为私，因为《龙虫并雕斋琐语》是和《生活导报》同其荣枯的。

1942 年 11 月 13 日《生活导报周年纪念文集》

---

①　宋代费衮《梁溪漫志》："东坡一日退朝，扪腹徐行，顾谓侍儿曰：'汝辈且道是中有何物？'……朝云乃曰：'学士一肚子不入时宜。'"
②　李商隐《代赠》："芭蕉不展丁香结，同向春风各自愁。"
③　李商隐《无题》："相见时难别亦难，东风无力百花残。"
④　乐府名，也叫巴渝词，出于四川。后人模仿它作的歌咏土俗琐事的歌谣，也称竹枝词。
⑤　莲子，比喻心苦。元《妾薄命》词："不食莲菂，不知妾心。"
⑥　蒲松龄《聊斋志异·自序》："嗟乎！惊霜寒雀，抱树无温；吊月秋虫，偎栏自热，知我者，其在青林黑塞间乎！"

瓮牖剩墨

一、姓　名

姓名是专名的一种。既然是专名，就应该是一个人所独有的了；然而世界上不少同姓或同名的人，甚至名字都相同。西洋人同名的多，同姓的少；中国人却是同姓的多，同名的少。西洋人普通说出一个姓来，大家就知道是谁；中国人说出姓来还不够，往往需要姓名并举。越南人同姓的更多，最常见的只有阮、黎、李、陈、范、吴几姓，名的第一个字也往往相同，所以他们习惯上称名不称姓，例如阮文桂只称桂先生，不称阮先生。

西洋的姓和名本是同源的。许多教会里给予的洗礼名后来都变成了姓。但是大多数的姓的来源却不是由于洗礼。只有名往往是代父或代母题的，这些名差不多全是采用日历上的圣名或上古伟人的名字，所以能有无数的约翰、约瑟、杰克、阿朵尔夫、亨利、海伦、玛丽等。一般姓的来源，说来很有趣味。有些是由于原籍或出生地的名称，所以有些人姓山（译意，下同），因为来自山上；姓河，因为来自河边；还有姓谷、姓桥、姓桦树坪之类。有些是由于职业，所以有人姓商、姓匠、姓面包商、姓车匠、姓金匠、姓铁匠、姓鞍鞯匠、姓绳索商、姓木屐匠、姓磨坊主人、姓泥水匠、姓裁缝之类。更有趣的是由绰号或小名变为姓：有人姓胖、姓大、姓小、姓年轻、姓弯腰、姓竖发、姓棕发、姓蓬头、姓赭、姓白、姓黑、姓短大腿、姓独眼龙、姓驼背、姓细毛、姓小约翰、姓大约翰、姓胖约翰、甚至姓坏蛋拖油瓶；又有人姓鱼、姓猴子、姓母羊、姓梨树、姓苹果树、姓葡萄苗、姓李子、姓玫瑰。由绰号小名变为姓的原因，据说是在从前同姓同名的人太多了。譬如一村只有五六姓，每一姓就有许多约翰，许多亨利，混乱得很，于是人们不喜欢叫名字，只叫绰号，后来渐渐地绰号替代了真姓名。姓年轻的人活了八九十岁，人家仍叫他年轻先生；姓胖的儿子虽然很瘦，人家仍旧叫他胖先生；面包商的孙子做了大官，仍旧姓的是面包商。名流之中不乏其例，美国诗人郎斐罗①，直译该是长脚或高个子；去年才退位的法国总统勒白伦②，直译该是棕发先生。

　　以形为名，中国上古似乎是有的。春秋时代，郑国有公孙黑，孔子的弟子有狄黑，晋国有蔡黯。最有趣的是卫国有公子黑背；楚国有黑要（腰），又有公子黑肱；晋成公的名是黑

---

① Longfellow (1801—1882)。
② Lebrun (1871—1950)。

臀。他们说不定就是因为背、腰、肱、臀等处生着黑痣，所以得到这种名字。至于以名记事，就更多了。郑庄公是他母亲睡着的时候生的，她醒来吃了一惊，就命名为寤生。楚令尹子文是吃过老虎奶的，楚人叫奶做"谷"，叫老虎做"於菟"，而子文姓斗，所以他的姓名是斗谷於菟。直到现代，咱们还有一些以名记事的习惯，例如生于上海就以申为名，生于广西就以桂为名。抗战以后，外省人在昆明生的儿女，不少以昆为名的。依我猜想，重庆的三岁以下的小孩以庆或渝为名的，也该不在少数吧。

中国人命名爱用吉利语，也是自古而然的。无忌、无咎、无亏、无骇、弃疾、去病、千秋之类，汉以前就有了。"福、禄"一类的字是较后起的。关于寿，大家喜欢用寿彭①、鹤龄、嵩年之类；龟年本来也是美名，但是"龟"字变了骂人的术语之后，大家就避免不用了。近似于吉利语的，则有仰慕古人的字眼：泛指的有希圣、希贤、希哲等；专指的，如姓张，往往是学良、效良或希骞②；如果姓李，则往往是希纲、希泌、希白等③。

自从女子读书之后，妇女也有名字了。不知为什么，多数人喜欢用些和男子不同的名字。虽不至像越南女子一律在姓

---

① 传说中尧时有彭祖，活八百岁。
② 汉高祖有谋士张良，汉武帝时有通西域的张骞，都是历史上的名人，所以姓张的爱用学良、希骞之类的名字。
③ 宋朝有宰相李纲，唐朝有邠侯李泌、大诗人李白，这些人也都是历史上的名人，所以姓李的好用希纲、希泌、希白的名字。

下名上加一个"氏"字（如黎氏贵），但如淑贞、淑芳、兰英、静婉之类，总像是带着女性的标记。有些书香人家喜欢在《诗经》里找名字，如舜华、舜英①等，这似乎不是很好的办法，因为《诗经》中用这种字眼形容女子是不怀好意的，至少向来的解释是如此。近来风气似乎是变了，许多女学生的名字都和男学生一样了。

　　因为中国人命名喜欢用吉利或顺眼的字眼，所以姓名很容易雷同，男的不知道有多少世昌和其昌，女的不知道有多少淑贞和淑芳！即使加上姓的分别，同姓的世昌和淑贞还是不在少数。姓名雷同所引起的误会，小而至于被冒领信件，大而至于替人坐监牢，那不是好玩的。听说某先生曾接到某部长的一个电报，叫他到重庆去，他实在莫名其妙，于是覆电请问可否从缓启程，那位部长又来一个电报催促，这位先生急得没法了，再打一个电报说明自己的籍贯，那位部长才知道是误会了。这件事虽不至于坐监牢，总算是小小的麻烦，而且耽误了部长的要事，更可说姓名雷同的缺点。

　　幸亏近代以来，各家族有所谓字辈。字辈和末一字连起来不一定有意义，所以不容易和别人的雷同。只可惜字辈之中仍有许多极常见的字，如"世、其、昌、永、福"之类，和末一字凑起来，仍旧难免和别人的名字相重。新近又有一种采用外国名字的倾向，如约翰、珍妮等，这自然是很新的玩意

---

① 舜，木槿。英、华，花。《诗经·郑风·有女同车》有"颜如舜华""颜如舜英"。

儿。但是竞尚欧化的今日，我们可以断定将来这一类的名字比世昌、淑贞还更普遍。除非不用普通的译名而自创新的译名，如洪煨莲先生①；否则将来此风一盛，不难有千百个马约翰！西洋人用洗礼名是可以的，因为他们同姓的人少；咱们中国人用洗礼名是极容易雷同的，因为咱们同姓的人多。假使将来大多数的中国人都用洗礼名，恐怕只好"全盘西化"，改用"面包商、铁匠"一类的姓氏了。

为了避免雷同，有些雅人采用偏僻的名字，我本人就是其中的一个。在十五六岁时，我嫌父亲所给的名和老师所给的字都太俗，太普遍，于是自己改名为"力"，改字为"了一"。但是所谓僻名也是没有标准的。我改名不到几个月，就看见《小说月报》上有个饶了一。后来又知道《西儒耳目资》的刊行者王征别字了一道人。了一道人姓王，这有多么巧！名字古怪了，虽然不容易雷同，却有另外一种麻烦。人们看不顺眼，就会念错，曾经有一个邮差在我的门口高喊"王力先收信"（把"先生"的"先"连上念）；另一次又有一个在院子里喊"王了的电报"。前者是添足，还有可说；后者竟是刖刑！

我的名字虽是僻名②，却非僻字。若索性用了僻字，大约

---

① 当时的燕京大学的教授，名业，字煨莲，即取英文 William（威廉）的音。
② 冷僻不常用的名字。人们认为王道以德，霸道以力，而霸道是不好的，所以爱用仁德之类的字取名，不愿用"力"取名，所以说取名为"力"是僻。当时是僻名，现在已不是僻名了。

是不会和别人相重了。但是，天哪，我的名字还有人误念为王刀！试想僻字还有人念得出声音来吗？王世杰先生之被念成王世术，夏丐尊先生之被念成夏丏尊，该怨一般人认识的字太少呢，还是该怪自己用字太深？

　　中国人于姓名之外，还有一个字，这也是由来已久的。字不一定要有两个字，例如蔡公孙霍字盱、齐高齕字齜、项籍字羽、刘邦字季。就是加"子"字和"孟、仲、叔、季"之类，也可当作一个字看待。"孟、仲、叔、季、伯、子、父（甫）"等字的来源较古；"堂、廷、斋、幼"等字是后起的。表字根据经典，似乎春秋时代就有了的。陈公子佗字五父，王引之以为是根据《诗经》"素丝五紽"之句，"紽、佗"通。后代相习成风，于是名凤者字鸣岐、名琼者字子瑶之类，差不多看见了字就猜得着名。其中也有割裂得极不通的，如聚五①、立三②、绳祖③等。这种风俗，最近一二十年来似乎渐趋消灭了。青年们往往只有姓名，没有表字。因此，他们也就多数不懂称呼上的规矩④。有一个高中的学生写信给我，封面写的是王了一，信内却称王力先生。但是，有一位朋友在某机关

---

① 金木水火土五星同时出现在一方，叫做五星聚，也叫五星联珠。古人以为吉兆。

② 指立德、立功、立言。《左传·襄公二十四年》："太上立德，其次立功，其次立言。"

③ 《诗经·大雅·下武》："绳其祖武，于斯万年，受天之祜。"用绳祖取名，表示继续祖先的业迹。

④ 为表示尊敬，称呼人家不能直呼其名，而要称字。这就是当时称呼上的规矩，现在也还在用。

当秘书，同事们却又劝他取一个表字，以便称呼。青年总是和社会打成两橛的，区区称呼一事也不在例外。

实际上，一个人有两个名字，在现代，非但没有好处，并且还有坏处，常常有人知道我叫王力，还问我认识不认识王了一。这且不提。在北平的时候，有人寄钱给我，写的是王了一。我只有两个图章，其一是王力，另一是了一，银行里不许我取款，因为前者是姓合名不合，后者是名合而没有姓。结果是劝我花了一角钱在刻字摊上刻一个木印，才算办清手续！朱佩弦先生的别名比我更多，也曾遇着同样的情形。他气起来，就叫人刻了一个十几个字的图章，文曰"朱自清字佩弦，又字某某，又字某某之印"，这样才算是处处通用了。

别号和表字不同，却和现代所谓笔名是一样的东西。旧文学家之有别号，正像新文学家之有笔名。《儿女英雄传》的著者署名燕北闲人，和《阿 Q 正传》的著者署名鲁迅，只有摩登不摩登的分别而已。文学家之用笔名，不外两种原因：第一是换换新花样，第二是不让人家知道真姓名。若为的是换换新花样，那没有什么可说；若为的是隐藏真姓名，这个目的却不容易达到。世间只有捐钱修葺寺庙的"无名氏"没有人根究真姓名，否则只要人家肯调查，总会查得出来。甚至自署"废名"的，人家还会知道他是冯文炳。固然，笔名常常变换的人比较容易隐藏真姓名，但这是和文坛登龙术①相违

---

① 李白《与韩荆州书》："一登龙门，则声价十倍。"后来用登龙术说文人显荣的方法。

背的；一般人总喜欢专用一个笔名，以便读者深深印人脑筋。但是咱们须知，名字只是一个人的标记，如果天下人都只知道你的笔名，那么，从某一意义上说，这个笔名才是你的真名，而你本来的名字倒反等于完全废弃或半废弃的原名了。由此看来，笔名满天下而原名湮没无闻者，事实上等于改名换姓。改名固然平平无奇，换姓也不过等于一个招赘女婿或螟蛉女儿。人家给咱们介绍一位沈德鸿字燕宾又字雁冰的先生，不如介绍茅盾来得响亮；介绍一位谢婉莹女士，不如介绍冰心来得如雷贯耳。等到自己也肯公然承认名叫茅盾或冰心的时候，仍不失为行不更名、坐不改姓的好汉。千秋万岁后，非但真假难辨，而且弄假成真。除了研究西洋文学史的人外，谁还知道莫里哀的真姓名是约翰·巴狄斯特·波克兰，史丹达尔的真姓名是亨利·贝勒，乔治桑的真姓名是欧洛尔·杜鹏或杜德方男爵夫人呢？

1942 年《星期评论》

二、书呆子

从来没有人给书呆子下过定义。普通总把喜欢念书而又不懂人情世故的人，叫做书呆子。

　　然而在这种广泛的定义之下，书呆子又可分为许多种类，甚至于有性质恰恰相反的。据我所知，有不治家人生产的书呆子，同时也有视财如命的书呆子；有不近女色的书呆子，同时也有沙蒂主义①的书呆子。

　　依我们看来，"呆"的意义范围尽可以看得更大些。凡是喜欢读书做文章，而不肯牺牲了自己的兴趣和自己认为有意义的事业，去博取安富尊荣者，都可认为书呆子。依着这样说法，世间的书呆子似乎不少；但若仔细观察，却又不像始料的那样多。世间只有极少数人能像教徒殉道一般地殉呆，至死而不变，强哉矫②。这种人可以称为呆之圣者也。又有颇少数的人，为饥寒所迫，不能不稍稍牺牲他们的兴趣，然而大体上还不至于失了平日的操守。这种人可以称为呆之贤者也。我们对于前者，固然愿意买丝绣之；对于后者，也并不忍苛责。波特莱尔③的诗有云："饥肠辘辘佯为饱，热泪汪汪强作欢；沿户违心歌下里，媚人无奈博三餐！"我们将为此种人痛哭之不暇，还能忍心苛责他们吗？

　　书呆子自有其乐趣，也许还可以说是其乐无穷。我没有达到纯呆的境界，不敢妄拟，怕的是唐突呆贤，污蔑呆圣。但是我敢断言，书呆子是能自得其乐的。不然，则难道巢父④、许

---

①　英文 sadism，色情狂。
②　《中庸》："国无道，至死不变，强哉矫。"矫，强的样子。
③　法国诗人 Baudelaire（1821—1867）。
④　相传尧时的隐士。

由①、务光②、严子陵③、陶渊明、林逋④一班人都是镇日价哭丧着脸不成？只有冒充书呆子的人是苦的：身在黉宫⑤，心存廊庙⑥；日谈守黑⑦，夜梦飞黄⑧。某老同学新膺部长，而自顾故我依然，不免一气；某晚辈扶摇直上，而自己则曳尾涂中⑨，又不免一气。蠖屈⑩非不求伸，但是，待字⑪闺中二十年，为免"千拣万拣，拣个破油盏"之诮，实有不能随便出阁的苦衷。这种坐牢式的生活，其苦可想而见。

　　事实上，做书呆子也是很难的。即使你甘心过那种"田园一蚊睫，书卷百牛腰"⑫的生活，你的父母、兄弟、妻子，以至表兄的连襟的干儿子，却都巴望你"朝为田舍郎，暮登天子堂"⑬。苏秦奔走七国，凭着寸厚的脸皮去碰了许多钉子，固然

①　相传尧时的隐士。
②　商汤让天下给务光，务光发怒不受。事见《庄子·外物》。
③　东汉人，曾与光武帝刘秀为友，刘秀做皇帝后，便隐居不出。
④　宋朝人，字君复，隐居西湖孤山，树梅养鹤。因此人们说他以梅为妻，以鹤为子。
⑤　古时的学校。黉，音 hóng。
⑥　指朝廷。
⑦　《老子》："知其白，守其黑，为天下式。"指安于默默无闻。
⑧　神马名。《淮南子·览冥》："青龙进驾，飞黄伏皂。"这里是"飞黄腾达"的省略。
⑨　语见《庄子·秋水》，原比喻自由的隐居生活，这里指没有作官。曳，音 yè。拖着。涂，泥。
⑩　《周易·系辞》："尺蠖之屈，以求信也。"比喻人不得志。蠖，尺蠖，虫名。信，同"伸"。
⑪　字，出嫁。
⑫　蚊睫，蚊子的睫毛，比喻极小的处所。百牛腰，指书多得像百牛的腰。这两句指读书田园的隐士生活。语见周孚《赠萧光祖》诗。
⑬　见王实甫《破窑记》第一折。田舍郎，农家子。

因为他自己热中利禄，却也有几分是由于他有一个不下机的妻、一个不为炊的嫂，和一对不以为子的父母。《晋书·王戎传》里说："衍口未尝言钱，妇令婢以钱绕床下，衍晨下，不得出，呼婢曰：举却阿堵物①。"咱们知道，王衍初官元城令，累迁至司徒，岂是讨厌铜臭的人物？也许他本来就是一个假书呆子。但也有另一种可能性，就是贤内助的熏陶既久，一朝恍然大悟，于是鄙薄巢由②，钦崇石邓③，前后判若两人。由此看来，若真要做一世的书呆子，而不中途失节，古井兴波④，至少须得找一个女书呆子来做太太，那位"不因人热"⑤的梁鸿，假使没有一个"鹿车共挽"⑥的孟光来和他搭配，他究竟能够安然隐居于霸陵山吗？

抗战以来，书呆子的外界刺激确是更多了。在这大学教授的收入不如一个理发匠、中学教员的收入不如一个洋车夫的时代，更显得书呆子无能。汽车司机是要经过相当训练的，而且须是年富力强，有些书呆子干不了，那是可原谅的。但是，连汽车公司的买办和转运公司的掌柜也都做不来吗？经济系的毕业生走仰光，月入二千元；化学系的学生入药厂，月入一千元；

---

① 阿堵，这个。后世以"阿堵物"指钱。
② 即巢父、许由。见第9页注④、第10页注①。
③ 晋石崇、汉邓通，都非常富有。
④ 唐朝孟郊有"妾心古井水，波澜誓不起"的诗句。这句话用来指不能坚持到底。
⑤ 《东观汉记·梁鸿传》："童子鸿不因人热者也。"这里指不依赖别人。
⑥ 指夫妻和睦，互相帮助。鹿车，古时的一种小车。《后汉书·鲍宣妻传》："妻乃……与宣共挽鹿车归乡里。"

工科的学生入交通界或工厂，月入五六百元至一二千元不等；而他们的老师的收入却都几乎不能糊口，饱还勉强，温则大有问题。弟子能做的事老师也该能做，"是不为也，非不能也"，这又无非是呆的表现。一位中学教员告诉我，他们学校的一个工友有了高就，是迤西某厂的什么长，月薪三百元，津贴在外。另一位朋友告诉我，迤西某厂的厨子月薪千元，供膳宿（世间哪有不供膳宿的厨子？）。教育界中会做饭菜的人不少，然而没有听见他们当厨子去，这恐怕是许多人所不能了解的。

　　我说抗战以来书呆子的刺激更多，并不是说他们看见别人发财，由羡生妒，由妒生恨。假使是这样，他们也就不成其为书呆子了。甚至于受了挑扁担的张三或做小工的李四的奚落，如果你是一个呆圣，也没有可以生气的理由。最堪痛哭者还是亲人的怨怼。甲先生的家里说："人家小学未毕业，现在做了某某处的营业部长，已经赚了几十万了，你在外国留学十年，现在不过做个穷教授！"乙先生的家里说："李阿狗一个字不认得，现在专走广州湾挑扁担，已有几千元的积蓄了；你是大学毕业生，现在却连父母都养不起！"学位和金钱似乎没有必然的联系，然而家里人并不和你讲逻辑，反正供给你读了十余年以至二十余年的书是事实，而你现在非但不能翻本，连利息都赚不够也是事实。

　　太太和先生的志同道合也是有限度的。正在三旬九食①、

---

①　指生活艰辛，得食很难。《说苑·立节》："子思居于卫，缊袍无里，三旬而九食。"

仰屋①踟蹰之际，忽然某巨公三顾茅庐，太太拔钗沽酒，杀鸡为黍，兴高采烈，如见窖金。等到先生敬谢不敏之后，某巨公一场扫兴还是小事，心上人珠泪盈眶，虽呆圣亦岂能无动于衷？至于兼课兼事，在这年头儿，更是无伤于廉，然而竟有辞绝不干者，其愚尤不可及。太太的埋怨，除了和他一样呆的人外，谁不表示同情？所以我们说，这年头儿的书呆子加倍难做。"时穷节乃见"②，咱们等着瞧那一班自命为书呆子的人们，谁能通过这大时代的试金石。

1942 年《星期评论》

三、西洋人的中国故事

西洋人对于中国的事情，无论真假，都喜欢知道。杀头、缠脚、抽大烟、讨小老婆，在西洋人看来是中国四大特征。尽管你说这种事情早已绝迹了，他们仍旧是似信不信的。捏造的话也不少。福禄特尔③的《赵氏孤儿记》（即《搜孤救孤》），已经和中国的原本不尽相同。此外，都德④在他的小说《沙弗》里，说及东

---

① 指没有办法，只有在屋里仰头长叹。语见《宋史·富弼传》。
② 文天祥《正气歌》："时穷节乃见，一一垂丹青。"
③ 法国文学家 Voltaire（1694—1778），今译作伏尔泰。
④ 法国文学家 Daudet（1840—1897）。

方有一个地方，妻子和别人通奸，给丈夫知道了之后，就把她和一只雄猫装在一个布袋里，晒在烈日之下，于是猫抓人，人扼猫，同归于尽（手边无书，大意如此）。我们不知道都德的故事是不是暗指中国，不过，像这一类捏造的故事而又明说是出于中国者，在西洋也并非没有。现在我们举一个例子，就是查理·蓝①在《爱利亚论》里面所说中国人发明烧猪的故事。依查理·蓝说，这故事是根据一个中文手抄本，由一个懂中文的朋友讲给他听的。

　　在开天辟地后七万年的期间内，人类只知道吃生的兽肉，像今日（蓝氏时代）阿比西尼亚的土人一样。孔夫子在《易经》里也曾暗示有过这么一个时代，他认为黄金时代，叫它做"厨放"，就是厨子放假的意思。后来烧猪的艺术是偶然地被发明的。有一个牧猪人，名叫火帝，他在清晨就到树林找猪的食料去了，只留他的长子波波看家。波波是一个笨孩子……当时的青年都喜欢烧火为戏，波波更可说是一个火迷。他一个不留神，让火星迸射在一束干草上，就燃烧起来，转眼间，一间茅屋已成灰烬。茅屋烧了不要紧，一两个钟头可以重建起来；可痛者是里面还有一窝新生的小豚，至少在九个之数，都给烧死了。波波正在思忖怎样来对他的父亲解释这件事的当儿，忽然觉得一阵香气扑鼻。说是茅屋被烧发出来的香味儿吗？从前茅屋也曾被烧过，为什么不曾闻着过这种味儿呢？他想不出一个道理来，且先弯下腰去摸一摸那

————————

① 英国散文家 Charles Laml（1775—1834）。

小猪儿，看它还活着不。手指给烫疼了，他天真地拿指头放在嘴里吹。在摸的时候，一些烧裂了的碎猪皮已经贴在指头上。于是，他有生以来第一次（其实可说是有人类以来第一次）尝着了烧猪的味道——脆的啊！他再摸摸看，不期然而然地，他又舔他的指头。这样尝了又尝，他终于恍然大悟，原来刚才闻着的是烧猪的味儿，而烧猪竟又是这样好吃的。火帝回家之后，和儿子大闹一番。波波想法子让他父亲尝着了烧猪的美味，于是父子俩正经地坐下，把这一窝乳猪吃个精光。

火帝叮嘱波波严守秘密，因为恐怕邻人知道了，说他们擅自改良上帝所赐的食物，会用乱石打死他们。但是，邻人们却注意到火帝的草房子烧了又造，造了又烧。从前没有见过这样密的火灾，最巧的是：母猪每次生了小猪，火帝的草房子一定被烧，而火帝并没有责骂过他的儿子一句。邻人们觉得奇怪，终于侦察出他们的神秘来，告到北京的法庭（当时北京还小得很呢）。火帝父子被传去审讯，那烧猪也被拿去做物凭。正在快要判决的当儿，裁判委员会的主席提议先把烧猪放进木箱里。于是他去摸了摸，其余的委员也去摸了摸，他们的手指都给烫疼了，都放在嘴里吹冷。这一吹就变了局面，委员们也不再顾那些人证物证的确凿，也用不着互相磋商，大家不约而同地宣告火帝父子无罪。这么一来，把旁听席上的人，市民们、外人、访员，都弄得莫名其妙起来。

那法官是一个狡猾的人，等到退庭之后，就秘密地去买许许多多的猪。几天之后，大家听说他的采邑的房子被火烧了。

这一件事传播开来，四面八方的民房也都遭了火灾。在这一带地方，柴草和猪都大涨其价。保险公司一个个都关了门。人们造房子，越来越马虎，大家都怕建筑之学不久就会失传了。幸亏有一个圣人出来（像咱们的陆克）①，他才发明：烧猪或烤别的肉类都犯不着烧去一座房子，只须用铁叉叉着烧烤就行。

　　故事的本身是很美的。妙处不在于波波误烧茅屋，而在于法官和民众们都相信必须烧去房子，然后吃得着烧猪。但是我对于它的真实性非常怀疑。蓝氏跟着也说事情未必可信，但是我比他更进一步，我根本不相信它是一个中国故事。咱们现在虽然努力欧化，但咱们的远祖却未必这样时髦。燧人氏的时代，中国未必有法庭，更不会有访员。政治中心也不会在北平。乱石杀人只是西洋历史上的事，中国太古时代杀人也许有别的花样。保险公司非但中国古代没有，现在也还不曾深入民间呢。这些都可说是蓝氏随笔写来，失于检点而已。但是，我实在太浅陋了，在中国书中不曾看见过这样的一个故事。即使是一种手抄本，也该像中国人的话，何至于一个牧猪人称为火帝，把一个太古时代称为"厨放"呢？这也许是我译错了字。但是，波波毕竟不像中国的古人名。中国上古的人名有双声，有叠韵，却是没有叠字的。

　　这个故事之出于虚构，似是毫无疑义的了。蓝氏也许像美

———————

①　英国经验派哲学家 Locke（1632—1704）。

国人，喜欢把广东人看做中国人的典型；广东人有烧乳猪的事实，因此渲染成为一个故事。我常常这样想：西洋人可以虚构中国的故事，中国人何尝不可以虚构西洋的故事呢？《镜花缘》就几乎走上这一条路，可惜它不曾说君子国之类就在今日的欧洲，也不曾说是据一个西文手抄本，由一个懂西文的朋友讲给他听的。

1942 年《星期评论》

四、战时的书

　　如果说梅和鹤①是隐士的妻和子，那么，书该是文人的亲挚的女友。抗战以前，靠粉笔吃饭的人虽然清苦，也颇能量入为出，不至于负债；如果负债的话，债主就是旧书铺的老板。这种情形，颇像为了一个女朋友而用了许多大可不必用的钱。另有些人把每月收入的大半用于买书，太太在家里领着三五个小孩过着极艰难的日子，啃窝窝头，穿补钉衣服。这种情形，更像有了外遇，但见新人笑，不闻旧人哭②了。

　　依照文人的酸话，有书胜于有钱，所以藏书多者称为"坐

---

① 见第 10 页注④。
② 杜甫《佳人》："但见新人笑，那见旧人哭？"

拥百城"①，读书很多者为"学富五车"②。有些真正有钱的人虽然胸无点墨，也想附庸风雅，大洋楼里面也有书房，书房里至少有一部《四部丛刊》或《万有文库》，可见一般人对于书总还认为是一种点缀品。当年我们在清华园的时候，有朋友来参观，我们且不领他们去欣赏那地板光可鉴人、容得下千人跳舞的健身房，却先领他们去瞻仰那价值十万美金的书库。"满目琳琅"四个字决不是过度形容语。那时节，我们无论是学生，是教员，大家都觉得学校的"百城"就是我们的"百城"，有了这么一个图书馆，我们的五车之富是垂手可致了。

到如今，我们是出了象牙之塔！每月的薪水买不到两石米固然令我们叹气，但是失了我们的"百城"更令我们伤心。非但学校的书搬出来的甚少，连私人的书也没法子带出来。如果女友的譬喻还算确切的话，现在不知有多少人在害着相思病！"刘郎已恨蓬山远，更隔蓬山一万重"③，未免有情，谁能遣此？回首前尘④，实在是不胜今昔之感。

固然书籍的缺乏也有好处，我们可以从此专治一经，没有博而寡要的毛病了。但是，大学生正在求博贵于求精的时代，我们怎好叫他们也专治一经？照例，在每一门功课的开始，

---

① 《北史·李谧传》："丈夫拥万卷书，何假南面百城？"
② 《庄子·天下》："惠施多方，其书五车。"
③ 见李商隐《无题》诗。这里指想读书而无书。
④ 佛教称色、香、声、味、触、法为六尘。当前境界为六尘所成，所以叫前尘。这里指往事。

应该开列给学生们一个参考书目；但是，现在如果照当年那样地开列一个参考书目，就只算是向他们夸示你曾经读过这些书，实际上并没有丝毫的益处。倒不如索性凭着你肚子里能记得多少，就传给他们多少。他们对你这个"书橱"自然未必信任，因为一个人无论怎样博闻强记，对于他所读过的书也不免"时得一二遗八九"①；然而欢迎这种办法者不乏其人，因为考试的范围不会再超出那寥寥几十页的笔记了。专制时代有"朕即天下"②的说法，现在靠粉笔吃饭的人可以说"朕即学问"。我们应该因此自负呢，还是清夜扪心，不免汗流浃背呢？

　　现在后方的书籍实在少得可惊。西书固然买不着，中文书籍可读的也缺乏得很。新书固然不多，木版的线装书却更难找。譬如要买一部《十三经注疏》，就要看你的命运！近来更有令人伤心的现象，连好些的中英文字典都缺货了。书店里陈列着的都是一些"大纲、一月通、大学试题"和许多"八股"。从前贫士们买不起书籍，还可以在书摊上"揩油"，一目十行也就踌躇满志。现在呢？书摊上几乎可以说是没有"揩油"的价值，然而贫士们积习难除，每逢经过书店的时候，也还是忍不住走进去翻翻，这正是所谓"过屠门而大嚼，

---

① 苏轼《石鼓歌》："强寻偏旁推点画，时得一二遗八九。"这里是说对读过的书总不免有些遗忘。

② 朕，皇帝自称。封建社会普天之下都归皇帝所有，所以这样说。

虽不得肉，贵且快意"① 罢了。

　　书摊上摆的都是小册子，一方面适合读者的购买力，一方面又是配合战时一般人的功利思想。大家觉得，在这抗战时期，咱们所读的书必须与抗战有关；和抗战没有直接关系的书自然应该束诸高阁②。大家又觉得，抗战时期读书要讲效率，要在短期内，上之做到安邦定国的地步，下之亦能为社会服务，间接有功于国家。古人把书籍称为"书田、经畬"之类是拿耕种来比读书，必须"三时不害"③，然后可望五谷丰登。现代的人把书籍称为"精神食粮"，是不肯耐烦耕种，只希望书籍能像面包一般地吃下去即刻可以充饥。今天念了一本《经济学讲话》，明天就成为一个经济学家；今天念了一本《怎样研究文学》，明天就成为一个文学家；今天念了一本《新诗作法》，明天就成为一个诗人。平时如此，战时尤其如此。食粮！食粮！世上多少自欺欺人的事假借你的名义而行。现在大家嚷着精神食粮缺乏，自然是事实，然而像现在这种小册子再加上十倍，恐怕也是救不了真正读书人的饥渴。

　　同时，书籍的印刷也呈现空前的奇观。墨痕尚湿，漫漶④

---

① 见曹植《与吴季重书》。这里指想得到书而买不起，只好进书店翻翻，聊以自慰。
② 意思是把它放在一边不用。语见《晋书·庾翼传》。
③ 指不伤害农时。三时指春夏秋三季。《左传·桓公六年》："谓其三时不害而民和年丰也。"
④ 指字迹不清。苏轼有"图书已漫漶"的诗句。

过于孔宙之碑①；纸色犹新，断烂犹如汲冢之简②。这还可说
是为暂时物力所限，无可奈何；然而人力似乎也和物力相配
而行。出版家好像是说：恶劣的纸墨如果配上优秀的手民③和
校对员，好像骏马驮粪，委屈了良材，又像梅兰芳穿上了天
桥旧戏衣，唱破了嗓子也是白费力气！倒不如索性马虎到底，
反正有"国难"二字可以借口的。这一来，作者和读者们可
就苦了。在作者方面，虽则推敲曾费九思④；在手民方面，却
是虚虎不烦三写⑤！至于英文的排印，就更令人啼笑皆非。非
但字典里没有这个词，而且根本没有这种拼法！呕尽了心血
写成了一篇文章或一部书，在这年头儿能够发表或出版，总
算万幸，所以看见了自己的文章印出来没有不快活的。但是，
看见了排错一个字，就比被人克扣了一半的稿费还更伤心；
若看见排错了十个字，甚至于后悔不该发表或出版。要求更
正吗？非但自己不胜其烦，而且编者也未必同情于你这种敝
帚自珍⑥的心理。说到读者方面，感想又不相同。偶然有人趁
此机会攻击作者，硬说手民之误是作者自己的错误，不通；
然而就一般情形而论，都没有这种落井下石⑦的心理，不过大

---

① 汉朝泰山都尉孔宙的墓碑，存曲阜孔庙，字已多不清。孔宙，孔融之父。

② 晋朝汲郡古墓中出土的先秦古简。

③ 指排字工人。

④ 指反复地多方面地考虑。《论语·季氏》："君子有九思。"

⑤ 《抱朴子·遐览》："书三写，鱼成鲁，虚成虎。"指字形相近的字，经过多次
传抄，容易写错。

⑥ 曹丕《典论·论文》："家有敝帚，享之千金。"

⑦ 韩愈《柳子厚墓志铭》："落陷阱，不一引手救，反挤之，又下石焉。"

家感觉得不痛快，因为须得像猜诗谜一般地费尽心思去揣测原稿写的是什么字。总之，喜欢完善自是人情之常；非但作者和读者们，连编者也何尝愿意看见自己所编的刊物满纸都是误排的字呢？在以前，被人看重的刊物往往经过三次的校对；现在戎马倥偬之际，找得着一个印刷所肯承印已经是不容易了，谁敢再提出校对三次的要求？这样说来，校对的不周到仍旧是受了战事的影响。

这个时代是文人最痛苦的时代。别人只是劳其筋骨，饿其体肤①，文人除此之外还有一种更大的悲哀，就是求知欲不得满足。伴着求知欲的还有对于书籍的一种美感，例如古色斑斓的宋版书和装璜瑰丽的善本书等，都像古代器皿一般地值得把玩，名人字画一般地值得欣赏。所以藏书是种需要，同时也是一种娱乐。现在因为书籍缺乏，我们的需要不能满足；印刷恶劣，我们的娱乐更无从获得。我们在物质的享受上虽是"竹篱茅舍自甘心"②，然而在精神的安慰上却不免常做仰视千七百二十九鹤③的美梦。我们深信这美梦终有成为事实的一日，不过现在我们只好暂时忍耐罢了。

1942 年《中央周刊》

---

① 见《孟子·告子下》。
② 宋王淇《梅》："不受尘埃半点侵，竹篱茅舍自甘心。"
③ 清朝赵之谦作梦进入鹤山，仰见一千七百二十九鹤，惊醒，因此把他辑刊的丛书命名为《仰视千七百二十九鹤丛书》。

五、战时的物价

　　这两三年来，因为物价高涨的缘故，朋友一见面就互相报告物价，亲戚通信也互相报告物价。不过这种报告也得有报告的哲学，当你对你的朋友说你在某商店买了一双新皮鞋价值四百元的时候，你应该同时声明这是昨天下午七时三十五分的售价，以免今天他也去买一双的时候硬要依照原价付钱，因而引起纠纷。又当你写信给你的亲戚报告本市物价的时候，别忘了补充一句："信到时，不知又涨了多少。"或者你可以依照你写信时的物价再加一倍报告，等到他看见信的时候，实际的时价也就差不多了。若不如此，你把本市的物价写信报告你的亲戚或朋友之后，他来信会说他那边的物价也正相同，其实他那边总是迟走了一步，仔细一想谁都明白这个道理。现在有些小地方追赶某一些大都市的物价，恰像小狗背着斜阳追赶自己的影子。但是无论小地方或大都市，人人都在嗟叹物价如春笋，如初日，如脱手的氢气球，只见其高，不见其低。有时候又像小学算术里所叙述的蜗牛爬树，日升三尺，夜降一尺，结果仍是高升。于是人们日有言，言物价，夜有梦，梦物价。从前是七八十岁的人才喜欢说太平时代的柴米怎样便宜，现在是三尺童子也懂得叙述从北平王府井到大栅栏洋车二十大子的黄金时代了。

古人形容物价之高，喜欢说"米珠薪桂"，现在也常看见有人引用这四个字，并且有人说这已经不是一种过度形容语，其实这四个字用于现在这一个时代是不很合适的。从前饥荒的时候，米和柴也许有珠桂同价的可能；现在是战时，发国难财的人太多了，他们不惜以两石米的价钱去买一颗珠子，以十石甚至百石米的价钱去买一只钻石戒指。薪桂的桂也许是肉桂，现在肉桂的价值也比柴的价值高出百十倍。由此看来，"水涨船亦高"，米和柴永远是赶不上珠桂的价值的。

在从前，买一样东西走遍了全城乃是精明的太太所做的事，先生们大概都不能那样不惮烦。何况走遍了全城才占着一二毛钱的便宜，还抵不上鞋底的消耗呢。现在的情形却不同了，从街头走到街尾，十个铺子有十个不同的价钱，其间可以相差到一倍。从前最大方的人因此也变得小气了，因为这不是相差一二毛钱的问题，而是相差一二十元乃至一二百元的问题。我们常常这样设想：如果卖低一倍的价钱仅仅是够本的话，那卖高一倍价钱的人，已经应该处以比徒刑更重一等的罪。但是，有道是："眼珠是黑的，银子是白的。"我们仔细再想一想，也不愿意再说什么了。

如果心理学家有在这时候来研究物价的心理，我想一定可以发现许多新奇有趣的事实。物价涨到了十倍的时候，人们就把一元钱当作一毛钱看待，涨到了百倍的时候，人们就把一元钱当作一分钱看待；依照这种看法，譬如你买一只板刷，卖板刷的人讨价三元，你一想只合着战前的三分钱，你就欣然买了。那时你并没有想到你的收入非但没有增加到百倍，连三倍还不到呢！操纵物价的人把市民捉弄得更滑稽，譬如某一种布，每尺的成本是一元五角，售价由二元四角而涨至六元，大家嫌贵了。你瞧那些操纵物价的人怎么办？他们索性让它涨到每尺十二元，等到半个月或三个星期之后，突然来一个大减价，回到六元的价格，美其名曰"大牺牲品特售五折"，于是顾客如蚁附膻，险些儿不挤破了铺子！这比狙公赋芧①的妙计还更高一筹。"名实未亏，而喜怒为用"②，奸商操纵之下的民众就是这样可怜的！

在物价高涨的压迫之下，薪水阶级不能不采取紧缩政策。在从前，吃饭只占收入的百分之十或二十，现在呢？全部的进款还不够吃的。公家只有米贴，没有柴贴，似乎只知道"巧妇难为无米之炊"，却不知道巧妇也难为"无柴之炊"。其实何但柴？每月用水也就占了收入百分之五或十！有时候想起来，公务员的生活能支持到现在确是一件奇迹。一年前我们想，物价涨到若干倍就活不下去了，然而依照现在的情形看，涨到一二百倍恐怕仍旧活得成！中国人就凭这点吃苦的本领来支持抗战！从前看见西洋人的书里说中国人很能吃苦，

①　《庄子·齐物论》："狙公赋芧曰：'朝三而暮四。'众狙皆怒。曰：'然则朝四而暮三。'众狙皆悦。"狙，弥猴。狙公，养弥猴的人。赋，给与。芧，橡子。

②　语见《庄子·齐物论》。指的就是狙公赋芧的事。

穷人每年只要用五六十元就够了。当时我们觉得这些穷人实在可怜。现在试想一想，依物价计算，许多人每年的收入也只合着战前的五六十元；不到这个水准的还多着呢！

半年前，某大学曾开了一个要求加薪的大会。据说经济学教授供给物价的指数，数学教授计算每月的开销，生物学教授说明营养的不足，结果是希望薪水的实在价值能合战前的五十元。可惜文学教授不曾发言，否则必有一段极精采极动人的描写。其实政府何尝不加薪？只是公务员的加薪和物价的飞涨好比龟兔竞走，这龟乃是从容不迫的龟，那兔却是不肯睡觉的兔，所以每次加薪都不免令人有杯水车薪之感了。

话又说回来了。自古道"知足不辱"，一个人应该随遇而安，难道我们没有一些可以自慰的地方吗？在从前，做梦也想不到每月有千元的收入，现在不曾升官，不曾晋级，居然也超过国府委员的薪水了。这是可以自慰的第一点。公余之暇把一些衣服什物往拍卖行里一送，居然能卖大价钱。一向不曾学过做生意，现在从北方带来的原值一元的网球竟能卖得九十元，获利九十倍，怎不令人笑逐颜开？这是可以自慰的第二点。关于这两点，我们很乐观：明年的薪水一定比今年增加，明年如果肯把这一枝相依为命的派克自来水笔割爱，获利一定在百倍以上！

1942 年《中央周刊》

六、乡下人

自从疏散到乡下之后，天天和乡下人接触，注意到许多平日不知道的事情。衣、食、住三者，自然是首先注意到的。我们越入内地，越觉得农民节俭的程度超过了我们想象之外。千万莫向乡下人宣传节约；宣传的人压根儿就得拜他们为师！看见了他们的衣裳之后，觉得"悬鹑百结"① 并不是过度的形容语，而广西公务人员的制服犹嫌过于奢华。补缀衣裳的时间应该移作生产之用，裤子蔽前就好，上身的袒露更是满不在乎。然而窟窿积成半打之后，总不免补它一次。一件衣裳，经过了祖孙三代，补了又补，已经由单变夹，由夹而变为三层！不过，如果你想他们一件完整的衣服都没有，你却又犯了观察上的错误。西洋的工人有所谓礼拜服，咱们中国的农民则有宴会服。平日几乎是袒裼裸裎②的人，到了赴宴的日子，若不是绸缎衣裳，至少总有一套崭新的褂裤的。

西洋人往往把每年收入之半用于海滨避暑，中国人以为奇，但是，如果西洋人知道咱们中国的乡下人把每年膳食费用的一半花在端阳、中秋、除夕这几个佳节上头，他们又将

---

① 　庾信《拟连珠》："盖闻悬鹑百结，知命不忧。"后用以形容衣服破烂。
② 　语见《孟子·公孙丑上》。

作何感想？真的，他们平日尽可以三月不知肉味①，而当他们过节的时候，四个八口之家不惜凑起钱来共宰一口肥猪。久未开荤的胃肠对于佳节的佳肴也许要起若干反应。然而这又何妨？每年大泻三五次不是胜于城里人吃清导丸吗？

乡下人的衣食虽坏，和我们这些乡下寓公毫无关系。最令人感觉不舒服者，还是住的方面。门低直欲碰头，室小不堪立足。坏薨渗雨，疏瓦来风。庭前晒粪，人成逐臭之夫②；楼下炊梁，身是栖霞之客。而且三楹虽隘，六畜俱全。漫道晏眠③已惯，鸡鸣未扰刘琨④；无如好梦方酣，牛喘偏惊丙吉⑤！直到住了几个月之后，才能随遇而安，甚至于能从丑恶中寻出美来。我每次进门，总念一遍门上字迹漫漶的春联："闲招白云鹤千里，静读黄庭⑥香一炉。"同时怀着阿Q的心理，背诵那两句《论语》："君子居之，何陋之有？"⑦

咱们别以为陋室的主人都是穷光蛋。筚门圭窦⑧和褴褛蓝蒌⑨都不足作为贫穷的证明。住破屋，穿破衣，每天挑粪汁到

---

① 《论语·述而》："子在齐闻《韶》，三月不知肉味。"
② 古时，有一个身上有奇臭的人，没有人和他一起住，只得去海边，海边有喜欢他的臭味的人，整夜随着他而不离开。事见《吕氏春秋》。
③ 这里指早晨不起床，睡懒觉。
④ 《晋书·祖逖传》记载，祖逖与刘琨一起睡，夜间听到鸡叫，就催刘琨起床舞剑。
⑤ 《汉书·丙吉传》记载，丞相丙吉看见有人赶牛，牛喘得很厉害，丙吉就派人去询问。
⑥ 指《黄庭经》，道家养生的书籍。世传为王羲之所书。
⑦ 语见《论语·子罕》。又刘禹锡《陋室铭》："孔子曰：何陋之有？"
⑧ 筚门，柴门。圭窦，小门。语见《左传·襄公十年》。
⑨ 蓝蒌，指粗劣的饭菜（藜，灰菜。藿，豆叶）。

田里去的一位田舍翁，也就是某银行经理所住的新房子的所有者。单这处的房租一项，每月就有千元。从前是赤脚的人看见了穿袜子的人自惭形秽，现在却是穿袜子的人看见了赤脚的人自惭囊空！

当我们公务员成为遍地哀鸿①的时候，正是乡下人的黄金时代。非但有米出卖的人每一个街子的收入胜过我们一年的薪水，连卖炭的、卖柴的、卖青菜的、卖草纸的、做小工的，哪一个的进账不够使穷儒咋舌？但是，凭良心说，我们尽管对于发国难财的奸商贪官深恶痛绝，然而对于乡下人我们非但没有仇意，甚至于没有妒心。像我们这种"四体不勤，五谷不分"②的人，平时的享受都是过分的；如果说民以食为天的话，乡下人正是天所寄托者，他们千百年才得一度扬眉吐气，已经是太不公平了，我们还能妒忌他们吗？

咱们对于乡下人的现代知识，不可估计过低。"国难期间、生活高涨、技术人员、学术机关"一类摩登的字眼，他们比我们说得更流利，更纯熟。我们所听不惯的自然是他们的国骂③；但是，当你听见了一个女人对于她自己的儿子辱骂他妈之后，你就会恍然大悟：原来国骂并不如我们所想象的那么严重；它不过是一种口头禅而已。

他们看见下江人的物质享受，表面上似乎羡慕，实际上总

---

① 指流离失所的人。《诗·小雅·鸿雁》："鸿雁于飞，哀鸣嗷嗷。"
② 四体，指四肢。勤，劳苦。语见《论语·微子》。
③ 国骂，鲁迅《论他妈的》一文讥称"他妈的"为国骂。

有几分不赞成。他们虽然看见我们的衣裳是上好的料子做的，同时他们却也注意到越穿越破，只能缝补，不能添新。他们虽然看见我们吃的比他们好，同时他们却也知道我们是寅吃卯粮。他们常常对着下江人甲说些可怜下江人乙的话："每月只有三五百元的国币，一家六口，这日子怎么过得去？"

他们以为我们都是上海人或北平人，偶然还问起我们属于哪一国。依照他们把中国神父称为土洋人这一件事实来类推，我们在他们心目中大约是下江洋人。他们觉得下江人的风俗习惯都是难于索解的。——为什么少年夫妇会公开地谈笑，倚肩揽臂，毫不害羞？——为什么小孩不披八卦衣，不戴八仙帽子？——为什么限定时间硬要小孩坐在马桶上出恭？——为什么接生不用稳婆而用男医生？——为什么生病不求神问卜？——为什么逢年逢节全然不管，端阳节不裹粽子，中元节①不烧锡箔，除夕不贴春联和门神？

古人说文人相轻，现在我们是乡下人和城里人相轻。我们瞧不起他们不知天下大事；他们也瞧不起我们不辨菽麦，不分骡马。有一位下江太太看见猪肝认为猪血，看见芋艿认为荷花，至今传为笑柄。他们并不知道我们大学里没有"物类认识论"这一门课程，他们只觉得下江人的知识赶不上乡下人的三尺童子！

忘不了绅士派头的人，住在乡下是最吃亏的。本来，在我

———————
① 指农历七月十五日，民间这一日烧纸祭已故的亲人。

们初到乡下的时候，他们就怀着鬼胎："这种人神气十足，一定瞧不起咱们这些不识字的村夫俗子！"因此，只要你对他们存着三分骄傲，他们就会看成十二分，渐渐地你将成为众矢之的。如果你看见他们对你点头，你才向他们点头，还不够客气，最好是你在三十步之外就先以笑面相迎。偶然路上有人用那拾马粪的黑手抚摩你小千金的两颊，你也应该学娄师德唾面自干①的好脾气，陪着笑，教小孩尊称一声大母或大爹。至于回家之后，你要给小孩洗脸或用酒精消毒，那是你的自由。

　　每逢你的芳邻送给你吃的东西，你无论吃与不吃，总得欣然接受。仔细他们怪你嫌他们的东西脏。最好是当面吃给他们看，非但不应该联想到作羹汤②的人不曾洗手，而且嚼着细沙或尝着不宜有的味儿也得让它快快下咽。如果你的芳邻有婚丧大事，那是你交际的好机会来了。送礼不拘多少，要紧的是杂坐在他们里头抽旱烟，喝时酒③，高谈阔论，活像一家子的人。乡下人义气为重；只要他们觉得你够朋友，他们可以常常为你出力，而不计较报酬。千万不要忘记：乡下人除了缺乏洋味之外，没有一桩事情比较城里人更可憎。大丈夫的傲气应该用来对付权豪；对乡下人摆架子只是自身丧失了

---

① 比喻能忍受耻辱。《唐书・娄师德传》记载，娄师德教他弟弟要能忍耐。他弟弟说，有人往我脸上吐口水，我擦干净就得了。娄师德说，这不行，要等它自己干了。

② 唐朝诗人王建《新嫁娘》："三日入厨下，洗手作羹汤。"

③ 云南方言，指最淡最便宜的酒。

人格。

1942 年《中央周刊》

七、辣　椒

辣椒作为食品，不知起于何时。只听说孔子"不撤姜食"[①]，却不曾说他吃辣椒。《楚辞》中"椒"字最多，《离骚》中有"杂申椒与菌桂兮"，有"怀椒醑而要之"，《九歌》中有"奠桂酒兮椒浆"。祭神的东西也该是人吃的东西，恰巧屈原又是湖南人，若说他吃辣椒，是可以说得通的。但是，依考据家的说法，《诗经》所谓"椒聊之实"，《离骚》所谓"申椒、椒醑、椒浆"，《荆楚岁时记》所谓"椒酒"，都只是花椒，不是辣椒。由此看来，中国吃辣椒的习惯并不是自古而然的。

辣椒又名番椒，也许是来自西番。清代称川甘云贵等省边境的民族为番户；也许辣椒是由番户传入汉族的，但不一定晚到清代。依现在看来，喜欢辣椒的人多半是四川、云南、贵州、湖南的住民，这一个假说似乎可以成立。然而咱们也

---

①　见《论语·乡党》。

不能全靠望文生义来做考证，譬如胡椒又何尝是来自匈奴的呢？我们希望旅行家帮助我们解决这个问题：如果阿拉伯、伊朗、阿富汗、印度各处都有吃辣椒的风俗，那么，辣椒西来说更可以确信无疑了。

可惜得很，咱们不知道发现辣椒的故事。据说咖啡是这样被发现的：从前亚比西尼亚有一个牧羊人，他看见他的羊群忽然精神兴奋，大跳大跑。他仔细研究原因，才知道它们啮食了某一种树的叶子和果实，以致如此。他采了些果实回家煎汤吃下去，果然他自己也精神兴奋起来。吃上了瘾，就常常煎来吃。后来人们把制法改良了，就成为今日的咖啡。至于辣椒，它是怎样被发现的呢？神农尝百草的时候一定没有遇见它；否则他不会放过了这种佐食的珍品，以致孔夫子只好吃姜①。不过，批驳我的人也可以说：神农尝百草为的是觅药治病，并不是想要发现好吃的东西。他很明白良药苦口利于病的道理，辣椒既然不苦，他自然不收它了。

辣椒的功用，据说是去湿气，助消化，除胃病。我不懂药性，但我猜想它助消化的能力，并不输给胡椒。凡物有幸有不幸，胡椒和辣椒亦复如是。从前有些荷兰人和葡萄牙人知道胡椒是好东西，就视为秘种，在南洋偷着种，把它磨成粉末，带到欧洲卖大价钱。至今法国还有一句俗语，形容物价太高就说"像胡椒一样贵"！后来到了18世纪有个法国人名叫

---

① 《论语·乡党》："不撤姜食。"

丕耶尔·浦华佛尔的，他想法子得到了些胡椒种子，才把它
公开了。所以法国人就把胡椒叫做浦华佛尔。现在西餐席上，
胡椒瓶和盐瓶并列，西洋人认为不可一日无此君①，至于辣椒
呢，在西洋的菜场上虽偶然可以买到，但是欧洲人是不喜欢
吃的。他们看见中国人吃还摇头呢！因此我们希望中国研究
药性的科学家细心研究辣椒的功用，如果它真能去湿气，助
消化，除胃病，就不妨把它郑重地介绍给西洋人。咱们也不
希望留秘种，也不希望把大量的辣椒粉作为主要出产品，运
到欧洲去卖大价钱；不过，至少得让西洋人知道中国人会吃
好东西！

　　但是，在未向西洋人宣传以前，川滇黔湘的人应先向江浙
闽粤及华北的人去宣传。川滇人把辣椒称为"辣子"，有亲之
之意；江浙人叫它做"辣货"，则有远之之意。"辣货"不是
比"泼辣货"只差一个字吗？至于闽粤各地，更有些地方完
全不懂辣椒的好处的。据说广东的廉江遂溪一带，市面上没
有辣椒卖，外省人到那里住的爱吃辣椒时，只好到荒地上找
寻野生的辣椒。可见辣椒在中国也尽有发展的园地。只要西
南的人肯努力宣传，"口之于味有同嗜焉"②，我相信不久的将
来，辣椒将成为全国的好友。据我所知，有几位素来不吃辣椒
的太太，在长沙住了两三个月，居然吃起辣椒来；现在竟是相

────────────

① 这里指不可一日没有胡椒。《晋书·王徽之传》有"何可一日无此君"句。
　　当时指的是竹子。
② 语见《孟子·告子上》。

依为命，成为非椒不饱的人了。

在乡间住了一年多，更懂得辣椒的宝贵。贫穷的人家，辣椒算是最能下饭的好菜。人类是需要刺激的。大都市的人们从电影院和跳舞场中找刺激；乡下人没有这些，除了旱烟和烧酒之外，就只有辣椒能给他们以刺激了。辛苦了一天之后，持椒把酒，那一副怡然自得的神气，竟和骚人墨客的持螯把酒①差不多。

辣椒之动人，在激，不在诱。而且它激得凶，一进口就像刺入了你的舌头，不像咖啡的慢性刺激。只凭这一点说，它已经具有刚者之强。湖南人之喜欢革命，有人归功于辣椒。依这种说法，现在西南各省支持抗战，不屈服，不妥协，自然更是受了辣椒的刚者之德的感召了。向来不喜欢辣椒的我，在辣椒之乡住了几年，颇有同化的倾向。近来新染胃病，更想一试良药。再者，最廉价的香烟每盒的价钱已经超过我每日的收入之半数，我在戒烟之后，很想找出一种最便宜而又最富于刺激性的替代品。因此，我现在已经下决心和椒兄订交了。

1942 年冬《中央周刊》

---

① 螯，螃蟹靠前边的像钳形的脚，左右各一。把，握。

八、迷　信

人类之所以有迷信的举动，无非为的是求福和除灾。求福是积极的，除灾是消极的；迷信毕竟是偏于消极方面。譬如你劝一个乡下人说："如果你要发财，只须去祈求某神。"他不一定相信你；等到他的儿子病重的时候，你再劝他去祈求那神，他就非信从你的话不可了。假使人类没有死的恐怖，迷信的事情就会消灭了一大半，我相信。

世间的事情，要算迷信界最没有办法；同时，也要算迷信界最有办法。说最没有办法，因为："阎王注定三更死，谁人敢留到五更？"说最有办法，却是因为迷信的人或主持迷信的人能随心所欲，创造许多事物。普通总说是神造人；其实在迷信界却是人造神。自从中国有了科举，道家就创造一个梓潼帝君（即文昌）来适应文人的需要；从中国佛教兴盛之后，释家因要迎合国人求嗣的心理，就创造一个送子观音。人怕鬼，因而想起鬼一定也怕鬼中之鬼，于是道士们妙想天开，又造出人死为鬼，鬼死为聻①的学说来了，只要门上贴一张"聻"字符，表示鬼中之鬼在此，鬼看见了就不敢进去。此

---

① 《聊斋志异·章阿端》："人死为鬼，鬼死为聻。鬼之畏聻，犹人之畏鬼也。"聻，音 jiàn。

外，道士们可以自封大官，擅发护照，锡箔店可以发行元宝和钞票，这不都可以说是随心所欲吗？

说起鬼神，首先令人联想到香。焚香的风俗是中国上古所没有的，后来它才跟着佛教传入中国。道士们的焚香，又是跟和尚学来的。在民众的眼光看来，香的效力很大。我们那边的俗话说："狗屎受了三天的香火就有神。"无论祭祖、拜神、求佛，必须先焚香然后可以磕头；据说正式的诅咒也须焚香，否则只是吓吓生人而已，鬼神决不理会那些不焚香的诅咒。我生平只见过一个不守规则的道士：他给人家送鬼的时候，一面问主人要香烛和洋火，一面先喃喃作咒起来，等到香烛点着，祭品摆好，他已经收了谢礼，向主人告辞了。这因为他生意太好的缘故，是不足为训的。

中国人的祈禳显然是一种贿赂。猪头三牲给神吃了还不算，再送上若干元宝①。既是贿赂，穷人或悭吝人就要吃亏。譬如打官司的两造②都向某神许愿，一定是鸡肥猪头大的一方面得到胜利；又如某人病重，他的妻儿求神希望他好，他的仇人求神希望他死，如果所求的是同一个神，那人的死活就是看元宝的大小多少而定。但是，除了贿赂之外，人们还有对付鬼神的办法。关亡魂的时候，如果鬼不肯说实话，可以用绳子绑缚着他（其实是男巫或女巫），逼他吐实。每年腊月二十三日，灶君照例要上天报告人间的善恶，人们除了给他

---

① 马蹄形的金锭、银锭。这里指祭鬼神时烧的用纸作的假元宝。
② 指打官司的原告、被告双方。语见《周礼·秋官·大司寇》。

相当的贿赂之外，还拿糖元宝糊在他的嘴上，让他在玉皇跟前张不开口。

祭祀祖先，向来不归入迷信一类。生前既然应该赡养，死后的祭祀自不能谓之贿赂。"祭神如神在"①，所以向来反对释道的人也很虔诚地奉祭祖先。但是，有些事情似乎是超出于《祭义》②之外的，叫做迷信也未尝不可。譬如中元节③，它是起源于道教和佛教。直到现在，还是很盛行的。北平的北海每年七月十五日的晚上，漪澜堂和五龙亭挤满了人。莲花灯未必真的好看，团栾明月底下的红男绿女却是一年到头看不到的。超度④阵亡将士是用这一日；北平大学医学院致祭被解剖的人似乎也是用这一日。据说中元节是鬼节，地狱里的鬼蒙恩放假一天。人们自然不肯承认自己的祖宗是地狱里的鬼，但是不妨趁此也祭一祭他们；万一他们当中真有陷在地狱里的，也因此得到好处。我童年的时代，每逢中元就很忙，要帮助大人凿纸钱、折元宝、印马匹……，祖母和母亲也忙着做纸衣服。这样大约要忙一个礼拜。有一篇祭文，不知是谁传下来的，因为声调铿锵，我就记在心里，现在还背得出来。大概说的是："时维七月，序属中元。地官⑤于焉纵狱⑥，时

①　祭祀祖先就好像祖先真的在那儿。语见《论语·八佾》。
②　《礼记》的一篇。
③　七月的望日为中元，一般以七月十五日为中元节。过去，北京有中元节放莲花灯的习俗。
④　迷信说法，为死者诵经，使其脱离苦难，升入天堂。
⑤　指阎王。
⑥　释放地狱的囚犯。

王①以此祭孤。念我已往先灵，生不失为全人，殁必膺夫异数②。或待诏乎天上，或修职乎土司③；或徜徉乎广寞之乡，或逍遥乎极乐之国……能不凄怆焄蒿④，绥我思成⑤也哉？……"直到如今，我仍旧认为这一篇祭文做得非常得体。

由上面的一篇四六看来，可见文人也免不了迷信。几年前，有人看见一位大学教授在妙峰山上磕头，传为笑柄。这种事在三十年前并不为奇。我在童年时代还看见家里有《太上感应篇》⑥和《阴骘文》⑦。最有趣的是一种功过格：做某一件善事记大功一次或小功一次；做某一件恶事记大过一次或小过一次。这些都在功过格里有明文规定的。执行记过者就是自己。年终时作一统计，如果过多于功，必须痛改前非，否则将遭天谴。实际上，文人之所以这样做，大半由于科举。科举是无凭的，所谓"不要文章高天下，只要文章中试官"。于是他们相信冥冥中有主宰者在。他们宁愿不奉财神，却不能不奉文昌，就是这个缘故。

一般人的迷信自然比文人又深一层，于是有苦肉计。苦肉计者，自己故意先找些苦头，希望因此得到神佛的怜悯也。

---

①　当代的皇帝。
②　指特优的名位。《左传·庄公十八年》："王命诸侯，名位不同，礼亦异数。"
③　阴曹。
④　《礼记·祭义》："焄蒿凄怆。"焄，音 xūn，香气。蒿，蒸发。
⑤　《诗经·商颂·那》："汤孙奏假，绥我思成。"奏假，祭祀时奏乐以请祖先来享。绥，安。郑玄注："安我以所思以成之人。"
⑥　书名。抱朴子托名太上（老君之师）而作，清惠栋等为它作注。
⑦　书名。教人行阴功积德。

妙峰山每年进香的时节，总有人从山脚下五步一跪，三步一拜的，直拜到山顶。江浙一带更有所谓戳肉撑炉：当在神佛出会或祈雨的日子，诚心的信士用几个铁钩勾在手臂上，铁钩下面挂着香炉。据说若是诚心的人，戳破了的肉会很快地收口的；否则有溃烂的可能。此外又有人舍身为罪犯，穿着红衣红裤跟着神佛走。非但迷信的人喜欢用苦肉计，连主持迷信的人也爱用它。道士们会用刀划破手臂，取些血给病人吃。苦肉计也有出于孝心的，如卧冰求鲤①、割股疗亲②之类。报载现代的大学生当中也还有人割股，此乃古道尚未完全沦亡之证。

"不孝有三，无后为大"③，中国人求嗣心切，非任何民族所能及。广东戏跳了加官④之后，跟着就来一个仙姬送子。求嗣的人，除了拜恳送子观音之外，还不惜访求良方。据说某一个地方的女人如果久不生育，就设法找到一个胞衣，烤熟了吃下去，有神效。医者意也，此医卜星相⑤之所以并称欤？生了女儿还不怎么样，生了儿子就想尽方法不让他死亡。依某一种人的看法，儿童的夭折就是不肯跟随这一对父母而要另行投胎的表示，所以做父母的应该羁縻住他。给他戴上项

① 晋朝人王祥冬天脱去衣服卧在冰上，想用体温使冰融化，为继母找鱼。事见《晋书·王祥传》。也见于《二十四孝》。
② 割下大腿上的肉来治疗父母的病。事见《二十四孝》。
③ 见《孟子·离娄上》。
④ 旧时每演一场戏，先演一出"加官"以示吉利。
⑤ 医卜星相是旧时的四种职业。医是看病的，卜是占卜的，星是算命的，相是相面的。

圈还不够，最好再加上一副金锁。手链脚镣，应有尽有。最特别的是以铜穿鼻，把他当做牛一般地豢养，头上有福禄寿三星或八仙贺寿的帽子，身上有八卦和咒语的包被，把儿童保护得无微不至。名称上也有斟酌，最好的是避免承认儿子。我们家乡的人喜欢教小孩叫父亲做叔父或伯父，叫母亲做奶娘或婶娘，把儿子命名为阿妹，因为不承认他是男的；又有人命名为阿狗，简直不承认他是人。江浙人所谓阿毛，其实就是阿猫，和阿狗同一用意。如果先养女儿，喜欢把她叫做跟弟和招弟之类，希望她领一个兄弟来投胎。——这样宝贵小国民和重视男性，所以抗战四年有余，并不愁缺乏壮丁。

　　医卜星相之中，医是升格了，不在讨论之列。相面最有变化，因为世上没有面貌完全相同的人。《麻衣相法》①决不是完备的书；相士中的名流都能神而明之，相术超出于此书之外。星命的变化就少了，其法以诞生的年月日时的干支相配，共成八字，以定吉凶。这种变化是有限的，数学家可以即刻告诉咱们八字共有多少可能性。关于占卜之术，我只懂得两种：第一种是通俗化的六壬，即大安、流连、速喜、赤口、小吉、空亡。其法以月日的数目相加，再加上时辰的顺序，然后依上述大安至空亡的次序数去即得。这自然比八字更少变化。第二种是金钱课，以六十四卦为根据。其法用铜钱三枚作法，如得一字二背即作一画（阳爻）；如得二字一背即作

---

①　旧时的一种相术，相传始于宋代麻衣道者。

二画（阴爻）；如得三背即作一圈（阳变）；如得三字即作一
叉（阴变）。共摇钱六次，得六爻，然后依法占之。这种卜卦
法虽比较地变化多些，然而其变化的可能性仍旧是算得出来
的。至于测字，可能性更少了，因为常用字不过二三千个。
但是，术士之中不乏聪明的人，他对于这种有限的变化也有
很聪明的解释。试看下面的三个故事：（一）一个宰相和一个
铁匠的八字完全相同，但是，这八字是五行欠水的。那宰相
生在船上，有水相济，所以做了大官；那铁匠生在炉边，非
但欠水，而且加火，所以没有出息。（二）一个秀才拈了一个
"串"字，测字的人断定他连中两榜；同行的另一秀才仍拈
"串"字，测字的人却断定他家有丧事，因为有"心"拈
"串"就成"患"字了。（三）某皇帝微服出游，见一个人拈
"帛"字，测字的人断定他有丧事，因为"白巾"就是戴孝，
那皇帝跟着也拈"帛"字却被识破是皇帝，因为"帛"字是
"皇头帝脚"。——咱们千万别和江湖术士辩论；他们的唇枪
舌剑决不是咱们所能敌的。

　　日本军人的择日，大约也是从数目上着眼的。他们特别看
中了"八"字。沈阳事变是九一八，淞沪之役是一·二八。
卢沟桥事变是七七的深夜发动的，在他们看来也许是七八。
他轰炸南苑，占据北平，是在七月二十八。甚至第一次轰炸
昆明，也择定了九月二十八。读者一定可以帮我们找出更多
的证据；然而我还可以举出最近的一件大事：日本对英美宣
战，却也选中了十二月八日——另一个一二·八。我们不相信

这一切都是偶合。但是我们也不想作任何批评。只有一句话是可以说的：咱们中国人并不是世界上最迷信的民族。

1942 年冬《中央周刊》

九、骑　马

　　西洋的汉学家以为中国人本来是不会骑马的，骑马的艺术系从蒙古族学得。这话的重要证据自然是赵武灵王胡服骑射①。真的，咱们在《诗经》里所看见的"四牡有骄②、两骖如舞③"一类的字句都只描写的是拉车的马，而不是人骑的马。但是，咱们不必讳言骑马是从胡人学来的，正像现在不必讳言飞机大炮是从西洋学来的一般，只要咱们有跟人学样的本领就好。像春秋战国时代的中国武士那样神勇，学骑马是绰有余裕的。依《左传》里说，当时中国的武士会跳上战车，甚至可以在马跑的时候跳上敌人的车辆去刺杀敌人。拿这种本领去学骑马，不是易如反掌吗？

----

①　胡服，穿胡人的衣服，胡人指中原以外的少数民族。骑射，骑马射箭。赵武灵王之前，都是车战，武将要立于车中与敌人交战。骑马射箭是胡人的习俗。事见《史记·赵世家》。
②　见《诗经·卫风·硕人》。
③　见《诗经·郑风·大叔于田》。

　　大家都知道，古代的英雄是怎样爱他们所骑的马。楚霸王的乌骓和虞姬并重，或者可说比虞姬更为重要，因为等到"骓不逝"的时候，虞姬只能陪着他徒唤"奈何"。名将有了良马，然后相得益彰。故曰："人中有吕布，马中有赤兔。"直到现代，我还觉得一位军长骑上一匹马就格外显得威风凛凛。那种"逸势凌蛟虬"的神气决不是任何机械所能代替的。假使将来战术发展到总司令须坐某种堡垒上阵，我在赞赏战术高明之余，仍旧要惋惜武士不复能感受乌骓赤兔的烟士披里纯①。

　　说起骑马，会联想到西洋古代的骑士。只有那种任侠仗义扶弱锄强的人，才不辱没了名马。依照传说，中古时代只有骑士能有骑马的权利，而骑士又都是忠勇的人。不管它是不是事实，只这忠勇和马搭配就够有趣的。咱们可以说，马就是忠勇的象征。

　　文人的骑马，一般说起来，却是最可鄙的。"春风得意马蹄疾，一日看尽长安花"②，这是何等浅的器量！"宣劝不辞金碗侧，醉归争看玉鞭长"③，这是多么令人作呕的神情！我们读到这一类的诗句的时候，眼睛里活现出戏台上状元游街的景象：一个弱不禁风的瘦书生拿着鞭子像挥扇般地摇了又摇。这和骏马的神态形成一种极端的矛盾。马者，怒也，武也

---

① 即灵感，见代序第 4 页注⑤。
② 见孟郊《登科后》诗。
③ 见苏轼《次韵王晋卿奉诏押高丽燕射》诗。

（据《说文》）。多数书生非但不能武，连怒也不过五分钟，如果他们要骑马的话，最好择一些驽骀给他们骑。

不过，这也不可一概而论。像陆放翁的骑马也就不凡。"桃花骏马青丝鞚"①，"射雉西郊常命中"②，这种畋猎的英姿，并不亚于冲锋陷阵。也许因为他是帅府的参议，所以能有上马杀敌、下马作露布③的豪情。必须是他这种人，才够得上说"中原北望气如山"④，才够得上说"老子犹堪绝大漠，诸君何至泣新亭？"⑤ 才够得上说"剖心莫写孤臣愤，抉眼终看此虏平！"⑥

女子骑马自然别有风韵；然而骅骝毕竟是配英雄的，不是配美人的。除非是美人而兼英雄！昭君出塞虽也骑马，但是我想只是按辔徐行。冼夫人⑦、平阳公主⑧、梁红玉⑨、秦良玉⑩和沈云英⑪，她们是否善于骑马，有没有良马，可惜咱们不知道。香妃⑫的戎装画像确能动人，而且我们相信她会骑

---

① 陆游《怀成都十韵》："竹叶春醪碧玉壶，桃花骏马青丝鞚。"
② 陆游《怀成都十韵》："斗鸡南市各分朋，射雉西郊常命中。"
③ 见代序第 6 页注①。
④ 陆游《书愤》："早岁那知世事艰？中原北望气如山。"
⑤ 见陆游《夜泊水村》诗。
⑥ 见陆游《书愤》诗。
⑦ 南北朝高凉冼氏之女，多筹略，知兵法，后封谯国夫人。
⑧ 唐高祖的女儿，柴绍的妻子，能打仗，威震关中。
⑨ 宋韩世忠妻，与韩世忠共同抗金。
⑩ 明石砫宣抚史马千乘妻，善骑射，并精于词赋。
⑪ 明道州守备至绪之女，能骑射，精通书法。
⑫ 清高宗时，回族酋长的妃子，生来体有异香。高宗灭掉回族部落，纳她为妃，她常思报仇，后被太后杀死。

马，因为她是回部的女子。我喜欢看见西洋女子 em ama-zone①，非但衣服近似男装，而且当她们纵马加鞭的时候，也饶有丈夫气。我又在北平看见摩登小姐们骑马游春，情景却不一样，看她们那种战战兢兢的样儿，实在令人不好受。但是，抗战以后，女同胞当中却产生了不少的阿马孙英雄②，她们非但有马革裹尸的志气，而且有跃马檀溪③的胆量。他们和白云观④外的嬉春女士相差得实在太远了。

　　我喜欢骑马，却不喜欢骑驴。驴子那种冒冒然的意态，只能增加人们的萎靡不振。《封神榜》里的神仙有骑狮子的，有骑虎的，有骑鹿的，有骑仙鹤的，依我猜想，都不如骑马的英雄气概。当我骑马的时候，非但不喜欢按辔徐行，而且不爱它那种赛跑式的步伐。我喜欢它飞，我爱它如天马行空，我爱它如风驰电掣。我们的土话把马的小跑叫做"小滚"，马的大跑叫做"大滚"。小滚只觉得颠簸不堪；在这种情形之下，骑马和骑驴并没有什么大分别。至于大滚的时候，就大大不同了。马似流星人似箭，你只觉得身轻如叶，飘飘欲仙，并不像一匹马载着你在走路，只像一只神鹰载着你在凌空！只有这样，你才尝得到骑马的乐趣。小滚的结果，会使你头

① 女子穿上骑马的装束，骑上马；法文叫 em amazone（阿马孙式）。
② 指女英雄。阿马孙是古希腊神话中的一族女战士，境内禁止男子居留。这一族人均骁勇善战。
③ 东汉末，刘备赴刘表的宴会，刘表的部将要杀刘备，刘备乘马潜逃，马名的卢，堕于檀溪，溺不得出，的卢一跃三丈，遂得逃脱。
④ 北京的观名，旧时每到春天，人们都到那儿游春。

昏脑涨；大滚的结果，会使你忘却疲劳——纵然疲劳了，也包管你夜里睡得安稳。会骑马的人不喜欢小滚而喜欢大滚，正像喝酒的人不喜欢淡酒而喜欢白兰地。不看见那些能喝一瓶白兰地的人只喝四两时酒就叫头疼吗？

昆明骡马之多，可以比得上北平。乡下女子也会横坐在载货的鞍子上，让马蹄得得的声音伴着她们的歌声，这一点却是北平女子所不能及的。只可惜昆明的马不够魁梧，又给过量的货物压坏了身体。至于那些专赁给人家骑坐的马，自然比较地体面些，但是我骑过了一次之后，觉得大大失望。因为它非但不会大滚，而且连小滚也不会。一个赶马的小孩跟着它款款而行，比人走得还慢呢。

我十四岁就学骑马，虽然栽了不少的筋斗，但是那种飞行的乐趣，至今犹萦梦寐。这二十年来，总没有痛痛快快地骑它一次，不免有髀肉复生①之感。我自信盛年虽逝，豪气未消。等到黄龙②既捣、白堕③能赊的时节，定当甘冒燕市④之尘，一试春郊之马！

1942 年冬《中央周刊》

---

① 刘备起初身不离鞍，髀肉都消掉了。后来常不骑马，髀肉又多起来了。刘备感叹地说：“老将至矣。”
② 黄龙府，辽建，金沿用，并作为都城。岳飞发誓直捣黄龙就指此地。在今吉林省农安县。
③ 这里指酒。晋朝人刘白堕善酿酒，后用他的名字代酒。事见《洛阳伽蓝记·法云寺》。
④ 指北京。

十、奇特的食品

我常常像小孩般发出一个疑问：人类的食品为什么大致相同？是各民族不约而同地各自发现的呢，还是由甲地传入乙地，逐渐传遍全世界的呢？像米、胡椒、芥末之类，自然是从东方传入欧洲的；但是，牛羊鸡猪以及麦类等，又是谁传给谁的呢？

不过，从反面说，不相同的食品也不少。甲民族所不吃的东西，如果乙民族吃它，就被认为一种奇特的风俗。实际上凡不含毒素的东西都可以作为食品。然而人们都不能这样客观，总觉得我们所认为不能吃，甚至令人作呕或可怕的东西，而你们居然吃了，实在是一件不可思议的事情。成见深些的人，会因此就把野蛮民族的头衔轻轻地加在别人的身上！当法国人笑咱们中国人吃燕子窝的时候，我并不耐烦和他们解释一番大道理，我只回答他们说："中国人虽吃燕子窝，却不像你们吃蜗牛啊！"

吃鳖的风俗，中国上古就有了。郑公子归生①因为吃不着

---

① 春秋时，楚国献给郑国一个大鳖，郑灵公没有给公子归生吃，他很生气，用手在鼎中蘸一点尝尝就走了，后来他杀死了郑灵公。事见《左传·宣公四年》。

大鳖，竟至于杀君。吃狗的风俗，中国上古也有了。《礼记》言"食犬"，《仪礼》言"烹狗"，这是多么正经！《孟子》说"鸡豚狗彘之畜，无失其时，七十者可以食肉矣"[1]，竟像是说七十岁才有吃狗肉的权利，这是多么珍贵！《左传》说"郑伯使卒出猳，行出犬鸡，以诅射颍考叔者"[2]，则狗肉还可以祭鬼神呢！狗肉可以作食品，始于何时，固然难于考定。然而殷墟文字中已有"犬"字；谁也不敢断言当时的狗只为畋猎之用，耕牛可供食品，猎犬何独不然？吃狗肉的风俗直至汉代还未消灭，所以樊哙能以屠狗为业。其实，猪是世界上最脏的畜类，人们尚且吃它；狗肉又何尝不可以吃？问题在乎当时的狗是否也吃人粪。我想是不吃的；等到它吃粪的时代，一般人就不吃它了。《史记正义》在"屠狗"下注云："时人食狗，亦与羊豕同，故哙专屠以卖之。"可见唐代的人已经不吃狗肉。

　　除了鳖和狗之外，现代广东人还吃猫、蛇、猴等物。其实这种奇异的食品是更仆难数[3]的。龙虱、蚂蚱之类，喜欢吃的人不愿意把它们去换海参、鱼翅！广西南部有一种当篱笆用的小树名叫"篱固"，牧童们喜欢用刀剜取树中的一种蛹，用油煎熟来饮酒。此外，黄蜂的蛹也是下酒的佳肴。

---

① 见《孟子·梁惠王上》。

② 见《左传·隐公十一年》。卒，百人为卒。猳，音 jiā，雄猪。行，二十五人为行。颍考叔，郑国大夫。

③ 指东西多得难以数过来。更，更换。仆，太仆（管宫室后勤的官）。

　　小孩的食品也有很奇特的。据说兽粪中的一种硬壳虫是小孩的滋补品。如果小孩伤风咳嗽，用蜣螂去头足，煎汤服之即愈。越南人对于小孩，喜欢给他吃壁蟢。据说也是滋补品。

　　成年人所吃的药品，在中国也有极奇特的，中药书上的人中黄、人中白、紫河车之类，非但吓倒西洋人，连我们这一代的中国人恐怕也咽不下去。此外还有些药书所未登录的验方，例如脖子内生疬子筋的人，据说壁虎可治。其法系将活的壁虎送进喉咙，注意使它的尾巴先进去。这种治病方法实在惊人，但只可惜壁虎的味道不能细细咀嚼了。

　　奇特的食品在吃惯了的人看来也并不奇特。但是，不知是否怕别处的人嗤笑，人们对于那些奇特的食品往往喜欢锡以嘉名。明明是鳖，偏叫它甲鱼；明明是青蛙，偏叫它田鸡；明明是甲壳虫之一种，偏叫它龙虱；明明是蛇和猫，偏叫它龙虎斗；明明是狗肉，偏叫它香肉。药品亦然，明明是胞衣，偏叫它紫河车。其实这也难怪，名称对于心理的影响是很大的。冬笋是咱们所喜欢吃的东西，西洋人偏要说咱们吃的是"嫩竹"或"竹芽"，听来未免有点儿刺耳。咱们的顶上官燕在他们的嘴里变了"燕子窝"，连咱们中国人听了这种名称也要作三日呕了。

　　大致说来，凡能刺激人的东西都是好的。湖南人的辣椒、广东人的苦瓜，其妙处全在那辣和苦。最臭的东西也就是最香的。初到南洋的人，每吃榴莲（水果名）一次，必呕吐一番。但是，如果你肯多吃几次，则你之喜欢榴莲，将甚于杨贵妃之喜欢荔枝。"日啖榴莲三十颗，不妨长作南洋人"①，华侨当中不乏作此想者。最令人作呕的东西也就是最富于异味的。相传蜀中某名士擅易牙之术②，一日宴客，自任烹调。众客围桌以待朵颐③之乐。忽见仆人把一只马桶端上桌来，主人跟着进来把桶盖揭开，里面珍错杂陈。吃起来，其味百位于常品，这主人就是善于利用人们的恶心的。

我们认为，每一个民族都有选择他们的食品的自由。假使有某一地方的人奉耗子为珍馐，我们也并不觉得他们比吃兔肉的人更野蛮，更可鄙。但是，不反对人家虽是易事，和人家同化毕竟很难。十年前我被法国朋友强劝，吃了一个蜗牛，差点儿不曾呕出来，至今犹有余悔。我非但是中国人，而且家乡距离专吃异味的广东不到二十里，然而我生平对于田鸡和甲鱼，始终不敢稍一染指；鳝鱼虽吃过几次，总不免"于我心有戚戚焉"④，至于猢狲、长虫、狸奴⑤和守门忠仆之流，更不是我所敢问津的了。——唉！人类几时能免为成见的奴隶呢？

1942 年春《中央周刊》

---

① 苏轼诗有"日啖荔枝三百颗，不妨长做岭南人"。这两句是套苏轼的诗句而成。啖，吃。
② 指烹调法。易牙是春秋时齐国人，善调味。
③ 指吃。朵，动。颐，腮。语见《周易·颐》。
④ 语见《孟子·梁惠王上》。原意是我心也有同感，这里指由于害怕而有点心惊。戚戚，心动的样子。
⑤ 狸奴，即猫。

十一、诅　咒

　　波特莱尔在《恶之花》里，把恨认为恶之一种，然而他并不反对恨；相反地，他赞成人们尽量把怨恨宣泄出来，事实上，报仇雪耻是人类的本性，谁愿意把一场闷气郁在肚子里？不过，有时候在能力上做不到白刀子进去、红刀子出来的地步，不得已而思其次，就变出许多花样来了。

　　第一个办法是诅咒。此事由来已久。《左传》里说："郑伯使卒出豭，行出犬鸡，以诅射颍考叔者。"可见诅咒在当时是一种颇隆重的大典。《旧约圣经》里也不少关于诅咒的记载，可见古今中外都相信这一套法宝。咱们也不能说这种事完全是一种弱者的行为；在当时，大家的确相信这是一套有效的法宝，这是无形的刀剑，和有形的刀剑同功。以诅咒杀人，和《封神榜》里所说的哼哈二将用口鼻嘘气杀人，并没有强弱勇怯的分别。到了现代便不同了，诅咒的人故意要让被诅咒的人听见，这样，一则显得诅咒的人自己并不相信这是一种有效的法宝，二则显得诅咒的人实在是个弱者，没有法子宣泄他的怨恨，只能利用那于人无损的诅咒。试看现代喜欢诅咒的人多数是女人，而且往往不敢指名诅咒，就可明白这个道理。

　　第二个办法是匿名骂人，这里头包括着墙壁上写字和匿名信，墙壁上写字最足以表示阿 Q 的心理，而这种阿 Q 以学生为最多。厕所里是最常见，也是最难避免脏话的地方。其余如教室里的黑板、膳堂里的墙壁，甚至于写到马路上去；要看校风如何而定。中国旧小说里一向鼓励明人不做暗事，大约正因为社会上做暗事的人太多了，像武松、十三妹之流的人物没有几个，所以才值得大大的提倡。匿名信在手段上更进一层：墙上写字，被骂者未必有机会看见；匿名信则被骂者非见不可。在内容上，墙上写字和匿名信也颇有不同。墙上写字往往只骂人，不恐吓人；匿名信却多数带着恐吓的性质。墙上写字往往因为时间匆促，不能畅所欲言，厕所里虽合于欧阳永叔三上①的原则，适宜于运用文思，毕竟谁也不愿意久待在里面；至于匿名信却不同了，他可以花一整夜的工夫，尽量运用他那骂人的艺术，去进行他的"神经战"。依我们的想象，匿名信应该特别容易写得好，因为要说什么就说什么，毫无顾忌，也不像写信谏劝尊长那样需要委婉，也不像替报纸上写文章那样处处预防"被抽"。这样，匿名信骂起人来，应该能使陈琳②点头，骆宾王③逊色，才是道理。但是不幸得很，大约因为做这种暗事的都是些"暗人"罢，暗得像个牛皮灯笼，也就不会有什么太漂亮的话的。记得数年前，

①　宋朝欧阳修打腹稿的三个地方，即马上、厕上、枕上。
②　建安七子之一，曾写讨曹操的檄文。
③　唐代诗人，初唐四杰之一，曾写《讨武曌檄》。

桂林某大学校长上任不久，接到一封匿名信，信内怪他招生考过了两个星期还不放榜——天晓得是否借题发挥——结果骂他是汉奸。逻辑是这样的：凡在抗战期间不充分利用时间来努力为国家服务者都是汉奸，某校长放榜不速，太懒惰了，所以是汉奸。某校长看了，笑了一笑，撕了，说："这种不通的学生，榜上不会有名的。"只要你是一位新任的某某长，不拘政界、学界，都得准备在贺电纷陈之中接受几封匿名信。如果你大惊小怪，嚷着要彻底清查，那你的气量并不比那写信人的气量大些。倒不如索性见怪不怪，其怪自败。本来嘛，写匿名信的人根本就是一个弱者。连自己的名字都不敢说出来，可见他所说的怎样怎样对付你也只等于掩着耳朵放鞭炮。古人说"明枪易躲，暗箭难防"，写匿名信的人非但没有胆量用明枪，而且也没有胆量放暗箭。试看旧小说里放暗箭的，有先自嚷出来的吗？不敢做的人才干嚷呢！

第三个办法是当面恐吓，这里头包括着摩拳擦掌和拿出手枪来。摩拳擦掌也是一种外强中干的行为。我们不相信，多摩一摩拳，多擦一擦掌，就可以增加一分气力或勇气。相反地，拳越摩，心越怯；掌越擦，胆越小。摩拳的唯一作用是使对方害怕；如果对方不睬，也就黔驴无技了。二十年前，我在上海读书的时候，看见两位同学吵架。一位骂得最凶，摩拳擦掌半天之久；另一位不太说话，更说不上擦掌摩拳。突然间，二人中有一人被打倒在地了，大家一看，却是摩拳擦掌的那人。也许他是摩擦得一阵头昏，才吃了亏的。至于拿出手枪来，自然是恐吓的最高峰。但是，在某一些情形之下，它也可以说是和摩拳擦掌差不多。固然，譬如你黑夜在家里遇见强盗，他拿出手枪来禁你声张，你要不依他，他很可能就开枪。这一则因为事在危急，二则因为他打死了人之后很难追究出来谁是凶手。但是，世上有许多人为了芝麻大的事情也拿出手枪来吓人，那就不过吓吓而已。在吓的人觉得：吓得有效力最好，即使没有，也不会有什么损失。我们并不劝人看见了手枪要发怒，要去抢他的手枪；但是如果某君该欠你十万元，你大可不必因为看见了手枪而改口说成九万九千九百九十九。那手枪也许是坏了的，也许是没有装上子弹的。即使装上了子弹，他未必开枪，也未必瞄准。即使他瞄准，如果你一心镇静，说不定那子弹到了半路还退回到枪膛里去呢！

　　诅咒和恐吓乃是可怜虫的制造者。最有趣的是：谁是可怜虫，并不全由诅咒和恐吓这两种行为来决定，还要看对方的反应如何。被诅咒或恐吓的人如果心里害怕，坐卧不安，那么他就是可怜虫了。但是如果他以逸待劳，以静制动，使那诅咒的人或恐吓的人枉费心机，白忙了一阵，那么，可怜虫却在彼而不在此。

1943 年 5 月《中央周刊》

十二、劝　菜

　　中国有一件事最足以表示合作精神的，就是吃饭。十个或十二个人共一盘菜，共一碗汤。酒席上讲究同时起筷子，同时把菜夹到嘴里去，只差不曾嚼出同一的节奏来。相传有一个笑话：一个外国人问一个中国人说："听说你们中国有二十四个人共吃一桌酒席的事，是真的吗？"那中国人说："是真的。"那外国人说："菜太远了，筷子怎么夹得着呢？"那中国人说："我们有一种三尺来长的筷子。"那外国人说："用那三尺来长的筷子，夹得着是不成问题了，怎么弯得转来把菜送到嘴里去呢？"那中国人说："我们是互相帮忙，你夹给我吃，我夹给你吃的啊！"

　　中国人的吃饭，除了表示合作的精神之外，还合于经济的原则。西洋每人一盘菜，吃剩下来就是暴殄天物；咱们中国人，十人一盘菜，你不爱吃的却正是我所喜欢的，互相调剂，各得其所。因此，中国人的酒席，往往没有剩菜；即使有剩，它的总量也不像西餐剩菜那样多，假使中西酒席的菜本来相等的话。

　　有了这两个优点，中国人应该踌躇满志，觉得圣人制礼作乐，关于吃这一层总算是想得尽善尽美的了。然而咱们的先哲犹嫌未足，以为食而不让，则近于禽兽，于是提倡食中有让。起初是消极的让，就是让人先夹菜，让人多吃好东西；后来又加上积极的让，就是把好东西夹到了别人的碟子里、饭碗里，甚至于嘴里。其实积极的让也是由消极的让生出来的，遇着一样好东西，我不吃或少吃，为的是让你多吃；同时，我以君子之心度君子之腹，知道你一定也不肯多吃，为的是要让我。在这僵局相持之下，为了使我的让德战胜你的让德起见，我就非和你争不可！于是劝菜这件事也就成为《乡饮酒礼》①中的一个重要项目了。

劝菜的风俗处处皆有，但是素来著名的礼让之乡如江浙一带尤为盛行。男人劝得马虎些，夹了菜放在你的碟子里就算了；妇女界最为殷勤，非把菜送到你的饭碗里去不可。照例是主人劝客人；但是，主人劝开了头之后，凡自认为主人的至亲好友，都可以代主人来劝客。有时候，一块好菜被十双筷子传观，周游列国之后，却又物归原主！假使你是一位新姑爷，情形又不同了。你始终成为众矢之的，全桌的人都把好菜堆到你的饭碗里来，堆得满满的，使你鼻子碰着鲍鱼，眼睛碰着鸡丁，嘴唇上全糊着肉汁，简直吃不着一口白饭。我常常这样想，为什么不开始就设计这样一碗"十锦饭"，专为上宾贵客预备的，倒反要大家临时大忙一阵呢？

劝菜固然是美德，但是其中还有一个嗜好是否相同的问

---

① 《仪礼》的一篇。

题。孟子说："口之于味，有同嗜也。"我觉得他老人家这句话多少有些语病，至少还应该加上一段但书①。我还是比较地喜欢法国的一句谚语："惟味与色无可争。"意思是说，食物的味道和衣服的颜色都是随人喜欢，没有一定的美恶标准的。这样说来，主人所喜欢的好菜，未必是客人所认为好吃的菜。肴馔的原料和烹饪的方法，在各人的见解上（尤其是籍贯不相同的人），很容易生出大不相同的估价。有时候，把客人所不爱吃的东西硬塞给他吃，与其说是有礼貌，不如说是令人难堪。十年前，我曾经有一次作客，饭碗被鱼虾鸡鸭堆满了之后，我突然把筷子一放，宣布吃饱了。直等到主人劝了又劝，我才说："那么请你们给我换一碗白饭来！"现在回想，觉得当时未免少年气盛；然而直到如今，假使我再遇同样的情形，一时急起来，也难保不用同样方法来对付呢！

　　中国人之所以和气一团，也许是津液交流的关系。尽管有人主张分食，同时也有人故意使它和到不能再和。譬如新上来的一碗汤，主人喜欢用自己的调羹去把里面的东西先搅一搅匀；新上来的一盘菜，主人也喜欢用自己的筷子去拌一拌。至于劝菜，就更顾不了许多，一件山珍海错，周游列国之后，上面就有了六七个人的津液。将来科学更加昌明，也许有一种显微镜，让咱们看见酒席上病菌由津液传播的详细状况。现在只就我的肉眼所能看见的情形来说。我未坐席就留心观

---

① 法律条文中，在本文之后说明有例外叫但书。这里指例外。

察，主人是一个津液丰富的人。他说话除了喷出若干吐沫之外，上齿和下齿之间常有津液像蜘蛛网般弥缝着。入席以后，主人的一双筷子就在这蜘蛛网里冲进冲出，后来他劝我吃菜，也就拿他那一双曾在这蜘蛛网里冲进冲出的筷子，夹了菜，恭恭敬敬地送到我的碟子里。我几乎不信任我的舌头！同是一盘炒山鸡片，为什么刚才我自己夹了来是好吃的，现在主人恭恭敬敬地夹了来劝我却是不好吃的呢？我辜负了主人的盛意了。我承认我这种脾气根本就不适宜在中国社会里交际。然而我并不因此就否定劝菜是一种美德。"有杀身以成仁"，牺牲一点儿卫生戒条来成全一种美德，还不是应该的吗？

1943 年 5 月《中央周刊》

龙虫并雕斋琐语

（《生活导报》时期）

一、洪乔主义

晋殷羡字洪乔，当他做豫章太守的时候，京都的人托他带一百多封信。他到了石头渚，就把那些信都扔在水里，说："沉者自沉，浮者自浮。殷洪乔不为致书邮！"后人把那石头渚叫做投书渚。

我们读了这一段故事之后，觉得痛快之至。但是，古代的人托人带信，还有几分可以原谅。因为古代并没有邮政，公文的传递虽有驿使，私人的书信就只好托人了。古代所谓寄书，十分之九是家书，在寄件人和收件人都觉得是"家书抵万金"①，那么，受托寄书的人何忍使他"寄书长不达"② 呢？因此，我们虽觉得殷洪乔这事做得痛快，同时也觉得他有点

---

① 杜甫《春望》："烽火连三月，家书抵万金。"

② 杜甫《月夜寄舍弟》："寄书长不达，况乃未休兵！"

儿过火，不近人情。

　　现在的情形却不同了。贴上了一张邮票，一封信可以升天入地，无远不届。在这时代，居然还有托人带信的事，真是滑稽之至！说是贪快罢，托人带信决不会比邮政更快；恰恰相反，带信的人到目的地之后，办自己的事要紧，说不定会把你的信遗忘在箱子里，一搁就是一两个星期。说是慎重罢，托人带信决不会比邮政更可靠；你要慎重，不妨来一个双挂号，邮局遗失了你的信还会给你赔偿损失。如果托人带信，非但遗失概不负责，还有被人私拆的危险——不，讲礼貌的人托人带信，根本就不应该封口，还有什么慎重可言？归根说起来，现代托人带信只有一个可怜可鄙的理由，就是要节省几个钱的邮票。那么，对国家，他是邮政的走私者，这是不忠；对朋友，他把人家当做一个义务的邮差，这是不义。不忠不义所以是可鄙；为了节省极少数的钱而甘心自陷于不忠不义，所以是可怜。为了托带私信而累得朋友受了重罚（在外国确有其事），那就超过了可鄙可怜，简直是太可恶了。古代托人带信，是不得已，是慈父孝子或恩爱夫妻的一种值得同情的恳求；现代托人带信，却是视钱如命的伧夫的一种损人利己的手段。假使殷洪乔生在现代，有人托他带信到豫章，他一定当面把信扔在地上，再吐上一口痰，还有耐心带到石头渚才把它扔在水里吗？

　　带信到底是轻易的事情，还有比带信更麻烦的，就是托人带衣物和食品。我明天要到重庆去了，今晚张三托我带一件衣料给他的太太，李四托我带一双鞋子给他的未婚妻，蔡大嫂托我带一件旧裤子给她的阿毛，钱三婶托我带一床破被窝给她的跟弟。我从昆明到北平，张太太托我带三斤大头菜。我从天津至上海，李小姐托我带一篓小白梨。一包四川井盐要跟着我旅行杭州，两只南京板鸭要跟着我游览香港。我自己的行李力求简便，竟像为的是保留着有余的地位，替亲友们效劳！遇着关卡，我得替他们担心，替他们缴验，必要时还得替他们纳税甚至于受罚。火车到站或轮船靠岸的时候，一时找不着挑夫，我得替他们抱之负之。为了他们的东西太多，累得我打碎了一只热水瓶，碰坏了一个照相机，遗失了一根手杖！他们为什么要这么累我呢？并非因为北平没有云南大头菜，也并非因为上海没有天津小白梨，只是大头菜和小白梨在它们的出产地便宜些，乐得叫我代他们运输，反正用不着缴纳运输费。我自己也有亲友在北平，我并没有为他们带些大头菜；我自己也有亲友在上海，我并没有为他们带些小白梨，为的是嫌笨重，怕麻烦。现在我却为了朋友的朋友或朋友的亲戚，辛辛苦苦地带了笨重的东西，旅行数千里，你说气人不气人？中国人喜欢占小便宜，只要自己得到好处，就顾不得别人辛苦，甚至利用别人的劳力，来博取自己的人情。这种风气若不革除，将来总有那么一天，张三托我从柳州带一口棺材到哈尔滨，李四托我从昆明带一床稿荐①飞加尔

---

① 用稻草编成的垫褥，清王念孙《广雅疏证》："今江淮间以稻秆为席蓐，谓之稿荐。"

各答！

因此，我提倡一种主义：凡是托我们带信的，我们付之一炬（因为不一定经过一条河，所以不一定要扔在水里）；凡是托我们带食物的，水果可以供我们在火车上解渴，腊味可以供我们在旅馆里下饭，若遇着不喜欢吃或不好吃的东西，可以扔在路上，自然有人来拾。悭吝的人我们该使他破财，喜欢占小便宜的人我们该使他吃大亏，这就是我们的"洪乔主义"。

1943 年 5 月 22 日《生活导报》第廿六期

二、蹓　跶

在街上随便走走，北平话叫做"蹓跶"。蹓跶和散步不同：散步常常是拣人少的地方走去，蹓跶却常常是拣人多的地方走去。蹓跶又和乡下人逛街不同：乡下人逛街是一只耳朵当先，一只耳朵殿后，两只眼睛带着千般神秘，下死劲地钉着商店的玻璃橱；城里人蹓跶只是悠游自得地信步而行，乘兴而往，兴尽则返。蹓跶虽然用脚，实际上为的是眼睛的享受。江浙人叫做"看野眼"，一个"野"字就够表示眼睛的自由，和意念上毫无粘着的样子。

蹓跶的第一个目的是看人。非但看熟人，而且看陌生的人；非但看异性，而且看同性。有一位太太对我说："休说你们男子在街上喜欢看那些太太小姐们，我们女子比你们更甚！"真的，世上没有一样东西，比一件心爱的服装、一双时款的皮鞋，或一头新兴的发鬈，更能在街上引起一个女子的注意了。甚至曼妙的身段、如塑的圆腓，也没有一样不是现代女郎欣赏的对象。中国旧小说里，以评头品足为市井无赖的邪僻行为，其实在阿波罗①和薇子②所启示的纯洁美感之下，头不妨评，足不妨品，只要品评出于不言之语，或交换于知己朋友之间，我们看不出什么越轨的地方来。小的时候听见某先生发一个妙论，他说太阳该是阴性，因为她射出强烈的光来，令人不敢平视；月亮该是阳性，因为他任人注视，毫无掩饰。现在想起来，月亮仍该是阴性。因为美人正该如晴天明月，万目同瞻；不该像空谷幽兰，孤芳自赏。

蹓跶的第二个目的是看物。任凭你怎样富有，终有买不尽的东西。对着自己所喜欢的东西瞻仰一番，也就可饱眼福。古人说"过屠门而大嚼，虽不得肉，聊且快意"③；现在我们说："入商场而凝视，虽不得货，聊且过瘾。"关于这个，似乎是先生们的瘾浅，太太小姐们的瘾深。北平东安市场里，常有大家闺秀的足迹。然而非但宝贵的东西不必多买，连便

---

① 阿波罗，希腊神话中的太阳神。
② 薇子，即缪斯，希腊神话中的美神。
③ 见第20页注①。曹植书"聊"作"贵"。

宜的东西也不必常买；有些东西只值得玩赏一会儿，如果整车的搬回家去，倒反腻了。话虽如此说，你得留神多带几个钱，提防一个突击。我们不能说每一次蹓跶都只是蹓跶而已；偶然某一件衣料给你太太付一股灵感，或者某一件古玩给你本人送一个秋波，你就不能不让你衣袋里的钞票搬家，并且在你的家庭账簿上，登记一笔意外的账目。

　　就我个人而论，蹓跶还有第三个目的，就是认路。我有一种很奇怪的脾气，每到一个城市，恨不得在三天内就把全市的街道都走遍，而且把街名及地点都记住了。不幸得很，我的记性太坏了，走过了三遍的街道也未必记得住。但是我喜欢闲逛，就借这闲逛的时间来认路。我喜欢从一条熟的道路出去蹓跶，然后从一条生的道路兜个圈子回家。因此我常常走错了路。然而我觉得走错了不要紧；每走错了一处，就多认识一个地方。我在某一个城市住了三个月之后，对于那城市的街道相当熟悉；住了三年之后，几乎够得上充当一个向导员。巴黎的五载居留，居然能使巴黎人承认我是一个巴黎通。天哪！他们哪里知道这是我五年努力蹓跶（按理，"努力"和"蹓跶"这两个词儿是不该发生关系的）的结果呢？

　　蹓跶是一件乐事；最好是有另一件乐事和它相连，令人乐上加乐，更为完满，这另一件乐事就是坐咖啡馆或茶楼。经过了一两个钟头的无事忙之后，应该有三五十分钟的小憩。在外国，街上蹓跶了一会儿，走进了一家咖啡馆，坐在 Terrasse[①]上，喝一杯咖啡，吃两个新月[②]面包，听一曲爵士音乐，其乐胜于羽化而登仙[③]。Terrasse 是咖啡馆前面的临街雅座，我们小憩的时候仍旧可以看野眼，一举两得。中国许多地方没有这种咖啡馆，不过坐坐小茶馆也未尝不开心。这样消遣了一两个小时之后，包管你晚上睡得心安梦稳。

蹓跶自然是有闲阶级的玩意儿，然而像我们这些无闲的人，有时候也不妨忙里偷闲蹓跶蹓跶。因为我们不能让我们的精神终日紧张得像一面鼓！

1943 年 6 月 5 日《生活导报》第廿八期

三、老妈子

所谓老妈子，就是女佣。老妈子并不一定老，有六十岁的老老妈，也有十八岁的小老妈。先把定义说明了，省得下文引起误会。

用老妈子不一定是摆阔；尤其是为社会服务的人，他们的

---

① 咖啡馆外露天的座位。

② 像月牙形的面包，上面涂有很多黄油，味道很好。

③ 语见苏轼《前赤壁赋》。

用老妈子，实在合于涂尔干的社会分工论。她本来要为她自己煮饭吃的，何妨为我们多下一合米①? 她本来要为她自己洗衣裳的，何妨为我们多洗三五件? 省下我们的劳力，做些有益于人群的事情。

好的老妈子是真好。每天照例该做的事，她绝对用不着你关照一声。偶然有些临时预备的事，你没有开口，她已经给你预备下了。你在出门以前，她一声不响地给你擦皮鞋；你在回家以后，她又会一声不响地给你折好了你换下来的衣服。她以一身而兼保姆、厨子、花匠、清道夫诸职，几乎令人不敢相信她的工资只有国币五元。看她一天到晚忙个不停，你不能说她是为了区区五元钱而忙，只能说她是对于工作有兴趣，至少在表面上是如此。每逢过年过节，她换了一身新衣服，来向你鞠一个九十度的躬，令你周身松快。谁说不是呢? 好的老妈子是真好!

抗战几年以后，情形大不相同了。并不是说国难时期没有好的老妈子，只是说我们这些寒儒用不起好的。我们既不能花千元的"月薪"，又不能天天打牌来满足她的"需要"，不得已而思其次，就只好找一个初出茅庐的乡下人，或少年龙钟的城里人来充数了。天哪! 就是这样的下驷②之才，每月工资国币三百元，连伙食算起来，也就占了我们每月收入的半数! 但是，正因为它占了你每月收入的半数，所以你应该用

———————————

① 合，音 gě，容量单位，十合为一升。
② 下等马。《史记·孙子吴起列传》："以君之下驷与彼上驷。"

下驷之才！如果它只占十分之一或百分之一，你倒反不愁没有好的老妈子可用了。

　　不会捉老鼠的猫儿也会吃鱼和牛肉，同理，不会做事的老妈子也会揩油。狡猾的，她会买十二两报一斤①；平凡的，她也会用了十元报十五。不过，其中也未尝没有忠厚的：譬如你给她一百元买菜去，她回来报账给你听，猪肉三十元，豆腐八元，白菜十三元，西红柿二十元，余款三十一元。其实余款该是二十九元，她还多缴还你二元。——但是，天晓得这二元钱是怎样多出来的！

　　清洁和整齐，在某一些"下驷"看来，即使不是咄咄怪事，至少也是多余的事，尤其是每天买不起四两肉的人也讲究清洁，除了几本破书之外别无长物的人也讲究整齐，在她们看来简直是发疯。她们能举出许多实例来告诉你：某家天天吃的是山珍海错，也不妨在鲍鱼汤里加上两只清炖苍蝇；某家住的是高堂大厦，睡的是蓝笋象床，也不妨在屋角堆些碎绸零缎让耗子做窠，在地板上留些果皮表示哥儿们常常有的零食吃。穷措大②们简直没有见过世面，只像李阿毛的儿子，读了两本小学教科书，就回家去教人拾掇，宣传卫生！

　　如果用的是小老妈，有时更令你头疼。当她初出茅庐的时候，自然是很好用的，甚至于跟太太学会了做几样好菜，客来不用主妇亲自上厨房；又从太太那里念了两本书，认识了

---

①　当时十六两为一斤。

②　措大，旧指贫寒失意的读书人。

一千几百个字，补偿童年所应受的智育和德育。由此感恩图
报，立誓终身相随。谁知她在城里居住不上半年，已经由红
裤变为蓝裤，由纱袜变为丝袜，渐渐地又套上一件旗袍。于
是她平日所模仿的太太渐渐被她认为落伍，不够摩登，而主
人的家庭也被认为太窄，使她回旋不得。于是风流事儿来了：
看中张君瑞者不是莺莺小姐，而是红娘；幽会的地方不在西
厢而在逆旅①。再过一两个星期，她会向你辞职，或竟悄然作
冥冥之飞鸿。再过一年半载，你会在街上遇着一位漂亮太太，
和她挽臂的"骑士"是一位西装革履的翩翩少年。她会请主
人和主妇上馆子，吃大菜，一则表示她阔气，二则在衣冠相
形之下，大有主仆易位之势，也能令她吐气扬眉。那时节，
你一定啼笑皆非，只好举杯祝他们一句"愿天下有情人皆成
眷属"。

　　"大时代"中的寒儒，一方面是万事不如人，一方面还离
不了数十年未曾离开过的老妈子。这种矛盾的情况，养成先
生、太太的自卑和老妈子的自尊。因为衣食欠缺，住屋湫隘，
惟恐她嫌；又因为工资低微，惟恐她走。她对我们是稍忤即
嗔，恨尤甚于刺骨；我们对她是未言先笑，谄有过于胁肩②。
人家挞婢如挞犬，体罚施于泥中；我们事仆如事亲，色养③行

---

① 逆旅，旅馆。
② 《孟子·滕文公下》："胁肩谄笑，病于夏畦。"意思是耸起肩膀，装出笑脸。
③ 《论语·为政》："子游问孝。子曰：今之孝者，是谓能养。……子夏问孝。
　子曰：色难。"后因称子女和颜悦色奉养父母为色养。

于灶下。吹求岂敢，恭顺未遑。在古人是炊藜不熟，妻可大归；在我们是煮饭夹生，仆无小谴。有时候还得听她的一番"训话"、几句"格言"。主仆之分未移，主仆之情已改。从今以后，曰"妈"曰"嫂"，总是发号施令之人；称"太"称"爷"，无非低头帖耳之辈了。

话又说回来了。"四体不勤"的人，到了这个国难极端严重的时期，仍旧是"四体不勤"，一罪也；"谋生拙似鸠"的人竟也妄想"役人"，二罪也。有此二罪，而受老妈子的气，这是活该。奉劝一班寒儒，大家拆卸了这个穷架子。

1943 年 6 月 20 日《生活导报》第三十期

四、看　报

现代的人，看报纸和吃饭一样地重要，我十四岁就喜欢看报。当时我住在广西的一个小城市里，联合了两三个朋友，订阅一份广州的报纸。从那时起，直到今天，我差不多没有一天离开过报纸。

从前是政界和教育界的人才看报；现在看报变成了一种时髦的事了，火车上、公共汽车上，看报的人真不少。

甚至于乡村里，挑粪的田舍郎手里还拿着一张报纸。我们不管他看了没有，也不管他是否附庸风雅，总之报纸事业比二十年前是兴旺多了。

看报的人有好几种：第一种是专看标题的忙人。这得要留神上当。标题不一定能把新闻的要点显示出来；有时候，遇着糊涂的编辑，竟弄成题不对文，标题和电文不相符合。又有时候，编辑并不糊涂，却是为了宣传的关系，故意使标题夸大，超过了电文所叙述的事实。糊涂不糊涂虽有不同，而题不对文却是一样的，所以有时候单看标题等于白看，甚至于得不着正确的新闻。第二种人是专看广告的。找职业的人看征聘广告，找房子的人看召租广告，要上电影院的人看电影广告，……这种人大约对于国家大事没有兴趣，只是为了私人的利益或享乐而看报的。第三种人是专看社会新闻的。社会新闻谁都爱看，但是有些人是先看国家大事，后看社会新闻；有些人是专看社会新闻，不问国家大事。社会新闻既然这样吃香，怪不得法国报纸把社会新闻登在第一版，用大字标题，一件情杀案比之一个阁员的更迭更占显著地位，更用详尽而动人的描写。战前上海的《时报》曾经摹仿这种作风；北平数十种小报全靠这些社会新闻来维持，卖报小孩的口里全靠这些社会新闻的提要来招揽生意。然而一般的大报对于这种社会新闻太忽略了，于是读者们倒反在广告里寻找社会新闻。"某某夫君鉴"和"警告妻某氏"的启事已经很有意思；至于"静鉴……芝启"和"芬……吾甚悔，盼一面，仁启"一类的公开信更非看下去不可。上面所说的三种人自然不能包括一切，譬如还有全份报纸一字不漏、看个够本的第四种人，我就是其中的一个。

有些人看报是抱定不信主义或折扣主义的。他们自以为聪明绝顶，知道报纸不外一种宣传作用，于是把报纸的话看做走江湖卖膏药的话，一味怀疑。至少，也把那些新闻打一个折扣来看待。当然像从前某国宣传敌国死伤军队的数目，如果从交战到当时统计下来，已经远超过那敌国的人口总数，非但妇孺都在死伤之列，而且未出世的敌国人民也该认为已被预杀，才能和那死伤的数目相符。这样，也难怪读者们打折扣。但是，折扣主义的流弊，势非把姓陆的认为姓三，把九江认为"四个半河"不止！所以善于宣传的通讯和报纸决不陷于过度的浮夸；善于看报的人也决不滥打折扣。

有些神经过敏的人，根本不该看报；他们自以为看穿纸背，从字里行间找出些破绽或暗示来，于是庸人自扰，一夜数惊。其实一般说起来，老练的新闻记者的笔下决不会露出破绽，而他们的暗示也只能在有利方面，决不至于有意地扰乱人心。如果你每天在报上看见许多杯弓蛇影①，那是你活该。

另有些喜欢预测时事的人，根据着今天的新闻，推测明日的变化。本来，时局的预测谈何容易！许多老政论家、老主笔，今天下午写一篇社论，到了晚上时局突变，只好从排字房里把它撤回来！然而有些人，他们毫无政论家的修养，毫

---

① 杯弓蛇影，事见《晋书·乐广传》。后用来指由于疑心而害怕。

无军略家的见识，也居然高谈阔论，吓唬一班甘心受骗的人。事实上往往在说得一班糊涂虫五体投地之后，那一位"政论家"或"军略家"自己忽又不能自信起来！这种自欺欺人的伎俩，造成"政论家"的一种娱乐，所以每天非吓唬三五个人不能过瘾。恰像悲剧易于动人，危言也易于耸听，于是我们的"政治家"在看了报纸之后，常常垂头丧气地发挥他那些充满了悲观论调的预言。凭良心说，他们并非有意宣传失败主义，更不是故意散布谣言，但这种以撒谎为乐的人也该给他一种应得的惩罚。我提议两个办法：第一个办法是把他的嘴缝起来，让他成为三缄其口①的金人！第二个办法是索性罚他在空房子里对着一块石头演说三小时，看他这一位"生公"② 还爱不爱胡说八道！

1943 年 7 月 11 日《生活导报》第卅三期

五、说　话

　　说话是最容易的事，也是最难的事。最容易，因为三岁孩

---

① 《孔子家语·观周》："孔子观周，……有金人焉，三缄其口，而铭其背曰：'古之慎言者也。'"缄，封住。
② 晋僧竺道生在虎丘山聚石讲经，群石都点头。后人称竺道生为生公。

子也会说话；最难，因为擅长辞令的外交家也有说错话的时候。

会说话的人不止一种：言之有物，实为心声，一謦一欬，俱带感情，这是第一种；长江大河，源远莫寻，牛溲马勃①，悉成黄金，这是第二种；科学逻辑，字字推敲，无懈可击，井井有条，这是第三种；嘻笑怒骂，旁若无人，庄谐杂出，四座皆春，这是第四种；默然端坐，以逸待劳，片言偶发，快如霜刀，这是第五种；期期艾艾②，隐蕴词锋，似讷实辩，以守为攻，这是第六种。这些人的派别虽不相同，实有异曲同工之妙。普通喜欢用"口若悬河"四个字来形容会说话的人，其实这是很不恰当的形容语。泼妇骂街往往口若悬河，走江湖卖膏药的人，更能口若悬河，然而我们并不承认他们会说话，因为我们把这"会"字的标准定得和一般人所定的不同的缘故。

应酬的话另有一套，有人专门擅长此术。捧人捧得有分寸，骂人骂得很含蓄，自夸夸得很像自谦，这些技巧都是可以意会而不可以言传的。尽管有人讨厌油嘴的人，但是实际上有几个人能不上油嘴的当？和油嘴相反的是说话不知进退，不识眉眼高低。想要自抬身份，不知不觉地把别人的身份压低；想要恭维别人，不知不觉地使用了些得罪人的语句。这种人的毛病在于冒充会说话，终于吃了说话的亏。我有一次

① 牛溲，车前子。马勃，一种菌类植物。指没用的东西，语见韩愈《进学解》。
② 形容口吃。期期，语出《汉书·周昌传》。艾艾，语出《世说新语》。

听见某先生恭维一位新娘子说："人家都说新娘子长得难看，我觉得并不难看。"这种人应该研究十年心理学，再来开口恭维人！

有些人太不爱说话了，大约因为怕说错了话，有时候又专拣有用的话来说。其实这种人虽是慎言，也未必得计。越不说话，就越不会说，于是在寥寥几句话当中，错误的地方未必比别人高谈阔论里的错误少些。至于专拣有用的话来说，这也是错误的见解。会说话的人，其妙处正在于化无用为有用，利用一些闲话去达到他的企图。会着棋的人没有闲着，会说话的人也没有闲话。

有些人却又太爱说话了，非但自己要多说，而且不许别人多说。这样，就变成了抢说。喜欢抢说的人常常叫人家让他说完，其实看他那滔滔不绝的样子，若等他说完真是待河之清①！这种人似乎把说话看做一种很大的权利，硬要垄断一切，不肯让人家利益均沾。偶然遇着对话的人也喜欢抢说，就弄成了僵局。结果是谁也不让谁，大家都只管说，不肯听，于是说话的意义完全丧失了。

打岔和兜圈子都是说话的艺术。打岔往往是变相的不理或拒绝。"王顾左右而言他"②，梁惠王就这样地给孟子碰过一回钉子。兜圈子往往是使言语变为委婉，但有时候也可以兜圈子骂人。兜圈子骂人就是挖苦人；说挖苦话的人自以为绝顶

① 指永远不能实现。河，黄河。
② 梁惠王看两边而说别的事，是故意打岔。语见《孟子·梁惠王下》。

聪明，事后还喜欢和别人说起，表示自己的说话艺术。但是，喜欢挖苦的人毕竟近于小人，因为既不大方，又不痛快。

说话的另一艺术是捉把柄。人家说过了什么话，就跟着他那话来做自己的论据。这叫做"以子之矛，刺子之盾"，往往能使对方闭口无言。不过，如果断章取义，或故意曲解，也就变为无聊了。

上面所说的打岔、兜圈子和捉把柄，相骂的时候都用得着。打岔是躲避，兜圈子是摆阵，捉把柄是还击。可惜的是：相骂的人大多数是怒气冲冲，不甘心打岔，不耐烦兜圈子，忘了捉把柄。由此看来，骂人决胜的条件是保持冷静的头脑。泼妇和人相骂往往得胜，并不一定因为她特别会说话，只因她把相骂当做一种娱乐，故能"好整以暇"[①]，不至于被怒气减低了她平日说话的技能。

说话比写文章容易，因为不必查字典，不必担心写白字；同时，说话又比写文章难，因为没有精细考虑和推敲的余暇。基于这后一个理由，像我这么一个极端不会说话的人，居然也写起一篇"说话"来了。

1943 年 7 月 18 日《生活导报》第卅四期

[①]　《左传·成公十六年》："臣之使于楚也，子重问晋国之勇，臣对曰：'好以众整。'曰：'又何如？'臣对曰：'好以暇。'"指既严整又从容不迫。

六、夫妇之间

五伦之中，夫妇最早。若不先有夫妇，就不会有所谓父子兄弟。至于君臣，更是后起的事。也许有人说，应该是朋友最早，因为应该先是男女恋爱，然后结为夫妇。这话也有相当的理由。不过，依《旧约》里说，阿当和夏娃①是上帝所预定的夫妇，他们并没有经过恋爱的阶段。由此看来，仍该说是夫妇最早。至少，西洋人不会反对我这一种说法。

上帝对夏娃说："你必恋慕你丈夫，你丈夫必管辖你。"这是夏娃听信了蛇的话之后，上帝对女人的处分。这两句话就是万世夫妇的祸根，一切夫妇之间的妒忌和争吵，都是由此而起。近来有人说结婚是爱情的坟墓，这话应该是对的，不信试看中国旧小说里，才子和佳人经过了许多悲欢离合，著书的人无不津津乐道，一到了金榜题名，洞房花烛，那小说也就戛然而止，岂不是著者觉得再说下去也就味同嚼蜡了吗？

为什么结婚是爱情的坟墓呢？因为结婚之后爱情像启封泄气的酒，由醉人的浓味渐渐变为淡水的味儿；又因油盐酱醋把两人的心腌得五味俱全，并不像恋爱时代那样全是甜味了。

---

① 希腊神话中说，上帝抟土造人，名叫阿当，其妻为夏娃。阿当也译作"亚当"。

成了家，妻子便把丈夫当做马牛：磨房主人对于他的马、农夫对于他的牛，未尝不知道爱护，然而这种爱护比之热恋的时候却是另一种心情！成了家，丈夫便把妻子当做狗，既要她看家，又要她摇尾献媚！对不住许多配偶，我这话一说，简直把极庄严正经的人伦描写得一钱不值。但是，莫忘了我所说的是爱情的坟墓；那些因结了婚而更升到了爱情的天堂的人，是犯不着为看了这一段话而生气的。

古人说："妻不如妾，妾不如妓，妓不如偷。"这话已经不合时代了。现在该说"婚不如姘"。某某高等民族最聪明，正经配偶之外往往另有外遇。正经配偶为的是油盐酱醋，所以女人非有二十万以上的财产就不容易嫁出去，男人若有巨万的家财，白发红颜也不妨相安，外遇为的是醇酒，就非十分倾心的人不轻易以身相许了。据说感情好的夫妻也不妨有外遇，因为富于热情的人，他的热情必须有所寄托，然而热情和感情是可以并行不悖的，凡为了夫或妻有外遇而反目的人简直是观念太旧，脑筋不清楚。天啊！若依这种说法，我想有许多痴心女子，在结婚之前唯恐她的心上人不热情，结婚以后，却又唯恐他太热情了。

随你说观念太旧也好，脑筋不清楚也好，夫妇之间往往免不了吃醋。占有欲是爱情的最高峰吗？有人说不，一千个不。但是，我知道有人不许太太让男理发匠理发，怕他的手亲近她的红颜和青丝；又有人不许太太出门，若偶一出门，回来他就用香烟烙她的脸，要摧毁她的颜色，让别人不再爱她，以便永远独占。

夫妇反目，也是难免的事情。但是，老爷撅嘴三秒钟，太太揉一会儿眼睛，实在值不得记入起居注①。甚至老爷把太太打得遍体鳞伤，太太把老爷拧得周身青紫，有时候却是增进感情的要素，而劝解的人未必不是傻瓜。莫里哀在《无可奈何的医生》里，叙述斯加拿尔打了他的妻子，有一个街坊来劝解，那妻子就对那劝解者说："我高兴给他打，你管不着!"真的，打老婆、逼投河、催上吊的男子未必为妻所弃，也未必弃妻；揪丈夫的头发、咬丈夫的手腕的女人也未必预备琵琶别抱②。倒反是有些相敬如宾的摩登夫妇，度了蜜月不久，突然设宴话别，揽臂去找律师，登离婚广告，同时还相约常常通信，永不相忘。

从前常听街坊劝被丈夫打了的妻子说："丈夫丈夫，你该让他一丈。"这格言并没有很多的效力。在老爷的字典里是"妇者伏也"③，在太太的字典里却是"妻者齐也"④。甚至于太太把自己看得比老爷高些。从前有一个笑话说，老爷提出"天地、乾坤"等等字眼，表示天比地高，乾比坤高；太太也提出"阴阳、雌雄"等等字眼，表示阴在阳上，雌在雄上。至于现代夫妇之间，更是太太们有一种优越感。其实，若要

---

① 原指记载皇帝起居言行的书，这里指一般起居言行录。

② 指女子改嫁。顾大典《青衫记·茶客婆兴》有"又抱琵琶过别舟"。

③ 《说文解字》卷十二："妇，服也。"

④ 《说文解字》卷十二："妻，妇，与夫齐者也。"

造成家庭幸福，最好是保持夫妇间的均势，不要让东风压倒西风，也不要让西风压倒东风。否则我退一尺，他进十寸，高的越高，高到三十三重天堂，为玉皇大帝盖瓦，低的越低，低到一十八层地狱，替阎罗老子挖煤，夫妇之间就永远没有和平了。

1943 年 8 月 1 日《生活导报》第卅六期

七、清　苦

　　抗战以前，常听人说大学教授是清高的。"高"字有三种意义：第一是品格高，第二是地位高，第三是薪金高。关于品格高，自不能一概而论，我们也就撇开不提。关于地位高，我们应该感谢达官贵人的尊贤礼士，使一个寒儒也常能与方面之权要①乃至更高的官员分庭抗礼。关于薪金高呢？正薪四百至六百元，比国府②委员的薪金只差二百元，比各省厅长的薪金高出一二百元不等，比中学教员的薪金高出五倍至十倍，比小学教员的薪金高出二十倍至三十倍。虽然住惯了外国的人对于区区每月四五百元的收入不觉得多，甚至于有"芸阁

---

① 　指省长之类的大官。古时独据一方的诸侯叫方面侯。
② 　解放前的国民党政府称为国府。

官微不救贫"①之感，但是，像我们这些知足的人看来，每日有人送菜上门，每周有人送米上门，每月有人送煤上门，每隔一二十天有书贾送书上门，每逢春天有花匠送各种花卉上门，也就可以踌躇满志的了。

抗战两年后，大学教授的薪金，比小学教员只高四五倍；三年后，只高二三倍；四五年后，差不多一样的薪金；六年后某一些小学校的月薪已提到三千元以上，而同一地方的大学教授的月薪还滞留在二千至二千三百元之间。许多小学教员都是未婚的，而大多数的大学教授都是五口之家乃至八口之家的维持者。若以八口而论，每人每月只能消费二百五十元，比之一个单身的小学教员相差十倍以上。这好像冥冥之中有了报应，小学教员比大学教授辛苦多了；以前相差二三十倍的薪金太不公平了，"天道好还"②，现在该轮着大学教授吃苦给小学教员瞧。等着瞧吧，将来总有一天，天公也让小学教员的薪金比大学教授高出二三十倍。

现在一般人谈及大学教授的生活，已经由"清高"改为"清苦"。在交际场中和宴会席上听说你是一个大学教授，即刻问及你的薪金，跟着你的答复就是一声"太清苦了！"有些人还更省事，他对于你的薪金数目早已熟悉，或虽不熟悉，总觉其数目之小得可怜是不问可知的，所以当主人介绍了一句之后，那初次识面的韩荆州就直截了当地奉献给你这么一

---

① 芸阁，古代藏书的地方，这里指掌握图书的官。
② 指恶有恶报。语本《老子》。

个形容词。有时候，座中并没有大学教授，或虽有一两个而未为众客所发觉，大家一谈到了大学教授也就津津有味。某国学大师两个星期吃一次荤，某经济学家全家吃粥，某莎士比亚专家所吸的香烟坏到每一枝要耗费十几根洋火，某科学权威拿着衣物沿街兜卖等等，一半事实，一半捏造，姑妄言之，姑妄听之①。这种谈话资料，比之白杨村张二婶生了一个半头人身的怪物或挑扁担王五中了头奖更受人欢迎；而大学教授的清苦，也就妇孺皆知了。

　　别瞧"清高"和"清苦"只差一个字，它们所含的意味大有不同！从前所谓"清高"，虽不见得是由衷的恭维，至少不令人觉得十分刺耳，因为那时的"清"字表示物质的享受虽然不够豪华，而所用的钱没有一文是肮脏的，所以就显得是"高"。现在"清苦"二字却实在太令人难堪了。在说话的人的心目中，"清"者乃是"无用"之别名，"苦"者乃是"可怜"之谓也。换句话说，清苦的大学教授就是无用的可怜虫。在承平时代，国家豢养名流，也不过是千金买骏骨②的意思；现在是国难严重的时期，国家哪里还有闲钱供给书虫去享清福？我们还想套扬子云的一句话来说："为清于可清之时则

---

① 语本《庄子·齐物论》："予尝为女妄言之，女以妄听之。"
② 古时有一个君王出千金买千里马，他的臣子用五百金买回了死千里马的骨头，君王很生气。这个臣子说："别人见我们用五百金买死马，活马很快就会到来。"事见《战国策·燕策一》。后用来比喻求贤。

从，为清于不可清之时则凶。"① 在衣帛食肉的时节而清，自然不失其为高；若在数米而炊②、儿女啼饥号寒的时节而清，这并不是甘于为清，只是清惯了，要浊也不懂得浊，或浊不出什么花样来，这就不是"高"，只是"苦"了。

达官贵人说你太清苦，是可怜你一月的收入还赶不上伺候一夜麻将的女佣的赏钱；大腹贾说你太清苦，是可怜你上谙天文、下通地理、三教九流③无所不晓的大学者，在谋生的计划上还远不及他的账目和算盘。骕骦之裘既鬻④，长门之赋难沽⑤，空余歌凤⑥之辞，终乏换鹅⑦之帖。清固然矣，苦殊甚焉！"清苦"这两个字，表面上虽是同情的话，实际上却充分表现着说话的人优越之感。"清"有什么稀罕，"苦"则实在可怜。读书破万卷的人不如一个小工，令人觉得"万般皆上品，唯有读书低"⑧，而今以后，门前的春联该换上一句"要好儿孙不读书"了。

---

① 扬雄《解嘲》："故为可为于可为之时则从，为不可为于不可为之时则凶。"这里是套用扬雄的句子。
② 这里指生活艰苦。语见《庄子·庚桑楚》。
③ 三教指儒、道、佛三教；九流指儒、道、阴阳、法、名、墨、纵横、杂、农九流。后指宗教、学术中的各种流派。
④ 司马相如曾卖骕骦裘与卓文君为欢，事见《西京杂记》。
⑤ 汉武帝时，陈皇后失宠，居长门宫，闻司马相如善为文，奉黄金百斤，请他写一篇《长门赋》，以悟主上。陈皇后因此复得亲幸。这里说"长门之赋难沽"，是说抗战时期文人的文章卖不出去。
⑥ 《论语·微子》："楚狂接舆歌而过孔子曰：'凤兮凤兮，何德之衰！'"
⑦ 王羲之为山阴道士书写《黄庭经》，山阴道士将鹅送给王羲之。事见《晋书·王羲之传》。
⑧ 这里是套用《神童诗》"万般皆下品，唯有读书高"的诗句。

　　然而在清苦的人自己却不这样想。因为要清，所以愿苦！因为求清而吃苦，就不愿因苦而受人怜悯，受人帮助，以损及他们的清。古人不受嗟来之食①，何况现在说"清苦"的话的人，竟等于不叫"来食"而仅吐出一声怜悯的"嗟！""贫士无财有傲骨，愈穷傲骨愈突兀"②；他们在平时并不自命清高，在困时也不自怜清苦。不自怜的人自然也不受人怜；"清"字拜嘉，"苦"字敬请移赠沿门托钵的叫化子。

1943 年 8 月 22 日《生活导报》

八、忙

　　"自嗟名利客，扰扰在人间；何事长淮水，东流亦不闲？"可见是人就非忙不可。不过忙的程度有深浅，而忙的种类也各有不同。打麻将打到天亮，也是忙之一种。现在我只想提出三种忙来说：第一是恋爱忙，第二是事业忙，第三是应酬忙。

---

① "嗟来之食"是指带有侮辱性的施舍。《礼记·檀弓下》记载，有一个饿得很厉害的人在路上走，一个施主向他说"嗟，来食！"这人抬起眼看了一下施主说："我就是不吃嗟来之食才到这个地步的。"
② 语见法国诗人波特莱尔的《恶之花》，王了一译。

青年时代除了读书之外，就是恋爱忙了。有许多青年，读书可以不忙，恋爱却不能不忙。为了恋爱，可以"发愤忘食"①；为了恋爱，可以"三月不知肉味"②；为了恋爱，可以"下帷"，"目不窥园"③；为了恋爱，可以"下笔不能自休"④，"烛尽见跋"⑤。至于戴月披星，栉风沐雨，为了爸爸妈妈所不肯忙之事，为了密斯则甘心忙了又忙，多多益善。恋爱的青年有闲中之忙，有忙中之闲。所谓闲中之忙，是因为游山玩水，步月赏花成为一种功课，一种手段，你闲也要你闲，你不闲也要你闲。这样的情形，我们可以叫做忙于装闲。所谓忙中之闲，却是因为火车站上立移时⑥，芳踪竟杳；会客室中坐落日⑦，香辇未归。此时大可倚杖看云，凭窗读画，然而热锅上的蚂蚁却没有闲心思去欣赏大自然和艺术。这样的情形，我们可以叫做欲忙不得。

到了中年，恋爱时代已过，却又该为事业而忙了。恋爱的忙，虽忙不苦；事业的忙，有时候既忙且苦。当然，以一身系天下安危的人，多忙一分，则民众多受一分的德泽；就是为自己而忙，只要忙得有意思，忙得有新花样，忙得顺利，

---

① 语见《论语·述而》。
② 见第28页注①。
③ 《汉书·董仲舒传》记载董仲舒放下帷幕为弟子讲学，三年不去看他的园舍。指专心。
④ 语见曹丕《典论·论文》。
⑤ 指蜡烛都燃尽了。《周礼·曲礼》："烛不见跋。"跋，蜡烛的根。
⑥ 过了一个时辰（两小时）。
⑦ 坐到太阳落山。

也就高兴去忙。不过，世界上高兴忙的人实在太少了，苦忙的人也实在太多了。国文教员每晚抱着一大堆作文本子，呕尽心血去改正那些断头削足、冠履倒置的字，前言不搭后语、真真岂有此理的文；理发匠的剪刀籔籔，以单调的节奏，在千百人的头上兜圈子；开电车的每天依着一定的轨道，手摇脚踏，简直是一个活机器；银行里数钞票的整日价看那青蚨①飞来飞去，并没有飞进自己的荷包。在外国，更有不少工人，一辈子只为某一种机器的某一部分的某一个针专做一个针孔。诸如此类，他们未必都觉得忙得有趣，只是为吃饭而忙。"成人不自在，自在不成人"②，这也不过是忙人聊以自慰的话而已。

　　事业忙，对于爱情也大有影响。"无端嫁得金龟婿，辜负香衾事早期"③，这是不满意那忙于做官的丈夫的话；"嫁得瞿塘贾，朝朝误妾期"④，这是不满意那忙于做买卖的丈夫的话。博多里煦在他的剧本《恋爱的妇人》里，描写一位实业家的太太，因为丈夫忙于经营实业，没有闲工夫和她亲热，她也就另恋别人。武大郎忙于卖烧饼，潘金莲才更容易到西门庆的手里，因为西门庆完全合于王婆所提出的五个条件，其中的一个条件就是闲。寄语世间的忙丈夫们，无论如何总该忙里偷闲，陪着太

---

① 　这里指钱。《淮南·万毕术》："青蚨还钱。"青蚨，本是虫名。
② 　旧时的谚语。
③ 　见李商隐《为有》诗。
④ 　见李益《江南曲》。

太多逛两次西山，多看几场电影！

　　一个人到三十五岁以后，非但事业忙，而且应酬也忙。也不一定是大富大贵，只要你有相当的地位，尤其是独当一面的事，就会有许多无谓的应酬。有些人就借这种无谓的应酬来摆阔，例如宴会迟到或早退，表示刚从另一宴会出来，或另有一个宴会在等候着他。听说有一种人根本就没有这许多宴会，不过因为要摆阔，在宴会吃个半饱就走，回到家里再陪着黄脸婆吃辣子和臭豆腐干。但是，真正应酬忙的人也实在不少；每天恨不得打两针吗啡来应付那些生张八和熟魏三！如果每一个人进门就是一声"无事不登三宝殿"，倒也罢了；所苦的是他们的废话一大堆，说了半个钟头还不曾入题！捐款和谋事的人最会兜圈子：从天气说到国际局势，从国际局势说到物价，从物价说到某商店价值二十五万元的一件女大衣被一个乡下女人买去了，某地方有一个洋车夫被乘客抢得精光。说得起劲的时候，也没有注意到主人屡次看表，也没有注意到另有几起客人在外厅等着。其实多兜圈子：也不见得能多捐些钱或找着更好的事，何苦令主人忙上加忙？最滑稽的是既非捐款，又非谋事，经过半天的信口开河之后，主人忍不住了，问他的来意是什么，原来是久仰大名，特来致敬的！天哪！致敬何不来一个快邮代电①，让主人一目十行之后就送进字纸篓里去？又何不遵照古礼，纳贽②而后进门？总之，一个人得到了社会所知之后，似乎

①　用快信代替电报。
②　送上见面礼。

他的时间就应该被社会所糟蹋。这一种忙，忙得最苦，既不为食，又不为色，只为的是怕得罪人。我们家乡有一句俗话说："三十又忧名不出，四十又忧名不收。"古人入山唯恐不深，就是收名之一道；如果你"自嗟名利客，扰扰在人间"，随便怎样苦忙，也只算是自作自受了。

1943 年 9 月 19 日《生活导报》第四十一期

九、请　客

　　中国人是最喜欢请客的一个民族。从抢付车费、抢会钞①，以至于大宴客，没有一件事不足以表示中国是一个礼让之邦。我的钱就是你的钱，你的钱也就是我的钱，大家不分彼此；你可以吃我的，用我的，因为咱们是一家人。这种情形，西洋人觉得很奇怪。请恕我浅陋，我没有见过西洋人抢付过车费，或抢会过钞。我们在欧洲做学生的时代，因为穷，大家也主张西化，饭馆里吃饭，各自付各自的钱，相约不抢着会钞。西洋人宴客是有的，但是极不轻易有一次，最普通的只是来一个茶会，并不像中国人这样常常请朋友吃饭。这

---

① 旧时，在饭店吃饭付饭钱叫会钞。

些事情，都显得中国人比西洋人更慷慨更会应酬。

其实，中国人这种应酬是利用人们喜欢占便宜的心理。不花钱可以白坐车、白吃饭、白看戏，等等，受惠的人应该是高兴的。一高兴，再高兴，三高兴，高兴的次数越多，被请的人对于请客的人就越有好印象。如果被请的人比我的地位高，他可以有求必应，助我升官发财；如果被请的人比我的地位低，他也可以到处吹嘘，逢人说项①，增加我的声誉，间接地于我有益。中国人向来主张受人钱财，与人消灾的，不花钱而可以白坐车、白吃饭、白看戏，也就等于受人钱财，若不与人消灾，就该为人造福。由此看来，请客乃是一种小往大来的政策，请客的钱不是白花的。知道了这一个道理，我们就明白为什么对于亲弟兄计较锱铢，甚至对于结发夫妻不肯共产的人，为请客而挥霍千金，毫无吝色；又明白为什么家无儋石②、对泣牛衣③的人偏有请客的闲钱。原来大多数人的请客不是目的，而是手段；不是慷慨，而是权谋！

青蚨④在荷包里飞出去是令人心痛的，而小往大来的远景却是诱惑人的，在这极端矛盾的心情之下，可就苦了那些一毛不拔的悭吝者。当在抢付车费、抢会钞或抢买戏票的时候，为了面子关系，不好意思不抢，为了荷包关系，却又不敢坚

---

① 说项，替别人说好话。唐代项斯被杨敬之器重，杨敬之赠诗云："平生不解藏人善，到处逢人说项斯。"
② 《汉书·扬雄传上》："家产不过千金，乏无儋石之储。"
③ 《汉书·王章传》："章疾病，无被，卧牛衣中，与妻决，涕泣。"师古曰："牛衣，编乱麻为之。"
④ 见第86页注①。

持要抢，结果是得收手时且收手，面子顾全了，荷包仍旧不空。最糟糕的是遇着了同道的人，你一抢他就放松，结果虽是"求仁得仁"，却变了哑子吃黄连，心里有说不出的苦。不过，悭吝的人也未尝不请客；有时候，他们请客的次数要比普通人更多，因为吝者必贪，贪者毕竟抵不住那小往大来的远景的诱惑。于是他们想拿最低的代价去博取最大的利益：每次请客吃饭，东西拣最便宜的吃，分量越少越好，最好是使客人容易饱，容易腻，而主人所费又不多。甚至连请几天，昨晚剩的菜今天还可以吃，虽然让客人吃别人的余唾颇为不恭，然而请客毕竟是请客，余唾吃了之后，仍旧不怕他不说一声"谢谢"。这是手段之中有手段，权谋之外有权谋！

话又说回来了，请客真的是一种好风气吗？真的能联络感情吗？我曾经亲耳听见抢会了钞的人背面骂那让步不坚持要抢的人，说他小气，说他卑鄙。我又曾经亲耳听见吃了人家的酒饭的人一出大门就批评主人：五溜鱼只有半边，清炖鸡只有半只，烟臭如菰①，酒淡如水，厨子烹调无术，主人招待不周！可见中国既有了抢付钱的习俗，不抢付钱竟像是私德有亏，友谊有损；又有了滥请客的风尚，不请客的固然被认为不善交际，请客如果请得不痛快，那钱也只等于白花。勿谓郇厨既扰②，即尽衔恩；须防金碗虽倾，终难饱德。老饕③

---

① 臭草。
② 当时的客气话，意思是吃了人家的饭。唐代韦陟袭郇国公，生活奢侈，精治饮食，时人称为"郇厨"。事见唐冯贽《云仙杂记》三。
③ 形容贪吃。语见苏轼《老饕赋》。

未餍，微禄半消！小往大来的请客哲学真是害人不浅！

被请的人有时候也很苦：明知受人钱财就得与人消灾，但是又没有拒绝的勇气，于是计划还席或回客。受了人家的好处，再奉还若干好处给人家，这样就算两相抵消，不再负报答的责任。其实这样设想是自寻烦恼。最干脆的办法是既不请人，也不怕被人请。如果有人抢着代我付车费或会钞，我就一声不响地让我的青蚨"回龙"。如果有人请我吃大菜我就两肩承一口，去吃了就走，不耐烦道一声谢，更不理会什么是一饭之恩。假使人人如此，中国可以归真返朴，社会上可以少了许多虚伪的行为，而政府也不再需要提倡俭约和禁止宴会了。

1943 年 10 月 3 日《生活导报》第四十三期

十、穷

"穷"字的定义该是：对于生活的必需感觉到缺乏不够。缺乏生活所必需，可称为绝对的穷；至于感觉生活必需的不够，只能称为相对的穷。绝对的穷简直是与死为邻，相对的穷则不过仰屋①咨嗟、书空咄咄②而已。

---

① 见第 13 页注①。
② 《世说新语·黜免》记载，殷浩被罢官后，在家整天用手对空写字，结果只写得"咄咄怪事"四个字。这里用来指穷困失意。

　　世上所谓穷人，百分之九十以上是相对的穷。相对的穷是没有标准的：譬如甲、乙二人的经济能力相等，甲自称为穷，而乙并不自称为穷。甚至同是一个人，他在一点钟以前摆阔，一点钟以后忽然装穷。可见穷与不穷，是和人们的环境或心情大有关系的。

　　一般人总以钱不够用为穷。这"够"字也就难说。吃炼奶的钱不够，改为吃豆浆也就够了；穿西装的钱不够，改为穿破旧蓝布大褂也就够了。会用钱的人就是从不够之中弄到它够，非但够，而且还显得不穷。生活的要素不外衣、食、住三门，如果你把每月的收入按这三门作一个合理的分配，自然显得穷了。倒不如让它偏重在一门，甚至在一门之中的一个小节目，这样，虽然在许多地方你的生活太不合理，你却能在某一个小节上享用超过了王侯。我一连三天在家里吃的是盐巴拌糙米饭，但是除了我那同守秘密的黄脸婆外并没有人看见。那天全市运动会开幕，我穿了我那一套总共穿了九次的十三岁西装去参加还不算数，居然能从衣袋里掏出三支骆驼牌的香烟来，给老张一支，小陈一支，我自己抽一支。我把眼一瞟看见那某大工厂的总经理只抽的是海贼牌。我们这种以贫敌富的艺术，就是孟子所说的"方寸之木，可使高于岑楼"①。穷人之所以能摆阔，也就是完全靠了这种经济集中主义。

────────────

① 语见《孟子·告子下》。

经济集中也有种种方式的不同。有损衣以足食的，可以叫做唯食主义；有损食以足衣的，可以叫做唯衣主义（唯住主义的人极少，可以撇开不谈）。大约男性多属于前者，女性多属于后者。我看见过一位留学的小姐，她非但不到饭馆里吃饭，而且一碗炒酱要做一个月的下饭珍品，省下她父亲寄给她的月钱的百分之九十，为了要做一件新式的女大衣。有些男人却不如此。只要樽中酒不空，不管衣裳有多少破洞！许多贫家夫妇的反目，都是由于唯食主义和唯衣主义的冲突。不过，自从男权衰落，男人对于女人不能以力占，只能以媚取之后，他们也就退化到和禽兽一样，靠那些比雌牝更美丽的羽毛来博取女性的欢心，于是唯衣主义也就传染到男人的身上来了。

穷少年在恋爱时代，如果穷到相当程度，就连唯衣主义都谈不上，只好说是唯交主义。一切资源都集中在交际的用途上，每用一个钱，要在恋爱上发生一个钱的效力。他们的账目是不好公开的；吃饭占全部收入的百分之二十，穿衣占百分之十或五或零，而和女朋友看电影、划船、旅行、上小馆子，费用却在百分之七十以上。如果说富家子弟浪费金钱来和女朋友交际是可笑，那么穷少年这样做就简直是可怜，因为他们牺牲了必需的营养来追求那未必能达到的目的。如果说失恋是一种悲哀，那么，这种穷少年失恋的悲哀该是双重的。

以上所说的都是相对的穷，大家都可以明白；假使这种穷人对于自己的财产作合理的分配，一定是穷况大减。至于他们喜欢采用经济集中主义，以致在日常生活上享受不到他们所应该享受的，这是话该！

老实说，相对的穷不是真穷，绝对的穷才是真穷。口里天天嚷穷的人，有几个真的和穷鬼见过面？我虽一生不曾富裕过，直到现在还是嚷穷，但是，凭良心说，我也只在十七岁至二十岁的时候，和穷鬼相处过三年。居乏蜗庐①，空羡季伦之金谷②；食无蟦李③，将随梁武于台城④。寒毛似戟，欲穿原宪⑤之衣；蜷体如弓，犹失黔娄⑥之被。日日送穷⑦，人谁慰藉；朝朝避债，鬼亦揶揄。此中滋味，非过来人不能道其万一。我觉得穷人的一切已经被富人剥削得净尽了。只剩这一个"穷"字，应该为穷人所专利，有时候也被富人托庇或借光，世上不平之事无过于此。所以我主张穷人们组织一个穷人联合会，凡欲入会者必须先叙述穷况。经审查合格者方得为正式会员。此后凡无会员证者，不得冒充穷人。这样，现代的颜回可以荣膺穷人联合会的桂冠；像我这样的一个饿乡归客，也许还可以常常到那联合会的俱乐部里做一个来宾，

---

① 三国时焦先与杨沛作园舍，形如蜗牛壳，称作蜗牛庐。
② 晋石崇字季伦，非常富有，在河阳构筑金谷园。
③ 被蟦虫吃过的李子，指极下等的食物。《孟子·滕文公下》："井上有李，蟦食实者过半矣。"
④ 侯景造反，梁武帝被围台城而饿死。
⑤ 春秋时人，孔子弟子，穿粗毛的衣服，吃粗劣的饭。这里指贫穷的读书人。
⑥ 黔娄，春秋时人，很穷，死后被子小得盖不过尸体。
⑦ 送走穷神。这是一种迷信说法。韩愈有《送穷文》。

啃两个窝窝头，听一出凤阳花鼓。

1943 年 10 月 31 日《生活导报》第四十七期

十一、儿　女

　　恰像有泥土的地方就有草木一样，有人群的地方就有儿女。除非你终身不结婚，否则哪怕你像姜太公八十一岁娶妻，也还可能在八十二岁来一对孪生儿女的！我们乡下最看不起独身主义的人，说是"十个鳏夫九个怪"，因为他得不到家庭的慰藉，就免不了性情孤僻，喜欢得罪人。结了婚之后，性情最孤僻的人也会变为风流蕴藉，和蔼可亲。假使有了配偶之后不生儿女，岂不是夜夜元宵，年年蜜月了吗？可惜的是，结了婚就不免要生儿女，生了儿女就不免要受儿女之累。如果你喜欢结婚而又怕生儿女，就等于喜欢吃鱼而又怕口腥。如果你结了婚而还想法子使自己不生儿女，就是既不体上天好生之德，又有负国家顾复①之恩，简直是人类的蟊贼了。

　　话虽如此说，"也有辞官不想做，也有漏夜赶科场！"饱受儿女之累的人有时候虽不免想要学那郭巨埋儿②，而世间不少

----

① 《诗·小雅·蓼莪》："父兮生我，母兮鞠我，……顾我复我，出入腹我。"
② 《搜神记》："郭巨于野凿地欲埋（儿），得黄金一釜。"

无儿的伯道①却正在那里烧香许愿，希望送子观音来歆格②他那一只肥鸡和两斤熟肉。这也难怪，孙悟空学过多年，才学会了把身上的毫毛拔下来，化为千百个行者，而普通一个富于生殖力的人，不必学道，却会把比毫毛更微妙的东西去实行分身之术。假使平均每代生得三男二女的话，由一化五，由五化二十五，由二十五化一百二十五，这样下去，不到五代，两个人可以繁殖到几千人之多。这样，非但分身有术，而且可说是长生不老，因为只要代代不绝嗣，我那比毫毛更微妙的东西，就永远生存于天地之间。说到这里，我们该明白所谓传宗接祖，拆穿了说，向送子观音烧香许愿的人，无非为的是要传自己的种子罢了。

儿女一生下来就要哭，这等于表示他们是为烦扰父母而来的。然而做父母的人非但不厌恶，而且爱听他们的哭声，据说是越哭得响亮越足以表示他们有光荣的将来。桓温之所以为"英物"③，就因为他未周岁的时候很会哭。"我亦从来识英物，试教啼看定何如？"苏东坡这两句诗也是想从这哭的上头去恭维朋友生得好儿子。但是，尽管是贝多芬的名曲，天天听也会腻了的，何况小少爷或小姑娘的声音是那样单调呢？无可奈何，做爹娘的只好在那细嫩的小屁股上替那不大好听

---

① 晋邓攸，字伯道，带儿子和侄子逃难，途中儿子死了，以至伯道无嗣。
② 祭祀时鬼神享受祭品的气味。
③ 指杰出的人物。《晋书·桓温传》记载，桓温未满一岁，温峤见到了说这孩子有奇骨，可试听他的哭声。当听到桓温哭声后，说："真英物也。"

的 melody① 按拍子。如果你有两个小孩，那更糟了，有时候双
音并奏，说是 duet② 罢，声音并不齐一；说是 harmony③ 罢，
声音也不谐和，只好说是乱弹。如果你有五个以上的小儿女，
更可以来一个令人啼笑皆非的 chorus④。那时节，你恨不得数
说送子观音的十大罪状，打碎了她的金身，焚毁了她的庙貌，
方始甘心！

　　有小儿女的人，最好不要和人家同住在一个院子里。在你
自己看来虽然是"癞痢头儿子自家好"，在人家看来，却处处
都是讨厌的地方。且休说损坏了人家的东西，只说弄脏了人
家的沙发，或把一只茶杯略为移动，那爱整洁的主人已经是
感觉得不称心。尤其是在儿女对爹娘大闹特闹的时候，一个
是"手执钢鞭将你打"⑤，一个是"短笛无腔信口吹"⑥。知道
情由的人说是先吹后打，不过是觉得讨厌而已；不知道情由
的人一定以为先打后吹，于是断定你的脾气太坏，野蛮，欠
教育，你的名誉也因此受了损害了。

　　关于管教儿女，爹和娘往往不能采取同一的政策。普通说
是父严母慈，实际上有些人家是父慈母严。无论谁慈谁严，
每人心里一部不相同的 penalcode⑦ 总是容易引起纠纷的。同是

———————————

① 旋律。
② 二重唱。
③ 和声。
④ 大合唱。
⑤ 旧时京剧中的一句唱词。
⑥ 宋雷震《村晚》："牧童归去横牛背，短笛无腔信口吹。"
⑦ 刑法。

一件事，爹爹说该把小宝宝关在黑房里，妈妈说只该罚站五分钟；在另一个家庭里，妈妈要把阿毛打二十下手心，爹爹却认为应该特赦。再者，对于各儿女的爱憎，爹和娘也很难一致。并不一定是异母弟兄，我们往往看见同胞的沉香和秋儿①，也使爹娘演出"二堂训子"的趣剧。夫妇在儿女的管教上意见不合，因而反目，甚至于要闹离婚，并不是十分罕见的事。爱情的结晶也能伤爱情，摩登夫妇对于这种事是不能不好好地处理的。

　　但是，在管教的方法上尽有争论，而爱护儿女的心总是一样的。当贾宝玉被打得皮开肉绽的时候，抱住板子的王夫人固然流泪，而执行家法的贾政也未尝不伤心。所谓"打在儿身，痛在娘心"，至少在一般情形是如此。儒家悬为鹄的的"孝"字，很少有人做到，有人说疼爱后代即所以报答亲恩，亦即算是尽孝，这种孝就很多人能做到了。《二十四孝》②当中的负米、怀桔、扇枕、打虎、卧冰求鲤、哭竹生笋，为了爹娘而做这些事未免面有难色，如果为了儿女，简直是虽万死而不辞。至于老莱子③的斑斓彩衣娱高堂虽颇欠时髦，娱儿女则堪称洋化。据说从前法国的国王亨利第四在房里和他的儿女们嬉戏，四肢着地，把其中一个小孩子驮在背上，恰巧

①　京剧《二堂训子》中前妻与后妻的孩子。
②　书名，专讲有关孝子的故事。
③　春秋时人，非常孝顺，七十岁了还穿着五彩衣服，像婴儿那样嬉戏，来使父母高兴。

西班牙的大使进来看见，诧异得很。亨利问道："大使，你有小孩没有？"那大使答道："有的，陛下。"亨利道："既然如此，我可以在房里兜完这一个圈子了。"这种娱儿女的风气正值得我们提倡。

跟着疼爱的心理就产生了为儿女谋幸福的心理。尽管有人说："儿孙自有儿孙福，莫替儿孙作马牛。"但是，当此人说此话的时候，已经做了马牛不止一次！父母对于儿女的心情，简直是一种宗教：儿子就是一个如来佛，女儿就是一个观世音。其实这又何妨？国家需要的是壮丁，并不需要老朽，珍重地爱护二十年后的国家战士，正是未可厚非。假使有人提出"将慈作孝"的口号来，我是要举双手赞同的。

十二、富

上次写了一篇"穷"，今天想要写一篇"富"。"穷"容易写而"富"难写；因为我曾经穷过去，却不曾富过来。曹雪芹如果不是大富人家的子弟，绝对描写不出荣、宁两府和大观园。在地狱里做惯了囚徒的人，他所想象的天堂，至多只是刀山上铺上棉絮，可以安眠；油锅下拔去干柴，可以洗澡。穷人谈富，若不是坐井观天，就是隔靴搔痒。不过，"琐语"一切的话都是胡说，却也不妨观它一观，搔它一搔。

　　致富不难，不过首先得把你的性情彻底改造。你大约听见过，某一位富翁永远不肯划一根洋火给客人吸烟，他只用一枝香来替代。你若说一根洋火能值几何，你有了这种见解而还希望致富，就难如登天了。点一枝香给客人吸烟，这还只是太平时代的故事；现在是非常时期，富翁压根儿不让你吸烟。我有一次拜访一位几千万的财主，他口里叫"茶来"，十分钟后茶仍不来，我觉得心里难过，希望他不再叫"烟来"。我果然如愿，他终于不让"烟来"二字出口。等一会儿，他的小姐回来了，居然倒给我一杯茶；又等一会儿，阿弥陀佛，他的如夫人①回来了，居然递给我一盒颇好的香烟。我忽然悟出一种哲学：只有如夫人才有"破悭"的神通！我又听说另一家财主，他招待客人的香烟都有记录，每人只许吸一枝，且以一次为限。下次你介绍一个朋友去见他，就只有你那朋友有吸一枝烟的权利，你本人休想染指。这些吸烟的故事只算是第一个例，聪明的读者自能由此类推，举出许多悭吝的故事来。莫里哀所描写的瞎扒干先生②，连一个 good morning 都只是"借给"的，不是"赠与"的。我们讥笑他们一毛不拔，他们却自以为无毛可拔。在他们看来，世上最刺耳的字眼就是一个"富"字。承认了这一个字不啻画上了杀人的口供，连性命都保不住了。

　　你若猜想富翁享受的是物质生活，这就错了；他们过的只

----

① 小老婆。《左传·僖公十七年》："齐侯好内，多内宠，内嬖如夫人者六人。"
② 《悭吝人》中的主人公。

是精神生活。每天晚上抱着保险箱睡觉，心里念着："这是我的，这是我的，这是我的。"于是恍惚地看见那保险箱幻成一个天堂，里面应有尽有，就觉得心满意足了。拿一文钱去换一样吃的东西，反足以令他的精神感受痛苦。如果他死的时候，他的财产分毫未动，他也就甘心瞑目；如果他把财产用了一半他才死去，他实在是死有余憾。他对于他的财产，可以说是有一种很纯洁的爱情；他的爱情是"给与"的，并不希望对方有任何酬报。如果说《红楼梦》里的贾宝玉是意淫，那么，守财奴对于物质的享受也可以说是意享。意享是神仙的高趣；不看见玉皇大帝也只享受人间的香火而并没有把三牲吃下去吗？

富翁也有讲究享受的，但是，天晓得他们是怎么个享受法！新盖的洋房当然是美哉轮焉，美哉奂焉①，不过更有胜过洋人之处，就是在壁炉里堆积破布，在衣架上存储海味，又嫌晚间到盥洗间去不大方便，于是在屋角再添上一个马桶。有时候，你去拜访一个财主，从大门到中堂，其湫隘龌龊，真像贫窟，但是，你渐向里走，也就渐入佳境。饭厅里摆的是鱼肉鸡鸭，卧房里陈设的是沙发和钢丝床。家具之珍贵和丰富，简直令你目迷五色。主人似乎有意叫你迷上加迷，所以把家具摆成一个八阵图，你在揖让进退的当儿，一个不留神，就免不了栽跟斗！因此，我想提倡一种职业，叫做富翁

---

① 形容房子高大众多。轮，指高大。奂，指众多。见《礼记·檀弓下》。

享受设计处。每一个富翁如果要享受，只要交足他所愿享受的金额，就替他设计一切，包管比他自己设计的舒服得多。但是，我又怕这种设计处门可罗雀，因为我们所谓舒服并不一定是富翁们所谓舒服。听说有些暴发户虽然买了设备十全的洋房，却不高兴坐抽水马桶，而宁愿去蹲坑。汉高祖得了天下之后，太上皇在宫里住不惯，一味只想回到故乡丰邑去住。因为那边有吃狗肉的流氓朋友，有喝酒斗鸡赌钱的小铺子，弄得高祖没法子，只好在长安附近仿造一个丰邑，叫做新丰，又把他那些狗肉朋友搬了来，他才高兴住下了。我们的富翁享受设计处如果要营业兴隆，恐怕得先详细调查富翁的身世。但是，那种设计却又未必是我们所能胜任的了。总之，会享受的人往往不会发财，会发财的人往往不会享受，这是受了造物小儿的戏弄。人生就是这样的！

1943 年 12 月 5 日《生活导报》五十期

十三、著　名

小的时候读《三国志演义》，书是木版的，卷首有画像和赞语。当时我和几个小朋友非但以画像的有无来判断人物的重要与否，而且以赞语的长短来决定我们崇拜的程度。我们所最崇拜的是诸葛亮和赵云，因为他们的赞语各有四十个字；最轻视的是曹操，因为他只有"固一世之雄也，而今安在哉"十一个字。现在回想起来，觉得非常幼稚可笑，但是，社会一般人对于名流的崇拜，似乎并不比上面所叙的可笑事实高明了许多。

　　所谓文坛登龙术之一，就是尽量使名字在报纸杂志上和读者见面的次数增加。"著名"者"着名"也；多在书报上着名，自然可以著名。古人之所以"名下无虚士"，因为名是靠口头传播的，诗文也是靠口头传诵或笔下传抄的，若非心悦诚服，谁高兴传诵或传抄呢？现在却不同了：印刷事业的发达，能使一个无名小卒在一年半载之内成为一员文坛健将；卖稿生活的艰苦更能使已著名的作家甘心拱手把地盘让给那些未著名的作家去着名。涉猎和不求甚解既成为中国人的美德，于是封面的"本期要目"及其作者的名字就变了著名的唯一阶梯。假设李阿毛的神通广大，他能使十种杂志的封面上总共登了七十二次他的名字，哪怕他在杂志里面写的是满纸"上大人，孔乙己，化三千，七十士"，他也将成为"名作家"。又假使张阿狗的神通更大，他能使十二种杂志的封面上总共登了一百次他的名字，哪怕他把"孔乙己"写成了"孔乙已"，"七十士"写成了"七十土"，他的名气将比李阿毛更高。古人把不好的文章刻成书籍，叫做"灾梨枣"①，译成现

---

① 古时用梨木、枣木刻书。书质量差，刻上就等于让梨枣受灾了。

代语该是"让铅字倒霉",所不同者,是现代的铅字越倒霉,作家就越交运。杂志书报上着名的次数和著名的程度成正比例;劝青年作家不率尔操觚①的人,如果不是迂夫子,就是存心拦阻人家登龙门。

攀龙附凤也是著名之一术;现代不知多少人是附骥尾而名益彰的,大家心里明白,也用不着举例。但是,有一种秘诀比攀龙附凤更妙的,就是变相的冒牌——或者可称为影射。假使孙行者已经成了鼎鼎大名的第一流作家,将来报纸杂志上一定有"者行孙"和"行者孙"出现。这种办法是有其来源的;《子虚赋》和《上林赋》的作者不是因慕蔺相如之为人而自称为司马相如吗?将来我们如果发见著作家中有一位曾迅,或有一位郁味苦,也用不着大惊小怪了。

下里巴人和阳春白雪的譬喻,可以说自古已然,于今为烈。但是,下里巴人因为附和者众,很容易被社会认为阳春白雪;真正的阳春白雪虽不一定被认为下里巴人,而希望因此著名却是很难的——如果所谓著名指的是一般人多数知道他的姓名的话。再说,不管是否下里巴人,著名总是好的。我在上海某大学读书的时候,看见某教授是著过一部书的,已经五体投地;直到他说《文史通义》的作者是章诚②,我才觉得名人的学问也颇有问题。但是,在西洋镜没有拆穿以前,

---

① 指轻率地写文章。率尔,轻率地。觚,木简。陆机《文赋》:"或操觚以率尔。"
② 《文史通义》的著者应是章学诚。

不知已经占了多少便宜去了。某一位朋友在妇女杂志上常写文章，居然在某一天晚上来了一个摩登的红拂①。至于演讲的时候被挤破了讲堂，更是令人健羡②的事。

　　不过话又说回来了。"文章千古事，得失寸心知"③；虽然多写了几次"上大人，孔乙己"，换得了一个虚名，难道欺人之后还甘心自欺不成？欺人是一种手段，圣贤不得已而用之；自欺却是一种愚蠢的行为，没有什么用处的。因此，当你成了一个"名作家"之后，应该自问，你是否只靠着着名的次数多了，所以你才著名。如果是的，你似乎不好意思在大庭广众之中，大捋其山鸡尾④！

1944 年 1 月《生活导报》

十四、外国人

　　我第一次看见的外国人是两个贴香烟广告的。当时我在偏

---

① 隋李靖来访杨素，杨素侍妓张出尘，手执红拂，看中李靖，夜奔旅馆，与李靖同赴太原。
② 非常羡慕。
③ 见杜甫《偶题》。
④ 京剧中，大将常有两根很长的山鸡尾在兜鍪后边竖起，得意之际，常捋动它。

僻的小城市，虽没有像现在昆明的小孩跟着外国人到处跑，但是他们的眼睛、鼻子、身材和服装，的确引起了我的一种极端奇异的感觉。

我在上海读书的时候，开始感觉到外国人的威风。非但外国人，连外国人的义子、侄孙子、滴里搭拉的孙子，也都沾了光。非但会说洋泾浜英语的人很占便宜，连那些不懂"也是奴"①的人们（当时还没有 OK 的说法），只要穿上一套蹩脚西装，就可以进那"华人与狗不准入内"的外国公园，又可以坐洋车不讲价，到了目的地之后，随意给两只"八开"②，车夫不敢哼一声。西装变了护身符，它是外国人的余威之所寄；至于真正的外国人，更不消说，是天上人了。

后来身在外国，成为外国人眼中的外国人，侥幸得很，我所在的那一国的人对华人非常客气，没有让我吃什么亏。因为和外国人的生活打成一片的缘故，我开始感觉到外国人的性情和行为并没有像眼睛鼻子那样，和我们差别得那么大。我开始感觉到，像中国最坏的坏人外国也有；我又发现，外国的月亮并不像有些留学生所说的，比中国的月亮更亮些。但我同时又承认，外国人比中国人更爱干净，更爱整齐，更守秩序，更爱惜时间。他们爱惜时间，甚至于嫖赌都不肯把它浪费。他们有十分钟的嫖，五分钟的赌，嫖赌之后还没有忘了去做那些有生活意义的事情。

---

① 英语的 yes 和 no。
② 一毛钱的银币。

　　我自问没有排过外，也没有媚过外。但是，这几十年来，我所看见的排外和媚外的事实可真多。排外的人把外国人当做鬼（广东话叫做"番鬼、红毛鬼"，上海话叫做"洋鬼子"）；媚外的人把外国人当做神。因为当做鬼，所以觉得外国人处处不近人情，有乖天理；因为当做神，却又觉得外国人全知全能，简直是庄子所谓"全人"。排外的时代大约是过去了；媚外的时代据说也过去了。但是由排外所产生的事实已经绝迹，义和团的符咒早已失传；而由媚外所产生的风俗习惯却正在盛行，于是高跟鞋替代了缠足，瞪眼耸肩替代了点头摇腿，掷瓶剪彩替代了焚香燃灯拜"喜神方"①。我们东方古国好比东施②，正在极力模仿西施的一颦一笑。有一种人，他们能在言谈之间夹杂几个英文字，其得意忘形不减于老秀才的诌文：所不同者，老秀才诌国文是酸是腐，新青年诌英文是摩登是时髦。当你辩论某一种真理的时候，你用不着找寻许多论据，你只消说这是外国人说的；当你要为某一件中国人认为荡检逾闲③的行为加以辩护的时候，你也用不着陈述许多理由，你只消说外国人也这样做。这样一来，既不费唇舌，又最合潮流。有了领导演礼的人，虽三岁孩童也会

---

①　喜神，吉神。吉神所在的方位，如甲巳日在艮方，寅时，称作喜神方。

②　越国美女西施因患心痛而捧心皱眉，同村丑女东施以为西施皱眉很美，也去学，结果自己更丑了。

③　越过了道德规范。检、闲，指道德规范。《论语·子张》："大德不逾闲。"

舞八佾①。迎头赶上去未免太吃力了，落伍又不甘心，惟有跟着走最为中庸之道。大哉，中国人的跟着走哲学！

平心而论，把外国人当做神，自然比当做鬼好得多。说外国人也有贪污，这是煞风景的话；最好是说外国人绝对没有贪污，然后我们这一班东施无所借口。即使有人确凿地指出，某租界或某外国海关的检查员也有受贿的事情，你也应该说这是中国人教坏了的，至少应该说这是犯了中国人的毛病。虽然你在外国亲眼看见做丈夫的毒打他的老婆，打耳光，踢屁股，你归国后也应该力守秘密，以免刚刚抬头的中国女权又遭无妄之灾。总之，我们应该把外国人神化、全人化，一切美德都归于他们，然后，中国人才有真理可循，而跟着走的哲学才可以绝对没有流弊。从今以后，我将变成一个外国人崇拜者，但我所崇拜的不是普通的外国人，而是神化了的外国人。

1944 年 2 月 20 日《生活导报》五十六期

十五、路有冻死骨

人死，是常事。一个人弄到饿死，冻死，或有病不得医药

---

①　舞蹈时，横竖各八人，共六十四人，这是天子的规格。这里泛指舞蹈。《论语·八佾》："八佾舞于庭。"

而死，却似乎并不是常事；至少，在合理的社会里，这不算是常事。若饿死，冻死，或有病不得医药而死，而又死在路上，更不是常事。又假使——我只敢说是假使——那样的人死在路上或广场上，许多没有人收埋，而又天天有这种事情发生，除非你早上出门好好地选择喜神方，否则你可能在一刻钟之内，半里路之间，连续地遇见了两三件"冻死骨"，这样，你总不免觉得"于我心有戚戚焉"①，又不免觉得我们这不合理的社会在这年头儿要比平时更不合理十倍。

死，是可怜；那样死法，更是可怜。恻隐之心，"人"皆有之，如果我们说社会上某一部分人熟视无睹，这是不把他们当做"人"看待，也未免说得太刻薄些。但是，说也奇怪，最懂得可怜冻死骨或饿殍的人却是正在受冻挨饿或快要受冻挨饿的人。不过若你自命为仁人，抱着"己饥己溺"②的襟怀，包你每夜有冤魂来托梦，也就变了庸人自扰；因此有些愤世之徒，在自己吃不饱穿不暖的时候，渐渐也学会了硬心肠，望着冻死骨冷笑一声，跨尸而过。理他呢！杀人犯既不是我，变相的杀人犯也不是我，负有收埋责任的更不是我！

大家只知道大出殡养活了许多人，却不知冻死骨也能养活人。在那该死的人将死未死的当儿，自有洋车拉着他"串门"，接受赙仪；在他既死之后，又有饥饿的一群移尸嫁祸，

---

① 见第 51 页注④。
② 同情别人的苦难，并想去解除这些苦难。《孟子·离娄下》："禹思天下有溺者，由己溺之也；稷思天下有饥者，由己饥之也。"

因为搬走一件冻死骨比挑扁担更省力更值钱。听说某一些机关每年开销的搬尸费不在少数。死人如果有知,实在应该向这些移尸嫁祸的人征收所得税!

报纸上常有寻狗的广告,一条狗的赏格在万元以上,可见人不如狗;四川有猪的保险,一只猪的保险费在万元以上,可见人不如猪。这年头,人命贱如泥沙,贱如粪土,贱如垃圾——我说什么来着?泥沙、粪土、垃圾,不是都比人命更贵吗?——再想想看……贱如尘埃,贱如清风明月,贱如文人的心血!

路有冻死骨的反面是朱门酒肉臭①。用不着研究经济学,大家都能明白,朱门的酒肉越臭,路上的冻死骨越多。假使有法子限制朱门的酒肉的话,这绝对不是妒忌,也不是替冻死骨打抱不平,而是从这一条路上去救死。再者,即使这年头儿的人命贱如尘埃,也该尽可能地让他们入土为安。慈善家们——我只说慈善家们——应该不让他们做那暴尸七日的董卓②。

1944 年 3 月 5 日《生活导报》五十八期

---

① 杜甫《自京赴奉先咏怀五百字》:"朱门酒肉臭,路有冻死骨。"
② 东汉末献帝时为太师,专权,被吕布所杀,尸体摆在街上。因为他肥胖,守尸人在肚脐上点起灯来。事见《后汉书·董卓传》。

十六、领薪水

"薪水"本来是一种客气的话，意思是说，你所得的俸给或报酬太菲薄了，只够你买薪买水。其实战前的公务员和教育界人员，小的薪水可以养活全家，大的薪水可以积起来买小汽车和大洋房，岂只买薪买水而已？但是，在抗战了七年的今日，"薪水"二字真是名符其实了——如果说名实不符的话，那就是反了过来，名为薪水，实则不够买薪买水。三百元的正俸，不够每天买两担水；三千元的各种津贴，不够每天烧十斤炭或二十斤柴！开门七件事，还有六件没有着落！长此以往，我将提议把"薪水"改称为"茶水"，因为茶叶可多可少，我们现在的俸钱还买得起。等到连茶叶都买不起的时候，我又将提议改称为"风水"，因为除了喝开水之外，只好喝喝西北风！

我们嫌薪水太少吗？人家将告诉我们，没有薪水可领的人比我们更苦。比上不足，比下有余，我们应该乐天安命，待河之清。古人说"望梅止渴，画饼充饥"，这也不失为一种精神上的安慰。每月都有许多要人指给我们看那远山的酸梅，每周都有许多报纸画给我们看那粉墙的大饼；那梅就是要人们的口惠，那饼就是报纸上的所谓改善公教人员待遇的新闻。

我们也不能说"口惠而实不至",实际上薪水一加就是几百元。我们说薪水赶不上物价,人家说赶不上总比赶过了好些;因为公教人员在全国人民里头只占少数,吃不饱饿不死,也就不至于害人;如果薪水赶过了物价,社会的游资增加,更足以刺激物价了。我们又说国家的邮票已涨了四十倍,我们的薪水何以只涨十倍?人家又将告诉我们:邮票不懂得牺牲,所以要涨二百倍;公教人员懂得牺牲,不该把自己的身份比一张邮票。我们被人家责以大义之后,只好甘心于我们那不够买薪买水的薪水了。

　　但是,我们每月拿到那不够买薪买水的薪水之后,是怎样过日子的呢?家无升斗,欲吃卯①而未能;邻亦箪瓢②,叹呼庚③之何益!典尽春衣,非关独酌④;瘦松腰带,不是相思!食肉敢云可鄙⑤,其如尘甑⑥愁人;乞墦⑦岂曰堪羞,争奈儒冠误我⑧!大约领得薪水的头十天,生活还可以将就过得去,其

---

① 即"寅吃卯粮"。意思是说生活困苦,总不够吃。
② 形容生活困苦。《论语·雍也》:"一箪食,一瓢饮。"箪,竹筐。
③ 呼庚原来是求雨的意思,这里指因缺粮而向人乞求借贷。语见《左传·哀公十三年》。
④ 杜甫《曲江》:"朝回日日典春衣,每日江头带醉归。"李白《月下独酌》:"花间一壶酒,独酌无相亲。"
⑤ 《左传·庄公十年》:"肉食者鄙。"
⑥ 东汉范丹很穷,经常断炊,闾里的人们编成歌谣说:"甑中生尘范史云。"
⑦ 《孟子·离娄下》说,有一个人每天去坟地里向上坟的人乞求残羹剩饭。墦,坟地。
⑧ 指读书坑害了自己。儒冠,指读书人。杜甫《奉赠韦左丞丈二十二韵》:"纨袴不饿死,儒冠多误身。"

余二十天的苦况，连自己也不知怎样挨了过去的。"安得中山廿日酒，醉眠直到发薪时！"[1]

薪水用完之后，天天盼望发薪的日期到来；"度日如年"，在今日的公教人员，并非过度的形容语。从前是差人去代领薪水，现在非但自己去，而且靠近月底就天天到出纳组去打听着。忽然"恶耗"传来，本月的薪水将不能准于月终发出，于是凄惶终日，咄咄书空[2]。幸而机关主管人知道事关全体同人的性命，终于借了一笔款子来，大家吐了一口气，残喘仍能苟延。从前叶公超[3]把发薪叫做"关饷"，当时只是一句笑话；现在只有公教人员和士兵同病相怜，"关饷"二字是确当不易的了。

好容易把薪水领到手了，马上开家庭会议，讨论支配的方法。太太在三年前就想做一件冬天的大衣，那时衣价占月薪的一半，当然做不成；这三年来，大衣的价格百一变至于千，千一变至于万，等于月薪的双倍，当然更做不成。大小姐提议去看一次电影《忠勇之家》，她的妈妈反对，理由是饥寒之家没有看《忠勇之家》的资格。经过了一场剧烈的辩论，结果依照老办法，本月的薪水，除了付房租之外，全都拿去买柴米油盐酱醋茶，先度过十天再说。二少爷憋着一肚子气，

---

① 这里是套古诗"安得中山千日酒，醉眠直到太平时"，《搜神记》说狄希能造千日酒，饮后能醉上一千日。

② 见第 91 页注②。

③ 当时清华大学教授。

暗暗发誓不再用功念书，因为像爸爸那样读书破万卷终成何用！小弟弟的脑筋比较简单，只恨不生于街头小贩之家。

是的，也难怪他恨不生于街头小贩之家。这七年来，多少原来领薪水的人转入了别的地方去分红利，又有多少人利用他们的职权，获得比薪水高出千万倍的油水，只有一部分的公教人员，在贞节牌坊的奖励之下，规规矩矩地按月去领那一份不够买薪买水的薪水！

1944 年 3 月 26 日《生活导报》六十一期

[附]

读者与作者

读者张开一先生看了本报六十一期《领薪水》一文后，特从会泽县汇来国币二百元，嘱本社转交作者王了一教授，聊表敬意。张先生在信首写了这样几句话："自从读了《领薪水》，瞒人流去多少泪！所悲非为俸微事，惟叹国×良心昧。"

然而，张先生也是一个靠薪给过活的公务员，除了士兵外，今日公教人员的生活是同样艰苦。所以，王了一教授很感谢张先生的感情，但是他不能接受这一笔钱。下面是他给张先生的复信——

开一先生：

　　《龙虫并雕斋琐语》里，许多话都是无稽之谈。中国古代的文人喜欢装穷装病，我也染上了这种习气。如果说那一篇《领薪水》说的是实话，那么，我说的只是一般公教人员而不是我个人。你读了《领薪水》而感动，我读了你的信更感动。也许公教人员比街头小贩值得骄傲的，就在于这一种安慰上。国币二百元仍托生活导报社汇还，谢谢你。

十七、写文章

　　九岁学写文章，至今三十余年了。宗派是从韩退之①到莫洛亚②，文体是从寿序、祭文、行述、对联以至于欧化的论文。我好像一个担簦蹑屩③、足迹遍万里的旅客；我也曾景仰过高山，但是它没有扩大过我的胸襟；我也曾投拜过名师，

---

① 唐朝大文学家韩愈，字退之。
② Maurois，法国小说家、散文家。
③ 指长途奔走。《史记·平原君虞卿列传》："蹑屩担簦，说赵孝成王。"簦，带柄的笠，似今天的雨伞。屩，草鞋。

但是他并没有传给我那生花妙笔①。这两年来，更堕落到了写这种非驴非马的琐语。现在我谈写文章，读者切勿希望我有什么金针可度与人②；我有的只是铅刀，偶然切两块豆腐。

报纸上的文章，据说是要雅俗共赏的。这几乎可说是一个乌托邦。所谓雅俗共赏的文章，往往是雅俗都不赏；至多只博雅人说声"还不错"，俗人不至于打呵欠而已，这是双方都不讨好的。试问雅俗共赏的文章是不是雅几句又俗几句？如果是的，那就是拿黄油就烧饼，密斯特刘和密斯特李不喜欢你的烧饼，红鼻子张三却不喜欢你的黄油。如果不是这样，那你就是把俗的成分和雅的成分搅匀了，变了大红裤子配高跟鞋，城里人忽略了你的高跟鞋，反而指摘你的大红裤子；乡下人忽略了你的大红裤子，反而讥笑你的高跟鞋。

雅俗共赏做不到，就只能努力投合读者的嗜好。所谓会做文章，就是会揣测读众的脾胃。我们应该以七分雅或三分俗的读者做我们的对象。太雅了，他对我们这种文章会嗤之以鼻；太俗了，他根本不喜欢看报章杂志，更不耐烦读我们的文章。我们应该牺牲了那些十分雅和十分俗的读者，因为他们在读者群中究占少数。偶然也有宽大为怀的十足风雅之士

---

① 指很能写文章。南朝纪少瑜梦中得到陆倕所授赤镂管笔，因此文章大有长进。又，相传李白梦见所用之笔头上生花。

② 《桂苑丛谈》中说，郑侃的女儿采娘七夕向织女求巧，织女赠她一根金针。后用来指传授秘诀。元好问《论诗》："鸳鸯绣出从教看，莫把金针度与人。"

（我看见你在会心地微笑了），原谅我们这种新时代的东方
朔①，也就不忍深加罪责。总之，我们不必学会了炙熊蹯、烹
鹿筋，也不必学会了做窝窝头、烤大饼；要紧的是研究红烧
肉、白切肉、木须肉、瓦块鱼，好好地弄一顿家常便饭。可
惜的是，我们连厨子的起码本领也不够，常常把红烧肉烧糊
了，对不起读者。

　　俗话说："妻子是人家的好，文章是自己的好。"依我的经
验却不尽然，两样都觉得是人家的好。当我阅读一本文艺杂
志的时候，对于某一些作品，虽然觉得是点将数辽东之白
豕②，牛耳③徒夸；但是，对于另一些作品，却又觉得是空群选
冀北之神驹④，鳌头⑤无愧。看到兴高采烈、手舞足蹈的当儿，虽
未至于五体投地，却已一心欲仙。"俨然西湖对西子，从来佳作
似佳人！"至于我偶然东施效颦⑥，则又自惭形秽。心里想的是七
层宝塔，笔下写的却不足三尺珊瑚。眼高手低，心轻笔重。写完
一看，始而爽然自失，终于汗流浃背，我几乎不相信我会写出那
样幼稚的文章来。你相信吗？我十年前写了一篇小说，至今把

---

① 西汉人，喜诙谐滑稽，常把讽谏之意寓于滑稽的言谈之中。这里指讽刺时局的
　　人。
② 东汉时，有人觉得辽东的猪生小猪是白头顶很奇怪，后来看到河东一带全是
　　如此，很惭愧。后用来指少见多怪。
③ 即执牛耳。古代诸侯歃血为盟，割牛耳取血，主盟者奉盘来接。后用来称主盟
　　者。
④ 韩愈《送温处士赴河阳军序》："伯乐一过冀北之野，而马群遂空。"
⑤ 旧时俗称状元及第为独占鳌头。
⑥ 见第107页注②。

它关在箱子里，它是我的第一篇小说，恐怕同时也是最后的一篇，我发誓永远不让它得见天日！以人为鉴①，敢云敝帚②之宜珍；刻鹄成凫③，直谓酱瓿④之可覆！这两年来，渐渐学得厚颜妙术，常常发表一两篇不文之文。这并非轻蔑观众，高视阔步，大唱其倒嗓⑤；只是觉得优孟衣冠⑥，言之无罪，大约可以得到读者的谅解而已。

　　写文章是一件乐事，也是一件苦事。明窗净几，灵感忽来，兴致淋漓，下笔千行，那种文章简直可使朱衣点头⑦，岂非乐事？但是，假使是由于编者的催索，如追宿逋⑧，如驱驽马，如戏幕揭开，非迫令出台不可，那么，这种文章就好像丑媳妇必须见姑嫜⑨，其苦可知。譬如今天晚上交不出文章来，就只好写这一篇《写文章》。其实不是我写文章，而是文章写我。古之文章为己，今之文章为人。为己的文章可以藏之名山，传之其人⑩倒反变了为人；为人的文章只是瓶花，是

① 《新唐书·魏征传》："以铜为鉴，可正衣冠，……以人为鉴，可明得失。"
② 见第21页注⑥。
③ 鹄，天鹅。凫，野鸭子。《后汉书·马援传》作"刻鹄类鹜"。
④ 《汉书·扬雄传》："吾恐后人用覆酱瓿也。"意思是说文章不好，只能用来盖酱坛子用。
⑤ 唱戏的人喉咙失音叫倒嗓。
⑥ 《史记·滑稽列传》记载，优孟着故相孙叔敖衣冠为楚王祝寿，楚王以为孙叔敖复生，优孟借机向楚王进谏。后用来称演戏。
⑦ 欧阳修做考官时，每次阅卷，总觉得座后有一个朱衣人，朱衣人点头的，文章就能入格。事见《侯鲭录》。这里指文章好。
⑧ 指欠的债。见《新唐书·李珏传》。
⑨ 公婆。
⑩ 指文章当时不能发表，只好藏起来留给后人。语见司马迁《报任安书》。

刍狗[①]，是字纸篓的供应品，实际上于人于己都无益处。这样说来，我何苦费了五个钟头来制造这种字纸篓的供应品呢？我真无以自解！

1944 年 4 月 9 日《生活导报》六十三期

十八、卖文章

上次写了一篇《写文章》，本来打算接着写一篇《卖文章》，后来因事停了几期，今天才能执笔。题目是早已想定，只消随便说说就是了。有人的文章是写而不卖的，有人的文章是卖而不写的。这是两个极端。所谓写而不卖，可以有两种情形：或者是写了之后预备藏之名山，传之其人，不愿意发表；或者是虽愿意发表，却不愿要钱。所谓卖而不写就是抄。抄得高明些是东抄一段，西抄一段；抄得不高明的就只换上一个署名。抄的目的自然完全为了钱。写而不卖是最高尚的一流；卖而不写则是最卑鄙的一流。在这两个极端之间，就是写而且卖的一般文人。但是，这种人又可以分两种：第一种人是为写文章而写文章，写的时候并没有想要卖；不过，

---

① 用刍草结成的狗，祭后就扔掉。指轻贱没用的东西。《老子》："天地不仁，以万物为刍狗。"

文章发表了之后，人家把稿费寄了来，也就乐得接受；第二种人是为卖文章而写文章，写下来的，人家看见是文章，自己看见是一张一张的钞票，这是所谓卖文为活。

从前似乎有人把文人分为三类：第一类是文士，第二类是文匠，第三类是文丐。写而不卖的文人，自然可称为文士；为文章而写文章的人，虽也卖钱，似乎也还当得起文士的名称；至于为卖文章而写文章的人，以卖文为职业，自然可称为文匠。不过，如果一味为钱，粗制滥造，就近似于文丐。再说到卖而不写，更是十足的文丐了。

卖文为活的文匠，听起来非常刺耳，但是，有不少青年靠着几文稿费来维持求学费用，却又比之纨袴子弟仰赖父兄更有意义些。马君武和王光祈①，就是这一类青年的典型。大学教授们的文章，本该是写而不卖的，至少，他们该是为写文章而写文章。不料抗战了几年之后，竟有不少教授依靠卖文章来维持一部分的生活费用，大家知道这是谁的罪过。我们对于宁死不卖文的教授们自然该致其无上的钦仰；但是，对于那些半靠卖文为活的，似乎也不宜责之过苛。除了不够买薪买水的薪水之外，只有这种是干净钱。士也罢，匠也罢，至少不是贼，不是匪，不是刽子手。而且，我可以保证：他们即使不是士，至少也是匠——拿劳力换取金钱的人，决不至于流为文丐。

---

① 当时的留德学生，很穷。后来，王著《中国音乐史》，马任广西大学校长。

　　计字致酬是一个很不好的办法。司马相如的《长门赋》①，如果按字计算，至多只能换两斗米，决不能值黄金百斤。自从计字致酬的办法传入了中国之后，就有些文丐故意把文章拉长，希望多得稿费。自然，这种人毕竟占少数；大多数的文人都不至于如此。但是，同是一个人，文章的优劣也有不同：有精心结构之作，有随意应酬之作，怎能依照字数来定文章的价格呢？虽说价格的相等不足以表示价值的相等，但是，这样毕竟引起了不公平的待遇，就是劳力不相等倒反弄成了报酬的相等。这种不公平恐怕永远没法子消除，文人们也不曾因此说过不平的话，因为卖文已经自惭，还能计较这些吗？

　　文人既然以计较报酬为可耻，就让出版家有更多的剥削的机会；这种情形，可以说古今中外都是一样的。不过，凭良心说，抗战以来，恐怕要算出版家的利润最微；如果没有几分文气的人，早已抛弃了出版业，去发国难财去了。要求提高稿费当然值得同情，但是似乎不必造成作家和出版家的对立。

　　我们的最高理想仍然是写而不卖。人虽是吃饭的，文章却该是辟谷②的。《聊斋志异》里有人嘲笑文章有水角味儿③，我们最好不要让文章有铜臭味儿。胡适之先生所主编的《独立

---

①　见第83页注⑤。
②　指不吃饭。语见《史记·留侯世家》。
③　见《聊斋志异·司文郎》。

评论》和钱端升先生所主编的《今日评论》都是不给稿费的，但是它们所载的文章却不失为第一流。至少，我们该做到卖而不求善价的地步。如果有良好的纸张和精美的印刷，我们可以贱卖；如果校对谨慎，我们可以贱卖；如果那刊物的作者群中没有我们所羞与为伍的人，同时它又拥有千万数识货的读者，我们可以将稿子双手奉送，甚至可以倒贴几文！没有这种义气的人就不至于穷到卖文章；穷到卖文章的人就必然有这种义气！

1944 年 5 月 21 日《生活导报》六十九期

十九、骂人和挨骂

骂有文骂和武骂两种：唇枪舌剑，钩心斗角，这是文骂。声色俱厉，吐沫横飞，这是武骂。文章里的骂，应该都是文骂了；然而不然，笔下有臭骂、毒骂，骂人家的一生以至于祖宗三代，依我看都应该归入武骂的一类。

骂人，快事也；做文章骂人，更是快中之快。骂人，人家可以即刻还嘴，甚至于飨以老拳；做文章骂人，至少可以痛快地骂，尽量地骂，当我笔骂的时候，被骂的人决不会来抢我的笔。文章发表之后，也许人家会回骂，那是他的事，因为他已经被我先骂，我已经占了上风了。

正像人们喜欢看打架一样，大家都喜欢看骂人的文章。无论是明骂、暗骂，骂团体、骂个人，只要骂得俏皮，骂得淋漓尽致，读者就会像大热天吃冰淇淋，有一种形容不出的快感。骂人的文章也特别容易显得好；假使你本来才高八斗，你写起骂人的文章来，就可以达到一石；即使你本来一窍不通，你如果常常练习你的笔骂，大约也能渐渐变成了心有七窍的比干①。

老实说，这社会，这世界，有哪一件事不该骂的？可惜的是报章杂志尽多私人恩怨的骂、打落水狗的骂，而甚少大义凛然的骂、料虎头挦虎须的骂②。——这两句话有失龙虫并雕斋的风格了，让我赶快拐弯儿，来谈谈挨骂。

据说挨骂的人是应该自豪的，因为谁也不愿意费心血，绞脑汁，写文章来骂一个无名小卒，或一个比自己地位低的人。因此，有人主张不必回骂：回骂就形成了双方的地位相等，使竖子成名，是中了他人之计。我虽也主张不回骂，却不赞成这种阿Q的解释。我只觉得在报章杂志上对骂太对不起读者，使读者感觉这社会里只有爪牙，没有扶持和抚慰。再者，与其和人家对骂，倒不如写一篇令人引起美感的文章，于己

①　商纣王的叔父。由于纣淫乱不止，比干强谏，连续三天不离开，纣很生气，说，我听说圣人的心有七窍。于是剖开比干的胸膛，看他的心。事见《史记·殷本纪》。
②　孔子去游说盗跖，险些被杀。孔子说："疾走料虎头，编虎须，几不免虎口哉！"料，撩拨。见《庄子·盗跖》。

于人，皆为有益。因此，我这十年来是极力避免和人家打笔墨官司了。

有人说能挨骂是表示有度量。就历史上看来，这话似乎也有几分道理。但是，愿意挨骂的人往往免不了受些冤枉气；世上糊涂的人毕竟是比聪明的人多，你若纵容他们骂，他们就无缘无故地骂你一场。于此有人说，无缘无故地骂人的人终将为众人所不齿，而肚里好撑船的宰相将更为众人所尊崇！这两句话又有失龙虫并雕斋的风格，让我就此打住罢。

1944 年 6 月 11 日《生活导报》七十二期

棕榈轩詹言

一、闲

　　中国的诗人，自古是爱闲的。"静扫空房惟独坐"[1]，"日高窗下枕书眠"[2]，这是闲居；"相与缘江拾明月"[3]，"晚山秋树独徘徊"[4]，这是闲游；"大瓢贮月归春瓮"[5]，"飞盏遥闻豆蔻香"[6]，"林间扫石安棋局"[7]，"短裁孤竹理云韶"[8]，这是闲消遣。如果他们忙起来，他们也要忙里偷闲；他们是"有愧野人能自在"，所以他们忙极的时候也要"闲寻鸥鸟暂忘机"。

[1]　张籍《题僧院》诗："静扫空房惟独坐，千茎秋竹在檐前。"
[2]　杜荀鹤《赠溧水崔少府》诗："庭户萧条燕雀喧，日高窗下枕书眠。"
[3]　李群玉《落帆后赋得二绝》诗。
[4]　许浑《晚登龙门驿楼》诗："心感膺门身过此，晚山秋树独徘徊。"
[5]　苏轼《汲江煎茶》诗："大瓢贮月归春瓮，小杓分江入夜瓶。"
[6]　韩偓《裹娜》诗："著词暂见樱桃破，飞盏遥闻豆蔻香。"
[7]　许浑《送钱塘青山李隐居西斋》诗："林间扫石安棋局，岩下分泉递酒杯。"
[8]　李咸用《依韵修睦上人山居十首》诗之四："好学尧民偃舜日，短裁孤竹理云韶。"

　　但是，中国的俗谚却说："成人不自在，自在不成人。"凡是愿意兴家立业的人都不肯"游手好闲"。表面看来，这和诗人们的思想是矛盾的。诗人们的思想似乎是出世的，是仙佛的一派；而社会上的老成人却是入世的，是圣贤的一派。圣贤可学，仙佛不可学，所以我们不应该爱闲，因为爱闲就是好闲，好闲就非游手不可，而游手就有没有饭吃的危险。其实，这只是一种很粗的看法。如果闲得其道，非特无损，而且有益。我们可以说，常人不可以好闲，而圣贤却可以爱闲。

　　先说，一国的元首就应该闲。垂拱而治，是中国人所认为至治的世界。身当天下的大任的人也应该闲，在军书旁午①的时候，诸葛亮仍旧是纶巾羽扇，谢安仍旧是游墅围棋，这种闲情逸致才能养成他们那临事不惊的本领。爱闲和工作紧张是可以并行不悖的。惟有精神不紧张的人，工作紧张起来才有更大的效力；否则越忙越乱，越会把事情弄糟了的。

　　做地方官的人也应该有相当的闲暇。如果你不能闲，不是你毫无办事能力，就是你为刮地皮而忙。"日晚爱行深竹里，月明多上小楼头"②，白乐天并没有因为爱闲而减少了民众的好感；"岂惟见惯沙鸥熟，已觉来多钓石温"③，苏东坡并没有因为爱闲而妨害了邑宰的去思。王禹偁诗里说："日长何计到

---

① 这里指军事很紧张的时候。旁午，纷繁交错的样子。
② 见白居易《池上闲咏》诗。
③ 见苏轼《六年正月二十日复出东门仍用原韵》诗。

黄昏，郡僻官闲昼掩门。"① 现在却是郡越僻而官越忙，因为天高皇帝远，正是刮地皮的好机会。天天嘴里嚷着："忙呀！忙呀！"天晓得他是否为苞苴②而忙，为掊克③而忙，抑或是为逢迎上司、应酬土豪劣绅而忙！

　　至于文人，就更不能忙，更不应该忙。《三都赋》十稔而成④，并不是天天忙着写那赋，而是闲着在那里等候，灵感来时才写上一段。忙起来根本就没有灵感！非但八叉手⑤不是忙，连九回肠⑥也不算是忙。当你聚精会神地去推敲一篇文章的时候，只像聚精会神地下一盘棋，是闲中取乐，不应该把它当做尘樊⑦的束缚。如果你觉得是忙着做文章，那藐子⑧之神会即刻离开了你。但是，不幸得很，那些卖文为活的文人却不能不忙着做文章；尤其是在文价的指数和物价的指数相差十余倍的今日，更不能不搜索枯肠，努力多写几个字。在战前，我有一个朋友卖文还债，结果是因忙致病，因病身亡。在这抗战期间，更有不少文人因为"挤"文章而呕尽心血，忙到牺牲了睡眠，以至于牺牲了性命。忙死了也得不到代价，

---

① 见王禹偁《日长简仲咸》诗。
② 指贿赂。《荀子·大略》："苞苴行与？谗夫兴与？"
③ 指搜刮钱财。语出《诗·大雅·荡》。
④ 左思写《三都赋》写了十年才写成。稔，年。
⑤ 温庭筠很有文才，每次按规定的韵作赋，他叉八次手，八韵就写成了。事见《北梦琐言》。
⑥ 司马迁《报任安书》："是以肠一日而九回。"
⑦ 尘，尘俗。樊，樊篱。
⑧ 即缪斯，见第64页注②。

因为越忙越是粗制滥造，写不出好文章。不信请看我这一篇，我虽不是卖文为活，然而它也是在百忙中"挤"出来的。

　　"穷、忙"二字是有连带关系的。抗战以来，谋生困难，多少原来清闲的人变了极忙的人！事情多了几倍，我们都变了负山①的蚊子；白昼的差事加上了夜间的职务，我们又都变了"为谁辛苦"的蜜蜂。回想当年，真是不胜今昔之感！古人说，不是闲人不知闲中之乐；现在我说，昔闲今忙的人更能了解闲中之乐。譬如巨富变了赤贫，回想当年的繁华，更悼念乐园的丧失。当年是"溪头尽日看红叶"，现在是"灶下终年做黑奴"；当年是"一部清商②一壶酒"，现在是"一堆钞票一天粮"。当年我们尽有闲工夫读遍千部书，现在我们竟没有闲工夫吃完一碗饭！

　　本来，在这个大时代，我们有更大的希望在前头，自然应该牺牲了我们的闲暇。不过，悠游卒岁③的人仍不在少数，这就形成了我们的不平。古人说"不患贫而患不均"④，现在我们说"不患忙而患不均"。如果有法子处理那些不劳而获的钱财，使人人自食其力，我相信许多人都用不着像现在这样忙。

1944 年 4 月 9 日昆明《中央日报》星期增刊

---

①　《庄子·应帝王》："其于治天下也，犹涉海凿河，而使蚊负山也。"
②　乐府乐曲名。
③　这里指整天无所事事地过日子。悠游，悠闲。卒岁，度过一年。《诗·豳风·七月》："何以卒岁？"
④　见《论语·季氏》。

二、灯

　　生年才四十余，已经用过了足以代表三个时代的灯了。菜油灯代表闭关时代，煤油灯代表海通时代，电灯代表最新物质文明时代。我第一次张开眼睛，看见的是菜油灯；其后，我看见家里煤油灯和菜油灯同时并用，书房里用的是煤油灯，厨房里用的是菜油灯，至于卧房里的灯用菜油或用煤油，就看每月的经济情形而定了。家住在偏僻的县份，我直到廿三岁才有福气看见电灯。从此以后，直到抗战以前，我一直受着爱迪生的恩惠。亏了电灯，我的书多读了一倍；亏了电灯，我的文章多写了几倍；亏了电灯，我从红氍毹上看见了更美的美人；亏了电灯，我在夜阑人静之后，晤对了不少的古人，缝缀了不少千金之裘①，烹调了不少五侯之鲭②。我万万料想不到此生还会归真反朴③：这几年竟退到了海通时代，用煤油灯；甚至于退到了闭关时代，用菜油灯！

　　五年前，为了避免空袭的危险，我住在乡下，于是点煤油

---

① 《史记·刘敬叔孙通列传》："千金之裘，非一狐之腋也。"
② 指珍馐美馔。汉成帝母舅王谭、王根、王立、王商、王逢同时封侯，号五侯。鲭，鱼、肉合烹成的食物。《西京杂记》载，娄护曾在五侯家作客，他把五侯的好菜合成一个鲭，叫五侯鲭。
③ 《战国策·齐策四》："归真反朴，则终身不辱。"

灯。后来因为煤油太贵了，买不起，于是点菜油灯。在无可奈何之中，勉强找一个点菜油灯的理由，聊以自慰。电灯哪里比得上菜油灯有诗意呢？"静临客枕愁寒雨，远逐渔篷耿暝烟，纤影乍敧还自立，冷花时结不成圆"，电灯能有这种美妙的境界吗？再说电灯也像一切的物质文明，它能增进了人类的幸福，同时也加添了社会的罪恶。它能使人奢，使人淫。在霓虹灯的照耀之下，哪怕你是瞎扒干①，也不能不让百货公司多赚几个钱儿，哪怕你是圣安东尼②，也经不起摩登许飞琼③的诱惑。——这种强词夺理的说法，无非因为我享受不着电灯。葡萄并不酸，但是，吃不着的葡萄就被认为酸了。

乡下住了一年多，忽然听见村里有装电灯的机会，我又欣喜欲狂。我住的房子距离电线木杆五十公尺，该用电线二百余码，计算装电灯的费用，是房租的百倍。我居然有勇气预支了几个月的薪水以求取得这一种既不能吃又不能穿的东西。于是瓮牖绳枢④，加上了现代的设备。每一到了黄昏，华灯初上，我简直快乐得像一个瞎了十年的人重见天日。那个一年来的良伴菜油灯，被我抛弃在屋角上，连睬也不去睬它了。

两年前，空袭渐疏，我们又搬回城里来了。那屋角上的菜油灯，本该让它静静地躺在那里，不料太太惜物成性，又把它带到了城里来。当时我笑她小气，但是当天晚上我又不能

---

① 即 Hapargon，见第 100 页注②。
② 指不受诱惑的人。Antonius (250—356) 是宗教隐士，他抵抗了无数诱惑。
③ 西王母的侍女。
④ 见代序第 4 页注①。

不佩服她有备无患。原来我们搬到城里的第一天就遇着轮流停电，而且偏偏轮着我们所住的一区。这么一来，我们的菜油灯，仍旧变了天之骄子①。看它那一摇三摆的神气，好像是说："你们毕竟离不了我！"真的，恰像这年头儿的交通，什么交通工具都比不上两条腿可靠；这年头儿的照明，什么灯也都比不上菜油灯可靠。《封神榜》里的神仙当中，燃灯道人最老，他老人家点的大约也是菜油灯，可见菜油灯已有几千万年的光荣历史。依现在的情形看来，菜油灯还有光荣的前途，至少它永远不会绝迹于世间。如果我会做颂赞一类的文章，我实在应该给它做一篇菜油灯赞。

但是，如果只做菜油灯赞，而不做电灯赞，那也太对不起爱迪生了。西洋各大都市的电灯没有什么可赞的，因为它只表示了物质文明，没有表示精神文明——我的意思是说没有诗意。抗战后的第一年，我住在靠近粤汉路的某城，那里的电灯才真有诗意呢！平常听人家说，生活太单调了不好，文章太单调了不好，风景太单调了不好，天气太单调了不好，由此类推，灯光太单调了也该是不好的。像某城的电灯就不单调，因为它能错综变化，给人们不少刺激的感觉。它有时候乍明乍灭，像玩魔术；有时候忽显忽微，像旧式小姐偷看未婚夫；有时候先闪几闪，然后灭去，像发警报；有时候出其不意，突然关上，像不宣而战；有时候关了一时半刻之后，大放光明，像文章之抑扬顿挫，故弄玄虚，令人更觉得光明之

① 《汉书·匈奴传》："南有大汉，北有强胡，胡者，天之骄子也。"

可贵；有时候关了就让它黑一个整夜，这好像——不！这简直是强迫节约，令人减省金钱的花费，月底可以少付几个钱；又令人减省精神的消耗，少打几圈麻将。市无明月，毋忘秉烛之游[①]；座有佳人，宜作绝缨之会[②]。雅人韵事，无过于此！

在那种情形之下，菜油灯和电灯相得益彰。我常常点菜油灯来陪伴着电灯，以防"不宣而战"。电灯灭了呢？显得菜油灯有用；电灯不灭呢？更显得电灯可珍。最妙的是电灯光减小到比不上菜油灯的光度，于是油灯如豆，电灯如萤，猫儿双目耿耿如鬼，我暂时做了几十分钟的浮士德[③]！后来到了昆明，城开不夜[④]，令我悼念乐园的丧失。幸亏近来市民竞用低压灯泡，偶然还有机会联想到当年的景象。我崇拜物质文明，所以我爱电灯；我崇拜精神文明，所以我爱菜油灯；我又主张精神文明为体，物质文明为用，所以我爱菜油灯化的电灯。这样，非但使我回味到童年，而且使我下接爱迪生，上接燃灯老祖，等于活了几千万岁。这一种快乐，决不是一般俗人所能了解的。

1944 年 5 月 14 日昆明《中央日报》增刊

---

① 曹丕《与吴质书》："古人思秉烛夜游，良有以也。"
② 楚庄王饮宴群臣，有人趁殿上烛灭，牵王后的衣服，王后揪断了他的冠缨，并要楚王查办。楚王不但没有查办，而且想法替他开脱。后来此人为楚国立了大功，事见《韩诗外传》卷七。
③ Faust，德国歌德所写戏剧《浮士德》的主人公。
④ 即不夜城，意思是灯火通明，如同白昼。唐苏颋《广大楼下夜侍酺宴应制》诗有"灯火还同不夜城"句。

三、虱

上次我谈灯的时候，我说我经过了三个时代的灯；这次谈虱，我也想要说我经过了三个时期的虱。前者以质言，譬如第一个时代是菜油灯，第二个时代是煤油灯，第三个时代是电灯。后者以量言，譬如在第一个时期内，我平均每月捉虱一个；在第二个时期内，我平均每五年捉虱一个，在第三个时期内，我平均每小时捉虱一个。

据说虱的多少和环境大有关系。哪怕你自己住的房子怎样干净，如果街坊不干净，你也就只好一天到晚捉虱子。但是，这话未免有替自己辩护的嫌疑。倒不如索性承认房子的好坏为虱子的多少的决定因素，这几年我住不起好房子，所以虱子就渐渐多起来了。不过，依照这样说法，我得准备将来每一分钟捉一个虱子！

中国人向来不讳言虱，王猛被褐见桓温，扪虱①谈当世之务，旁若无人。这一则可见自古虱子和穷人结不解缘，二则可见扪虱无伤大雅。现代的人有了现代的思想，自然不免憎

---

① 王猛，晋代人，精通兵法，隐居华山。桓温（东晋大将，拜驸马都尉）领兵攻入关中，王猛被褐谒见，一边捉虱子，一边谈论当时的大事。王猛后为前秦丞相。事见《晋书·王猛传》。

恨虱。但是，当你每五年捉一个虱子的时期（或者说"地点"更恰当些），你捉了那虱之后，应该告诉一家人，甚至于告诉街坊，当做一件新闻；你应该加紧防治，如临大敌。倒反是在每小时捉一个虱子的时期，你却应该一声不响地把它扔在地上，切不可大惊小怪，否则别人会疑心你发疯。所谓适应环境，适应潮流，就是这个道理。

虱子可大别为三种（生物学家会说不止此数）：一、白虱；二、壁虱（臭虫）；三、跳蚤①（猫虱）。白虱最没出息，它吸了血就变为红色，连所吸的血的分量多少都被人看得出来；壁虱也很笨，被人发觉了之后就逃不了。它们的唯一本领就是躲藏起来，所谓"虱处裈中"。跳蚤却比它们多了一种本领，就是会逃。它吸血的时候人家不觉得疼，过了一会儿才疼，等到人家疼起来要捉它，它就一溜完事。那时它已经吃得半饱，可以等下一次有机会再来吃，或者不再吃也不要紧了。它跳到了地上，三跳两跳，已经无影无踪，徒劳人们的"通缉"。

人们对于虱子的态度也有三种：第一种人经不起一个虱子，一觉得痒就进卧房里关起门来，脱了衣裤大捉一阵，务必捉到了才肯甘心。在一般人的眼光中，这种人被认为庸人自扰。第二种人觉得有许多事比捉虱子更要紧，所以虽然觉得痒也不忙捉，等到虱子越来越多，越咬越凶，实在忍不住

---

① 跳蚤不是虱类，我受方言的影响，把蚤和虱混为一谈了（此条作者自注）。

了，然后捉它一次。第三种人因为满身是虱子，也就变了麻木不仁；本来自己就很龌龊，不生虱子倒反不配，所以索性由它去。

如果读者容许我加上另一种对虱子的态度，我还可以谈一谈第四种人。这就是恣虱饱腹主义者。古代的孝子有恣蚊饱腹①的，先赤着身子让蚊子吸血吸饱了，以为这样一来，蚊子就不会再去咬他的父亲。同理，这世界上似乎也有一种人并不愿意捉虱。他们不知道，哪怕它吃得多么饱，停一会儿它还可以再吃；他们以为与其让另一个饿虱来，不如索性让一个吃饱了的虱子占住了这一个地盘。它自己吃饱了，再吃不下许多，有时它又可以拒绝别的虱子来吃（你们大约也看见过虱子打架罢）。这种人又喜欢在赤日当空的时候，坐在街头当众捉虱子，实际上是"打草惊蛇"，表面上却显得他们并非容虱或养虱。

尽管有人说外国也有臭虫，但是，我在外国住了五年，总共只捉着一个虱子。当然，一个虱子也是虱子，不能说是没有。但是，五年一个和一小时一个相比较，到底有相当的距离。而且，外国人对虱子的态度之严肃，却也超出了上述的四种人之外。当时我发现了一个虱子，马上去告诉旅馆的经理。他并没有看见虱子，却不曾疑心我说谎。他即刻叫我搬到另一个屋子里去；他马上用药水把那一个有虱子的屋子消

————————

① 见《二十四孝》。

毒，如果在中国，这样的一个房客一定被认为大惊小怪；这样的一个旅馆经理一定被认为庸人自扰。而且这种除恶务尽的行为，也有失中庸之道，不合于我们中国人的人生观。于是——我希望这"于是"两个字不至于使读者们伤心——虱子就永远成为我们中国的国粹。

1944 年 5 月 21 日昆明《中央日报》增刊

四、衣

　　原始人类之有衣服，无疑地是为了御寒。但是，衣以章身①，似乎也不是十分后起的事，试看热带的人虽然裸体，却在头颈各部分有各种不关御寒的装饰；又试看某一些摩登女性，宁愿耐冷以求衣饰的时髦和美观。可见许多人并不把衣服看做生活的必需品，而是把它看做有关体面的东西。

　　本来，男子的衣服应该比女子的衣服更漂亮。不信请看雌雄动物的天然服装。鸳先生假如没有他那美丽的羽毛，鸯太太不一定肯和他比翼。在古代，中国的男子也很讲究衣饰。必须是"羔裘晏兮，三英粲兮"②，然后够得上称为"邦之彦

---

① 《左传·闵公二年》："衣，身之章也。"
② 见《诗·郑风·羔裘》。晏，鲜盛。三英，裘上文饰。粲，光明。

兮"①；必须是"羔裘豹饰"②，然后更显得"孔武有力"③。在
古代的西洋，男子的服装也是鲜艳夺目的。到了近代，不知
道男子们是不再爱美了呢，还是因为经济大权在握，就不再
讲究衣饰对于女性的诱惑，于是他们的衣饰都朴素化了；中
国男子们只剩一件形式呆板的长衫，西洋男子们也只剩了一
套毫无变化的西服。他们的衣服，除非破旧就不再添置，省
下来的钱让太太小姐们每年每季，甚至于每月每星期定制新
衣，去追赶那千变万化的时装。在西洋，时装杂志的销数和
文艺杂志的销数并驾齐驱，时装表演的热闹差不多比得上赛
马赛球的热闹。由此我们可以看出衣服进化的阶段：第一阶
段是为了御寒，第二阶段是御寒、章身兼而有之；现在有些
文明人已经进化到了第三阶段，穿衣完全是为了章身了。

　　但是，物极必反，二次世界大战之后，有些人顾不了章
身，又回头来先求御寒。尤其是在中国，有些人连御寒都够
不上了。从前有不少穷人们是唯衣主义者，他们尽管住的是
破庙三楹，吃的是残羹一勺，还要穿绸着缎在街上走。现在
唯衣主义是很难维持了。虽然拍卖行帮助穷人们撑一撑体面，
然而真正穷到彻骨的人们，只有送衣服到拍卖行的份儿，没
有向拍卖行买半新衣服的份儿，因为在衣、食、住三者不可
得兼的时节，就只能牺牲了衣裳，去换取那破屋三楹和残羹

①　见《诗·郑风·羔裘》。彦，士之美称。
②　见《诗·郑风·羔裘》。豹饰，以豹皮为饰。
③　见《诗·郑风·羔裘》。孔，大，甚。

一勺。就我本人来说，我本来很不赞成西洋人所谓礼拜服，我一向主张出门不换新衣，归家不换旧袍。但是，三年前，我已经变了剖腹藏珠①的脾气。当时，我住在乡下，每星期进城一次，我珍重我那一套半旧西装，专备进城之用。我又什袭②珍藏着一套新西装，上面放着一份"特种衣服限制规程"，规定在若干种特殊情形之下方许动用。但是，尽管这样爱惜，到了三年后的今天，原来的半旧西装已经变了破布，原来的新西装也已经变了半旧的西装。我现在仍旧是出门不换新衣，然而却不复是有衣不换，而是无衣可换。白乐天诗云："残色过梅看向尽，故香因洗嗅犹存；曾经烂漫三年着，欲弃空箱似少恩。"我现在是"欲弃空箱恐赤身"，岂惟"少恩"而已！

　　假使我是一个时装图样专家，趁此时机，我将有一种新奇的设计。明清两朝的官员有所谓补服，在胸前和背后各补上一块绸缎，上面绣上仙鹤麒麟之类。我将设计一种新式的补服，补的部位移在裤子的后挡和袖子的两腕，不必绣上仙鹤麒麟，只须用黑线缝成一只米老鼠。再过两年，破得实在补不胜补了，那时节，我将又有另一种更新的设计。从前的大和尚和大尼姑都有所谓袈裟，用各色的方块缝缀而成。我将设计一种新式的袈裟，方块的大小不必整齐划一，颜色也不必有一定的配合方式。又再过几年，连袈裟也破烂不堪了，

---

① 《资治通鉴·唐太宗贞观元年》："吾闻西域贾胡得美珠，剖身以藏之。"《红楼梦》四十五回："黛玉道……怎么忽然又变出这剖腹藏珠的脾气来。"
② 什，言其多。袭，重叠。后用来指珍藏某件东西。

时装专家当然也就无法可施了，但是，大家不必担心，到那时节自然有人适应潮流，出来提倡亚当、夏娃[①]的装束。

1944年5月28日昆明《中央日报》增刊

五、食

"人间惟有读书好，世上无如吃饭难"。这两句话只有一半的真理。"读书好"，乃是迂腐之谈，"吃饭难"，却是不刊之论。再说，读书越多，吃饭越难，更可见得读书不是一件好事。书，据说是人类知识的积累；人类积了几千年的知识，还解决不了吃饭的问题，更可见吃饭的确不容易了。

吃饭问题，说得洋化一点，就是面包问题。饭也好，面包也好，总之，人生于世必须糊口[②]，必须果腹[③]。圣人说的"食无求饱"[④]，恐怕是骗人的话。一般人非但求饱，并且求其好吃。有些人吃得很省，并非他们不想吃得好，而是因为没的吃，或想留下吃的钱做别的用途。但是，尽管吃得省，也

---

① 见第 77 页注①。
② 《左传·隐公十一年》："寡人有弟，不能和协，而使糊其口于四方。"《商君书·农战》："商贾之可以富家也，技艺之足以糊口也。"
③ 吃饱肚子。《庄子·逍遥游》："适莽苍者，三餐而反，腹犹果然。"
④ 《论语·学而》："君子食无求饱，居无求安。"

总不能不吃。古人说："三日不食则饥，七日不食则死。"饥和死都不是好玩的。所谓绝食之类，只是给报纸上多一件动人的新闻；实际上真的绝食而死，却是报纸上罕见的。"而"字是一个重要的关头，不大有人肯"而"下去的。即使报纸上真的有一件绝食而死的新闻，我也认为它是"尽瘁国事，积劳成疾，终至不起"之类而已。

"绝粮"就和"绝食"不同了。"绝食"是有而不吃，"绝粮"是没有东西可吃。一个人到了绝粮的境地，就真有饿死的危险。但是，绝粮并不是一件新闻，甚至于绝粮而死也不是一件新闻。这"而"是不得不"而"，不得不"而"的人就不值得一顾。偶然有人想到，天下的粮本来是够天下的人吃的，只因有人多吃了去，所以弄到有人绝粮。但是，绝粮的人决不会有和人家算粮的勇气，只好自认倒霉罢了。

现在的公教人员距离绝粮还差一步，他们只是吃不饱。既然中国的圣人教人食无求饱，西洋的圣人也明定贪吃为七罪①之一，那么，少吃些也是合理的。不过，有些小事总不免令人怏怏。我们的饭里至少有百分之五是谷，百分之五是砂。我常常设想：假使我是一只小麻雀，那够多么好！麻雀喜欢吃谷，它肚子里又有一个砂囊，以砂磨谷，岂非得其所哉？无奈我是一个人！我记得在抗战前两年，我的一个朋友得了一场大病，经医生检查说是大肠里积砂太多，后来不知怎样

---

① 宗教中的七种罪过，即骄傲、嫉妒、吝啬、奢侈、贪吃、发怒、懒惰。

开刀，才把他治好了。我天天祈祷，愿我的大肠抵抗力比他强，并愿全国公教人员的大肠抵抗力都比他强。

中央有粮食部，地方有粮食管理局和粮食供销处，然而对于粮食的统筹和分配，仍旧没有办法。每一次的平价，都造成了粮食变化的三部曲。第一部是米面失踪；第二部是黑市猖獗；第三部是政府承认既成事实，根据黑市酌减，然而比原来的官价却又涨了一倍。至于挤买公米的热闹，若不是身历其境，决难想象。假使时间是值钱的，守候和挤买六七个钟头的时间，尽可以用来出卖劳力，所得的工资会超过买公米所得的利益而有余。吃饭之难，至此而极！

假使我们吃不饱，为的是给前方士兵吃，倒也处之泰然。但是听说士兵们比我们吃得更坏；比我们吃得更好的，除了某几种人之外，乃是垄断者谷仓里的大老鼠和过分得利者家里的小狼狗。

1944 年 6 月 4 日昆明《中央日报》增刊

六、住

我虽没有买过洋房，却住过洋房。当年我们学校盖了几十所小住宅给我们住，酌收房租，我所住的一所每月租钱是三十二元一角。住宅的南面是一个小花园，东西北三面还有隙地可以种菜，"七七事变"那一年的初夏，我在门口的阳台上搭了一个藤萝架，新栽了一棵大藤萝。谁知藤萝正在欣欣向荣的时候，恰是鼙鼓动地来①的时候。敌人来了，学校关门，我们匆匆把家具衣物搬进城里去，整套家具——连席梦思床在内——卖给了打鼓的②，共得国币五十大元。住在朋友家里，还念念不忘自己的住宅。我出城去看了几次那藤萝和别的花木，又在菜园里摘了几个老玉米，拿到满布蛛网的厨房里，在生尘的破釜里煮熟了吃。以后就和那所洋房分别了。消息传来，那几十所小住宅已经变了敌人的营妓的住所。我的小花园里有两棵桃树，结的是很大很甜的桃子，正好让他们去分桃③；而且现在那棵大藤萝一定更茂盛了，他们正好在藤萝架下——那到底是我住过的房子，我不忍再说下去了。

　　南来以后，我由洋房而变为住半中西式的房子，再变为住土房子。正像我赞美菜油灯一样，我深深觉得土房子能代表精神文明。况且我本来是在土房子里生长的，住土房子就等于回到了老家，所以我用不着拿抗战军人的风餐露宿来安慰自己，只当是回老家去住几年就是了。现在的棕榈轩，更比两年前所住的土房子好得多，我更是踌躇满志了。

---

①　这里指敌人来。白居易《长恨歌》："渔阳鼙鼓动地来，惊破霓裳羽衣曲。"
②　指旧时北京城里收破烂儿废品的人，他们常常是手里拿着一个小鼓来敲打。
③　春秋时卫国人弥子瑕与卫灵公游果园，吃一个桃，很甜，于是把这个桃送给卫灵公，灵公很称赞他。后来灵公又以此治他的罪。

　　然而我这棕榈轩是暂时借住的，说不定明天就得搬家。现在我发愁的不是将来仍旧住土房子，而是怕将来连土房子都没得住。住的问题比衣的问题困难多了：我们的衣服跟着我们逃难，它们虽然破旧，我们还可以穿补服，披裰裟；我们的房子没有跟着我们逃难，我们住的是人家的房子，今天付不出房钱，明天就得在街头睡觉。我们的房租津贴是每月二百元。我曾经到一个贫民窟里去打听过铺位的租金，最便宜的是每铺每日十元，这样每月还得另筹一百元，而且一家四口似乎不是一个铺位所能容纳的。这种事情，不去想它倒也罢了；思想起来，真够令人一夜发白①！

　　写到这里，一个朋友走进来看见了，笑道："百足之虫，死而不僵②，单凭你有这些朋友，你就不至于住到贫民窟里去。就拿我来说吧，我新近盖的小洋房，遇必要时就可以借给你一两间屋子。"于是我恍然大悟，房租津贴二百元正是预备给我们打赏朋友的老妈子用的。我希望每一个公教人员都有这样的一个义气的朋友。尤其希望我们这一群高等难民当中，没有宁愿住贫民窟，不愿住朋友的洋楼的傻瓜。

1944 年 6 月 11 日昆明《中央日报》增刊

---

① 发白，头发变白。
② 《北史》："百足之虫，至死不僵。"

七、行

素性爱远游，一生耽泉壑。携伴攀灵岩，驱车访泰岳①。

每逢休沐期②，辄赴山中约。回想当时欢，胜景浑如昨。

不料近年来，游兴忽萧索。中门便当游，十里嗟寥廓。

非谓心情改，只因路途恶。崎岖小羊肠，草草五丁③凿。

下俯欲百仞，深邃哪可度！司机漫徜徉，乘客纷骇愕。

翻车家常饭，滚滚到山脚。轻则伤孤拐，重则碎脑壳。

顷刻见阎王，更无特效药。千山啼杜鹃，腐肉寒鸦啄。

发肤受父母④，忍教无下落？宁作樊笼鸟，勿为令威鹤⑤。

爱游叹我虽，浪游劝君莫。与君关大门，共取杯中乐！

这一首歪诗大有反对冒险精神的嫌疑。但是，依我的浅见，险是应该冒的，也是应该避的。假使你是万里赴戎机，我劝你冒险；假使你是千里送鸿毛，只要你是送给心上人，

---

① 灵岩山，在苏州。泰山，五岳之一，在山东。

② 古代官吏休息沐浴，指休假。

③ 传说秦惠公伐蜀不知道路，便造了五只石牛，在尾下放金，说牛能拉金子，蜀王信以为真，派五个力士把石牛拉回国，为秦国开通了去蜀的道路。事见《水经注》二七沔水。

④ 《孝经》："身体发肤，受之父母，不敢毁伤。"

⑤ 汉代辽东人丁令威学道成仙，化作仙鹤。事见《搜神后记》。这里指去世。

也还是值得冒一次险；但是，如果你要从昆明去看贵阳花溪的红叶，虽说是雅人深致，也就很有考虑的必要。有人看见过，滇黔道上的某一个山麓的深处，一共有七辆汽车堆叠着，这确是天下奇观；但是你得当心，它们正在向尊车招手，说不定你那尊车会光临幽谷，和它们凑成八辆。

　　如果旅行只在悬崖峭壁里或"二十四弯"出岔子，倒也罢了。不幸得很，这只是旅行八十一难之中的一难。"车爱抛锚船出轨"，这是重庆脍炙人口的一句竹枝词。有时抛锚抛在荒山，汽车就变了临时的客栈。非但饱听狼嗥虎啸，说不定还有绿林英雄来光临。至于内河轮船，本该是最安全的，既没有惊涛骇浪，又没有暗礁，正好让我们欣赏那"峰峦压岸东西碧，桃李临波上下红"，不料竟常有共访水晶宫的危险！再讲到黑店，也够令人毛骨悚然。据说有些黑店并非像《水浒传》所说的，把万物之灵的躯壳做成人肉包子，而是把它做成"人肉色裹"，至于所裹何物，运往何方，我们未便根据道听途说①说了出来。总之，我们希望这是齐东野语②。

　　比较安全的旅行，还是航空。虽然徐志摩为了坐飞机而使他的《爱眉小札》就此绝笔，究竟流星式的死不失为一种最摩登的死，而且是最痛快的死。飞机无所谓抛锚和出轨，乘客也不至于住黑店。虽然呕吐袋颇足引起我们的恶心，但是扶摇直上的豪情和逍遥云海的乐趣已足相抵而有余。记得去

---

① 《论语·阳货》："道听而涂说，德之弃也。"涂，道路。
② 《孟子·万章上》："此非君子之言，齐东野人之语也。"指靠不住的传言或谣言。

年我由昆明遄飞重庆而在成都借宿一宵，更是舟车旅行所没有的奇遇。可惜的是飞机票太难买；即使买到了票，坐在飞机上，说不定最后五秒钟还被拉下来，让给那些坐飞机机会最多的人们。飞机自是鹿脯熊蹯①，我们只能偶尝一脔而已。一般老百姓如果要旅行，仍旧不免去冒抛锚出轨的危险。

　　详细描写旅行的苦处可以写成一部书。这里因为限于篇幅，也没有援引七凸坡的火车惨案，也没有描写沙丁鱼和黄鱼②。依我想，虽说衣、食、住、行为人生四大要素，但是一个人没有衣、食、住就活不下去，而一个人在家里守灶头却只有安逸些。在这些年头儿，最好是提倡"老死不相往来"的老子主义，乖乖地做一个"门虽设而常关"③的市隐。汽车固然贵，酒精和木炭也不太便宜。一动不如一静；我们不妨北窗高卧，自谓羲皇上人④，一则可以为国家惜物力，二则可以为自己珍贵千金之躯。如果你的游癖难除，也不妨买一幅地图和几十张风景照片挂在卧房的墙壁上，来一个卧游。切勿因千里寻山访友而撞进了阴司，累得阎罗老子说你阳禄未终，送你还魂，倒反多费了一番手续。

1944 年 6 月 18 日昆明《中央日报》增刊

---

① 鹿脯，鹿肉干。熊蹯，熊掌。都是吃的珍品。
② 黄鱼不能见光，而且上岸即死。抗战时搭乘公家汽车是违法的，过检查站，乘客得下车步行。这种乘客被称为黄鱼。
③ 陶潜《归去来兮辞》："园日涉以成趣，门虽设而常关。"
④ 陶潜《与子严等书》："五六月中，北窗下卧，遇凉风暂至，自谓羲皇上人。"

八、疏　散

　　疏散，本来是为国家保全人力物力，避免无谓牺牲。但是，一般人并不是这样想的，他们总以为疏散就是逃难。为了这一念之差，许多事情就跟着差下去。公务员擅离职守，也自称为疏散；机关学校相惊伯有①，作孟母之三迁②，也自称为疏散。至于一般平民，只要旅费充足，也喜欢轻信风声鹤唳，大翻其筋斗云③。不是吗？凡有井水处都是可以发国难财的地方，何必留恋于一城一市？"天生我材必有用，千金散尽还复来"④，又何必顾虑到盘缠的浩大？若问时间和精力的消耗，是否合于保全人力的原则；汽油、酒精和金钱的消耗，是否合于保全物力的原则，他们不愿意理会这些！他们是"逃难"啊！趋吉避凶，人情之常。恶消息好像一个不祥的梦。详梦的人说出了一个死亡的预兆，做梦的人就应该如旧小说里所云："宁可信其有，不可信其无。"即使白白地多翻

---

① 春秋时郑大夫良霄字伯有，死后变为厉鬼，托梦杀驷带等人，郑人非常害怕，常互相吓唬说："伯有至矣。"这里指怕敌人来。

② 为了选择好的邻居，使儿子不受坏影响，孟轲的母亲三次搬家。

③ 《西游记》中说孙悟空会翻筋斗云，一个筋斗能翻十万八千里。

④ 见李白《将进酒》。

了几个筋斗云，也赚得了游览南赡部洲和西牛贺洲①的胜景。不过，这种人只配用"逃难"二字；若假借"疏散"之名，我总期期以为不可②。

　　说到政府强迫疏散，自然又当别论。用不着你拍着胸膛自夸为一身都是胆；你的身体是国家的，国家不让你死，你就没有权利去死；你的财产是国家的，国家不让你视同粪土，你就得替她搬运到安全的地方。不过，由这一个道理推论下去，你如果是爱国的，应该更进一步，尽你的力量为国家多抢救出几个人，多搬运出几样有用的物资。天哪！"逃难"的要人们何尝存过这样的念头！如果他们坐的是轮船，难民们攀着船沿，要求搭载，那么，很可能会像旧小说里所叙述的，他们拔出刀来砍断民众的手指，弄成了指满舟而血满河。同理，如果他们坐的是火车，也将弄成了指满车而血满路。又如果他们坐的是飞机，他们是要中之要，次要的要人们切莫妄想攀龙附凤，否则他们会像八卦炉中逃大圣，把你这老君推一个跟头，然后进行他那一万八千里的旅程。至于宁愿在火车、轮船上多载几个哈吧狗和几个马桶，少装公家的东西，那更是人情之常。他们是"逃难"啊！

　　一方面，疏散的人自以为是逃难；另一方面，也就有人来乘人之危。这次桂林疏散，听说火车票黑市每张五六万元，飞机票二十余万元，金城江白饭一碗值千元。这种事实，如

---

①　佛经中传说的四大洲，有东胜神洲、南赡部洲、西牛贺洲、北俱卢洲。
②　表示坚决反对。《汉书·周昌传》："臣不能言，然臣期期知其不可。"

果有人告发，似乎应该判一个比无期徒刑更严厉些的罪。我本来想说乘人之危也是人情之常，后来想想美国人对于欧洲难民的救助和收容，他们的同情心难道是反常不成？但是，逆耳的话总是不受欢迎的，我得替我们的民族辩护两句。这次乘人之危的人至多不过几千个人，不到全民的十万分之一二，可见具有人类同情心和爱国心的同胞仍占绝大多数。我的一位朋友以为我这种说法乃是一种不通的逻辑。不通就让它不通罢；与其通而犯忌讳，不如不通而受讳疾忌医的人们的欢迎。

1944 年 7 月 16 日昆明《中央日报》增刊

九、题　壁

题壁不知始于何时。相传司马相如过升仙桥，题柱曰："不乘高车驷马，不过此桥。"可见汉朝的人就有了弄脏公共场所的习惯。又唐朝韦肇（或云张莒）初及第，偶于慈恩寺塔题名，后进慕效之，遂成故事。这故事就是后世所谓雁塔题名。司马相如和韦肇有一个共同点，就是羡慕富贵：一个是未富贵而先夸口，一个是初富贵而便忘形。说得好听些，这是雅人深致；若从坏里说，这简直是无聊，令人作三日呕。

　　题壁也许纯然为的是留一个纪念罢。"某年月日某人到此一游"，这简单的几个字未必就是想出风头。但是，为什么不写在你的日记册上呢？假如你有一个照相机，还可以把胜地拍一个照，然后记上你来游的年月日，何苦弄脏了公共场所？你这是为人呢，还是为己？若说是为人，人家根本不认识你这无名小卒，非但不能流芳千古，而且不足以遗臭万年；若说是为己，你何时重游还在不可知之数，甚至老死永不重游，你留几个文字又有什么用处？关于这个，往浅里说，你是像小学生用粉笔乱画墙壁，显得你没有好好地受过教育；往深里说，你是因为喜欢这个风景，恨不得据为己有，公家的地方是不出卖的，就是卖你也买不起，你怀着阿Q的念头把公家的地方加上了你私人的记号。至于人家是否因此感觉得煞风景，你可管不着。这完全象征出咱们中国人的一种有我无人的心理。

　　有些人不甘心于只题一个名，他们还要题诗。这自然更雅一等。"寻觅诗章在，思量岁月惊"①，这是多么耐人寻味的风趣啊！可惜的是他们的诗多数是颇欠推敲，或者说是只敲而不推，因为他们吟诗有如擂鼓，"不通""不通"又"不通"！胜地何辜，受此污辱！他们太不自量了。他们并没有因为"李白题诗在上头"而搁笔，倒反是人人自比李杜，人人都要

――――――

① 语见元稹《遣行》。

题诗在上头！未辨四声，遑论八病①？既打油②而有愧，亦赐果③之弗如！只合矜夸荆室④，床上吟诗；何须唐突山灵，墙头放屁！那些不喜欢文学的人，熟视无睹，倒也罢了，最苦的是那些对文学有兴趣的人，看见了字闭不了眼睛，总不免一看，看了之后，把水色山光所引起的满怀乐趣都糟塌了！寄语现代的司马相如们和韦肇们，做做好事罢，莫再佛头着粪⑤罢！

　　当然，其间偶然也有达官名士，不爱惜他们的墨宝，来给山水增光，甚至于不惜重金，特雇巧匠，摩崖⑥刻石，做得非常精雅。这似乎是无可批评的了。名山佳作，相得益彰；有时候，竟使我们不知道是人以山传呢，还是山以人传。这样，我们感谢大手笔之不暇，还有什么可说的呢？但是，我总觉得题壁是中国文人的恶习。名人题壁，后人看见了也许发生

① 指诗赋声律的八种毛病，即平头、上尾、蜂腰、鹤膝、大韵、小韵、旁纽、正纽。
② 唐人张打油作诗浅俗滑稽，后来称这种诗作打油诗。
③ 唐丁用晦《芝田录》载，史思明在东都，他的儿子史朝义在河北。樱桃熟时，他派人送一筐樱桃给他的儿子。题诗云："樱桃一笼子，半已赤，半已黄。一半与怀王，一半与周至。"怀王就是史朝义，周至是史朝义的老师。左右极口赞美，但是他们说："最好把'怀王'移到末句，让它押韵，那就更美了。"史思明大怒说："我儿岂可居周至之下？"
④ 荆室，对别人谦称自己的妻子。
⑤ 这里指在好风景上题歪诗，就像在佛头上着粪，是玷污了它。《景德传灯录》七：崔相公入寺，见鸟雀于佛头上放粪……云：为什么向佛头上放粪？
⑥ 刻有字或图象的崖壁叫摩崖。

仰慕之忱；然而在他本人却是未免自诩多才，令人有搔首弄姿①之感。"有麝自然香，何必当风立？"达官名士们在别的地方风头已经出够了，何必雁塔题名，才算是自鸣得意呢？再说，在立功立言②之后，将来世家③有纪，儒林④有传，而金匮石室⑤，又复永宝鸿文，自有人家捧场，更不必沾沾于炫露了。西施若不捧心，东施虽欲效颦亦苦无从效起。寄语达官名士们，你们如果不喜欢名山宝刹被尺二秀才⑥乱涂乱画，你们就应该以身作则。

此外我还有一个建议，凡属公共游览的场所，一律严禁题壁。如有典型才子未能免俗，一定要出风头，必须将佳作先付审查，缴纳重税，然后规定式样，指定地点，特许摩刻。说不定还有名门闺秀，像旧小说中所说的，在壁上题诗唱和，因而恋爱结婚。这样，多捐两个钱给公家，也是值得的。

1944 年 8 月 6 日昆明《中央日报》增刊

---

① 指故作姿态来讨好人。《后汉书·李固传》："大行在殡，路人掩涕，固独胡粉饰面，搔首弄姿。"
② 见第 6 页注②。
③ 《史记》中为诸侯一级的人物立的传叫"世家"。
④ 史书中有儒林传，记载文人学士的事迹。
⑤ 指藏书的地方。《史记·太史公自序》："迁为太史令，纫史记石室金匮之书。"
⑥ 宋朝杨万里检查考卷，见第一名卷上把"盡"字写成"尽"，说："明日揭榜，有喧传以为场屋取得个尺二秀才，则吾辈将胡颜？"不录取他。事见《履斋示儿编》九。

十、手　杖

　　自从有了人类，应该就有了手杖。我们想象盘古氏老了，一定也非杖不行。甚至神仙老了也离不了手杖，不信请看书上画的南极仙翁，不是也倚着鸠杖吗？依照希腊神话，厄狄帕斯①在路上遇见了人首狮身的史芬克斯②，史芬克斯给他猜一个谜子，如果猜不着就要吃了他。那谜子是："有一种动物，早上用四只脚走路，中午用两只脚走路，晚上用三只脚走路，这动物是什么？"厄狄帕斯猜着是人的幼年、壮年和老年，史芬克斯真的投海而死。由此看来，手杖乃是老年人不可须臾离的第三只脚。

　　手杖本是老年人的东西，所以《礼记·王制》上说："五十杖于家，六十杖于乡，七十杖于国，八十杖于朝。"从王制上看，拿手杖是颇欠礼貌的事情，所以不满六十岁的人，只能在家里拿手杖。直至六十以后，才可以倚老卖老，招摇过市③。现在文明时代可不同了，若不是二十杖于家，至少是三

---

①　Oedipus，希腊神话中底比斯王雷雅斯之子，因驱除史芬克斯有功，被举为王。

②　Sphinx，希腊神话中人首狮身的怪物。

③　指张扬，引人注目。《史记·孔子世家》："灵公与夫人同车，……使孔子为次乘，招摇市过之。"

十杖于街。手杖的功夫也大不相同，并非用它来帮助脚力，而是用它来表现神气。这和不近视的人戴眼镜、不吸烟的人衔雪茄，用意是差不多的。洋式的手杖刚传到上海的时候，上海人有三句口号："眼上克罗克，嘴里茄力克，手里司的克！"有了这三克，俨然外国绅士，大可以高视阔步了。

三十杖于街的人，就姿势而论，还可分为三种：第一种人昂头挺胸，手杖离地三寸，如张翼德和他的丈八蛇矛；第二种人身轻如燕，手杖左右摆动，如孙悟空和他的金箍棒；第三种人壮年龙钟，手杖拄地而行，如佘太君辞朝。第一种人最神气，真可使得"长坂桥边水逆流"；第二种人则未免令人有轻佻之感；至于第三种人，在只该用两只脚走路的年龄就用了第三只脚，非但毫无神气之可言，而且显得未老先衰，丑态可掬了。

我近来丢了一根十五年相依为命的手杖，虽然未免伤心，却也颇能强词以自慰。因为我年逾四十，张翼德的神气是够不上了（或者始终不曾有过），而又不甘心学那孙悟空弄棒和佘太君辞朝。索性凭着两条腿走路，倒也优游自在。至于山村防狗，荒野防蛇，不妨就随便拿一根棍子，既合实用，又避免了摆架子的嫌疑。等到二三十年后，变了恃杖而行的触奢，然后选良木，刻龙头，制造第三只脚，还不算太晚呢。

1944 年 8 月 27 日昆明《中央日报》增刊

十一、西　餐

　　"中学为体，西学为用"，这两句话至少可以再适用五十年。单就我们的西餐来说，也不愧为中国本位文化的西餐。

　　刀叉是西式的，盘子是西式的，菜的顺序是西式的，甚至菜单也用了西文，有哪一点儿不像西餐呢？若说穿长衫的人不配吃西餐，那是人不像西人，并不是餐不像西餐。人不像西人是没方法改造的；即使都穿上了西服，仍旧装不上罗马式的鼻子和碧蓝的眼睛。餐不像西餐却应该是有法子改正的，正像飞机、大炮一般，全盘接受过来就是了。那么，为什么弄到不像呢？这因为多数人以为已经十分像了，想不到还有需要改正的地方；少数人虽知道不像，也不敢提倡改正。因为改正就不合国情，就不是中国本位文化了啊！

　　中国本位文化的西餐之所以不像西餐，首先就是菜味儿不像。本来，中国文化也提倡吃新鲜的东西，所以孔夫子是"鱼馁而肉败不食"①。但是，因为中国人吃苦吃了几千年，连臭东西也学惯了吃了。记得在北平的时候，一位朋友请吃西餐，每客大洋八毛。吃了杂样小吃之后，鱼上来了。我觉得

————————

① 馁，鱼腐烂。败，肉腐烂。见《论语·乡党》。

那鱼有几分"馁"味，于是遵照圣道，"不食"。起初希望有人向餐馆提出抗议，然而我冷眼观察二十几位客人当中，不食者仅二人，连我包括在内。少数服从多数，说话就变了疯子。从前听说舌的感觉特别能辨别腐臭的人一定短寿，更不敢说什么了。

真正西餐里的臭东西，我们的西餐馆里倒反没有。那就是乳酪。中国的西餐席上，菜吃完了就来点心、咖啡和水果，很少看见来奇士①。西人面条里加奇士；我们的西餐馆里如果这样办，包管你明天没有顾客上门，门可罗雀②!

真正的西餐里，猪鸡鸭鸽之类是熟的；至于牛羊之类，除了红烧之外，多数是半生不熟的。英国的北夫司提克③、法国的莎多不利阳④，都是黑表红里⑤。顾客们还常常吩咐要吃带血的。我们起初不敢吃，后来勉强吃，后来渐渐爱吃，末了，居然也向侍者要起带血的来了。茹毛饮血是野蛮；不茹毛而饮血是半野蛮。二千年前，西人还不懂得烹饪；而我们中国早就列鼎而食⑥。这一点，我们自然不该学人家。对啊，对啊!……然而这样一来，却又不像西餐了。

西点和面包也是西餐里的东西。西点的主要成分是奶油。

---

① cheese，干酪。
② 指门庭冷落。《史记·汲郑列传》赞："始翟公为廷尉，宾客阗门，及废，门外可设雀罗。"
③ beef steak，英国一种牛排的做法。
④ chateaubriand，法国一种牛排的作法。
⑤ 外边焦糊了，里边全是红的，带血。
⑥ 陈列盛馔。刘向《说苑·建本》："累茵而坐，列鼎而食。"

在战前，已经有许多西点店为了减轻成本，不肯用奶油。譬如在北平，讲究吃西点的，只能向法国面包房去买。在抗战了八年的今日，所谓西点，干瘪瘪的，连中国点心的油量都赶不上，还能希望有奶油吗？至于面包，本来做法就赶不上人家，还在西点店里摆了三五天，像粉了，才吃！洋派头是有了，洋味儿在哪里呢？

　　在中国，很难有机会吃到一顿名符其实的西餐。"七七事变"后，逃难经过青岛，那里的西餐才算是西餐，每客一元二毛。连吃了三顿。假使不是赶火车到济南，还要吃第四顿。但是，那种西餐馆搬到内地来一定不受欢迎，因为缺乏中国本位文化的缘故。

　　虽然没有人说不穿西服的人不配吃西餐，却偶然听见有人说不懂西席的规矩的人不配吃西餐。这也叫我们的名士派的同胞们听了不服气。假使有人喜欢在西席上豁拳，似乎也无伤大雅，何况稍微有些刀叉的声音？至于西俗不许用刀切鱼，也许是一种迷信，更可以不去管它。不过，如果把切鱼的人数和不切鱼的人数相比较，也许可以证明中国本位文化的人确比全盘西化的人多了许多。这是很好的现象。……然而这样一来，却又不像吃西餐了。

　　中国人何必吃西餐？这和中国人何必穿西服、何必称"密司"、何必说"厄死球是迷"①、何必喊"哈啰"，一样地难以

————————

① excuse me，请原谅。

答复。但是，其中有一个经济上的原因，就是西餐请客可以
省钱，西餐无论怎样贵，总赶不上燕翅参鲍①的酒席。而我们
若替洋派找口实，却应该说比燕翅参鲍的酒席更为神气，更
为时髦。况且西餐有一客算一客，不像中餐那样。假使被请
的客人有三五个不到，西餐可省下三五客的消费，中餐却没
有这样便利。这个秘密公开了，不必替西餐馆子登义务广告。
但是，凡是希望有口福的人，仍旧应该赞成中国人吃中餐。

1944 年 9 月 24 日昆明《中央日报》增刊

十二、失　眠

　　中国人自古贪睡。虽然宰予昼寝，被孔子骂作朽木粪
墙②；勾践卧薪，苏秦刺股，孙敬悬头③，也都故意弄得睡不
安稳；但这都只是装腔作势。实际上，中国人的天性是贪睡
的。诸葛亮隆中高卧，陶潜北窗高卧，都被称为山中高士④，

---

① 四种珍贵的食品：燕窝、鱼翅、海参、鲍鱼。
② 《论语·公冶长》："宰予昼寝。子曰：朽木不可雕也，粪土之墙不可圬也。"
③ 汉孙敬好学，闭户读书，怕打瞌睡，用绳子把头挂在梁上。
④ 明高启《梅花诗》："雪满山中高士卧，月明林下美人来。"

和月下美人一样地备受诗人的赞扬。陈抟老祖[1]一睡百余日，尤为集睡眠之大成；普通人所谓睡到日上三竿[2]，比之陈抟老祖，真只可算是小巫见大巫罢了。

在贪睡的民族看来，失眠该是多么痛苦的一件事！然而我们有时候竟没有法子防止失眠。我曾向外国人学得数羊儿的妙诀。但是羊儿越数越多，竟像曹操的八十三万人马，数到天亮也数不完，于是终于失眠了。失眠之后往往食不下咽，弄到眠食俱废。这样渐渐糟蹋了身子，其苦可知！

为什么失眠？若说是忧国忧民，虽然冠冕堂皇，毕竟和事实距离太远。况且不在其位，不谋其政，我们也不应该这样不安分守己。那么，我们为什么失眠呢？

青年时代，失眠的主因恐怕离不了恋爱问题。"求之不得，寤寐思服；悠哉悠哉，辗转反侧"[3]。曾受周公教化[4]的君子也曾经这样坦白地告诉过我们。岂特君子？恐怕连那窈窕淑女也不免辗转反侧。不过诗人忠厚，不肯明白说出来罢了。林黛玉在绝粒以前，常常失眠，其主要原因正如《红楼梦》八十二回里所说："当此黄昏人静，千愁万绪，堆上心来……心内一上一下，辗转缠绵，竟像辘轳一般……翻来覆去，哪里睡得着？"她的咳嗽只是失眠所引起的，因为"自己挣扎着

---

① 生于唐末，五代时，在华山修道，一睡就百余日不起。
② 指太阳升起老高了。《南齐书·天文志》："日出高三竿，朱色赤黄。"
③ 思服，想念。反侧，翻来覆去。语出《诗·周南·关雎》。
④ 《诗经·周南》是周公的教化。

爬起来，围着被坐了一会，觉得窗缝里透进一缕凉风来，吹得寒毛直竖"。可见得她是因为失眠而后咳嗽，并不是因为咳嗽而后失眠啊。

　　壮年时代，失眠的原因就复杂了。商人白天持筹握算，晚上脑子里全是商品和数字，往往睡不着。机关主管人为了经费的统筹、人事的处理，一时想不通，也往往睡不着。"齐人"① 因为妻妾争风，"黔娄"② 因为柴米无着，告贷无门，也往往睡不着。壮年人比青年人更易失眠，老年人比壮年人尤其容易失眠。亢阳的次数越多，人越易老。波特莱尔③诗云："贫人颠沛由来久，常存怨气冲牛斗。上帝内疚慰之以睡眠，人类更添赤日之子其名酒。"睡眠本是上帝的恩惠，应该含生之伦④皆能蒙恩，岂料世上竟有不少的人还不能享受这最低限度的幸福！

　　我们文人还有一种失眠的原因，就是床上想文章，打腹稿。欧阳永叔尝言诗文多得于三上，就是马上、床上和厕上。马上和厕上都没有问题，床上却苦了一双睡眼。我们"唯将终夜常开眼"，却不是"报答平生未展眉"⑤，而是"愿学阴何

---

① 旧时把有小老婆的人称为"齐人"。语本《孟子·离娄下》："齐人有一妻一妾而处室者。"
② 见第 94 页注⑥。
③ 见第 9 页注③。
④ 这里指人类。《文选·到大司马记室笺》："含生之伦，庇身有地。"
⑤ 元稹《遣悲怀》："唯将终夜常开眼，报答平生未展眉。"

苦用心"①。抽思乙乙②，思绪越引越长，偶遇梦丝，既理还乱③！呕尽心肝④之后，阴何还没学像，腹稿还没打完，已经是晨鸡三唱了！这种失眠，真是何苦！然而文人之可笑在此；文人之可爱亦在此。

前面我们首先撇开忧国忧民的失眠，是因为这种人太少了；我们这班自了汉⑤，不敢盗窃这种无上的光荣，但是，太少并不就是没有。当国的人夙兴夜寐⑥，自不必提。此外还有那些爱国志士们，身在田园，心存廊庙⑦。凛匹夫之有责，痛胡骑之横侵。更筹⑧细数，默招贾傅⑨之魂；烛跋⑩轻吹，幽诉彭咸⑪之鬼。九度肠回，叹神京⑫之日远；一宵发白，忧汉社⑬之将墟。心病还将心药医，这种失眠症，恐怕要等到兵渡鸭

① 杜甫《解闷》："熟知二谢将能事，愿学阴何苦用心。"阴何，指阴铿、何逊。
② 陆机《文赋》："思乙乙其若抽。"乙乙，难抽出的样子。
③ 李煜《相见欢》："剪不断，理还乱，是离愁。"
④ 指冥思苦索，费尽心思。据《新唐书•李贺传》记载，李贺每天外出，都让侍从背一个锦囊，他写了东西之后，就投到囊中。他母亲让侍从掏出囊中的东西，看见李贺写的很多，生气地说："是儿要呕出心乃已耳。"
⑤ 只顾自己、国家大事之类什么也不管的人。
⑥ 夙，早。兴，起来。《诗•卫风•氓》："夙兴夜寐，靡有朝矣。"
⑦ 指朝廷。《孙子•九地》："厉于廊庙之上，以诛其事。"
⑧ 古代夜间报更的牌子。
⑨ 汉代贾谊曾作长沙王太傅，所以称为贾傅。
⑩ 见第 85 页注⑤。
⑪ 彭咸，殷大夫，谏君不听，投水而死。《离骚》："虽不周于今之人兮，愿依彭咸之遗则。"
⑫ 指京都。
⑬ 指国家。

头①、甲齐熊耳②的时候，方才医治得好的了。

1944 年 10 月 15 日昆明《中央日报》增刊

十三、小　气

　　吝啬的人，我们说他小气；妒忌的人，我们也说他小气。小气，自然不够伟大；即使不是十足的小人，至少该说是具体而微的小人。但是，如果小气的人就算是小人之一种，则小人满天下，而足称为君子者实在太少了。

　　有人说，女子比男人小气，所以有些捐款的人专捐老爷，碰见太太在场就不敢开口。又有人说，女子比男人大量，所以有不少的人专向要人的太太求官，并不直接向要人求官。这话如果一概而论，自然是对女同胞们的一种侮辱。试看有多少慈善事业是由太太们主持的；又试看有多少贤妻良母匡救了丈夫或儿子的官声。因此，说小气是人类普遍的弱点则可，说它是女性的弱点则不可。

　　人之初，性本恶；很少小孩子肯把心爱的玩具送给别的孩

---

①　指鸭绿江。
②　指立下战功，敌人投降。熊耳，山名。陆游《小出塞曲》："明日受降处，甲齐熊耳高。"

子。我看见过小姊妹二人各栽一盆花，妹妹的花欣欣向荣，姐姐的花日就憔悴，结果是姐姐偷偷地把妹妹的花拔了。我们别以为这种心理只限于童心；多少达官贵人们不肯把他们的"玩具"让给别人；多少名流学者们存心把别人的"盆花"拔了！

一个人舍不得钱，叫做小气。本来吗！钱是我辛辛苦苦挣来的，捐借固然不能轻易答应，就是送礼请客，又岂能毫无盘算，使它等于白花的冤枉钱？积极方面，应该是能积谷时先积谷；消极方面，应该是得揩油处且揩油。气越小，肚皮越大；量越大，肚皮越瘪。一毛不拔自有一毛不拔的哲学。今日拔一毛，明日拔一毛，名声传开了，四万万五千万同胞每人都希望来拔一根，这还得了吗？兴旺的时节不知道爱惜羽毛，等到衰败的时节再去"向田鸡借毛"，那就悔之晚矣！从前有一位朋友向某富翁告借两毛钱，某富翁追究它的用途，那位朋友因此大生其气。其实，你既仰人鼻息①，人家自然有权利先"核"后"发"，你因此而生人家的气，倒反是小气，是大大的不应该。

妒忌，也被叫做小气。这自然和吝啬的小气不是一样的东西；但是，其中有一点是相同的，就是人类的占有欲。男女之间的吃醋，尽管说得怎样堂皇，其实不免视所爱的人为禁

---

① 这里指依赖别人。《后汉书・袁绍传》："袁绍孤客穷军，仰我鼻息。"

豨①。据说妒忌并不是爱情的最高峰；依这说法，爱河里的善男信女们，有千分之九百九十九只能爬到半山上。暗瞟一眼，足令大闹三天；若更"目成"②，尤其够造成仳离③的条件。如果说金钱的悭吝者是一毛不拔，那么爱情的悭吝者却是一瞥不饶。情啊情啊，原来等于两文臭铜！情圣们，请勿滞留在这半山上！

除了爱情上的妒忌之外，还有政治上的妒忌、学问上的妒忌，等等。关于政治和学问，人类并不比一毛不拔或一瞥不饶更高尚些。这政治舞台或学术坛坫应该是我的，如果我高高在上，你们休想上来；如果你高高在上，我们必须打倒。举国自夸上驷④，无人甘拜下风⑤。譬如爬山，下面的人并不想多多努力赶过了你，却只想设法把你绊一交。这自然也是小气啊！但是，小气又何妨，自取大名垂宇宙；大方终无益，谁怜小子在泥涂！

1944 年 10 月 22 日昆明《中央日报》增刊

---

① 指独占之物。《晋书·谢鲲传》记载，晋元帝镇守建康时，部下每得一猪，都将头顶上一豨好肉献给元帝，称为禁豨。
② 将心相许，以目传情。《楚辞·九歌·少司命》："满堂兮美人，忽独与余兮目成。"
③ 指离婚。《诗·王风·中谷有蓷》："有女仳离，慨其叹矣。"
④ 上等马。见第 67 页注②。
⑤ 风的下方。《左传·僖公十五年》："皇天后土，实闻君之言，群臣敢在下风。"

十四、排字工友的悲哀

古人著书立说，是一件大事。无论学说是否站得住，至少，字是不会写错了的。现在这个时代可不同了：因为印刷发达的缘故，书籍杂志出版得多，于是写文章发表的人也就多，内容、技巧，各方面姑不论，只就原稿的字儿看起来，已经是五花八门。规规矩矩地誊正者固多，而信手涂鸦、不管排字工友叫苦者亦复不少。曾听老前辈说过："写字不规矩的人是粗心，粗心的人绝对写不出好文章来。那些不肯多花几十分钟来誊正一篇文章的人，还肯多花几个钟头去想透一个问题吗？"话虽如此说，我们却看见有些字迹潦草甚至别字连篇的文章，都还写得很不错。固然，我们也可以说，他们如果不粗心，也许写得更好些；但是，把他们的文章和那些一笔不苟然而一窍不通的文章比较起来，我们当然宁取前者。这样，那些"天雨粟，鬼夜哭"①的文字就常常和排字工友见面了。

从前的草书，算是难认的了；现在有些人的行书比古人的草书更难认十倍。为什么呢？从前的草书是有规则的，"天"

---

① 《淮南子·本经》："昔者仓颉作书，而天雨粟，鬼夜哭。"

和"具"、"来"和"成"等等，虽然所差甚微，然而这细微的分别却是截然不乱的；现在大家不学草书，也不学行书，只是随意画符。大致是省笔兼带笔，例如"口"字该是三笔，画成英文O字，只须一笔。其余由此类推。画符也有工笔画和意笔画两种：大约稿子的第一、二页总还是工笔画；其余就不免是意笔画。只见笔势东穿西插，如七星灯，如八阵图，令人不知是从何处起笔，何处收笔。在作者是笔走龙蛇①，在排字工友却是目迷鹿马②！即使张芝③复生，钟繇④再世，也帮不了排字工友的忙。据说从前有一位作家（外国人，名字记不得了），他的稿子也达到了"天雨粟，鬼夜哭"的境界，后来印刷厂的人没法子，只好拿着原稿去请教他。他自己也认不出来了，于是他说："我替你们另写一篇罢。"天哪，有那另写一篇的工夫，何不当初少画几个符呢？

关于画符，也有一种是很美丽的。现在蟹行文字传入中国的日子不少了，渐渐有人会把中国字写成蟹行，而且纵横成行，高低一律，确是整齐好看。但是，有些人大约因为"笔阵"⑤也学的是西洋王羲之，所以撇捺钩磔⑥，全不合于咱们

---

① 字写得蜿蜒曲折。李白《草书歌行》："时时只见龙蛇走，左盘右蹙如惊电。"
② 秦二世时，丞相赵高指鹿为马，这里指排字工人分辨不清字。
③ 东汉人，字伯英，擅长章草，称为草圣。
④ 三国魏人，字元常，擅长书法，隶书、行书尤其神妙。
⑤ 即《笔阵图》，讲解书法的书，相传为王羲之所作，也有人说是卫夫人作。
⑥ 汉字的四种笔法。

老祖宗的准绳，于是排字工友对于这种文章，也像商波里庸[①]
之于埃及文，必须下死劲去辨认、分析，然后弄得清楚——甚
至始终弄不清楚。这是事关欧化，未可厚非，但是，我希望
他们先创设一个新字体传习所。

一方面，大家拼命创造简体字，最好每个字都能像潘光旦
先生所讥讽的简笔"国"字，中无所有，只剩一个空框。人
人仓颉[②]，个个佉卢[③]，都认为有造字的资格。虽然其中有些
新简体字又苦了排字工友，但是，一回生，二回熟，等到大
家跟着我学样儿的时节，岂不就成了习惯了？然而在另一方
面，大家又拼命创造繁体字！我看见某先生的"疲"字不从
"皮"而从"彼"，我又看见某先生的"阔"字，门外既加三
点水，门内的三点水也还不肯取消。谁说现代中国的青年非
圣无法？六书中的形声字最为后起，而青年们也正在接踵着
"孳乳而浸多"[④] 的古法，把许多独体字，甚至原来的形声字，
再加上一个意义的偏旁，或换上一个意义的偏旁。"尝味"的
"尝"变成了"喽"，多了三笔；"模糊"的"模"变了"糢"，
多了二笔。"喽"和"糢"虽然在字典中还没有地位，而现在
是婢升夫人[⑤]，居然有了铅字，总算方便了排字工友（天哪！

① Champollion（1790—1832），法国人。古埃及文字，别人不认识，只有他能
　　认识。
② 相传为古代的造字者。《说文解字·序》："仓颉之初作书。"
③ 佛教中传说造佉卢文的人。佉卢文是古印度的一种文字。
④ 《说文解字·序》："字者，孳乳而浸多也。"
⑤ 这里比喻俗字取得了合法的地位。

上期我的译诗中"模糊"也被硬排为"糢糊"呢)！但是，州官放火之后，照理不应该禁止百姓点灯，譬如"馈赠"的"馈"写成"贝"旁、"旗袍"的"旗"写成"衣"旁，甚至"烧卖"的"卖"再加"食"旁，诸如此类，累得排字工友在铅字架前尽着打转，哪里找得着它们的影儿呢？

1944 年 11 月 5 日昆明《中央日报》增刊

十五、清洁和市容

因为没有学过市政，我不很懂得什么叫做市容。如果依照望文生义的老办法，我们可以拿市容去比"妇容"。衣服丽都①，妆饰耀目，就像柏油路、街灯和整齐而堂皇的房屋之类；然而恰像盥洗是妆饰的初步一样，清洁也应该是市容的初步。对于妇容，盥洗是最省钱的；对于市容，清洁也是最省钱的。

说起来真太简单了。如果把"各人自扫门前雪"的精神扩充到各人自管门前的清洁，市容也就有了个样子。荷属东印

---

① 华丽。

度①的人民并不怎样富有，他们真是竹篱茅舍自甘心②；甚至华侨中所谓财主也住的是草房子。但是，那是多么干净的草房子啊！它们几乎到了一尘不染的地步。偶然门口有一小堆垃圾，马上会有警士来递给你一张罚款单。非但城里人如此，连乡下人也都如此。他们的探岗（村子）原是草盖的竹棚或木棚，看去很黑，很旧，像是很脏；但是，当你走上棚去细看的时候，你会觉得黑和旧是真相，脏却只是幻相。我们平常都说穷人谈不上干净，马来人不比我们有钱哪；但是，在荷兰人统治之下，他们不能不清洁了。

到过上海的人，都发觉租界的清洁和华界的龌龊。有人告诉初到上海的人说，你每到了一个地方，只见街上突然改了一副秽容，你就可以断定那是华界了。华界的人未必比租界的人更穷啊。但是，在英法人的管理之下，租界的华人也不能不干净了。

因此，有人发出极荒谬的论调，说是除非中国变了殖民地，否则谈不上清洁。假使这话是真的，那么，清洁了又有什么用处呢？四年前我在河内，对于它的市容颇为羡慕，越南人也承认，在法国人没有来"保护"以前并没有这样好的市容，然而他们却宁愿龌龊，宁愿杂乱倾颓，不愿因受人"保护"而堂皇清洁。这道理是很明白的：我们宁愿保存一个活着的臭皮囊，而不愿意变为香料所殓的木乃伊。殖民地虽

---

① 即现在的印度尼西亚。

② 见第22页注②。

然干净，无论如何是不及龌龊的自由国土的。不过，我们还要再问一句，是不是必须变了殖民地然后可以清洁呢？

不，不，一千个不！我们是神明的子孙，我们会自治！今天我虽把一只死老鼠扔在街心，你别把一切的罪过都归在我的身上。全市三十万人口，如果别人都能干净，我一个人能把全市弄脏了不成？一年三百六十五日，只有一天是我把老鼠扔在街心的日子，其余三百六十四日的清洁又是谁破坏的呢？——我们不是也有几条大街是干净的吗？听说意大利全国也脏得很，他们也不过把那些当眼的地方弄干净就算了。我们又何必自认不干净呢？

不，不，一千个不！我们已经进步得多了，十年前，比现在还脏十倍呢！什么事情总得慢慢地来，这是所谓"欲速则不达"呀！再过十年，你再看，又该干净多少？

1944 年 11 月 12 日昆明《中央日报》增刊

十六、老

什么是老？这要看人的寿命而定。假使一般人都能像彭祖寿到八百岁，那么，四百岁也不该称老。唐以五十五为老，可见中国越来越不长寿了。幸亏近年来大家讲究卫生，提倡体育，将来即使寿不到八百，至少，二三百岁是有希望的。现代人反对复古，我想这种复古谈是不被反对的罢。

　　我三十九岁在越南，被一个越南人称为"老"，至今还在生气。现在仔细一想，也许他们真的老人太少了，所以才把四十岁以上认为老的等级。我们中国人的观念也差不了多少，所以能活上五十岁就可以称为"享寿"，五十岁以上的人自己也喜欢退休，甘心享受子孙们的"豢养"。

　　一个人为什么觉得自己老了？这有生理上的原因，同时也有心理上的原因。韩愈《祭十二郎文》里说："吾年未四十，而视茫茫，而发苍苍，而齿牙动摇。"这种未老先衰的人，怎能不觉得老境已经到达了呢？但是，除此之外，还有一个最大的原因，就是早婚。中国人三十岁就可能有孙子，五十岁便可能有曾孙。等到儿孙满膝的时候，哪怕你头上没有一根白发，身体强壮得像一条牛，你总得承认你是老了！世上没有不老的祖父和祖母，更没有不老的曾祖父和曾祖母啊！即使你是一个独身主义者，你仍旧可以看见你的弟弟妹妹生孙子，甚至看见你的侄儿侄女儿生孙子，而你还是一个未满五十岁的"中年人"（依照西洋的说法）。祖父既不能不认老，祖父的哥哥更不能不认老；外公既不能不认老，外公的姊姊更不能不认老啊！

　　我的一位朋友有一首三十自寿诗，其中有一句说："勉磨圭角①入中年。"中年就该磨去圭角，老年岂不该像一只皮球？事实上，中国的"皮球人"很多，至于到了什么年龄才肯"勉磨圭角"，那是因人而异的。有些人，直到白发满头，皱纹满脸，仍旧是"此老倔强犹昔"②。这种人是白白活了一辈子，他们永远与富贵无缘。自己得不到享受，固然是活该，然而连累到子孙翻不得身，却也太对不起祖宗了。为了避免"老悖不念子孙"③的罪名，许多老年人只好乖乖地做一个"皮球人"！

　　"老去悲秋强自宽"④，这种腐败思想应该不让它再存在革命民族的心里了罢。我们应该计划一百二十年的长寿，六十岁只算一半的历程，四十岁更只是三分之一。既不知"老去"，就不必"悲秋"；既不"悲秋"，就无所谓"强自宽"了。老骥伏枥，志在千里⑤。我以为志在千里的骏马决不自认为"老骥"，因为有了这"老"之一念就决不能志在千里。有一个六十岁的人自称为"老少年"，我以为这还不够："少年"可矣，何必曰"老"！

1944 年 11 月 21 日昆明《中央日报》增刊

---

① 棱角。
② 《宋史·赵鼎传》载，鼎被诬流放，谢表云："白首何归，叹余生之无几；丹心未泯，誓先死以不移！"秦桧看见了说："此老倔强犹昔！"
③ 《汉书·疏广传》："广子孙窃谓广所爱信者，说买田宅。广曰：'吾岂老悖不念子孙哉？'"
④ 见杜甫《九日蓝田崔氏庄》诗。
⑤ 见曹操《步出夏门行》。

十七、结　婚

婚姻，似乎是社会秩序赖以维持的一个要素。从古至今，社会的改革主义层出不穷，但却很少人主张废除婚姻。民国初年，共产主义刚传入中国的时候，有人说共产主义是主张公妻的。后来这话显然被证明是不确的，因为共产主义的老家苏联至今没有听说要实行公妻。假定千百年后，真的有某一国家或某一些国家废除了婚姻制度，我们虽不敢说一定因此引起社会的骚动不宁，至少，这世界一定会完全改观，无论道德方面、法律方面，乃至于政治方面，都得另起炉灶才行。

由此看来，人类恐怕是必须结婚的了。无论是摆几百桌的喜酒，或简单地登一个广告，总之是必须把一男一女确定了他们的夫妻关系。男的必须承认女的是他的太太，女的必须承认男的是他的先生。他们有同居的义务，甚至有共同生孩子、共同教养孩子的义务。尽管有人说结婚是恋爱的坟墓，却有无数人甘心往坟墓里钻。因为这种坟墓乃是社会秩序之所寄托，也就是人类必经的历程啊。

摆几百桌喜酒，或登一个结婚启事，实际上都和婚姻没有必然的关系；但也不值得反对，因为那些都不失为点缀品。

结婚的时候，如果有钱而大吃一顿，邀请亲戚朋友热闹一番，更是未可厚非。在这国难最严重的时期，难免遭受社会的批评和指摘；若在平时，则是心安理得的事了。我们并不讨厌这些；我们讨厌的对象却是别有所在。

结婚往往举行仪式，仪式越隆重，往往越是为人所称扬。但是，除了当事人一本正经地在那里扮演之外（天晓得！也有些当事人自己并不一本正经地扮演），观礼的人们谁不是怀着一种看戏的心理？这上头有旧戏，有新戏。旧戏是锣鼓花轿，洞房花烛；新戏是奏乐唱礼，披纱带花。旧戏是我们的国粹，总算不失为纯粹的完整的一套，假使用另一种眼光去看，也还颇有可观。至于新戏呢，演得好的固然不少，可是演得不像样的更多。这也难怪，我们并不耐烦多花一些时间来一个"预演"，更不能像话剧一样，费去一两个月的工夫去"排演"，反正做个样子就算了，谁敢说仪式马虎一点儿就不能算为结婚呢？不过，有些婚礼也实在不大有趣。新郎和新妇太严肃了，严肃到了把面孔拉得一尺来长，甚至于带一点儿"哭丧"神气。这种神气，直到拍照时还没有解除。有些人认为一鞠躬不够隆重，于是应该一鞠躬的都改为三鞠躬。更有一种家庭，新妇入门后还要对尊亲属补行磕头。这种新旧合璧的地方真是不胜枚举。譬如主婚人带着礼帽行礼，这竟像是前清戴顶子的习惯的残留。

前一些时候，我到某大旅馆去参加一个朋友的婚礼，正巧楼下也有人结婚。我们在楼上倚着栏杆看楼下的一场热闹，大家都笑弯了腰，笑痛了肚子，新郎和新娘的土气姑且不谈，只那一个中年妇人（大约是新郎的岳母或新妇的婆婆）把一束鲜花倒拿着，像倒吊一只死鸡，就很够瞧的了。司仪的人不知是几钱雇来的，唱礼倒也十分流利，只是声音响亮得像喊口令，而那些口令又是一口气喊下去，快得像豁拳。于是新郎和新妇在五分钟内鞠了几十个躬。证婚人怀里掏出一张红色的字纸，口中念念有词，大约算是"致词"了。一会儿大礼告成。我想，如果把它当做一幕滑稽戏来看，未尝不很有趣。至于我那朋友的婚礼，滑稽不够滑稽，隆重不够隆重，倒反是索然无味呢。

虽没有人主张废除婚姻，但是我希望有人主张改良婚礼，少做一些把戏，多做一些率性①的热闹的事情。

1944 年 12 月 3 日昆明《中央日报》增刊

---

① 率，循着。《礼记·中庸》："天命之谓性，率性之谓道。"

龙虫并雕斋琐语

（《自由论坛》时期）

一、拍　照

拍照是人生乐事之一。假使你有一架照相机，你可以把世界上的名山大川、奇禽异兽，永留眼底；你可以把海内孤本、古碑残碣、买不到搬不走的无价之宝，"摄"回家中；你可以把你的爱人的梳头掠鬓、刺绣结绒、倚栏赏花、凭琴度曲，乃至一颦一笑，拍成一种光学起居注①。艺术精妙的，还可以把它放大，点缀房栊②，令人钦仰摄影界的吴道子③和李思训④。感谢尼厄浦斯⑤的发明，近代人又比古人多了一种玩

---

① 见第 79 页注①。
② 这里指房间。栊字原意是窗户，《汉书·外戚传下》："广室阴兮帷幄暗，房栊虚兮风泠泠。"
③ 唐代画家，名道玄，字道子，善画佛像及山水，被称为画圣。
④ 字见为，唐武卫大将军，善长绘画，曾与吴道子一起画嘉陵山水。
⑤ Niepce。

艺儿。

如果你没有照相机，你还可以光顾照相馆，留个纪念什么的。新娘的头纱、大学毕业生的学士帽、体育健将的锦标……一一都摄上了镜头。据说有两位大学教授得了教育部的三等奖状，也像捧圣旨般地捧着它们，合摄八寸相片一帧。未能免俗，聊复尔尔①！是现代人就该每年拍几个照，至少，将来出殡时可以替代灵牌。假使人类没有虚荣心，照相师傅就只好喝西北风，因为他们不能交叉着双手等候验尸场的生意呀！

拍照本是近于美术；美人拍照，更是美中之美。可惜的是：世界上美人并不多，相片上的美人尤其少。《左传》里有一句赞赏美人的话，说是"美而艳"②，一般所谓漂亮的女人，往往只是艳，不是美。艳是由于风度的动人、衣饰的考究；美是由于五官的端正、身段的调匀。在照相上头，显美易，显艳难。所以上照的美人是真美，不上照的美人是艳而不美。照相师傅为了补救这种缺点，就教女士们取巧，做出一种动人的姿势。算了罢！本来死美不如活艳，一张相片决不能伐毛洗髓③，变媸为妍，倒不如留个庐山真面目④。况且倾倒众

---

① 《晋书·阮咸传》："七月七日，咸以竿挂大犊鼻于庭，人或怪之，答曰：'未能免俗，聊复尔尔。'"聊复尔尔，姑且如此罢了。

② 《左传·桓公元年》："宋华父督见孔父之妻于路，目逆而送之曰：'美而艳。'"

③ 《太平广记·东方朔》："吾生来已三洗髓五伐毛矣。"指脱胎换骨。

④ 苏轼《题西林壁》："不识庐山真面目，只缘身在此山中。"

生①，自有他术，何必受照相师傅的摆布呢！

拍照是乐事，受人摆布却是苦事。拍照是美的，受人摆布却是丑的。譬如夫妇合照，最好是水晶帘下看梳头②，否则拜倒石榴裙下③，甚至女的空手前头走，男的拿了大小十几件的东西在后面跟着，都是美的；如果听从照相师傅的吩咐，或女坐男立，像善财童子侍观音；或男女并肩，像一对泥菩萨，却是丑。

拍照是乐事，拍照而如临大敌却是苦事。乐，也就美；苦，也就丑。丘吉尔衔着雪茄下飞机，是美的镜头；中国的大官上任，垂拱端坐于僚属的当中，是丑的镜头。记得某届清华大学行毕业典礼，顾一樵④叫人偷拍了一个电影，后来映给我们看，真美！假使当时一个个戴着四方帽子，恭恭敬敬地拿着文凭站成几排，听候照相师傅叫一声"当心"，那就一定是丑态可掬了。从前我在法国加莱海滨避暑，正在和几个朋友散步的当儿，忽然一个法国人递给我们一张纸片，扬长而去。我们展开那张纸片一看，上面写着："你们已经被摄入连环照片了，如果你们要，明天请到某街某号来取。"这虽是一种妙想天开的生意经，却也不失为雅人雅事。

拍照是乐事，然而在这吃不饱穿不暖而照相的物价指数又

---

① 倾倒，从内心佩服。众生，这里指众人。
② 元稹《离思》："闲读道书慵未起，水晶帘下看梳头。"
③ 指倾心迷恋女子。石榴裙，红裙。梁元帝《乌栖曲》："芙蓉为带石榴裙。"
④ 即顾毓琇，当时清华大学工学院院长。

高踞第一位的时代，我们还不免有时候要拍几张党相①，却又变了一件苦事。希望不久的将来，中国的军队重入南京中山门，中外记者争先拍摄那凯旋的行列，用照相版印入画报，那才是普天同庆，成为全国的一件大乐事呢。

1944年9月24日《自由论坛》星期增刊第一期

二、回避和兜圈子

专制时代的文字狱，千百年后犹令人心悸。自杨恽②以至于戴名世③、吕留良④之流，都因文章做得太随便了些，以致闯下了滔天大祸。我们生活在这个民主时代，真是幸福得多了，许多民主国家的百姓还嚷什么"第五自由"，真是人心不足蛇吞象⑤！请问大家：还是危险性的文章发表以后身首异处的好，还是不让危险性的文章发表，同时也不让你吃官司的

---

① 国民党统治时期，要人们按照一定规格照的贴在某些表格上的照片。

② 汉代人，字子幼，封平通侯，因揭发别人的坏事，被废为庶人，居家生活奢侈，孙会宗写信规劝他，他复信大发牢骚，汉宣帝看见了，认为大逆不道，处以腰斩刑。

③ 清朝人，字田有，因著《南山集》用明永历年号，被杀。

④ 清朝人，字庄生，因著《维止录》对满清多所讽刺，死后被掘墓戮尸。

⑤ 比喻贪得无厌。《山海经·海内南经》："巴蛇食象，三岁而出其骨。"明朝人罗洪先有"人心不足蛇吞象"的诗句。

好？当然，也有人愿意先发表了文章，然后一身做事一身当；但是，也有人觉得"今夕只可谈风月"①，说话不可太随便了。再者从此不做文章，也未尝不是件好事，一则省下来时间多读几本有益的书，二则省得惹出是非，致干未便②。真的，现在"绝笔"的朋友已经不少了，但是这种态度是否值得赞扬还是问题。

　　然而在这年头儿，我们写文章的人，真是"两姑之间难为妇"。一位婆婆自然是"仙色"③，另一位婆婆却是"丽德"④，这两位婆婆都是不好服侍的。好容易得到"仙色"婆婆点了头，"丽德"婆婆却在生气甚至于责骂了。反过来说："丽德"婆婆最喜欢的作品，"仙色"婆婆偏不让你拿出来。风月之谈自然为人所诟病，说是软性，逃避现实，然而真正硬性的正视现实的文章却只合⑤埋葬在编辑室的字纸篓里。责备别人逃避现实的人也只能发表一些教人正视现实的文章，却仍不能发表自己正视现实的文章。当年刘公干正视甄后⑥，正视的对象是美人，尚且得罪；现在我们应该正视的对象是丑恶，即使你有正视的勇气，恐怕也没有正视的权利啊！

――――――――――

① 《南史·徐勉传》："客有虞皓求詹事五官，勉正色答曰：'今夕只可谈风月，不宜及公事。'"
② 当时指犯法。
③ censor，新闻检查员。
④ reader，读者。
⑤ 合，该。
⑥ 刘桢，字公干，建安七子之一。曾参加曹丕的宴会，曹丕让夫人甄氏出拜，桢平视甄后，以不敬得罪。

　　如果"丽德"婆婆认为有关"建国"的文章就是正视现实的文章，也就好服侍了。可惜的是，报纸杂志上大部分有关"建国"的文章只是拷贝文学，或描红①文学。拷贝和描红文学，只能令"丽德"婆婆觉得比风月之谈更讨厌，不能引起她的心弦的共鸣；真能引起共鸣的文章却又往往如佛经所谓"不可说，不可说！"假使我们只有一位"丽德"婆婆，我们自然会博她老人家欢心；怎奈我们还有一位"仙色"婆婆，这就实在教我们进退两难了。

　　在无可奈何之中，许多朋友都希望在"不可说"里头稍为隐约地说一点儿。于是不免要回避，要兜圈子。谁都希望自己写下来的文章能够发表，如果辛辛苦苦地呕出心肝仍不免埋葬在编辑室的字纸篓里，何不索性玩一场桥牌或下一局棋呢？与其遭受"仙色"婆婆的删削或命令免登，倒不如先事承志②，自己回避了那些该删的部分，更兜圈子去觅取一个准登的机会。

　　回避不容易，兜圈子更难！"生人勿近"的地方，自然应该回避了；但是，我们往往在写的时候还不觉得它是"生人勿近"，等到写好了重念一次的时候才发觉了，于是只好把它一笔勾销，以免报纸杂志的有限宝贵篇幅还要临时开一个天窗③。但是，有一些"生人勿近"的地方并不一定就是绝径，

---

①　儿童按印好的红字来描写大字。
②　顺从当权者的意旨。
③　文章被检查后，抽出不能发表的新闻报道，印出来之后有一块空白，叫开天窗。

于是许多朋友颇能运用迂回战略，弯弯曲曲地向着某一个目标进攻。不过写文章本来很辛苦，写文章而至于兜圈子更是苦中之苦。兜圈子不免暗示，而多数的暗示却是等于谜语。深的谜语固然瞒过了"仙色"婆婆，但同时也得不到"丽德"婆婆的了解和共鸣；浅的谜语呢，根本就等于没有兜圈子。

再说，一篇文章经过了回避和兜圈子之后，我们很难再找出些精彩来，那上头既不复有精彩之笔，也不复有痛快淋漓的话。它有的只是矛盾，是暧昧，是糟粕！心血多费了一倍而文章的价值却减低了几倍，乃至等于零。我们如果了解这一种痛苦，也就了解许多朋友为什么"绝笔"了。

1944 年 12 月 17 日《自由论坛》星期增刊

三、公共汽车

最近因为迁居乡下，每星期须坐几次公共汽车。我们没有理由说公共汽车的票价定得太高，因为往返的车资虽占了我每日收入的一半，但若依物价万倍计算，车资只等于战前的一角多钱，也不算贵了。最令我头痛而又印象最深者，乃是等车、买票和坐车。

　　等车所需要的耐心，比"人约黄昏"① 的耐心还要大。目断天涯，但瞻吉普；望穿秋水，未见高轩②。候车近日③，有如张劭④之灵；抱柱移时⑤，竟效尾生之信。回忆在上海等待公共汽车，五分钟不来，已经像热锅上的蚂蚁了；但是现在抗战八年，抗得心都硬了，早学会了守株待兔⑥的本领。半点钟不来，等一点；一点钟不来，等两点；两点钟不来，等三点。如果最后一班车突然宣布回厂，也只好等到明天。从前的公共汽车是为了旅客的便利，现在的旅客是为了公共汽车的便利。有时候大雨倾盆，旅客们变了一群落汤鸡，仍然冒着雨，等着，等着，竟像公共汽车是开往某地去淘金，非坐不可，非等不可。

　　好容易车到了，开始卖票了。车到后才卖票始终是一件难于索解的事情：大约是让大家挤着买票热闹些，好看些。人越挤，手越乱，越费时间。偶然有人因抢着买票而和售票人争执，售票人就先和他吵闹一番，暂停售票。买票的人越急，卖票的人越从容，本来按部就班⑦五分钟就卖得完的票，一刻

---

① 朱淑真《生查子》："月上柳梢头，人约黄昏后。"

② 指公共汽车。

③ 昆明城内有个地名叫近日楼，是公共汽车站所在地。

④ 《后汉书·范式传》记载范式与张劭很要好，张劭死后，托梦给范式。发丧时，张劭灵柩不往前走，等范式到了之后，灵柩才前进。

⑤ 《战国策·燕策》："信如尾生，期而不来，抱梁柱而死。"师古曰："尾生，古之信士，与女子期于梁下，待之不至，遇水而死。"

⑥ 《韩非子·五蠹》："宋人有耕者，田中有株，兔走触株，折颈而死，因释其耒而守株，冀复得兔。"

⑦ 这里指按次序。语本陆机《文赋》："选文按部，考辞就班。"

钟也卖不完。抢和乱是中国全社会的情形，公共汽车的卖票只是全社会的一个缩影。如果你因此责备汽车公司，就请你先改造了全社会再说。但是，弱者终于成了牺牲者。有一次我自知无能，派了一个青年代表去买票，谁知他也谦让未遑，虽没有做大树将军①，却也甘心做殿后的孟之反②。他到站最早，买票最迟；在三十六位抢票天罡③当中，他做不到第一名及时雨宋公明，也做不到第二名玉麒麟卢俊义，倒也罢了，偏要退到第三十六位，做了一个浪子燕青④！只听得售票人把票窗一关，他只好望窗兴叹。唉！这种人切莫买票，更莫做官！

　　如果你买到了票，就该挤车了。售票人大约没有计算车子能容多少人，所以车子总是挤得满满的。其实计算也没有什么用处，因为有些特种人往往不先买票，就从车窗爬了进去。原来先买票的还是傻瓜，只有先抢上车的是英雄。车到了，客人还没有下车，没有能力爬窗子的人们就从汽车门口蜂拥而上，弄得乘客们没有法子下车。人满了，另有些人就改坐"头等"，所谓头等就是车顶。美国人给他们拍照，带回美国去又是一件珍闻。普通形容拥挤，喜欢拿罐头沙丁鱼来做譬喻；其实沙丁鱼的堆叠是整齐的，而公共汽车乘客的堆叠是

---

①　冯异辅佐光武帝打天下，诸将并坐论功，独冯异处树下，人称之大树将军。

②　人名。《论语·雍也》："孟之反不伐，奔而殿。"伐，夸耀自己。

③　梁山泊一百零八名好汉中前三十六名称为天罡星。

④　及时雨宋公明、玉麒麟卢俊义、浪子燕青，都是梁山泊的好汉。宋公明，宋江。

杂乱的，比沙丁鱼更逊一筹。古人所谓摩顶接踵，公共汽车能够如此就算是天堂。你的头只能靠着一个高个子的脖子，或者一个矮人的头发；你的脚千万莫提起来搔痒，当心再放下去已经失掉地盘了！如果你侥幸是坐着的，你只好仰天长叹，否则另一个人的胸将没有一个安顿处。如果你前面站着一个女子，而你又不够洋化①，不肯让座的话，你就只好学个柳下惠②，让她坐怀而不乱。真的，有一位中年摩登妇人站不住了，只好老老实实坐在一位陌生的少年军官的膝上。这也不能说什么：嫂溺则援之以手③，礼也；现在女疲则授之以膝，即使孟老夫子复生，也应该是点头默许的。

　　本来，公共汽车应该是平民化的东西。在这年头儿，农民贩夫富于公务员，更有搭坐公共汽车的权利。如果都是些干干净净的长沮、桀溺④、梁鸿、孟光⑤，倒也罢了；不幸偶然来了几个自从出世以后没有洗过第二次澡，或自从结婚以后没有洗过第三次澡的巢父、许由⑥，在这苍蝇钻不进的人群当中，那非兰非麝的气味儿也就够你消受的。还有他们的全副行李，也未必受人欢迎。有一天，一个老头儿带了一罐不封

----

① 指西洋人见女子让坐。
② 春秋时鲁大夫展禽，字季，食邑是柳下，谥号为惠，所以称柳下惠。有一次柳下惠夜宿郭门，遇到一个没有住处的女子，怕她受冻，便用衣服把她裹在怀里，坐了一夜，没有发生非礼行为。
③ 溺，沉于水。援，拉。语见《孟子·离娄上》。
④ 长沮和桀溺都是春秋时的隐士。《论语·微子》："长沮、桀溺耦而耕。"
⑤ 汉梁鸿，家贫，妻孟光貌丑，夫妻很和睦，隐居霸陵山，以耕织为业。
⑥ 见第9页注④、第10页注①。

口的菜油，车子一颠簸，弄得附近的五六个乘客的裤子都油油然利益均沾。总之，你如果有漂亮衣裳，应该留着进电影院或舞厅，千万莫在公共汽车上摆阔。

说了一大篇，我还得声明我并不是公共汽车的憎恶者；因为还有一辆容纳四万万五千万人的公共汽车比上述的情形更糟。抗战胜利了，但愿抢和乱的情形跟着战祸烟消云散。不然，外国人拍起照来，那才不好意思呢！

1945年9月8日《自由论坛周报》

四、跳　舞

二十年前，上海某大学开一个游艺会，在许多节目当中，有一个特别精彩的节目，就是请了两男两女登台表演交际舞。整个音乐只有一个话匣子，而那两双舞伴的跳舞方式又各不相同。其中一双是并未拥抱，两个身体中间几乎可以容纳第三个人，葳葳蕤蕤①地，敷衍了事。另一双却是拥抱得特别紧，两个身体中间跳不进一只小跳蚤，热热烈烈地，认真表演。观众对于前者自然毫无印象；对于后者却是印象很深。

―――――――――――

① 很受拘束的样子。

当时上海还没有舞场，大家没有看见过交际舞，于是台下喊喊喳喳，纷纷议论。有人羡慕那男的艳福不浅，但是，大多数的观众都喟然叹曰："恶形得来！"[①]

这一段故事有三点值得注意：第一，交际舞在中国是奇事一桩，比无毛的鸡和生角的马更能令人惊愕，所以游艺会的主持人把它作为最精彩的 bouquet[②]；第二，交际舞是外国的东西，一时不容易全盘西化，所以某一双舞伴仍保持着相当的距离，这就象征着中西文化的冲突；第三，中国人对于两性间的道德观念并没有彻底改变，以致少见多怪，认交际舞为"恶形"。

二十年后的今日，如果再有人认交际舞为"恶形"，自然是属于老腐败一流，不为新青年所齿数[③]。本来，旧礼教下的妇女有视觉的贞操和触觉的贞操两种，视觉的贞操禁止妇女抛头露面，虽贵如皇太后，听政也必须垂帘！触觉的贞操就是所谓男女授受不亲。现在的妇女非但可以抛头露面，而且由长袖而半袖而几乎没袖，由长裙而裤子而短裤而减至无可再减的裤衩。视觉的贞操既然打破到了相当的程度，触觉的贞操自然不该让它滞留在 17 世纪的阶段。因此，由授受不亲而握手而拥抱，不过是和视觉的贞操作平行的打倒，有什么值得大惊小怪的？

---

① 　上海方言，真恶心。
② 　压轴的精彩节目。
③ 　挂齿。

　　近两年来，昆明的跳舞颇为盛行，于是跳舞成为社会讥评的对象。有些人根本反对国难期间的跳舞；我们只要回忆山海关失守后北平电影院门前发现炸弹的情形，就可以了解这种人的心理。另有一派人并不反对中国人和中国人的交际舞，他们只反对中国女子——尤其是大学女生——和外国人跳舞。这些人并没有以为跳交际舞是"恶形得来"。即使有些人心里是这样想，口里也并不这样说。他们只以为中国女子和外国人跳舞并不是正当的交际，而是另有企图，于是就有伤国格。

　　反对的理由既建立在"另有企图"之上，于是该不该跳舞并不关系于跳舞的本身，而是关系于有别的企图，这个案子就难于判决了。和外国人跳舞的中国女子，谁也不肯承认另有企图，因此，谁也不甘心受社会的指摘。我们对于这个，只能就原则上立论：假使真是另有企图的话，是不是值得指摘的呢？

　　交际舞既是西洋的东西，我们不妨追究西洋交际舞的真相。在西洋，富贵人家的盛筵和机关学校庆祝会等等，其中的交际舞，可算是最正当的交际舞。其次要说到商营舞场，你固然可以携你的女友去舞，但若没有女友同舞的话，也不妨临时找一位女客同舞。无论男客和女客，一律须买门票，不过女客比较便宜些，譬如男客要收一元钱，女客就只收六角。男客和女客初会，最忌询问姓名、住址，更忌请她吃东西。这样，你和她狂舞了一夜，你不必也不该在她身上花一文钱。如果双方的舞艺都不错的话，你满意了，她也满意了。

这种跳舞，可以说是为跳舞而跳舞。

　　一切西洋文化传到了中国都会走样，交际舞也不能例外。因为"良家妇女"不大肯到舞场，所以不能不用舞女伴舞。抗战以前，上海舞场有所谓"一元五票"乃至"一元七票"的办法，有一位朋友在西洋很喜欢跳舞的，后来在上海做事，却绝对不进舞场。他说："在西洋雇舞女伴舞乃是一件可耻的事，因为那是你不会跳舞，所以雇一个舞女来领导你；那种领导跳舞的人，非但有舞女，而且有舞男，专备女客之用。现在我既会跳舞，还要雇用舞女伴舞做什么？在西洋，交际舞是真正的交际舞；在上海，那只能称为贪淫舞。女的只求满足她的贪心，男的只求满足他的淫欲。交际舞令人愉快，贪淫舞令人作呕，我怎么能再进舞场呢？"

　　真惭愧，我没有到过昆明的舞场，不知道那是交际舞呢，还是贪淫舞？让我说两句滑头话做收场罢：如果是交际舞呢，尽可以见仁见智①，各行其是，不必少见多怪，认为"恶形得来"；如果是贪淫舞呢，虽在歌舞升平的时代也不怎样值得提倡，何况这是"壮士军前半死生"②的时候？

1945 年 9 月 15 日《自由论坛周报》

---

①　各人从不同角度有不同的看法。语出《易·系辞上》："仁者见之谓之仁，知者见之谓之知。"知，智。

②　高适《燕歌行》："战士军前半死生，美人帐下犹歌舞。"

五、看　戏

　　生平爱读书写文章，更爱娱乐。为了娱乐，我可以立刻抛开了没有看完的章句，停止了正如潮涌的文思；为了娱乐，我可以半个月不拿书本，不动笔墨。看戏，是我主要的娱乐，无论京戏、话剧、电影，只要是好的我就乐此不疲。假使京戏里没有甩垫子①，话剧里没有换景，电影里没有广告，该多好！又假使京戏里没有倒嗓的配角，话剧里没有蓝青国语②的演员，电影里没有飞机、比拳和时装表演，也没有平克劳斯贝③和劳莱、哈代④，该多美！但是人生万事都是有缺陷的，如果求全责备，就只好牺牲娱乐了。

　　缺陷是不能没有的；可惜的是，有时候我们所遇着的缺陷未免太多了些。挤票，首先令人不快。莫怪卖飞票⑤的人们；幸亏有了他们，情愿多花钱的人就能得到了舒服。要享受本来不该吝啬钱；只怕的是花了钱还得不到享受。你的漂亮的

---

① 解放前的京剧中，演员要下跪叩头时，服务员递给演员一个垫子，叩头之后，演员把垫子甩到后台去。
② 指夹杂有别地口音的北京话。蓝青，喻不精纯。
③ 当时美国电影名演员。
④ 当时美国电影的两个演员，一瘦一胖，搭档演电影。
⑤ 从票房买了票，然后私自高价出售。

衣裳曾经在戏院里被漂亮的椅子勾破过没有？如果看了一场好戏回家来发现你的旗袍或西装上有一个大破洞，那么，你在床上辗转反侧①时，所得的不是好戏的回味，而是破衣的烦恼。你在天宫般的穹窿之下，曾否遭遇过细细幺麼②的能跳不能飞的咬人小动物？当你正看得兴高采烈的当儿，搔痒是增添你的愉快呢，还是阻扰你的"入神"？这只有一个好处，就是使在那恍然置身于摩天楼中的一刹那，忽然悟起身在中国。这叫做娱乐不忘国粹！

怪声叫好，吹口哨，令你想到这是赤县的声音；不脱帽子，嗑瓜子，扔果皮，令你不忘这是神州的秩序。咱们有一面看戏、一面高声谈话的本领。你如果不让我说话，你就是干涉我的自由。如果我陪着一个外国人看京戏，更应该高声翻译，一则表示我有外国朋友，二则显得我能说一口流利的外国语。小孩看戏是不要钱的，祖孙三代不妨同来；忽然"哇"的一声，全院回首。小孩们不能个个都是爱好戏剧的邓波儿③，只凭他"短笛无腔信口吹"④，哪管你"惊破霓裳羽衣曲"⑤！外国人看戏是鸦雀无声，中国人看戏是各种声音"伴奏"。中国本位文化正不必提倡，实际上咱们永远脱不了本来

---

① 见第 159 页注③。
② 幺麼（yāomó），细小的样子。
③ 美国著名儿童电影演员，演女孩。
④ 见第 97 页注⑥。
⑤ 见第 142 页注①。

面目。

以上说的是平时，还没有提到那些偶然发生的事件。我小的时候，大人不大肯让我去看戏，怕的是有危险。看戏有危险，在外国是不大可以想象的事，在中国却颇富于可能性。第一样是打架。记得八年前在长沙看京戏，不知为了一些什么细故，忽然观众之中有一群人打起架来。台上全武行暂停，台下全武行开始。关公、关平、周仓呆呆地站在台上变了观众，一班武装同志闹哄哄地做了临时演员。忽然关公旁边出现了一位现代军人，高声叫大家不要慌，这不过是维持军风纪的一种举动。幸亏宪兵来得快，滋事的人被带走了，关公仍旧走他的麦城。第二样是虚惊。这里我们并不说真的塌房子或火灾一类的事情，只说无中生有，一人惊忧，千人慌张，夺门破窗，成为十分严重的披尼克①。在那极端纷乱的情形之下，即使你并不要做一个不傍岩墙②的知命者，却也没法仿效那虎哮不变神色的王戎③。于是大家推拉，互相挤压，强者变为"超人"，弱者沦为"下士"，妇孺照例是降入最低的基层。高跟鞋不翼而飞，近视镜虽坚亦碎。未舞回腰④，已作坠钗⑤之女；空将

---

① panic，由于火灾或其他什么灾祸而引起的大家的慌乱。
② 《孟子·尽心上》："莫非命也，顺受其正，是故知命者不立乎岩墙之下。"岩墙，有倾倒危险的墙。
③ 《世说新语·雅量》载，王戎七岁，去看栏中猛虎，虎哮，其声震地，戎毫无惧色。
④ 一种舞蹈的姿式。
⑤ 许真君飞升之日，仙仗既行，女儿许氏钗偶坠落。事见《真仙通鉴》。

短发①，终成落帽②之人。本想"台端"有趣，四座生春；谁知足下无情，一身是土！小破资财，固其宜矣；大杀风景，岂不冤哉？

因此我虽然是一个极端喜欢娱乐的人，有时候总不免有娱而不乐之苦。听说娱乐所以恢复疲劳，但有时候娱乐反添烦恼。"勤有功，戏无益"③，《三字经》的作者也许是进过戏园子，所以才定下了这两句箴言。可惜的是我的野性难驯，今晚又将应友人之邀，去享受那预期的视听之娱，甘冒那些不可知的麻烦和纷扰。

1945 年 9 月 22 日《自由论坛周报》

六、简　称

简称，在中国古书中也偶然看见过，如司马迁被简称为"马迁"，司马长卿被简称为"马卿"，东方朔被简称为"方朔"，这是复姓被简化为单姓；钟子期被简称为"钟期"，这是复名被简化为单名。这种简称曾经被人讥讽过，因为生生

---

① 杜甫《九日蓝田崔氏庄》："羞将短发还吹帽，笑倩傍人为正冠。"
② 《晋书·孟嘉传》："九月九日，温（桓温）燕龙山……有风至，吹嘉帽堕落，嘉不之觉。"
③ 《三字经》上的两句话。

地把人家的姓名割裂了。政府机关的名字偶然也有简称，例如元代的中央政府叫做"中书省"，各路的政府叫做"行中书省"，简称为"行省"，后来中央政府不再称为中书省，于是"行省"又渐渐被简称为"省"，"省"的意义也由地方政府变而为地方区域了。

但是，最近一二十年来，中国语言里的简称多如牛毛，却不是仿效"马卿、方朔"之类。古人的简称是偶然，今人的简称却是一种风气。现在的简称可以大别为两种：第一种是截取式；第二种是紧缩式。截取式例如美利坚合众国简称为"合众国"，截取全称的一半，虽然简化了，而文义仍旧可通。清末和民国初年的简称大致是采取这个形式。紧缩式例如苏维埃联邦简称为"苏联"。把全称分为两三部分，再把每一部分紧缩为一个字，这样，在文义上已经不可通，只是模仿西洋 initial 的办法。最近一二十年的简称，大多数是采用这个形式。如果采用后一个形式，美利坚合众国应该简称为"美合"或"美合国"，基督教青年会应该简称为"基青会"，三民主义青年团应该简称为"三青团"，知识青年军应该简称为"知青军"，《自由论坛周报》应该简称为《自论周报》。

两种简称各有利弊：截取式的好处是对话人或读者还可以望文生义，得到全称的一半意思；坏处是意义不全，多少总有语病。紧缩式的好处是在某一些情形之下，可以暗示全称；坏处是对话人或读者，在没有听惯或看惯以前，一时摸不着头脑，不知全称究竟是什么。一个全称应该怎样简化，大约须看文字组合的方式而定。因此，三民主义青年团曾经一度被某一些人称为"三青团"，现在已经普遍简称为"青年团"了。

简称本是一种贪图方便的从权办法。可惜大家用得太滥了。知识青年军简化为"青年军"之后，无形中显得和普通的军队对称，难道普通的军队都是老年军？最糟糕的是某一些紧缩式，共产党简称为"共党"，依文义看来很像许多人共同组织的党，难道还有一个人单独组织的党？中国共产党简称为"中共"，未免太简了。听说某一次有一篇指责"中共"的文章被手民都误排为"中央"！学校的简称也是够令人头痛的。"北大"最老，北平大学只好退让一步，用第二字简称为"平大"；从前广东大学简称为"广大"，广西大学只好简称为"西大"；倒是清华、南开、中法三个大学拘谨些，不大简称为"清大、南大、中大"，否则"清大"势必和青岛大学在声音上相混，"南大"势必和南洋大学相混，"中法"之简称"中大"更和"中央、中山、中正"相混了。中正大学成立得晚些，只好对"中央、中山"让步，用第二字简称为"正大"（我们取笑过萧叔玉的"正大校长"，因为显得别的校长都是"偏小校长"）。但是"中央、中山"却各不相让，都自称为"中大"，等到对话人问他是中央大学呢还是中山大学，他还得答复一个全称。本来想省两个字，结果是多说了两个字，又累得对话人多问了一句话，何苦来！最可笑的是有些并不知名的中学，它的学生对人称呼他们的母校也用简称，令人瞠目结舌，简直不知所谓！梅贻琦先生在集会里，很少（我竟没有听见过）把西南联合大学简称为"西南联大"，尤其是不肯简称为"联大"，这种规矩似乎是不能嘲为拘泥的。

报纸标题的简称，似乎是比较可以原谅的。但是，在新闻里，应该叙述全称；至少，应该有一次叙及全称，例如"六全大会"和"十二中全会"之类，应该让我们知道全称究竟是一个什么会。国民的政治常识本来就很差，咱们不该让他们多猜谜了！

新闻检查简称为"新检"，图书杂志审查简称为"图审"，由此类推，讨老婆可简称为"讨老"，捉汉奸可简称为"捉奸"。拉丁化运动简称为"拉运"，大约用的是骡马大车，而不是汽油大卡车。新生活运动简称为"新运"，乍看起来，只令人猜想不是囤积的旧货。将来如果再有"新文化运动、新政治运动、新秩序运动"等等，不知又该简称为什么？从前有一个笑话，一个人做了一首简洁的诗，第一句是"吾本江吴百"，自注云："我本是江苏吴县之百姓也。"有一次报纸上也有一句"以重肃政"，可惜没有注明"以重肃清烟毒之政令也"！简洁到了这种地步，虽是妙文，然而读者苦矣！

记得前几年政府曾有一道命令，禁止正式公文中用简称，理由是有些简称简得莫名其妙。我们希望报纸杂志上也稍稍管束这一匹无缰之马，在可能的范围内少写一些"吾本江吴百"，我们看报也看得顺利些。

1945 年 10 月 13 日《自由论坛周报》

七、标　语

标语也是外国的玩意儿，据说有宣传的妙用。标语和口号差不多：用口喊的是口号，写下来张贴的是标语。

古人云"为政不在多言"。现在的潮流是变了：为政正在多言。多言还嫌不够，于是官廨民居、名山胜地、茅屋柴房，都布满了标语。

老百姓是不大理会标语的，因为他们大多数不认识字。知识分子也是不大理会标语的，因为大多数的标语都反正不过是那两句话，大家在未看以前都有"知道了"的感想。标语的本身是无可非议的；但是，标语的内容如果只有一种定型，贴来贴去，画来画去，都是那一套，那就变了"姜太公在此"和"泰山石敢当"了。

最能引人注意的自然是富于刺激性的标语，例如"打倒某某"，令人非看不可。这是破坏性的刺激。此外还有建设性的刺激，譬如实施宪政的时候，各党各派竞选，纷纷贴出标语，那上头有主义，有政策，洋洋乎大观，令民众目不暇接。那时节，还会有人抄下来，带回家去详细推敲，互相比较，然后决定自己的一票贡献给谁。总之，凡不属于"泰山石敢当"的定型的都是好标语。

　　但是，我们对于标语的形式似乎还有研究的余地。许多标语的字体和格式都还没有做到令人满意的地步。

　　先说字体。自从美术字盛行以来，标语大多数是用美术字了。然而我们觉得，在近年所看见标语里的美术字当中，确实很美者"固多"，而东施效颦者"亦复不少"。既乖八法，复背六书。曲如蝌蚪，而婉蜒不及百寿之图；直似槟桁，而穿插难方七巧之板。前年报载蒋经国在赣州禁止用美术字写标语，以为并不美观，此君确是可人！虽则"美术字并不美观"这一句话未免不合逻辑，然而我们不能否认其中有一部分的真理。最惨的是字的笔画被省略歪曲了之后竟然不辨原形。老百姓本来不大认识字，规规矩矩写下来的字，有时候也被他们把"季康子"认做"李麻子"，"王曰叟"认做"王四嫂"，我们怎能希望他们能辨别七十二变化的孙悟空呢？我看见过一个"建国先建军"的标语，"建"字画成一个方形，已经难认了；"先"字的第一撇变为一竖，并且放在那两横的左边，也很不像"先"，有人写"无"字正是这样写的。"建国无建军"，我们希望不真的如此！

　　其次说到格式，这里专指字的排列而言。中国字本来只有两种排列法：第一种是下行，由上而下，就是普通写文章和书信的排列法；第二种是左行，由右而左，就是写招牌匾额的排列法之一。最近二三十年来，产生了一种欧化排列法，就是由左而右的横行法。这样一来，中国的字共有三种排列的方式，既可以由上往下念，又可以由右往左念，又可以由左往右念，只欠由下往上念而已！当然最摩登的是最后一种；但是，数千年的习惯一时改不了，多数中国人仍旧喜欢由右往左念。譬如跑马场贴出一个广告是"明天赛马"，如果由左而右写去，恐怕多数中国人要念成"马赛天明"。又如一个商店取名"伦敦"，如果招牌由左而右写去，包管乡下人要念成"敦伦"。有时候，右行和左行并用，更令人目迷五色；又有时候，直行、右行、左行都用，更令人头昏脑胀。即便是回文诗的能手，恐怕也不能令人左念、右念、下念都念得通！譬如你在第一行写"放屁"两个字，第二行写一个"狗"字，如果人家先由上而下念去，再念直的第二行，就念成"放屁狗"；如果人家先由右而左念去，再念横的第二行，就变了"放狗屁"；如果遇着个摩登先生，先由左而右念去，再念横的第二行，又变了"狗放屁"了。这是左念、右念、下念都念得通的例子，可惜这种情形太不常见。这并不是开玩笑，而是提出一个中西文化冲突的现实问题。索性由政府规定由左而右的蟹行书法倒痛快；最苦的是忽中忽西，我要握手，你要作揖，我要"哈啰"，你要"喂喂"，我要耸肩，你要摇腿！天啊，中国人受了西洋文化的洗礼之后，难道永远该生活在矛盾里头吗？

末了，附带谈一谈标语化的春联。既然模仿春联，就该像个联语的样子。联语的规矩，第一是讲平仄，第二是讲对仗，这是三家村的学究都知道的。如果只求上下联的字数相同，何不索性不拘字数，叫他们贴上两张红纸的标语就是了？记得有一副对联是："建国长怀孙总理，复兴端赖蒋先生。"这还像个对子。旧瓶装新酒，还得是一个旧瓶，不能是一个破瓶。

1945 年 11 月 3 日《自由论坛周报》

八、寄　信

寄信的人有两重希望：第一是必到；第二是早到。

关于必到一层，这是邮局最低限度的责任。事实上，除了不可抵抗的原因之外，通常邮局寄信总是必到的。只有转信的地方，如机关、学校之类，才会有遗失信件的危险。抗战后两年，我曾经三个月没有接到学校转来的信，忽然有一天，校工送来了一大捆信件，大约有八九十封，另有一封是学校收发室给我的，大意是说，每次送信时，那校工都在送文簿上代我签一个"收"字，现在发觉了，叫他把积存的信都送了来，听凭我来处罚。我笑了一笑，接下信来，放他走了。我能罚他什么呢？我还该感谢他没有把它们烧毁，否则就收不到了。

还有一种危险乃是拿钱给佣人去寄信。现在每一封信邮资二十元，只等于战前半分，大约不致再有佣人吞没邮资的事了。从前却不然，五分钱的数目在佣人看来已经不小，如果共寄四封，就是二角。因此，偶然也有佣人把信撕了，把邮资去买香烟吃的。这种人最是有损阴骘。

那些都不关邮局的事。照理，投邮的信总不该不到的。然而听说某城某街的一个大邮筒是已经作废了的，不过并未拆毁，也不在筒外写明"作废"字样。于是曾文正的家书、崔莺莺的酬简，到了那邮筒里都像石沉大海、烟入九天！这种事似乎是不可能的；然而泄露这个秘密者乃是邮局中人。既然姑妄听之，亦不妨姑妄言之①。

其次，该谈一谈信件的早到和迟到了。孔子云："速于置邮而传命。"② 可见"邮"是快的。古时是用驿马，已经很快，现在用火车、轮船、汽车以至于电力，当然更快了。西洋有一种电气信，专寄本市。在三四百万人口的大都市里，薄薄的书信用电气一送，两小时内就送到了收信人的手里，比专差飞递还要快些。中国没有电气信，只有快信。快信是要经过若干登记手续的，而我们贵国的事，如果要经过办公室，就得等候办公人员的心血来潮了。去年，我住在离城十三公里的乡间，城内寄来的信，如果是平信，需时三日至七日；如果是快信，需时七日至十三日！我进城时，对亲友们说："如果有紧急的事，请寄平信，切莫寄快信！"

本市的信，快慢也要看机会。像西洋的大都市那样上午寄

---

① 见第 82 页注①。
② 《孟子·公孙丑上》："孔子曰：'德之流行，速于置邮而传命。'"

下午到，晚上寄早上到，在我们这里是不可能的。最快的是今天寄明天到，迟则三五日以至一星期不等。有朋友自远方来，急要见面，等到我接着信赶到旅馆的时候，那朋友已经到了别的城市。又有朋友结婚，我收到请帖之日，新妇已经是"三日入厨下，洗手作羹汤"① 了。我因此得罪了朋友，却没法子向他们解释书信或请帖迟到的原因。本来吗！上海相隔数千里，来信只要三四天！若说本市的信在一两天内还收不到，谁肯相信呢？

几年前，学校的收发室有一个通告，大意是说，外埠的来信，盖了本市的邮戳后，往往还要三五天才送到，询问邮差也不知道是什么原因。这一件事确也奇怪。政府机关里的文件留中不发虽已成了家常便饭，邮局里的信件留中不发却仍旧算是一件奇闻。幸亏近来这种事已经不再发现了。

抗战以前，中国的行政只有邮政和海关差强人意。尤其是一般人对于绿衣使者特别有感情；他们是慈父孝子的天使、情男恋女的青鸟②。一封信的必到和早到，在邮局本身是一种义务，对于收信人又是一种恩惠。在抗战时期，非但一切庶政都糟不可言，连邮政也有点儿变质。我们希望胜利以后，邮政首先上轨道。这种希望应该比希望政治清明容易实现得多。

1946 年 3 月 6 日《自由论坛周报》

---

① 见第 31 页注②。
② 青鸟，指传递信息的使者。见《汉武故事》。

九、开　会

我很后悔没有参观过西洋人开会，不知道他们开会的情形是怎样的。在我们中国这种从西洋传来的玩艺儿，的确好玩得很，但也不知道和西洋有无异同。

按理，在国民党执政的时代，一切开会的程序都应该依照孙中山先生的《民权初步》，但是，请恕我见闻不广，在我所曾参加的会议里，很少看见发言的人完全依照《民权初步》所规定的。再说，恭读总理遗嘱和默念三分钟固然不是孙中山先生所能预料的，就是对党国旗行三鞠躬礼，《民权初步》里也没有规定。假使有人完全依照《民权初步》开会，在发言的程序上就变了拘滞、啰唆，在礼节上就变了失仪了。

远在《民权初步》出版以前，中国已经有了开会的事实。我不是历史家，不能考证清末的省咨议局是怎样开会的。不知道他们是否先向龙旗行礼，或先向北面跪拜三呼，然后开议。民国初年开会的仪式似乎比较简单，但是会场的秩序并不见佳，国会里常有墨盒纷飞的怪现象。这种文场武器在现代是落伍了：墨盒打人，至多是把对方的额角上打成一块青紫，决不能使他的伤口阔二公分。当时也没有播音器的设备，不至成为争夺主席的对象。

　　争主席的风气由来已久。依原则上说，主席没有什么可争的：主席除非退出了主席地位，不能有所提议；又除非在正反票数相同的情形之下，主席甚至没有表决权。但是，实际上主席是很重要的。他可以把握空气、操纵空气，甚至于改变空气、制造空气。当他看见会场的空气不佳的时候，他可以掉三寸不烂之舌，收移天换日之功。一个说话不会掉枪花①的人，可以说是不配当主席。他如果要左袒盗跖，右袒孔丘，他只消在复述盗跖的提案的时候隐隐地加上了动人的色彩，又在复述孔丘的提案的时候暗示着一些可憎的颜色，或有气无力轻描淡写，使它黯然无光。这样，不待表决，盗跖的提案已经有了"九分光"了。因此，凡是两派交哄的场合，主席在所必争。争之不已，甚至于打得焦头烂额，就此流会。流会有时候也足以表示某一派人的消极的胜利：因为人家不成功，也就是我们不曾失败了。

　　最有趣的是几千几万人的大会，许多人还没有听清楚主席说些什么，只听得一阵欢呼，一阵拍掌，于是自己也不知不觉地欢呼拍掌起来。忽然一个人临时动议游行示威，又是一阵掌声，就算通过了。虽然游行是"临时"的动议，但是游行的旗帜和口号却是"事前"准备好了的。于是整队出发，一人倡导，万人应声。当你参加这种集会的时候，你得准备一切服从大多数。你如果妄想要反对别人的临时动议，或修

————————

① 犹"花腔"，即花言巧语。

正别人的口号，你就得准备吃拳头。说是命令罢？这明明是叫做开会。说是开会罢？却又非但只容许有一种可能的议决案，而且只容许有一种可能的提议。大会如果有宣言，也省了推举起草人的手续，台上人把宣言念了一遍，台下又是一阵掌声。总之，对于这种集会，来不来是你的自由；来了之后，对于人家的决议，赞成不赞成不是你的自由。

和上述的情形异曲同工者，是某一些同乡会之类的开会。譬如有入会的资格者共有四万人，实际登记入会者不到四千，实际出席"大会"者不到四百，居然也选出他们的理监事。等到开理监事会就更妙了。这种会的理事长往往是达官显宦，当他做主席起立致词的时候，全体理监事连忙站起来恭听。当讨论议案的时候，从来无所谓投票表决或举手表决，若不是主席自己提出意见让大家赞成，就是大家闹哄哄地，你一句，我一句，结果是声音最响的人得了胜利！如果要临时组织一个什么委员会，若不是主席自己提出名单让大家来一个照原案通过，就是大家随意提名，只要没人反对就算通过。事实上也决不会有人反对，因为不得罪人乃是中国人的传统的道德，也是处世的最高的艺术。其实，岂但同乡会之类是这样？机关、学校里，许多集会都或多或少地有这一类的情形。

我因此联想到有关国家大事的重要会议。在这种会议里，是否主席的提议就一定能全体通过？是否一切议案都经过投票表决或举手表决的手续？又如果举手表决，心里反对的人是否也没有勇气不把手举起来？当议论议案的时候，是否有人一肚子真理，只因为看看会场的空气不对，也就"三缄其口学金人"①？我不曾有过参加这种会议的光荣，不敢妄加揣测；但我也认识一两个参加这种会议的朋友，他们并不很像能打破中国的传统道德和违反处世的最高艺术的人。中国人一向是"中学为体，西学为用"，惟有对于开会这一件事却是"西学为体，中学为用"，因为这是凭着中国人的人情世故，去学西洋人的民主形式。希望中华民国这种人渐渐减少，否则再喊一百年民主也是徒然的。

1946 年 3 月 13 日《自由论坛周报》

十、寡与不均

据最近上海报载，大学教授、海关职员、职业工会等等，都纷纷要求改善待遇，而且大多数总是要以四行一局②的待遇为标准。因此，我们想起了《论语》里一句老话："不患寡而患不均。"③

---

① 见第 73 页注①。
② 指当时的中央银行、中国银行、交通银行、兴业银行和中央储蓄局。
③ 见《论语·季氏》。

中国确实是穷。非但抗战时期是穷，胜利以后也是穷。据说战后照理应该比战时更穷，西洋历史上有的是先例。这样，我们自然应该共体时艰，大家发扬服务精神，不必计较待遇了。尤其是大学教授们，应该"后天下之乐而乐"①，也要要求改善待遇，更未免有损清高。

然而，四行一局的工友，他们的薪津的确比大学教授高出十分之二，这又该作何解释呢？难道他们就不应该共体时艰了吗？一般公务员的待遇也都比他们差，难道他们就不应该发扬服务精神了吗？还有士兵们呢？他们连要求加薪的呼声都不敢正式地向主管机关喊出来，难道士兵们的待遇比四行一局的待遇还更好吗？这是一般的理论。但是，说这种话的人未免不了解真理，或虽了解而故意抹杀真理。谁都知道，钞票是银行里印发出来的，稍为多印两张给自己人用，也是人情之常。从前汉文帝允许邓通铸钱②，邓通因此富甲天下。现在银行印钞票非但行员不能私用一文，连银行总裁和发行局长也不能私用一文，已经是最公道的了。公开地多发两个钱的薪水，还遭天下的妒忌，这才是不公平呢！

以上所说，虽是一种真理，然而如果我是一个国家银行的职员，我却不必和你讲这个。我另有一番大道理和你说：第一，我要先驳倒了某大学的教授要求改善待遇的理论。他们

①　范仲淹《岳阳楼记》："先天下之忧而忧，后天下之乐而乐。"
②　汉文帝赐邓通蜀地的严道铜山，使他能自己铸钱。从此邓通大富，他所铸的钱遍布天下。

最动人的话只有两点：其中一点是说现在是原子能时代，国家不能不优待大学教授；另一点是说大学教授的待遇不应该连四行一局的工友都不如。后一点简直不值一驳：在劳工神圣的时代，谁敢说工友对于国家社会的贡献不及一个教授？如果你把工友的人品看得低些，那更好说了：你们大学教授为民表率，为什么在金钱上和工友们争起高低来了？至于前一点，你们未免是老王卖瓜，自称自赞。等到你们发明了超过原子弹的威力的武器的时候，再来要求改善待遇不迟！况且你们不都是研究原子能的；国家尽可以设立一个原子能研究所，把物理学家都请了来，给予全国最高的待遇，或比一般大学教授多出十倍的薪津；但是，其余如哲学家、文学家、史学家、法学家、经济学家、政治学家，以及其他一切与现代武器无关的学者们，都不必自负不凡，给人笑话！

第二，我要驳倒"不患寡而患不均"的理论。这并不是说孔圣的话不对，只是说这"均"字在事实上不可能。我们规规矩矩地多拿两文薪水，你们就眼红了；那么，有些军政界的大员比你们拿得少，你们该没的说了吧？现在军政界的人员的薪水不及大学教授的多得很，为什么其中竟有些人的财产在几十万万或几百万万以上呢？你们当中不乏精明的数学家，请你们算一算：一位军长造了二万万元的房子是不是他曾向军政部领支了一百年的薪水？一位厅长捐了七千万元兴办一个学校，是不是除了明里的薪津之外，政府还暗地里给他百倍或千倍的津贴？如其不然，为什么他们的薪津不比你们高，而他们的收入却比你们多了千万倍呢？

说来说去，我们总觉得大学教授们妒忌到银行工友的薪水未免显得太小气，而公务员和工厂的职员们比照四行一局待遇也未免是和自食其力的良好的公民计较鸡虫的得失①。根本的办法只有像上海《大公报》所说，先把国内二三十个臃肿肥胖的人的财富处理了，然后非但不患不均，而且还不患寡。不过……不过谁来把这二三十个胖子开刀呢？假使叫老百姓自己来把他们开刀，这是叫大家做黄巢，这个断断乎不可。假使叫政府来执行这件事，这是希望政府成为替天行道的梁山泊，也是不可能的。因为政府如果一向替天行道，王伦②们早已身首异处，决不至于纵容他们成为胖子；等到纵容他们成为胖子之后，也就决不会再替天行道了。

1946年3月27日《自由论坛周报》

十一、遣散物资

穷人最忌卖衣物。卖的时候不值钱，几乎等于奉送；将来

---

① 杜甫《缚鸡行》："鸡虫于人何厚薄，吾叱奴人解其缚。鸡虫得失无了时，注目寒江倚山阁。"
② 王伦是梁山泊的早期首领。

要用的时候，又没有钱再买来用。但是，在这胜利还乡或重返原工作地的时候，又实在非遣散物资不可。坐飞机，只许带十五公斤；坐公共汽车，也只许带十五公斤。坐商车，也许可以超出十五公斤，但那超出的数量，它的运费也就和那些破旧衣物的价值差不多，甚至更贵。——何况我们连飞机、汽车都不一定有乘坐的福气；据说须要步行一百七十公里，每两人的行李共同一匹马驮载，中途如果马比人先病倒了，那些行李就须得我们一肩承当。这样，还能不少带行李吗？于是，估计下来，我们所有的动产，至少须遣散三分之二！

　　然而这次我们遣散物资只是终结，不是开始。七八年以来，我们几乎每年每一个月，都在变卖衣物。否则我们是否活得到今天，颇成问题。现在剩下来的东西，只有两种：一种是破旧不值钱的；另一种是万分舍不得的。前者如服用十年以上的衣服被褥和家具；后者如手抄或手批的书籍。其实，后者也是不值钱的，只不过敝帚自珍罢了。

　　现在呢，除了万分舍不得的书籍必须携带或邮寄之外，其余一般书籍，可分为上、中、下三等，上等送给当地的图书馆或学校，中等卖给小贩包花生米或萝卜干，小贩不肯买的为下等，只好送进垃圾堆里。

　　破旧的衣物，从前认为不值钱的，现在硬要它值钱。譬如一套破西装，按新做的值三十万，现在讨价三万。不行吗？减到三千。还不行吗？减到三百！三百块钱脱了手，想起当年是四十块钱做的，穿了十年，还获利七八倍，还不够你自慰吗？

衣物最好是拿到乡下去卖，尤其是拿到深山里去卖。那些非汉人的中华民族真是我们的好主顾，他们只问价钱，不管好坏。城里人掉头不顾的东西，他们买了可以夸耀邻里。古人云"弃如敝屣"，可见破鞋子只好抛弃了的，然而我们的三岁孩子的几双破鞋子，每双竟卖得法币五十元，等于战前的一个中学教员的月薪！卖来卖去，钱是不多，却也比一个上校的胜利奖金多些！人家是八年血战，辛苦换来；我们是不劳而获。这样一想，也就心满意足了。

太太小姐们摆地摊，笑话不一而足。第一困难是定价钱。我们虽然知道物价贵，却不知道贵到什么程度。这也难怪，八九年来，我们对于洋货、国货，一概不敢问津，怎能知道市价呢？知道个市价，可以定个对折，或者二三折或一折。不知道市价，于是有些定得高不可攀，有些定得低到出乎顾客意料之外。第二困难是照料货物。既是拍卖，不能不欢迎参观。顾客们像看猴儿戏似的，挤得水泄不通。张太太被窃了一双新皮鞋，李小姐被偷了一件半新的花皮大衣。晚上一算账，收入虽然超过五千，损失却已将近一万。第三困难是数钱。越忙，越没有工夫数钱；越没有工夫数钱，顾客们越给小票子。太太小姐们一向是大方的，索性不数钱，一塌刮子①往衣袋里塞。明儿买米买炭，才发现每千缺少一百元或三五百元不等。理他呢！我们的目的只在乎遣散物资，不在

---

① 吴方言，所有，一切。

乎钱。

　　痛快地遣散了物资之后，忽然感觉得一种怅惘。这并不是恋旧的心情，只是为前途发愁。在放鞭炮的两个星期内，许多朋友疯狂地遣散物资，那种心理是容易了解的。他们虽没有希望到收复区里去淘金，然而他们总满心以为胜利后的生活可以改善，卖了旧的买新的，岂不是一件乐事吗？我们当初也存着这种除旧布新的念头；但是，这几个月来，渐渐觉得情形不对了。非但生活没有改善，而且所谓调整待遇，实际上等于减薪。收复区物价虽较低，但也天天上涨，等到我们回去的时节，它大约恰好涨得和这一个全国物价最高的城市相同。这样，我们竟成了"物价妖"，我们到了什么地方，那地方的物价就要飞涨。旧衣服卖了，新的买不起，我们只好穿一套四季衣，夜里洗了白日穿。旧铺盖卖了，新的买不起，我们只好"牛衣对泣"①。旧家具卖了，新的买不起，我们只好席地而坐，枕块②而眠。于是我们将受到抗战八年所未曾受到的苦。

1946 年 2 月 15 日《中央日报·新天地》

---

①　见第 89 页注③。
②　以土块为枕。

十二、中国人和法国人

　　惭愧得很，我只在法国住过，没有在英美德俄等国住过，我所述的中西风格的比较，其实只是中法风格的比较。

　　法国人的性格和中国人颇有相类似的地方，就是法国人的生活比较地随便。他们虽不至于像中国学生那样穿着衬衫上课，却也不至于像英国人那样穿着礼服吃饭。跳舞，除了很正式的跳舞会外，都不限定要穿礼服。看戏，据说以前是要衣冠整齐的，最近一二十年来也随便得很。"娱乐本来为的是消遣，谁高兴束缚自己？"这是他们反对传统礼节的论调，中国人听见了一定同意。君不见西南大后方，女人抱孩看戏露胸膛？又不见西式堂皇电影院，男人戴帽遮眼望？是真名士自风流，何必拘拘于小节呢？

　　中国人喜欢茶馆，法国人喜欢坐咖啡馆，而且一坐就是半天，这种派头也大致相同。昆明文林街的茶馆充满了温课或谈情的大学生。巴黎拉丁区的咖啡馆也充满了谈情或温课的未来学士。这也只有房屋简陋或器皿精粗的差别。听说英美人就没有那么多的闲工夫。我们初到法国的时候，恰是第一次大战结束后不久，我们觉得那样不紧张的民族竟能打下胜仗，竟能有凡尔登和马尔纳的辉煌战绩，实在令人难于索解。

后来有人加以解释，说法国人是一个有弹性的民族，他们平时虽是懒洋洋的，但若临到了国家民族的存亡关头，他们却又知道拼命，当时我相信这话；然而这次大战，他们一败涂地，几十万军队投降，又使我对这话怀疑起来。大约是德人的压力太重了，直到现在，法国人仍旧是动弹不得。我希望我们中国这一个不紧张的民族能效法第一次大战的法国人，不要像第二次大战的法国人。

　　一般人总以为法国人太浪漫了，尤其是法国女人。如果所谓浪漫只是罗曼蒂克的意思，那么法国女人实在是够浪漫的。如果所谓浪漫是中国人乖曲了的意义，指的是不守传统的道德，不讲贞操，那么，法国女人得到了这个坏声名是冤枉的。我们不否认巴黎有好些滥交男友的女人，甚至有滥交外国男友的女人；但是，这是大都市所难免的现象。如果看见了一些"浪漫"女人就说"浪漫"是他们的国风，那么，我们也该当心别人对中国的女性加上同样的称号。据我所知，法国的真正信教的天主教徒，他们的家教可能比中国一般人的家教还更严些。小姐们不许独自出门；尤其是跳舞会中，非有母亲跟着不可，他们的上流社会，没听见过有大肚子的新娘，也没看见过有结婚三五个月就生孩子的。而我们中国现在有些上流社会的小姐……

　　法国人有一种性格和中国人迥不相同，就是他们对于非亲非故的人的友谊，譬如你在巴黎的街上摔了一跤，马上会有人来搀你。如果在中国，汽车碾伤了也只惹得路上的行人围着瞧热闹，没有人来搀你一搀，这是所谓视同陌路。“视同陌路”这一类的成语，非但在法国没有，我想在西洋各国也不会有。只有“四海之内，皆兄弟也”，这是中国差不多已经失传了的真理，而在西洋却铭刻在多数人的心坎里。某年我在法国海滨避暑，在旅馆里吃午饭，遇着一对夫妇带着一个女孩来吃一顿客饭，他们叫他们的小女孩来问我要中国邮票，以为集邮之用。于是很亲热地攀谈起来，原来他是巴黎的一个医生，临走时候留给我一个地址，叫我回到巴黎之后去看他们。我回到了巴黎后，真的在一个星期日的下午去看他们，他们殷勤地招待，一一介绍他们的宾客给我。我叨扰了他们一顿丰富的茶点，还听了主妇的一曲钢琴和某大戏院经理的一曲清歌。这一类的事情，我遇见了不少，至今留着很好的回忆。那时正值“一·二八”，巴黎的报纸上大骂中国为无秩序国家，该让日本人来维持秩序的时候，巴黎的人士对中国人尚能如此；现在我们对于我们的盟友，如果还“视同陌路”，非但在道义上讲不通，而且也太欠欧化了。

1945 年《自由导报周刊》第五期

清呓集

一、苦尽甘来

孟子说："五百年必有王者兴。"[①] 现在是民国，"王者"二字不合用了，但是，孟子这话的根本观念只是五百年必有一个盛世。由此看来。一个人是很可能一辈子不逢盛世，因为人生至多不过百岁，谁能等得五百年？何况五百年这一个数目还是靠不住的，孟子不又说吗？"由周而来七百有余岁矣；以其数则过矣；以其时考之则可矣！"[②] 可见孟子从他的高祖的高祖一直等了七百余年，还是等不着一个盛世。据说盛世的黄河是清的；实际上"待河之清"是一种妄想。人生区区数十寒暑，待世之盛恐怕也是一种妄想。

什么是盛世？这也很难说。若依孟子的标准，自然周武王以后就没有过盛世。即使依我们的标准，贞观以后也该说是没有盛世，因为宋明是那样倒霉，元清初年虽然强盛，他们

——————

① ② 见《孟子·公孙丑下》。

却是异族。那么，由贞观到现在已经一千三百多年了，俗话说"苦尽甘来"，我们的祖宗苦了几十代，应该由我们来躬逢盛世，才是道理。

辛亥革命那年，我只有十岁。受了教科书的知识灌输，当时我已经知道了国家衰弱到了极点。一旦听见革命军在武汉起义，便乐得手舞足蹈，连忙自动地剪了小辫，心里想道："中国倒霉倒够了，从此以后应该是苦尽甘来了。"

谁知中国的灾星未退，孙中山先生辞了总统，袁世凯称帝，北洋军阀盘据要津，内战了十几年。那时的青年都感觉着一种政治上的苦闷，我也不能是例外。国民党被认为中国唯一的救星；那时共产党和国民党要好，我们对他们也有好感。总之，政治不满人望的时候，青年人的脑筋里，在野党总是好的！孙中山先生逝世的时候，青年们真的如丧考妣①。我那时在上海读书，除送了一副挽联之外，还寄了一篇哀悼的文章在广州某周刊上发表。1927年，国民党北伐成功，我又额手称庆说："这一回，中国可真该是苦尽甘来了！"

"七七事变"以前，国民党执政已经十年，在政绩上似乎有点儿令人失望，然而人民对党的最大不满乃是不抗日。等到政府真正抗日了，大家又兴奋起来，人人都想着："非兴即亡，不亡必兴。"人人都甘心吃苦。"吃得苦中苦，方为人上人"，吃苦乃是盛世的代价啊！

---

① 《尚书・舜典》："帝乃殂落，百姓如丧考妣。"考妣，死去的父母。

　　八年以来，眼见政治上种种腐败现象，颇为令人灰心。无可奈何，只好安慰自己说："像中国这样的民族，遇着这样大规模的战争，自然应该有这种现象；等到胜利之后，自然会好的。"

　　胜利果然突然到临了。1945 年 8 月 10 日晚七时，一位知识青年军人前来敲门报告，乐得我跳起来欢呼，乐得我一夜睡不着，心里在想："这一回可错不了，苦尽甘来！苦尽甘来！"从今天以后，无须送苦之文，宜作迎甘之颂。真个是："花迎喜气皆知笑，鸟识欢心亦解歌！"①

　　当时我的猜想是：

　　（一）十天之内，恢复全国交通。

　　（二）遴选崭新的人物，其中包括有血性的青年，到收复区去与民更始。

　　（三）物价即时稳定，后方的物价有降无升，收复区的物价虽渐渐上升，也不至于增加一倍。

　　（四）（五）（六）……（包括一切盛世的先决条件）。

　　大约因为我生性是一个怀疑论者，在喜而不寐的十天以后，我那苦尽甘来的信念忽然发生了动摇。到了今天，"不亡必兴"的那个"必"字我也想改为"当"字。照理应该复兴，但是，复兴的条件不够就未必能兴。

　　在六月间，我曾经做了一首无题诗：

---

① 见王维《既蒙宥罪，旋复拜官，伏感圣恩，窃书鄙意》诗。

东海尚稽①驱有扈②，北窗③何计梦无怀④?

剧怜臣朔饥将死⑤，却羡刘伶⑥醉便埋。

衮衮⑦自甘迷鹿马⑧，滔滔⑨谁复问狼豺⑩?

书生漫诩澄清志⑪，六合⑫而今万里霾!

直到现在，我如果把第一句改为"东海虽欣驱有扈"，这一首诗仍旧不曾变为明日黄花⑬。

抗战是胜利了，但是胜利后的悲哀——如果真有的话——却比抗战时期更深万倍。这一个千载难逢的时机，怎能让我们用为赌注呢? 看了胜利后的种种怪现象，只能叹一口气说:

---

① 尚稽，还没做到。稽，迟。

② 有扈，古国名。在今陕西户县一带。这里指日本。

③ 见第 146 页注④。

④ 无怀氏，古帝号，当世之人，安居乐业。以上两句大意是:还没有驱逐日本出中国，睡觉做梦都想着天下太平。

⑤ 《汉书·东方朔传》:"朱儒饱欲死，臣朔饥欲死。"朱儒，矮人。

⑥ 晋朝人，字伯伦，竹林七贤之一。嗜酒，出去时带着酒，让人扛锄跟在后面，说:"死便埋我。"以上两句是对当时的统治愤恨已极，恨不得醉死就算了。

⑦ 指当时的当权者。

⑧ 秦二世时赵高指鹿为马。这里说当时的大官都像赵高一样。

⑨ 《论语·微子》:"滔滔者天下皆是也，而谁以易之?"

⑩ 《后汉书·张纲传》:"安帝遣入使，按行风俗，纲独埋其车轮于洛阳都亭，曰:'豺狼当道，安问狐狸?'"以上两句大意是:天下当官的都像赵高一样，谁还能治理国家呢?

⑪ 《后汉书·范滂传》:"冀州饥荒，盗贼群起，乃以滂为清诏使，案察之。登车揽辔，慨然有澄清天下之志。"

⑫ 指天地四方。以上两句是说书生不要自夸澄清天下的志向，天下已是一片阴霾。

⑬ 苏轼诗《九日次韵王巩》:"相逢不用忙归去，明日黄花蝶也愁。"指过时的东西。

"苦犹未尽，甘还未来！"

1945 年 10 月 14 日《独立周报》

二、五强和五霸

　　远在胜利之前，中国已经被称为五强之一。假使是自己称强，未免近于夜郎自大①，但现在友邦也承认我们强了，众望所归，我们对于这个"强"字，自然可以居之不疑了。如果再有人说中国仍然是一个弱国，这就是长他人的锐气，减自己的威风。

　　假使有一个呆子发问：中国在哪一点够得上强国的条件呢？直截了当的答复就是中国把日本打败了。有能力打败了强国，自然是强中之强，这还有什么疑问呢？

　　我忽然由五强联想到春秋时代的五霸。五霸的名称，《左传》《孟子》等书都有；至于五霸是谁，却没有说明。依后世最普通的解释，五霸是指齐桓、宋襄、晋文、秦穆、楚庄。桓、文、穆、庄都颇能名副其实，只有宋襄公被列为五霸之一，如果他九泉有知，也应该受宠若惊的。

---

① 《史记·西南夷列传》："滇王与汉使者言曰：'汉孰与我大？'及夜郎侯亦然。"夜郎，汉代西南小国名。

如果把春秋的五霸来比今日的五强，英国显然可比齐国，因为它过去曾执世界的牛耳①，而现在的国势也还过得去。苏联可比楚国，美国可比秦国。如果你要把苏联比秦国，美国比楚国，我也不反对，反正它们是各霸一方，竞争雄长。剩下来的晋国和宋国，我们怎样做比方呢？老实说，今日的法国和中国谁也比不上当时的晋国，然而恐怕谁也不愿比宋国。

但是宋国确也有些很像现代中国的地方。宋是圣人商汤的后裔，中国是神明的子孙，其同一。都是积弱的国家，忽然发愤为雄，其同二。宋人被认为愚蠢民族的代表（罗膺中②先生说），我们也被认为贫而愚的民族，其同三。宋襄公不禽二毛③，我们也常常表示大国民风度，其同四。近日看见某报说："中国能自振作，则成为春秋时晋楚间的宋国，藉以弭兵。"这样说来，其同五。我们虽不想比宋国，恐怕也有人硬把我们比宋国，如果他把五强和五霸相比较的话。

有人说，我们虽在国势上比不得美苏英，却比法国稍胜一筹。譬如法国现在对于西贡的事变没有办法，而我们在越北军事顺利。我们该是晋国，法国才是宋国。我很愿意接受这一个提议，不过晋国也有应该仿效和可以引为殷鉴的地方。我们应该永远记得魏绛和戎的国策，而避免三家分晋的危机。本来，晋国处

---

① 见第117页注③。
② 罗庸，字膺中，当时北大教授。
③ 《左传·僖公二十二年》："君子不重伤，不禽二毛。"二毛，头发斑白，指老人。

于秦楚两大之间，已经有不灭于秦则灭于楚的危险，更何堪兄弟阋墙①，削弱国力呢？有人说，你错了。我们怕的不是三家分晋，而是两家分华。是的，然而不管三家或两家，总之，分了之后，晋国就快完了。

五强之一啊，你抵抗侵略，是有志气，你能血战八年，不折不挠，是有勇气；但是你应该永远争气，决不能对自家人闹意气，以致别人看来觉得泄气。我希望你非但能使聪明人觉得你是强国，而且还能使呆子们觉得你是强国。因为依呆子们的意见：

1. 不能建立秩序，不可谓强；

2. 不能避免内战，不可谓强；

3. 不能刷新政治，不可谓强；

4. 不能家给户足，不可谓强。

呆子们也相信中国将来会强的，但他们不相信现在已经算是强了。他们服膺那"满招损，谦受益"②一句老话，宁愿认为中国现在仍然是一个弱国。

《荀子·王霸》篇把齐桓、晋文、楚庄、吴阖闾、越勾践认为五霸，并没有把宋襄算在内，可见若不是千秋万世所公认的强，有时候就有名落孙山的危险。因此，我们希望中国不仅是现在某一些报纸上的五强之一，而且是千秋万世后的

---

① 《诗·小雅·常棣》："兄弟阋于墙，外御其务。"阋，音 xì，争斗。务，侮。

② 语见《尚书·大禹谟》。

董狐①所著的历史上的五强之一。

1945 年 11 月 21 日《独立周报》

三、天高皇帝远

从前有皇帝的时代，我们乡间有一句俗话："天高皇帝远。"意思是说，在偏僻的地方，小小的土豪劣绅俨然是个皇帝，他的眼睛里没有王法，他可以随便枪毙一个人，而这个死人的亲属无处呼冤。呼天天不应，因为天太高了；喊皇帝更是枉然，因为皇帝太远了。

圣人有忧之，于是置御史②。御史，应该是小民和天之间的传声筒，也就是老百姓和皇帝之间的桥梁。可惜有许多筒并不传声，有许多桥是独木桥，不容易过得去。因此，御史所到之处，只听见当地长官"排队相迎"和"看酒"，而小民呼冤的声音仍旧传不到御史的耳朵里。由此看来，皇帝固然是远，御史也并不近。

圣人有忧之，于是置登闻鼓③，允许老百姓告御状。我们

---

① 春秋时良史。见《左传·宣公二年》。
② 官名，御史大夫的简称，掌管监察。
③ 古代在朝堂外边悬鼓，人民有谏议或冤情，可以击鼓上达，这种鼓称为登闻鼓。

不知道那些看守登闻鼓的人是否让老百姓随便敲打。如果太纵容了他们，包管那鼓被打个不停，先是排队鱼贯地打，后来竟是抢着打。一个鼓不够，加到十个；十个不够，加到一百个。每天至少有几十个鼓被打烂了（满腔冤抑都重压在那鼓上），朝廷花钱买新鼓不要紧，一天到晚不断的鼓声，岂不妨碍办公？但也有人说我的猜想不合理，根本不会有许多人去打那登闻鼓，因为如果被告的是个小官儿，用不着向皇帝喊冤；如果是一个金印煌煌的宰相或尚书之类，老百姓根本不敢去告，恐怕冤屈未伸，先把一条老命断送了。

告御状的人当然希望至尊①自己看状，然而事实上不可能。如果这一张状纸落在普通官吏之手，告御状的意义就完全失去了。当然，这一张状纸未必恰巧就落在被告的手里，但是，看状的人一粗心，也就没有什么结果。然而登闻鼓终不失为爱民的象征。太平盛世，登闻鼓应该是备而不用的。

1946 年 1 月 10 日《独立周报》

四、应付环境和改变自己

一个人不能时时刻刻都和环境相宜。当环境恶劣的时候，

---

① 皇帝。

我们不是设法来应付环境，就是设法改变自己，使自己能适应环境。适应和应付不同：适应是把自己去迎合环境，往往是顺着潮流，成为识时务的俊杰。但是"识时务者为俊杰"①这一句格言早已成了"不讲气节、没有操守"的别名。于是志士仁人总不肯改变自己来迁就环境，并且在积极方面，还要改造环境来迁就自己。这样一来，就变了应付环境了。

　　但是，应付环境不都是好事。譬如大势所趋，成了不可挽回的局面的时候，如果硬要挽回，就非弄到一败涂地不止。所谓"顺天者昌，逆天者亡"，天似无凭而实有凭，它所凭的就是人心中的真理。"天视自我民视，天听自我民听"②。民视民听的天意是应该顺的；若用现代的话来说，就是应该适应的，不是应该设法来应付的。

　　适应是一种觉悟，应付却是一种手段。为了应付，往往不是以真理为前提，而是以利害为前提。眼看目前的难关过不了，就勉强委屈一下自己，以求渡过难关。这样，就往往是头痛医头，脚痛医脚，一个难关渡过去了，就以为天下从此太平，自己可以高枕无忧。却不知道若非彻底觉悟，彻底改变了自己，仍旧是难关重重的。

　　为了应付，又往往不择手段。一方面勉强委屈自己，另一方面却仍旧露出了狰狞的本来面目，以求破除障碍，或对抗

---

① 《三国志・蜀书・诸葛亮传》注："儒生俗士岂识时务，识时务者在乎俊杰。"
② 语见《尚书・泰誓中》。

潮流。这样的应付环境，竟是缘木求鱼①。因为只讲应付，不知痛悔前非，真正地改变自己，结果一切应付的劳力都会成为白费的。

君子之过，如日月之食②。改变自己并不是没有操守，而是非常光明正大的事。问题在乎彻底改变了自己之后，对于现有的利益不免大大的牺牲，若不是大智大勇、见义忘利的人，很难做到这一步。然而，改变自己是最简单最有效的办法；舍此不图，徒见其越应付，环境越恶劣，难关越多，终于无法应付而后已。

1946 年 2 月 15 日《独立周报》

---

① 《孟子·梁惠王上》："以若所为求若所欲，犹缘木而求鱼也。"求，寻找。
② 《论语·子张》："君子之过也，如日月之食焉。"食，蚀。

增补拾遗

一、文字的保守

朱佩弦先生的《论别字》（登在《独立》一三九号），在未发表以前，先给我看了一遍。我除了大致赞同他的意见之外，还有一些意见，所以我另做了这一篇文章。

我觉得别字的问题可以引起一个大问题，就是文字的保守问题。在欧洲，往往有些语言学家、语史学家或文法学家努力维持原有的文法、词汇、语音、书法等。其实该不该努力维持，还是一个疑问。关于这个问题，我们可分真理与实用两方面说。若就真理方面说，我们犯不着维持原有的文字；文字原是约定俗成的东西，假使全中国人都喜欢把牛叫做"马"，"马"字就可以代表那耕田的两角兽。何况区区的别字？若就实用方面说，问题就不很简单了。

让我先把别字的种类分析分析，回头再说出我个人的主张。普通所谓别字，大约有三种意义：第一种是同音异义的别字，例如"急来抱佛脚"误作"极来抱佛脚"。第二种是杜撰的别字，例如以"噇"代"尝"、以"菓"代"果"、以"荳"代"豆"、以"苽"代"瓜"。第三种是形似的别字，例如以"已"代"己"、以"盲"代"肓"。其实严格地说起来，第三种只称为错字。

同音异义的别字，若就实用方面来说，在国语未统一以前，是不便于读者的。在这方音很复杂的中国里，你认为同音的字，我未必觉得会同音，例如上述的"极来抱佛脚"一句话，广东人看了就不懂，因为广东的"急"字念 kap，"极"字念 kek，并不同音！又譬如江浙人（吴语系的）或广东人看见北平人写的"顺手代门"或"探母代回令"，就很不容易知道是带门或带回令的意思。这一类的情形很多，真是数不清。中国的语言虽则复杂，文字仍勉强可称统一。如果将来这一类的别字增多了，中国的文字也渐渐分了家，譬如"替代"，依北平话可以写作"替带"；依广州话可以写作"替大"。"幸福"，北平人可以写作"杏伏"；上海人可以写作"形复"。从前中国人遇着中国人，言语不通时，可用笔代口；假使胡愈之先生的主张成为事实，这用笔代口的法子也用不灵了（胡先生《怎样打倒方块字》一篇文章里的别字当中就有许多是江浙人的别字，别处人看不懂）。

杜撰的别字，若就实用说，倒有相当的用处，例如"噇"字替代了尝味的"尝"，"尝"字可专用于曾经的意义；"菓"字代替了水果的"果"，"果"字可专用于果然的意义。如果我们不先存着守旧的思想，这些别字是不必排斥的。有时候，我们当教员的人也不知不觉杜撰了一些字，例如杜甫诗里"驰背锦模糊"的"模糊"，现在普通都写作"糢糊"；其实字典里没有"糢"字。这显然是被"糊"字同化了的，但它却合于实用，与"唥、菓"等字是从同一的倾向生出来的。

形似的别字，可以细别为两种：第一种如"已""己"之类，都是常用的字，若混用了，就很不方便。第二种如"肓"字之类，既不常见，就错了也没大关系，例如把"病入膏肓"写作"病入膏盲"，字虽错了，读者与写者都不会误解这句子的意义。"膏肓"也好，"膏盲"也好，写者和读者都只把这句子当做病势很重，活不了了的意思；至于什么是"膏"，什么是"肓"，只有老学究们懂的罢了。

此外，有一种语病与别字颇有相似之处，就是写文章的人不懂文言里某句或某字的意义，当他用起来的时候，或误加虚字，例如说"汗牛之充栋"；或叠床架屋地再加些字去表达那已经表达的意义，例如说"出乎意表之外"，这与别字可说是同一来源的，因为都是"不识字"之故。但是，懂文言的人渐少，这种语病也就渐多。固然，有些例子是顺着白话而明知故犯的，例如上次我在《语言的变迁》一文中所举的"认为是、除非是、无非是"等等。有些例子却是在白话里也不很占势力的，犯这毛病的人大约只是误犯罢了，例如说"未必一定"。此外还有纯粹因为不懂文言而误成不通的，例如"以便易于检查"（据邮局汇条背面所载），其实"以便检查"已经够达意了。又如"另当别论",不知"别"字就是"另"字的意思。但是,现在已经不是咬文嚼字的年代了,我们学语言的人并不希望也不能够把这些语病一一矫正;甚至全社会都不知道"别者另也"的时候,我们也不摇头叹气,只把这事认为语言变迁中的一件小事实记载下来。不过,从此以后,我们再也没有权利嘲笑"汗牛之充栋"与"出乎意表之外"的作者了。

若就别字在社会上的势力而论,又可以分为下列的三种:

第一是婢升夫人式的别字。有些别字,在社会上势力之大,可以令人相信它不是别字;而它的本字偶然出现,倒反被人疑为别字了。上文所举的"模糊"与"糢糊"可归此例。又如"莫名其妙"中"名"字的意义难识,就被"明"字替代了。又如"废话"似乎是从"辞费"变出来的,但现在普通都写作"废话",亦同此理。

第二是鱼目混珠式的别字。这一类的别字现在还不能压倒它们的本字,但它们在意义上也能说得通,或似通非通,或虽失本意而仍算通,所以在社会上也占相当的势力,例如"订婚",现在已有些人写作"定婚";又如"鄙人",现在已有些人写作"敝人"。这是混的力量颇大的,也许将来还有升夫人的资格。此外像北方人把"驱使"写作"趋使"、"绝对"写作"决对"、"既然"写作"即然";江南人把"固然"写作"果然"、"原谅"写作"愿谅",都是混的力量颇小的,但也往往可以在报纸上的比较通俗的副刊里看到。我不知道编辑先生是有意地提倡别字呢，还是不知道别字呢？

第三是昙花一现式的别字。这一类的别字在社会上完全没有势力；学生们偶然写了，也未必会再犯，例如某人第一次把"至少"写成"只少"，第二次也许另变一个形式而写作"致少"，第三次也许会变而为"止少"，这一类的字，随便换一个人看了，马上知道是别字；也许本人再看一遍的时候，还觉得是一时的疏忽呢。它们没有被登在报纸上的资格，而我们也不大注意它们。

现在要说到我个人的主张了。我以为婢升夫人式与昙花一现式的别字都不成为问题。既然升了夫人，我们就索性承认了罢。甚至"定婚"与"敝人"，就普通人看来，意义比"订婚"与"鄙人"意义更明显些，我们也不必极力排斥。若要完全不写别字，必须令中小学也习"小学"，因为大部分的别字乃是因本字的意义难识而产生的。试问这是可能的吗？报纸的势力最大，报纸上也往往有这一类的别字，中小学生当然会效尤，我们有何法子挽狂澜于既倒？而且在我们看来，"定婚"与"敝人"也算不得狂澜。

昙花一现式的别字是无所凭借的，我们不必担心，它们永远不会为祸。譬如上文所举的"替带、替大、杏伏、形复"，都是勉强找出来的别字，也像胡愈之先生一般，这类别字之不易占势力，也等于被贬的本字不容易恢复势力。我想胡愈之先生的本意也只在乎叫人不必避别字，并不是叫人像他那样去找别字。

由此看来，只有鱼目混珠式的别字成为问题了。就实用而论，我们应该维持族语的统一性。譬如"驱使"一词，如果全国人都赞成改为"趋使"，我们也就不必反对。所惜者，小学生们在这一份报纸上看见一个"驱使"，在那一份报纸上又看见一个"趋使"，令他们无所适从。再者，吴语、粤语里"驱""趋"既不同音，有时候就连意义也看不懂。反过来说，吴语系的人把"固然"写作"果然"，不累北方人思索半天吗？所以关于音非全国相同而意义又迥别的别字，我们仍旧该尽一点人事去补救。至于全国读音相同的别字，已经可以原谅几分；而意义可用的字，如"定婚、敝人"之类，纵使全国读音不尽相同，也不必干涉了。

为了要维持族语的统一性，我们固然不提倡别字，同时也不提倡古本字或古通用字，因为二者都是破坏族语的统一性的，例如学生们偶然把"水晶"误作"水精"，我们犯不着把《后汉书·西域传》搬出来做他的护符。又如"部份"本当作"部分"，但我们不该强迫学生把"部份"改作"部分"。这种保守的态度是没有什么意义的。

1935 年 3 月 15 日

二、论读别字

我在《独立》第一四三号发表了一篇《文字的保守》，文中专论写别字，没有谈及读别字的问题；因为写别字是属于语言学上的书法的范围的，读别字却属于读音的范围，所以我觉得分为两篇文章来讨论更方便些。

普通所谓读别字，大约可分为两种：第一种是对于某字的子音或母音的误读；第二种是对于某个字的声调的误读。

第一种又可细分为两类：第一类是一字仅有一音，但人们所读的音与字典不符，例如"岵"字该读为"楛"（hù），而误读如"古"。第二类是一字有数音，每一音表示一种意义，但人们所读的音不能与其所表示的意义相符，例如"不亦说乎"之"说"该读为"悦"，而误读如说话之"说"；"臧否人物"之"否"该读为"鄙"而误读为"缶"。

第二种也可细分为两类：第一类是一字仅有一声（指平、上、去、入），但人们所读的声与字典不符，例如"丈"字依字典该读上声，入养韵，而误读为去声。第二类是一字有数声，每一声表示一种意义，但人们所读的声不能与其所表示的意义相符，例如"吾语汝"之"语"依字典该读去声而误读上声。

现在我们试讨论读别字该不该矫正及怎样去矫正。我们仍旧从真理与实用两方面着眼，而以实用为依归。

从真理方面说，就是对不对的问题。普通人总以传统的读音是对的。我们的祖宗那样读，我们也该跟着那样读。但是，如果我们崇信这种"真理"，那么，非但一部《辞源》或《康熙字典》不可靠，连一部《广韵》也靠不住；因为祖宗之上更有祖宗，近代的祖宗也许把远代的祖宗的读音传述的不尽确实。充其量，我们非恢复先秦时代的读音不可。顾亭林就是这一派的代表，所以他说："天之未丧斯文，必有圣人复起，举今日之音而还之淳古者。"

姑勿论这种"真理"不是我们所崇信的，即使我们同意复古，实行起来也就很难，因为我们对于古音至多只能达到一种近理的假定。若以近代的字典为标准，似乎又对不起我们的远代祖宗。假定现在偶然有一个人把行路的"行"字念作行列的"行"（音杭），顾亭林一派的人会奖励他，因为据他们所考定，我们的远代祖宗就把行路的"行"字念作"杭"。由此看来，第一种的读别字未必就是读别字了。又假设现在偶然有一个人把善恶的"恶"（形容词）念作好恶的"恶"（动词），顾亭林一派的人也会奖励他，因为《离骚》里有"理弱而媒拙兮，恐导言之不固；世溷浊而嫉贤兮，好蔽美而称恶"，"恶"与"固"为韵，可见上古的人就把善恶的"恶"读为去声遇韵了。由此看来，连第二种的读别字也未必是读别字了（"恶"字两音之例，兼属于上文所列的第一种与第二种）。

　　现在我们退一步说，就拿近代或现代的字典为标准罢。要矫正学生读别字，先须懂得那学生的方言。如果学生与先生是同乡，就没有问题。假定学生是北平人而先生是上海人，或学生是上海人而先生是北平人，做先生的就得留神。因为每一个语言区域都有它的语音系统，我们不能以甲地的语音系统去矫正乙地的语音系统，例如北平人"微""为"同音是对的，上海人"微""肥"同音也是对的，广州人"微""眉"同音也是对的，但是，假使北平人教上海人把"微"字读如"为"，或上海人教广州人把"微"字读如"肥"，就都陷于错误。固然，现在大家提倡国语，如果那学生用国语念书给我们听，虽则他是上海人或广东人，我们也有权利矫正他的读音。不过，在这情形之下，只能说是矫正他的国语的错误，不能说是矫正他读别字。

　　至于要矫正第二种的读别字，换句话说就是矫正声调的错误，就更难了。声调也像语音的其他元素一样，每一个语言区域都有它的声调系统。中国语里声调的变化，比子音与母音复杂得多，例如天津话与北平话比较起来，子音和母音的差别很小，尤其是母音；然而它们的声调的差别却很大。如果不十分懂得学生的乡音中的声调，就没法子矫正他的读音。我往往听见人家说某人"把平声字误读上声"等语，这是一种谬误的观念。我在《从元音的性质说到中国语的声调》（《清华学报》十卷一期）一文里说：

　　　　他们误以为四声是有绝对调值的。他们看见了古人所谓"平声平道莫低昂……"或"平声哀而安……"等语，就以为平、上、去、入都有一定的声调，换句话说就是都有绝对调值。其实，古人已死去了，我们到现在还没能够确切地考定古音里的调值；至于在现代很纷歧的中国的语言当中，所谓平、上、去、入各类字的调值，当然也不是到处都一样的。书本里的四声，只是一种总字类的虚位的名称，而不是音值的直接描写语。声调的数目及其调值，都是随各地的方音而不同的，固然，中国各地的方音里都保留着古代四声分域的痕迹；但是，其所保留的只是四声的系统，而不是原来高低的调值。所以假使有人把某一处方言的调值去衡量某另一处的四声，那就陷于谬误了，譬如北平人听见一个重庆人读"豪"字很像北平的"好"字，于是说"原来重庆的'豪'字是念作上声的"，这种措词就很容易引起误会。固然重庆的阳平声字念起来，一律都像北平的上半（即上声的前半），但我们只能说重庆阳平的调值等于或类似于北平的上半的调值，却不能说重庆人把"豪"字念作上声或把阳平念作上声。让我再设一个很浅的譬喻：譬如甲校的一年级的级旗是黄的，二年级的级旗是红的，三年级的级旗是蓝的，四年级的级旗是绿的；乙校的一年级的级旗是红的，二年级的级旗是黄的，三年级的级旗是绿的，四年级的级旗是蓝的。乙校的学生看见甲校一年级的学生拿着黄旗，就说："甲校奇怪极了，他们一年级的学生都用二年级的旗子！"这岂非类推的谬误？（记得某音韵学者以为广东人把侯韵读入豪韵，也是这一类的谬误。）所以我们须知，中国的四声是没有绝对调值的，只有各地方音里的声调是有调值的。

由此看来，矫正声调的错误须先从懂得学生的方言里的声调入手，这不是很容易的事。如果处处以国语（北平音）的声调为标准，那么一个天津的学生几乎每一开口就读别字，我们有什么法子矫正？如果以字典为标准，非但不该拿北平话去矫正上海话或广州话，倒反过来该拿上海话或广州话来矫正北平话，譬如北平因为没有入声，以致容易的"易"与《易经》的"易"都念去声；上海及广州容易的"易"念去声，《易经》的"易"念入声；而依字典《易经》的"易"确是该念入声的。又如北平的"厚、后"都念去声（上海同），广州的"后"字念去声，"厚"字念上声，字典也与广州话相合。这里是字典与国语冲突，又该怎么办呢？

我们再退一步说，假定先生与学生是同乡，完全知道他的语音系统，该不该矫正他读别字呢？这就涉及实用的问题了。我以为在大多数的情形之下，都是用不着矫正的。

先说，最常用的字是不会被读别了的。"因为"的"为"与"作为"的"为"、善恶的"恶"与真可恶的"恶"，这一类的字，学生自然会读出一个分别来。这种求分别的需要是从求实用的心理生出来的。我们不必担心，学生们绝对不会把这些常用的字读别了的。至于"语"字在"吾语汝"里念去声，"衣"字在作动词时念去声，这种分别，知道固然很好，不知道也没有什么害处。

再说，不常用的字是读别了也不要紧的。普通人对一个僻字，不懂得读音，就依它的偏旁读去。读对的时候较多，读错的时候较少。假使我们不崇信古人的读音更合于真理，那么，专就实用而言，僻字的音读错了又有什么害处呢？平常谈话里很少用着它们；书里有它们，但它们既现了形，我们只须看，没有读的必要了。

我们当教员的不也常常读别字吗？若以字典为标准，一切的"切"字该读如"砌"，"况"字该读如"晃"（huàng），"跳"字该读如"条"，"士、善、部、受"等字该读上声；在普通的时候，我们不也读别了吗？但是，为着维持族语的统一性，我宁愿主张依照普通的读法，而不主张更正。

总之我对于写别字，以为在国语未统一、词类未连书以前，是有一部分应该矫正的；至于"读"别字呢，我认为是很小很小的问题，尽可以不必干涉。

1935 年 5 月 7 日

1935 年《独立评论》一五二期

三、论不通

一般人往往说中国文没有文法，但又往往说某人的文章不通，这两种说法显然是矛盾的。不通就是违反了一个民族的作文习惯，而一个民族的作文习惯就是那族语的文法。

不过，直至现在，中国还没有一部标准文法；已出版的一些文法书，都偏重于分析字句，而不大说到通不通的问题，换句话说就是不曾指出怎样才适合或违反中国文的习惯。

这种标准文法很难写定，因为中国人对于文章，所谓通不通似乎是可意会而不可以言传的。文言文通不通的标准容易定些，就因为大家守着数千年的作文习惯；一个人如果自己会写通顺的文言文，看见了别人的文章的时候，看来不顺眼读来不顺口，就批评它不通，也不至于错误。语体文通不通的标准难定些，这并非因为民众口里的白话没有一定的习惯，却因为大家喜欢加上些欧化或日化的成分，化得妥当时仍合中国的语法，化得不妥当的时候就成了四不像的语言。这种四不像的语言应否提倡是另一个问题，但它的文法总难确定，因为这里头还没有一个民族的长时期的作文习惯。

在我们看起来，文章写得最通的，要算中文很有根柢而又深通西文的人了。他们并非有意模仿西文，然而受了西洋文法的潜移默化，会把中西文法的共同点融合为一。他们的文章既未违反西人的逻辑，同时又不十分违反中国人作文的习惯。中国人看来仍旧顺眼，读来仍旧顺口。换句话说，就是拿数千年相沿的文法去范围它，仍旧不会觉得它不通。此外还有两种人的文章也是通的：第一种是纯用古文，第二种是纯用白话。

能纯用文言的人，现在是太少了。在这一方面说，文章最通的，要算前清遗下的翰林、举人等；只要他们在前清真的曾"通"过来，而入民国以后又绝对不肯接受新知识及白话文体，他们的文章就算很通，因为他们能守着数千年的作文习惯。有些人喜欢把新名词放在"原道"式的古文里，虽然看来不顺眼，但还不能说是不通，因为文法上还没有变更。最可笑而又最普遍的现象却是在十句当中有一两句参用现代的文法，这好像观音菩萨露出狐狸尾巴，令人看去格外觉得不舒服。这种文章就可以说是不很通，因为它里面杂糅着古今的文法。

能纯用白话的人，比较地多些。现在中学生所作的文章当中，最可爱的就是这一类。每逢中学生向我问作文的方法的时候，我首先就劝他把文章作好了再念给一个同学听，不许加以解释。如果那同学不看见他的稿子而能完全听得懂他的文章，就是很通顺很可喜的一篇白话文。中学生最普遍的毛病是在白话文里掺用古文的成语或欧化的词汇，稍不妥当就弄到不通。非但中学生如此，连大学生也有许多是犯这毛病的。

近年来有一个很令人惊奇的现象：作文最通的是许多政论家和科学家；而在学校里的国文教授有时候倒反不通起来。法理工学院的学生的文章比较地通顺，而中国文学系的学生作起文来却往往一窍不通。其实这并不足惊奇，因为现代中国的政论家与科学家往往是中西文都有根柢的，而国文教授有时候却犯上述的毛病，把现代语法掺入古文里，或把古文法掺入白话文里。法理工学院的学生作文只求把意思表达出来，恰像说话一般；而中国文学系的学生或因要运用典故，或因要学古文气息，再新一点的又因要努力堆砌欧化的文学上的描写语或自己所不很懂的新词汇，以致弄巧反拙，非但文章写不好，就连"通"字也够不上。

现在回头说到通不通的标准：第一，我们写下来一句话，如果不能把它的文法类推而造成千百句，那么，这一句话在原则上可以说是不通，例如我看见人家宴客的请帖的左边写着"恕速"二字，表示请恕我不来速驾的意思，这就是不通的句子，因为依中国的文法，句中的否定副词省去之后就不能再表示否定的意思。我们不能仿照这句子的文法而说"恕送"以表示恕不相送，也不能说"恕迎"以表示恕不相迎。这种简略至于不通的句子，等于说"我本江吴百"以表示我本是江苏吴县的百姓。但在上古的文章及现代的口语里，有些与此类似的句子却可以认为通的，例如《庄子・逍遥游》"请致天下"是请许我致天下于君的意思，现在我们不能仿这文法而说"请送礼物"以表示请您允许我送礼物给您；此外如"请辞、请死"之类，都不合现代文法，但我们只能认为是已死的文法，不能说古文不通。又如现在北平人往往说"非得在五点钟回去"，表示非在五点钟回去不可，听来似乎不通，其实说话的人心里并没有感觉到"非"字是否定词，只把"非"字当做肯定的副词，这只可认为"非"字的原有意义在北平的民众的心中已不复存在，而另生一种新意义。一个地域通用的口语没有一句是不通的；甚至在逻辑上不通的话，若经社会普遍的采用，也就算通。因为文字是代表语言的，文字可以不通，语言却不会不通。至于士大夫口里的话有时反而不通，就因为他们不能完全用活语言的缘故。

第二，割裂过甚的典故，也往往弄到不通，例如说"于飞之乐"以表示夫妇和谐之乐，实在不通；因为依中国文法，"凤凰于飞"不能省为"于飞"。至于以"鼓盆之戚"表示丧妻之痛，文法上是通了，只嫌意义上不大说得过去，而且是一种颇笨拙的描写语。桐城派的文章，唯一的好处就在乎努力避免这种不通的写法。

第三，词汇的误用，也是不通，例如某甲对某乙说："对不住，我把您的书弄脏了。"某乙说："没关系。"这"没关系"不是说某两件事物相互间没有关系，而是说"不要紧"。又如说"他不赞成我"，意思却是说"他不喜欢我"。又如说"他否认考试"，意思却是说"他反对考试"。这些话，渐渐有人用入文章里，这是我在今年清华的入学考卷里注意到的。此外如"抽象意识"等词，往往被学生乱用。自从提倡白话文以来，中学生的文章本该很容易通顺，只因他们喜欢堆砌新名词或流行的文艺上的描写语，就弄到令人生厌。

末了，我觉得此后我们非但该把文章写得通，并且应该把中国原有的文法加以洗练。凡是合于逻辑的文法，应极力提倡。至于不合逻辑的句子，纵使古人曾有此习惯，我们也不妨改革。我深觉中国应该有一部标准文法。至于文法应如何制定，如何推行，总不能不靠政府的力量。这且留待下次讨论了。

1935 年 8 月 11 日

1935 年《独立评论》一六五期

四、谈用字不当

今年西南联大一年级的作文卷子，先由教师指出错误或毛病，叫学生拿回去自己改一遍，再交给教师详细批改。学校刻了几个小印，印上有"层次不清、意思不明、文法错误、用字不当、别字、误字"等字样，所谓先由教师指出错误或毛病，就是把这些小印盖在错误或有语病的地方。这是一种尝试，效果如何，尚待事实的证明。但是，我对于这几个小印特别发生兴趣，因为每一种错误或毛病都能引起语言学上的许多问题。现在我想先谈一谈用字不当。

依原则说，用自己的族语来表达思想，应该不会有用字不当的毛病。每一个字都是从小儿就学会了的。二三岁的小孩说话，用字可以偶然不当；到了十岁以上，语言已经潜意识地依照族语而定型，如果不是存心违背它，顺着自然，就可以说得恰当了。偶然的错误或毛病不是绝对没有的，但是有时候是由于心与口不能相应，有时候是用字稍欠推敲。这种情形并不多见。尤其在文章里，经过了相当的考虑然后下笔，用字不当的毛病更该比口语里少了。

　　然而实际上，学生用字不当的毛病极为常见，这又是什么缘故呢？经过了仔细的观察，我们可以悟到，这种毛病大部分是由于学生不会用自己的族语来表达思想。在中国词汇没有欧化的时候，中国人喜欢用古代的语言。古今之不同，与中外之不同，一样地令人难于学习。我们学习古代的汉语，并不比学习一种外国语容易了许多。稍欠精熟，就出毛病。这上头的毛病可大别为三种：第一是误用典故，挽青年而用"天不憖遗"，贺高寿而用"骑箕跨鹤"，前者是挽错了人，后者是咒人速死。第二是不明字义，"汗牛之充栋"与"出乎意表之外"，至今传为笑话；但是，这一类的笑话在学生的卷子里可真不少。学生甲叙述某强盗开枪把王桂标打伤了，却说王桂标的脚中了"流弹"。学生乙叙述他因增加父亲的负担而伤心，却说"为之悻悻"。学生丙描写试场空气的紧张，却说"诸生皆衔枚疾写"。不仅学生如此，某报十周年出一张纪念刊，要说本报自开办以来，却说"本报自沿革以来"。诸如此类，都是不明字义所致。第三是擅改成语，如"虚张声势"之改为"虚壮声势"、"茹毛饮血"之改为"食毛饮血"等。这是比较地可以原谅的一种毛病。总之，以现代青年而用古代的典故、词汇、成语，其困难不下于以念过一年半载英文的人而用英文写一篇文章。

中国词汇欧化之后，青年们在作文用字上，又增加了一重难关。学者们把西洋词汇变为中国形式，就借西洋原词的定义为定义；可惜不懂西文的人，或不知道中国某一个新名词与西洋某词相当的人，就只好望文生义，或间接地从中国书报里去瞎猜了。瞎猜也有猜中的时候，但是，在大多数情形之下，都只能得到一个很模糊的意思。这因为中国的新名词，在字面上并不能显示西洋原词的涵义。"观念"既不是"观而且念"，"逻辑"更不是"逻而辑之"。有时候，西洋原词本有两种以上的意义，中国根据甲种意义译成新名词，等到用得着乙种意义时，也只好拿同一的新名词来应用，例如"条件"，本是由"契约中的条件"这一种意义译出来的，但是现在中国书报上有许多"条件"都该解译作 preliminary requirement，却是英文原词 condition 的另一意义，这一种意义决不是从"条件"二字的字面上看得出来的。由此看来，要用新名词，非但应该先找着西洋（或东洋）的原词，而且应该彻底看懂了原词的定义。我们的中学生当然大多数做不到这一层，然而为时势所驱使，只好跟着现代作家们去学步。譬如做戏，现代作家们都是从名伶传授而来，自然咬字皆合尖团，台步也能不失家法；中学生之运用欧化词汇，好比从谭鑫培的表弟的外甥学来的京戏，自然不免把"杨延昭"唱成了"杨延糟"，把关门的手势误用于拴马了。

这种情形比误用古语更为严重。现代青年往往以运用古语为陈腐；然而大家都以运用欧化词汇为时髦。因此，误用新名词的毛病就触目皆是了。最普通的如以"程度不足以胜任"为"没有资格做这件事"；其余如用"幽默"为"幽静"的意义、用"范畴"为"范围"的意义、用"本能"为"性情"的意义、用"意识"为"意见"的意义、用"绝对"为"决定"的意义、用"象征"为"表现"的意义，等等，真是数不清。又如学生甲想要说敌机袭击的机会少，却说"敌机袭击的成分少"，学生乙想要说加强抗战的意志，却说"加强抗战的信念"，诸如此类，都可以证明他们没有彻底了解新名词。最近有一部研究中国古代哲学的新著作，卷首有所谓"界说"，实际上只是一些例言或杂说。这又可见误用新名词并不以学生为限。但是，新名词是不能乱用的，它比中国古语更有其不可冒犯的尊严。中国古语用错了，只要习非成是，也就算了；欧化词汇却是不容许我们习非成是的，因为有西洋原词的定义为标准，除非连西洋字典也修改了，否则我们必须依照西洋的定义，来运用欧化的词汇。

补救的办法，最平稳的，也是容易做得到的，就是在没有熟习古语或西洋语言以前，尽可能地不用古语或欧化词汇，专用自己的族语去表达思想。有一次我带笑对同学们说："从前中国数千年没有说欧化词汇而我们的祖宗一样地也能说话做文章。"这话当然只有一部分的真理，因为现代确有些道理或现象不是中国原有的词汇所能表示的；再者，即使中国原有的词汇颇能表示，有时候也不及欧化词汇更有一定的意义范围。但是，一般青年滥用新名词的时候非但不能使文章科学化，而且会弄得文章暧昧化；我们尤其不能相信，在一篇简单的叙述文或游记里，在很幼雅的见解的上头，会用得着哲学上的术语。这不过因为青年们都是好奇的，越是自己不很了解的东西，越喜欢放在自己的文章里。多数的中学生甚至大学生都这样想：如果做起文章来还用隔壁张老四的词汇，哪里能算是文章？中学的国文教员，或者也一大部分是有同样的感想的。如果他是前清的秀才，他会对于堆砌典故的文章浓圈密点；如果他是大学出身，他会对于满纸新名词的文章给予最好的评语。上有好之者，其下必有甚焉者，学生写起文章来，第一个念头就是怎样能使文章里的用语与自己所最熟悉的母语殊异，怎样能把昨天在某古文里读过的典故，或在某杂志里看见的新名词，嵌进文章里去。这样学生的作文，真可说是走错了路了。

古人有所谓平淡说理的文章。正因为有理可说，所以不妨平淡。现在一般的学生作文，因为无理可说，所以拿些典故或新名词来做点缀品。从今以后，中学里的作文教学，应该特别注重一个"理"字，换句话说，就是培养他们的思想。我们要使青年们知道，思想丰富了之后，隔壁张老四的词汇也尽够用了；如果无理可说，哪怕一部哲学词典里的术语都嵌进了文章里，也是枉然。我们非但不该鼓励学生们运用典故或新名词，而且我们该劝他们特别慎重，当自己的族语里实在没有相当的词汇可以表达思想时，才不得已而用之。同

时，在讲授国文或补充读物的时候，我们应该不厌求详，凡
不是隔壁张老四的词汇，至少须向学生彻底解释一次，以免
作文卷子里再有"捷克的汉奸"或"伪傀儡政府"一类的字
眼。咬文嚼字并不是毛病，求懂一个字的精神，正是他年苦
心孤诣去发明一种科学原理的精神。如果能使学生尽可能地
运用自己的族语，不得已而用典故或新名词时，仍以自己彻
底了解者为限，那么，用字不当的毛病就会大大减少了。

1939 年《今日评论》一卷十九期

五、谈意义不明

　　去年我在《今日评论》第一卷第十九期上，发表了一篇
《谈用字不当》。当时打算陆续地再谈层次不清、意义不明、
文法错误、别字、误字等，后来因事耽搁下来。最近在本刊
第二期上，发表了一篇《语法和逻辑》，算是和文法错误有关
系的。现在我想再谈一谈意义不明。本文里所谓意义不明，
是指语言或文章里的字句不能表示明确的意义而言。
　　讲起意义不明，大家都会说是由于疏忽所致。自然，疏忽
也是意义不明的一种原因。我常常看见大学里学生贴出的集
会或演讲的通告，上面写着明晚某时在某地集会或请人演讲，

后面却没有注明通告的日子。这样，无论在哪一天看来，都是翌日的晚上，令人不知道究竟是哪一天的晚上！这种疏忽是青年人最容易犯的，总因为做事不肯谨慎的缘故。譬如写了一封信也不高兴再念一遍，里面除了漏字错字之外，也就往往会有意义不明的地方了。

　　然而，有时候极细心的人说话，也会弄到意义不明。原来咱们未说话以前，总是先在脑子里打稿子。有时候，心里想了十句话，口里只说出一两句，这样就弄成意多话少的情形。意多话少，虽不一定弄到意义不明，但也往往弄到意义不很清楚的地步，例如你突然说一句："我料不到他也来了！"对话人就会问那"他"是谁（除非在某种情况之下，对话人很容易理会那"他"是替代某人的，例如某人来的事已经为对话人所知悉），甚至对话人也觉得诧异，等等。说话人普通说话的时候，总是趁着兴之所至，也就畅所欲言。决不能处处体贴对话人的心理，处处怕他听不懂。说话如果这样处处顾虑，也就未免太苦了。

　　有时候，也不是意多话少，只是话和人不相宜，例如我听一位朋友谈起秀文怎样怎样，等他说了一大串，我才问那秀文是谁，原来就是他自己的妻子！这因为在我的方面，我虽然认得他的妻子，但平常只叫他张太太，不知道她本人的名字；在他的方面，他却和别的朋友（尤其是妻子的朋友）常常谈起秀文，成了习惯，所以就忘了我是不知道他的妻子的名字的。

　　无论是意多话少，或话和人不相宜，在对话人看来，总是意义不明；但在说话人当时的心理上，并不觉得意义不明。谈话时，经过对话人的追问，说话人一定会修正他的话，或可说是加上一两个注解。如果是写成文章，因为没有人当场追问，就没有修正或注解的机会了。虽不至像上面所举的两个例子那样不明，但使读者一时摸不着头脑的地方也是常有的，例如你说："我虽然恨他，现在只好请他帮忙了。"如果上下文都没有说明恨他的理由，就算是意义不明。又如你说："呈贡的果子园是很著名的。"如果是对全国人民说话，就该改为"云南省的呈贡县的果子园是很著名的"，或在后面加上一个附注，说明呈贡是昆明附近的县，在滇越铁路旁边。你心里尽管明白，总该体贴读者的困难。

　　语言的本身就是有缺点的。做文章的时候，该想法补救语言的缺点，以免意义不明，例如一个江浙人说："四川所谓一石米，比普通所谓一石米多，一石两石。"这"一石两石"的说法，江浙人听起来是即刻懂的，别处人也多数听得懂，然而这种话是不可入文的，因为到底是意义欠明；若改为"一石等于两石"就明白多了，若改为"四川的一石等于普通的两石"就更明白了。此外又有些话是可以有两种意义的，例如你说"我的父亲最喜欢我"，既可解作"喜欢我的人虽多，其中要算我的父亲是最喜欢我的"，又可解作"我的父亲喜欢的人虽多，然而他最喜欢的是我"。又如"儿女之爱"，既可解作"父母的爱情，对于儿女的"（像周敦颐《爱莲说》里所谓"菊之爱、莲之爱、牡丹之爱"等），又可解作"儿女的爱情，对于父母的"。又如"他对于我们的功劳"，既可解作"他的功劳，对于我们方面的"（他对于我们的功劳是很大的），又可解作"在他的一方面，对于我们的功劳"（他对于我们的功劳不肯承认）。诸如此类，自然都可靠上下文的衬托，不致令人误会。但是，凡是可以用别的话替代的地方，总是避免这种话的好。此外又有些话，表面上似乎有两种可能的意义，其实只有一种意义是说得通的，例如"货物运输的困难"自然只能解作"运输货物的困难"，不能解作"用货物作运输工具所引起的困难"；但是"骡马运输的困难"却恰恰相反，只能解作"用骡马作运输工具所引起的困难"，不很能解作"运输骡马的困难"。像这种不容易误会的地方，在行文上就可以随便些了。但是，若有比这个更明显的说法，即便说得繁些，我们仍然愿意鼓励大家用的。

另有一个意义不明的原因，就是做文章太着重雕琢，以致流于晦涩。有些青年初学习作，似乎过于求深，或着意避免滥调，于是造出些极端生硬的句子。所谓费解的话，有时候却是过于求深弄出来的毛病。晦涩和费解，都是意义不明。这种情形很容易见到，是用不着举例的。

有时候，国文教员虽批了"意义不明"四个字，其实他并不是看不懂，只是嫌它晦涩或费解。又有时候，表面上看起来是意义不明，实际上只是用词不当，例如某学生说"课文中常有英译日译的中国史地"（下一句是"以中国之学而反取法于人"），他的意思是要说，课本中常有从英、日文译过来的历史和地理。他说得不明白，是因为他不知道"英译"和"日译"普通是作何解释的，并非因为他用了意义模糊或两可的语句。有时候，教员所谓意义不明却只是不合逻辑，例如某学生说"我开始在脑海中萦绕起来"，他的意思是要说："这件事开始在我脑海中萦绕。"他说得不明白，是因为他把主语和谓语的关系弄错了，也不算是意义不明。不过，意义不明和用字不当及不合逻辑，三者的界限本来是很难分的，因为咱们该体会说话人的情况，才可以分得清楚。

如果咱们承认听不懂或看不懂就是不明，那么，所谓意义不明又是随社会而异的。知识社会的词汇，本来就和农民社会的词汇大不相同：自从欧化的词汇一天比一天增加，二者之间的距离更远。咱们和一个不识字的或知识很低的农夫谈话的时候，需要很大的艺术，就是须注意运用双方都懂的词汇，尤其是运用农夫常用而咱们罕用的词汇。否则，对话人只会瞪着眼睛对咱们表示一种似懂非懂的态度，咱们说话的目的就不能达到了。现在青年们下乡宣传的话，以及他们所贴的标语，在农民们看来，大半是意义不明的。

说到这里，咱们会联想到所谓通俗的文章。通俗大约有两种意思：其一是知识社会对于非知识社会而言，就是努力避免非知识社会所不容易懂的词汇；其二是专家对于一般知识社会的人而言，就是努力避免运用专门的术语。这两种通俗的文章有一个相同的性质，就是使极大多数的人能够看得懂。

但是，这一类的文章是很难写的。作者费尽心思，把文章弄得通俗化了，读者都感觉得容易懂了，然而倒反轮着作者本人觉得他自己的文章是意义不明的了！为什么呢？因为有些知识是需要有相当修养的人才能了解的，若改浅了，势必歪曲了原来的涵义。这种情形，以谈专门问题的通俗文章为尤甚。专门的术语都是有了定义的，所以有词简意赅的功效；若努力避免术语，势必弄到许多词句都是意义模糊的，不着边际的，甚至话说得越多，前后的意思越是不划一，或自相矛盾。到了不着边际或自相矛盾的地步，还不是意义不明吗？因此，所谓通俗的文章，它的能力是有限度的；并非每一个问题都可写成通俗的文章。

　　意义明确的最高峰是不含糊，不令人误会，而且不令人能有断章取义以资攻击的口实。这种地步是很难达到的：第一，每用一词必须有其一定的涵义。意义不同的地方，用词也该不同；用词不同的地方，意义也该不同。在同一篇文章或同一部书里，用词尽可能地求其一律，当然同一词的涵义也求其处处一律。第二，语句处处求其有分寸。相同的地方不能认为类似，类似的地方不能认为相同；全称的地方不能偏举，偏举的地方不能全称；例外不能不提，笼统必须避免。第三，勉强通俗虽可不必，而深入浅出却值得提倡。咱们虽不该歪曲了真理去求通俗，但是，若能从常识说到主要部分，使看得懂的人多些，比之每一句话都是"心得"、令人不易了解者，总算较合于著作的目的。我这话不过是一种理想：非但我自己不能达到这一个地步，恐怕一切的著作家，在这一点上也不能无疵可指。由此看来，普通所谓意义不明，虽是容易避免的，但如果就科学观点上严格地说起来，贤者犹不能免。咱们只能从明确程度的高低，去批评一个作品的优劣而已。

1940 年《国文月刊》一卷五期

六、论近年报纸上的文言文

报纸对于青年们的影响，比书籍的影响大得多，甚至于比教师的影响也大得多。教师在教室里讲得口都干了，学生们只想打瞌睡；而报纸却能引起他们的兴趣，收到潜移默化的效果。由此看来，报纸给青年们的影响如果是好的，就比什么都更可喜；如果是坏的，就比什么都可怕。

我们在这里不愿意谈报纸在思想上、知识上，或道德上，给予青年们的好或坏的影响；我们只想从文章一方面说。记得从前有些老前辈主张让青年们多看报，借此学习做文章。许多文字不通顺的中学生，看了一年半载的报，他们的文字就通顺了。这种主张是对的，如果他们所看的报纸，是文字通顺的报纸。但是，不幸得很，近年报纸上的文章，就一般说，是大大的退步了。报纸上文章的退步是和学校里国文成绩的低落有关系的。咱们只要看现在一般大学生的国文卷子是怎样的，就可以猜想到三五年后报纸上的文章是怎样的。同理，咱们只要回想三五年前，一般大学生的国文卷子是怎样的，也就可以明白现在报纸上的文章是怎样的了。

但是，报纸上的文章虽然退步了，而青年们对于报纸上的作家并未失掉崇拜的心理。一般青年总以为能在报纸上发表文章的人一定是社会知名之士，非但见解高超，连文章也是好的。既然有人从杂志上学诗，自然也有人从报纸上学文。至少，天天看惯了，深入脑筋，渐渐同化，以后就会觉得报纸上这种文章才顺眼。等到自己写作的时候，摇笔即来，难免又是那一套。因此许多"文病"都是从报纸上传染得来的。

报纸上的文病虽多，而最厉害的病却是存在文言文里。白话文提倡了二十余年，现在报纸上的电讯、新闻仍用文言文；社论或专论虽也有用白话文写的，而近来又颇有用文言的趋势。这些都是很奇怪的现象。韩退之说"甚矣人之好怪也"，我们想借用这个"怪"字来批评这神经现象。在我们看来，现代人而用古人的语言已经够怪了；至于用古人的语言而常常误用，更是怪之又怪！文言文是不容易学的。科举时代的书生费了十年的苦功专攻古文，仍旧有不通的。然而他们毕竟是工夫用得多，写下来的文言文比现在报纸上的文言文好得多。现代的人在思想上和知识上都比古人强多了，何苦在古文的揣摩上和古人争雄呢？况且人们看社论或专论，目的只在乎知道作者对于时局的见解，看电讯目的只在乎知道当日的新闻，并不会因为看见了文言文而增加钦佩。相反的情形却是有的。如果文言文写得不通，读者就得到一个坏印象，甚至于不高兴看下去。我们实在想不出文言文在现代的报纸上还有什么好处。

喜欢写文言文的人也许会说："我们并非存心学习古文；我们所写的只是浅近的文言，目的在乎使文章更简洁些。"这一个理由恐怕是大多数写文言文的人所持的理由。

我们想先对于"并非存心学习古文"这一层作一个批评。正因为近年的书报上的文言文完全没有古文的味儿，我们更觉得它没有存在的价值。在这一点上，我们比一般人更为保守。我们觉得，文言文的美妙处就在乎它的古色古香。咱们欣赏好的文言文，恰像把玩一些古董；虽然不合实用，却不能说是没有美的存在。但是若要完全像一篇古文，必须里面不杂着白话和欧化的词汇和语法。现在一般写文言文的人，非但没有闲工夫去分辨白话和欧化语，而且事实上离开了白话和欧化语也没法子表达现代的思想。于是，近年所谓文言文只能运用若干古代的代名词和语气词，此外还替换了若干可以替换的实词。这样就很不顺眼了。文言文中杂着白话的词汇和语法，恰像头戴古代的冠冕而身穿现代的长衫；杂着欧化语则又像峨冠博带的人带手表，拿手杖。这种文章只显得丑，不显得美。若能从古文的风格脱胎而来，也还颇有可观；可惜多数人办不到，只懂得拿"矣"字替代"了"字、拿

"彼等"替"他们"。满纸"彼"字的文言文，非但"五四"以前不曾见过，就是"七七"以前也不大看见。我们想把这种文章叫做怪文，因为这种语言始终不曾存在过，而是一班好怪的人捏造出来的。如果说从前的人揣摩古文矫揉造作的话，近年来报纸上的文言文大多数竟是东施效颦。

至于说到"目的在乎使文章更简洁"，也是似是而非的说法。我们承认，如果完全依照大众的口语写下来一篇文章，自然比文言文繁些。但是，现代所谓白话文或语体文并非完全排斥文言的词汇。一句话无论文到什么程度，总还残留在某一些文人的口里，不算是完全死去。因此，咱们有权利在白话文里运用若干文言，如果有这种需要的话。这和文言文中杂着白话或欧化语的情形完全不同。今人生在古人之后，古代的词汇和语法可以说是并未完全死去；古人生在今人之前，古文里却决不能有现代的词汇和语法。咱们如果喜欢简洁的文章，尽可以在"呢、吗、的、了、我、你、他、她"之中，掺杂一些我们所认为简洁的古代成语；但是，咱们实在不应该在白话和欧化语之中，掺杂着"焉、乎、矣、也、吾、汝、彼、渠"。

我们并不是说近年的报纸上没有一篇好的文言文。蒋委员长的宣言中，所有文言文都是好的。抗战以后，《大公报》上曾有一个时期，登载了不少的社论，是用白话化的文言文写的。这些社论确也可以当得起"明白通畅"四个字。甚至于大学的壁报上，也有些很漂亮的文言文。这是因为作者的文言根底很好，同时又有文学天才的缘故。文言根底好而又有文学天才，就可以把古今中外不调和的地方都掩盖住了。但是咱们并不希望人人都有这种偷天换日的本领。报纸上偶然有一两篇文言的论文实在很坏；如果能够不写别字，而且"其、所、於、与"等也用得妥当，就算是好的，若论合于古文的风格的文言文，实在是等于凤毛麟角。

然而我们看起来最不顺眼的还不是文言的社论，而是那些文言的电讯。在从前，电影院里的说明书和报纸上的电讯，都被青年们认为讨厌的东西；现在前者已多数改用白话，而后者却仍用文言。看起来新闻记者比政府领袖还更保守；蒋委员长的文告还常常用白话，而报纸上的电讯却一定要用文言。"七七"以前，外国电讯的翻译者似乎中西文程度都很好，对于西文，他们知道把原来的句子拆开，然后重新组织成为很像中国话的句子；对于中文，他们颇善于运用林琴南一派的笔法，不通的地方很少很少。现在的电讯翻译者在表面上似乎是承受前辈的衣钵，因为同是文言，笔法上也还大致相同，然而许多不妥帖的地方却是前辈所没有的。我们并不是说每一篇电讯都如此，只是说有些电讯如此，例如："所敢断定者，即日方所称……殆属不确。"上面用"敢断定"三字，下面为什么又用游移语气的"殆"字？又如"日军被予以痛击""已由伍德劳夫少将予以见矣"之类，"予以"二字实为不辞，第二个例子更不成话。又如"日本苟再行推进，其所遭遇之抵抗力量亦必更行重大"，第一个"行"字虽不合于正派的古文，还算是合于近代案牍文字的用法；第二个"行"字就不行了，因为"重大"是形容词，不是动词。像"予以"和"行"一类的字都以不用为佳，一则因为文品不高，二则因为文言反比白话更繁。此外如"共产党曾下令坚守巴城，但吾人已将其占领之矣""德义储蓄小麦，拟为下次事变所需""苏方之呼吁，自为英国所不能漠然视之""国务院方面人士似对此无所闻之"等等，都是咱们五年前所见不到的例子。我们只把它们付与读者聪明的判断，不想再加批评了。

我们对于这种地方虽然表示惋惜，但是，我们对于偶然写一两句不妥帖的文言的人仍然没有求全责备的意思。我们觉得，现代青年人的文言文写得不通顺并不是一种羞耻；如果甘心在写作上受缠足之苦，那才是可耻的一件事。在现代用文言文写作，往往是吃力不讨好的。青年人看了不喜欢，因为看不懂或看不惯；老年人看了也不喜欢，因为不合他们的标准。向来用文言文办报纸杂志的老前辈，如章行严先生之流，看见了这九年报纸上的文言文，恐怕非但不为古风未泯而庆幸，倒反要为文品日卑而伤心。倒不如大家索性提倡改革报纸文字的体裁，使新文学运动完成这最后的一个阶段。报纸上的文字一律改为白话之后，我们可以自由地用现代的语言来表达现代的思想；我们可以用自己最熟悉的字眼来写成最妥帖的文章。我们希望新闻界的人都来参加这一种运动。

1942年《当代评论》二卷八期（昆明）

七、津门小厄

北平在二十六年七月二十八日沦陷，我们一家三口在二十九日就离开了清华园，搬到朱光潜先生家里去住。直住到了九月十日（?），才得到了曾远荣先生的口头秘密通知，清华决定迁校长沙，希望同人趁早南下。那时由北平到天津的火车已恢复了。清华推举了一位教授和一位助教（这位助教后来成了地下工作的中坚分子）租定了天津的六国饭店，招待我们。我得到了这个消息之后，决定就走。但是，听见敌人检查得很厉害，动不动就把人扣留起来，审问，拷打，以至于杀戮，所以我们都不免有戒心。许多人都劝我们不可携带片纸只字，因为有某人带一本书，被他们连人带书扣留下来，等到有工夫看完那书，才放人走。这倒好办，我把大部分的书都留在北平，几部要用的书就交邮局。但是，我们又听人家说起两种危险，都是我们没法子避免的：第一，没有小孩的夫妇容易被扣留，而我们当时正是没有小孩的夫妇；第二，学生容易被扣留，而我的兄弟正是师大二年级的学生。

我们终于不顾一切，在九月十四日下午离开了北平。大约四点多钟到了天津。我们的行李是三个皮箱子、一个铺盖、一个藤篮。下车时，我两手提着两个皮箱子，妻提着一只小箱子，兄弟提着藤篮，铺盖交给脚夫。出站时，兄弟跟着脚夫走在前头。我在后面看见一个日本军官站在高处，拿着棍子，看中了哪个人，棍子一指，底下两个中国人就把那被看中的人轻轻地拉在一旁，让他加入那不幸的行列，我很担心我的兄弟变了那可诅咒的棍子的目标。谁知他却是人急智生，看见前面有一个抱着小孩的女人，他连忙赶上去，和她并肩而行，于是他这一个假丈夫竟昂然地走过去了。其次轮着我夫妇二人，我们故意不看那根棍子，然而那两个中国人并不管我们看不看，只轻轻地一拉，我们也就只好走到那不幸的行列里去。我们注意到那行列里有老同事高崇熙先生先在。然而高先生也有脱身的妙计：不知道他和那两个中国人说了些什么，结果是放他走了。另一个中国人来安慰我们，叫大家不要怕，只带去问几句话就会放出来的。

旅客走完了，剩下这不幸的一群，大约有四五十个人，被日本兵两边押着，往他们的宪兵司令部走。他们的宪兵司令部在某银行仓库，离车站有六七里之遥。妻很镇定，除了小皮箱之外，一个竹制的帐顶和一把雨伞还在手里不放松。我那两只箱子在起初一二里路的时候觉得还轻，以后每走一里就觉得重一倍，到了那仓库，已经手酸得几乎拿不动。好容易到了，还得上楼！若不是怕南下后没有衣服穿，我早已把它们抛弃了。

到了楼上，说要先问妇女。他们叫男的都蹲在地板上。其中有几个人作揖打躬，恳求释放。不到两分钟，妻来叫我。

原来妻对他们说"我是和我丈夫同来的",于是他们就不询问妻子而要询问丈夫。我跟着妻进了一个隔壁的一个房间里。

一个日本军官,一个翻译员,两个检查员。问答开始了:

你叫什么名字?

姓王名力字了一。

你家在什么地方?

广西省博白县岐山坡村。

你在北平做什么的?

清华大学教授。

为什么离开北平?

清华大学停办了,我被遣散还乡。

不对,清华大学就要开学了。

我们的学校,只有我们知道得最清楚。

好,请你给我们填一个表。

我一面填表,他们一面检查箱里的东西。检查完了,叫妻把两手在身上拍拍(大约是怕有手枪)。

好了,出去罢。

门口两个中国人笑着说:"你们没事了。"

我用调笑的语气说声"再见",赶快走出了那仓库。仓库门口早有许多等候着出笼之鸟的洋车排列着。我们用五倍的价钱雇了两辆洋车。车夫说:"我们要在九点钟以前赶过了法国桥,否则到了戒严的时间就过不去了。"

到了六国饭店,兄弟迎了出来,眉飞色舞地说:"我以为你们今晚不能出来了；旅馆的人说可能关一个礼拜呢!"

1946 年 2 月 27 日《中央日报》（昆明）

八、关于胡子的问题
——答沈从文先生

　　前些时候拜读了沈从文先生关于《不怕鬼的故事》的注释的文章（登载在 1961 年 6 月 18 日《光明日报》），觉得很好。我特别赞成沈先生这样一个建议：在《辞源》这一类的词书中，有关文物的词条，都要经过文物学专家审订。这样做，就是吸收了学术上的新成就，特别是利用解放后出土文物的知识，弥补历代文献的不足，同时也纠正前人的一些错误。这是非常值得做的一件事。这对于文化史的研究、汉语史的研究，都将有很大的帮助。早就想要走访沈先生，请教一切。最近《光明日报》"东风"副刊上登载沈先生的《从文物谈谈古人胡子的问题》，是针对我的《逻辑和语言》一文而发的，文中有很多有用的知识。沈先生不吝教诲，非常感谢。我想简单地和沈先生讨论一下关于胡子的问题；希望将来能和沈先生谈谈语言学和文物学的协作问题。

　　我在《逻辑和语言》一文中，大意是说概念外延的广狭不足以说明语言是否富于表现力。说到这里时举胡子为例，有人说英语能区别"髭"与"须"，我们只说"胡子"，显得汉语词汇太贫乏了。我说中国古代不但能区别"髭"与"须"，而且能分出"髯"来。我们也不说古代汉语能多分了就是好的，这只说明时代不同，社会风俗习惯不同，因而词汇也发生了变化。古代男子一般都是有胡子的，所以上下胡子和髯需要区别一下，近代有胡子的人少些，所以就不再需要区别了。这个意见，现在我还是坚持的。

　　我在《逻辑和语言》一文中，措词有欠斟酌的地方，例如我在引了《陌上桑》"行者见罗敷，下担捋髭须"以后说："可见当时每一个挑着担子走路的男子都是有胡子的。"这话就欠周到。如果挑担的人很年轻，还没有长出胡子来，自然就没有胡子。我又说："汉族男子在古代是留胡子的，并不是谁喜欢留胡子才留胡子，而是身为男子必须留胡子。"这话更不妥了。我用了"必须"二字，好像有谁强迫命令似的。最不妥当的是那个"留"字。后代有了刮胡子的风俗，才有所谓留胡子；古代还没有刮胡子的风俗，哪里谈得上留胡子呢！

　　我和沈先生的分歧，就在刮胡子这个问题上。我认为古代的汉人是没有刮胡子的风俗的；刮胡子都只是特殊情况。自从清人入关以后，强迫汉人剃头，于是连胡子也剃了；从此刮胡子才真成了风俗，留胡子反而变了特殊情况了。

　　从社会发展的历史来看，人们在原始社会里自然是不知道刮胡子这一回事的。石器时代，人们拿什么来刮胡子呢？青铜时代，也还是没有剃刀让人刮胡子。让胡子长在嘴唇上，也不妨碍吃东西。在上古时代，让胡子自然生长，正像让头发、眉毛自然生长一样。剃去头发、眉毛或胡子，在上古时代是一种刑罚。大家知道，髡刑就是剃去头发；此外还有一种耐刑，就是剃去胡子。《礼记・礼运》："故圣人耐以天下为一家。"孔颖达注云："古者犯罪，以髡其须，谓之耐罪。"[①]《说文》："耏，罪不至髡也。""耏"就是"耐"。许慎说"罪不至髡"，可见耐刑比髡刑更轻些，但毕竟是一种刑。段玉裁、桂馥、王筠、朱骏声等对于《说文》"耏"字讲解很详细，这里不细说了。我只想指出，剃胡子作为刑罚这一点很重要。既然作为刑罚，谁愿意自己把胡子剃了，让别人误会自己受过耐刑呢？

古代的宫刑，是同时把须眉拔掉或剃掉的。《史记・吕不韦传》记载，嫪毐[②]被判处宫刑，"拔其须眉为宦者"。司马迁《报任安书》把剔毛发看成比关木索、被箠楚更为受辱[③]，最后是腐刑（宫刑）。跟嫪毐的事联系起来看，大约宫刑总是同时剃去须眉的。

还有一种特殊情况，那就是男扮女装的时候。班固《幽通赋》注："卫蒯聩乱，子羔灭髭须，衣妇人衣，逃，得出。"

---

① 《礼运》郑玄注："耐，古能字。"孔颖达疏认为"耐"本是耐罪之名，而为须，寸为法。引申为能。
② 嫪毐，音 làoǎi。
③ 关木索，指带上刑具。关，贯，指带上。木，指木枷。索，绳索。箠，棍杖。楚，荆条。

如果子羔像现在的人那样，经常把胡子剃得光光的，男扮女装时也就容易得多了。

青年人的胡子，是史不绝书的。现在只举一个例子：曹彰讨乌桓有功，曹操高兴得捋着他的胡子说："黄须儿竟大奇也！"黄色的胡子不见得很好看，曹彰还没有把它剃了，可见在一般情况下男人不剃胡子。《颜氏家训·勉学篇》叙述梁朝全盛之时，贵族子弟无不熏衣剃面，傅粉施朱，这是作为一种恶习来批判的。

唐宋时代的文人有染须、镊须的习惯，唐宋诗中咏此事者颇多。那是嫌自己老了，胡子白了，所以要把白胡子染黑或镊去。假如当时一般人都剃胡子，何不索性剃去呢？

古代的泥塑、石刻、壁画等所塑画的人像，其中有有胡子的，有没有胡子的，似乎并不能证明古代有剃胡子的风俗。人在年轻的时候，胡子还没有长出来；即使有了很短的胡子，也还用不着塑出、画出。

古代画家所画的古代名人像，我没有研究，不敢多谈。我想各个画家的作风不一样，难以一概而论。其中还有一些特殊的情况，譬如司马迁被画成没有胡子的，恐怕就是因为他受了宫刑。

京剧人物的胡子，恐怕还是有很远的传统的。岳飞死时三十九岁，舞台上的岳飞总是挂胡子的。诸葛亮渡江联吴时只二十七岁，而舞台上借东风的孔明已经有了很长的胡子，这胡子未免挂得太早一点，但是我们如果不认为历史剧必须拘泥历史，借东风的孔明挂胡子还是可以的。如果依沈先生所说，年逾不惑的人，甚至七八十岁的老头儿也还没有胡子，反而形成一种反常的情况，在戏剧中给人一种不真实的感觉。对历史画来说，恐怕也是如此。

沈先生文中谈到美感的问题，恐怕对我的意思有点误解。我的意思是说，既然一般男子都有胡子，就更令人多注意胡子好看不好看的问题，特别是青壮年的胡子好看不好看的问题。汉高祖美须髯，恐怕主要指的是青壮年的时代。我对于《陌上桑》"为人洁白皙，鬑鬑颇有须"两句，和沈先生有不同的了解。沈先生了解为"不多不少地那么一撮儿样子"，我则认为罗敷的四十岁的丈夫胡子长得很长，令人觉得很美。《说文》："鬑，鬋也，一曰长皃（貌）。"段玉裁注："此别一义，谓须发之长。《陌上桑》曰：'为人洁白皙，鬑鬑颇有须。'"朱自清、叶圣陶、吕叔湘合编的《开明文言读本》，把《陌上桑》的"鬑鬑"注为"形容须发的长"，那是正确的（人们误解这句话，大约由于有个"颇"字。其实"颇"字在古代可以用作极度形容语，《正字通》和《康熙字典》都说："多有曰颇有。"这话是有根据的，《汉书》中就有一些"颇"字应该解作"甚"）。由于大家都有胡子，所以如果一个男子长不出胡子来或胡子太少就令人感到不美。《典略》载李庶没有胡子，"人谓天阉"。这里不牵涉到留不留胡子才算美的问题，而只是胡子长得美不美的问题，因为古人并没有刮胡子的风俗。

　　沈先生文中还涉及外族人的问题。胡子长得多不多，自然与种族有关。胡人的胡子一般比汉人的胡子多些，这还不能以此证明古代汉人一般都是刮胡子的。

　　沈先生主张从文物来证明古代文化，这一点应该肯定下来。至于怎样证明才算合适，大家可以讨论。我对于文物学是外行，需要向文物专家们学习许多东西，这里所说的是否有当，还请沈先生指教。

1961年11月8日《光明日报》

[附]

从文物谈谈古人的胡子问题

沈从文

　　胡子，小事也，但是也需要调查研究，才能够明白它的问题，说它时下笔才有分寸，画它时才不至随意乱来。

　　《红旗》十七期上，有篇王力先生作的《逻辑和语言》文章，分量相当重。我不懂逻辑和语言学，这方面得失少发言权。惟在末尾有一段涉及胡子历史及古人对于胡子的美学观问题①，和我们搞文物的所有常识不尽符合。特提出些不同意见，商讨一下，说得对时，或可供作者重写引例时参考，若说错了，也请王先生不吝指教，得到彼此切磋之益。

那段文章主要计三点，照引如下（引原文，数目字为笔者所加）：

1. 汉族男子在古代是留胡子的，并不是谁喜欢胡子才留胡子，而是身为男子必须留胡子。

2. 古乐府《陌上桑》说"行者见罗敷，下担捋髭须"，可见当时每一个挑着担子走路的男子都是有胡子的。

3. 胡子长得好，算是美男子的特点之一，所以《汉书》称汉高祖"美须髯"，《三国志》也称关羽"美须髯"。

王先生说的"古代"界限不明白，不知究竟指夏、商、周……哪一朝代，男子必须留胡子？有没有可靠文献和其他材料足证？

---

① 王力先生在《逻辑和语言》一文中关于胡子的论述如下：

我们不能说，外延较狭的概念是高级思维，反映到语言里成为词汇丰富的语言。例如从前有人说英语能把胡子分为 beard（下胡子）和 moustache（上胡子），这就证明了英语的词汇丰富，表现力强，为汉语所不及。这种看法显然是错误的。胡子要不要区别为更细的概念，这完全是由于社会交际的需要。汉族男子在古代是留胡子的，并不是谁喜欢胡子才留胡子，而是身为男子必须留胡子。古乐府《陌上桑》说"行者见罗敷，下担捋髭须"，可见当时每一个挑着担子走路的男子都是有胡子的。胡子长得好，算是美男子的特点之一，所以《汉书》称汉高祖"美须髯"，《三国志》也称关羽"美须髯"。胡子对古代汉族是那样重要，所以在语言表现为三种胡子：嘴唇上边的叫"髭"，下巴底下的叫"须"，两边的连腮胡子叫"髯"。到了后代，中年以上才留胡子，至于现代，老年也不一定留胡子，因此，就没有必要分为三种胡子了。

其次，只因为乐府诗那两句形容，即以为古代每一个挑着担子走路的男子都是有胡子的，这种推理是不是能够成立？还是另外尚有可靠的证据，才说得那么肯定？

其三，即对于"美须髯"三字的解释，照一般习惯，似乎只能作长得好一部胡子的赞美，和汉魏时美男子特点联系并不多。是否另外还有文献和别的可作证明？

文中以下还说："到了后代，中年以上才留胡子。"照文气说，后代自然应当是晋南北朝唐宋元明清了，是不是真的这样？还是有文献或实物可作证明？

私意第一点概括提法实无根据，第二点推想更少说服力，第三点对于文字解说也不大妥当。行文不够谨严，则易滋误会，引例不合逻辑，则似是而非，和事实更大有出入，实值得商讨。

关于古人胡子问题，类书谈到不少，本文不拟作较多称引，因为单纯引书并不能解决具体问题。如今只想试从文物方面来注注意，介绍些有关材料，或许可以说明下述四事：一、古代男子并不一定必须留胡子。二、胡子在某一历史时期，由于社会风气或美学观影响，的确逐渐被重视起来了，大体是个什么式样，又有什么不同发展，文献不足征处，我们还可从别的方面取得些知识。中古某一时期又忽然不重视，也有个社会原因。三、美须髯在某些时期多和英武有关，是可以肯定的，可并不一定算美男子。有较长时期且恰恰相反，某些人胡子多身份地位反而比较低下。可是挑担子的却又决不是每人都留胡子。四、晋唐以来胡子式样有了新的变化，不过中年人或老年人，即或是名臣大官，也并不一定留它。这风气直继续到晚清。

首先可从商代遗留下的一些人形加以分析。故宫有几件雕玉人头，湖南新出土一个铜鼎上有几个人头，另外传世还很有几件铜刀、铜戈、铜钺上均有人的头形反映，又有几个陶制奴隶相在安阳被发掘出来，就告给我们殷商时期关于胡子情况，似乎还无什么一定必需规矩。同是统治者，有下巴光光的，也有嘴边留下大把胡子的。而且还可用两个材料证明胡子和个人身份地位关系不大，因为安阳出土一个白石雕刻着花衣戴花帽的贵族，和另外一个手带桎梏的陶制奴隶，同样下巴都是光光的（如果材料时代无可怀疑，我们倒可用作一种假说，这时期人留胡子倒还不甚多）。

春秋战国形象材料新出土更多了些。较重要的有：一、山西侯马发现两个人形泥范，就衣着看，显明是有一定身份的男子，还并不见留胡子的痕迹。二、信阳长台关楚墓出土一个彩绘漆瑟，上面绘有些乐舞、狩猎，和贵族人物形象，也不见有胡须模样。三、近二十年长沙大量出土战国楚墓彩绘木俑，男性中不论文武，却多数都留有一点儿胡须，上边作两撇小小仁丹胡子式，或者说威廉式，尖端微微上翘，下巴有的则留一小撮，有的却并没保留什么。同一形象不下百十种，可知和当时某一地区社会爱好流行风气必有一定关系，并不是偶然事情（如艺术家用来作屈原塑相参考，就不会犯历史性错误）。但其中也还有好些年龄已够并不留胡须的。另外故宫又还有个传世补充材料足资参考，即根据《列女传》而作的《列女仁智图》卷，上有一系列春秋时历史著名人物形象，其中好几位都留着同样仁丹式八字胡须，亦有年逾不惑并不留胡子的。这画卷传为东晋顾恺之稿。若从胡子式样联系衣冠制度分析，原稿或可早到西汉，即根据当时作者的四屏风画稿本而来（也许还更早些，即因为胡子式样不尽同汉代）。另外又还有一个洛阳新出西汉壁画，绘的也是春秋故事，作二桃杀三士场面，这应当算是目下出土最古的壁画。即由此得知当时表现历史人物形象的一点规律，如绘古代武士田开疆、古冶子时，多作须髯怒张形象，用以表示英武。武梁祠石刻也沿此例。此外反映到东汉末绍兴神相镜上的英雄伍子胥，和沂南汉墓石刻上的勇士孟贲，以及较后人作的《七十二贤图》中的子路，情形大都相同。如作其他文臣名士，则一般只留两撇小胡子，或分张，或下垂，总之是有保留有选择的留那么一点儿。其余不论是反映到长沙车马人物漆奁上，还是营城子辽阳壁画上，和朝鲜出土那个彩绘漆竹筐边沿《孝子传》故事上，都相差不太远。同时也依旧有丝毫不留的。即此可知，关于古代由商到汉，胡子去留实大有伸缩余地，有些自觉自愿意味，并不受法律或一定社会习惯限制。实在看不出王先生所说男子必须留胡子情形。

　　至于汉魏之际时代风气，则有更丰富的石刻、壁画、漆画、泥塑，及小铜铸相可供参考。很具体反映出许多劳动人民形象，如打猎、捕鱼、耕地、熬盐、舂碓、取水、奏乐，以及好些在厨房执行切鱼烧肉的大司务，极少见有留胡子的。除非挑担子的是另一种特定人物，很难说当时每个挑担子的却人人必留胡子！那时的确也有些留胡子的，例如：守门的卫士和拥彗迎客的侍仆，以及荷戈前驱的伍佰，即历史书上所谓身执贱役的某一类封建爪牙，却多的是一大把胡子，而统治者上中层本人，倒少有这种现象，即有也较多作乐府诗另外两句有名叙述："为人洁白皙，鬑鬑颇有须。"不多不少那么一撮儿样子。可证王先生的第三点也不能成立。因为根据这些材料，即从常识判断，也可知当时封建统治者绝不会自己甘居中下游，反而让他的看门人和马前卒上风独占作美男子！

其实还有个社会风气形成的相反趋势在继续发展，值得注意，即魏晋以来有一段长长时期，胡子殊不受重视。原因多端，详细分析引申不是本文目的。大致可说的是它和年青皇族贵戚及宦官得宠专权必有一定联系。文献中如《后汉书·佞幸传、贵戚传、宦者传》，和干宝《晋纪·总论》，《晋书·五行志》《抱朴子》《世说新语》《颜氏家训·勉学篇》，以及乐府诗歌，都为我们记载下好些重要可靠的说明材料。到这时期美须髯不仅不能成为上层社会美的对象，而且相反已经成为歌舞喜剧中的笑料了。《文康午》的主要角色，就是一个醉意蒙眬的大胡子，可以作证。此外还有个弄狮子的醉拂菻，并且还是个大胡子罗马人！我们能说这是美男子特征吗？不能说的。

　　其实即在汉初，张良的貌如妇人和陈平的美如冠玉，在史传记载中，虽并不见得特别称赞，也看不出有何讥讽。到三国时，诸葛亮为缓和关羽不平，曾有意说过某某"不如髯之超群绝伦"。然而《典略》却说，黑山黄巾诸帅，自相号字，饶须者则自称"羝根"。史传记载曹操见匈奴使者，自愧形质平凡，不足以服远人，特请崔琰代充，本人即在一旁捉刀侍卫。当时用意固然以为是崔琰长得魁伟，且有一部好胡子，具有伟人气派，必可博得匈奴使者尊敬。但是结果却并不成功。因为即使脸颊本来多毛的匈奴使者，被曹操派人探问进见印象时，便依旧是称赞身旁捉刀人为英挺不凡，并不承认崔琰品貌如何出众！魏晋以来胡子有人特别爱重是有记录的，如《晋书》称张华多姿，制好帛绳缠须。又《南史》说崔文伸尝献齐高缠须绳一枚，都可证明当时对于胡子有种种保护措施，但和美男子关系还是不多。事实正相反，魏晋之际社会日趋病态，所以"何郎敷粉，荀令熏香"，以男子而具妇女柔媚姿态竟为一时美的标准。史传叙述到这一点时，尽管具有深刻讥讽，可是这种对于男性的病态审美观，在社会中却继续发生显明影响，直到南北朝末期。这从《世说》记载潘安上街，妇女掷果满车，左思入市，群妪大掷石头故事及其他叙述可知。总之，这个时代实在不大利于胡子多的人！南朝诗人谢灵运，生前有一部好胡子，死后捐施于南海祇洹寺，装到维摩诘塑相上，和尚虽加以爱护，到唐代却为安乐公主斗百草剪去作玩物，还可说是人已死去，只好废物利用，不算招难。然而五胡十六国方面，北方诸胡族矛盾斗争激烈时，历史上不是明明记载过某一时期，见鼻梁高胡子多的人，即不问情由，咔嚓一刀？

到元魏拓跋氏统一北方后，照理胡子应受特别重视了，然而不然。试看看反映到大量石刻、泥塑和壁画的人物形象，就大多数嘴边总是光光的，可知身属北方胡族，即到中年，也居多并不曾留胡子。传世《北齐校书图》作魏收等人画相，也有好几位没有胡子。画中胡子最多的还是那位马夫。

至于上髭由分张翘举而顺势下垂，奠定了后来三五绺须基础，同时也还有到老不留胡子的，文献不足征处，文物还是可以帮我们些忙，有材料可印证。除汉洛阳画像砖部分反映，新出土有用重要材料应数近年邓县南朝齐梁时画像砖墓墓门那两位手拥仪剑、身着两当铠、外罩大袍的高级武官形象。其次即敦煌二二〇窟唐贞观时壁画维摩变下部那个听法群众帝王行从图一群大臣形象。这个壁画十分写实，有可能还是根据阎立本兄弟手笔所绘太宗与宏文馆十八学士等形象而来，最重要即其中有几位大臣，人已早过中年，却并不留胡子。有几位即或相貌英挺，胡子却也老老实实向下而垂了。总之，除太宗天生虬髯为既定事实，画尉迟敬德作毛胡子以示英武，始终还看不出胡子多是美男子特点之一的情形。一般毛胡子倒多依旧表现到身份较低的人物身上，如韩干《双马图》那个马夫、肖翼赚《兰亭图》那个烹茶火头工、底张湾壁画那个手执拍板的司乐长，同样在脸上都长得是好一片郁郁青青！

那么是不是到中唐以后，社会真有了些变迁，如王先生所说人到中年必留胡子？事实上还是不尽然。手边很有些历代名臣画相册，因为时代可能较晚，不甚可靠，不拟引用。宋人绘著名的《香山九老图》却有好些七八十岁的名贤，下巴还光光的。此外《洛阳耆英会图》《西园雅集图》，都是以当时人绘当时事，应当相当可靠了，还是可见有好些年过四十不留胡子的，正和后来人为顾亭林、黄梨洲、蒲留仙写真差不多。

就这个小小问题，从实际出发，试作些常识性探索，个人觉得也很有意义。至少就可以给我们得到以下几点认识：

一、胡子问题虽平常小事，无当大道，难称学术，但谈学术的专家通人，行文偶尔涉及到它的历史时，若不作点现实唯物的调查研究，就不可能有个比较全面具体的认识。如只从想当然出发，引申时就难于中肯，而且易致错误。以讹传讹，影响就更不好。

二、从文物研究古代的梳妆打扮、起居服用、生产劳作、车马舟舆的制度衍进，及其应用种种，实在可以帮助我们启发新知，校订古籍，得到许多有益有用东西，值得当前有心学人给予一点应有的注意。古代事情文献不足征处太多，如能把这个综合文物文献研究工作方法提到应有认识高度，来鼓励一些学习文史、占有一定文献知识的年青少壮，打破惯例，面对近十年出土这以百万计文物，和传世更多文物，分别问题，大胆认真摸个十年八年，我国文化史研究方面有许多空白点或不大衔接处，一定会可望得到许多新发现和充实。希望新的学术研究有新的进展，首先在研究方法上必须有点进展，且有人肯不怕困难，克服困难，来做做闯将先锋！

三、从小见大，由于我国历史太长，任何一个问题，孤立用文献求证，有很多地方都不易明白透彻。有些问题或者还完全是空白点，有些又或经后来注疏家曲解附会，造成一种似是而非的印象，有待纠正澄清，特别是事事物物的发展性，我们想弄清楚它，求个水落石出，势必须把视野放开阔些，搁在一个比较扎实广博的物质基础上，结合文物和文献来进行，才会有比较可靠的新的结论，要谈它，要画它，要形容说明它，才可望符合历史本来面目！

至于这种用文物和文献互相结合印证的研究方法，是不是走得通？利中是否还有弊？算不算得是在学习运用历史唯物主义或实践论的方法？我想从"结果"或可知道。以个人言，思想水平既低，古书读得极少，文物问题也只不过是懂得一点皮毛，缺少深入，搞研究工作，成就自然有限。即谈谈胡子问题，总还是不免随处会错，有待改正。但是如国内文史的专家学人，肯来破除传统研究文史的方法，注意注意这以百万计文物，我个人总深深相信，一定会把中国文化研究带到一个崭新方向上去，得到不易设想的新的丰收！

9月12日

附　记

　　两月前见南方报上消息，有很多艺术专家，曾热烈讨论到作历史画是否需要较多历史背景知识，这些知识是否重要，例如具体明白服饰家伙等等制度。可惜不曾得见全部记录。我对艺术是个外行，因此不大懂得，如果一个艺术家，不比较用个实事求是的态度来学学历史题材中的应有知识，如何可以完成任务的情形。我只照搞文物的一般想法，如果鉴定一幅重要故事画，不论是壁画还是传世卷册，不从穿的、戴的、坐的、吃的、用的、打仗时手中拿的、出门时骑的乘的……全面具体去比较求索，即不可能知道它的内容和相对年代。鉴定工作求比较全面，还得要这些知识。对于新时代作历史画塑去教育人民，如只凭一点感兴来动手，如何能掌握得住应有的历史气氛？看惯京戏，和饱受明清板刻和近代连环画熏陶的观众，虽极容易通过，感到满意，艺术家本人，是不是也即因此同样感到满意？我个人总那么想，搞历史题材的画塑，以至于搞历史戏的道具设计的同志，如把工作提高到应有的严肃，最好是先能从现实主义出发，比较深刻明白题材中必须明白的事事物物，在这个基础上再来点浪漫主义，加入些个人兴会想象，成绩一定会更加出色些。到目前为止，我们一般历史画塑实在还并未过关，这和艺术家对于这个工作的基本态度有关，也和我们搞文物工作的摸问题不够细致深入、提参考资料不够全面有关。因为照条件，本来可以比《七十二贤图》《五百名贤图》《水浒叶子》《晚笑堂画传》等大大跃进一步，事实上还不易突破。于是画曹操还不知不觉会受郝寿臣扮相影响，作项羽却戴曲翅幞头着宋元衣甲如王灵官，不免落后于时代要求。今后让我们共同协力合作，来过这一关吧。这个小文的写作，也可算是我赞同作新的历史画塑、历史戏，要从历史唯物主义工作方法认识出发，来具体搞历史形象问题的一点意见，而历史画塑过关问题，责任也并不单纯在画家一面，实在我们博物馆搞文物工作的同志有责任未尽，应当加强学习，加强调查研究，至少能做到比较全面掌握有关材料，且把它系统整理出来，提供有关需要部门，作为参考，在凡事一盘棋情形下，使工作得到共同的提高！

9 月 15 日北京

1961 年 10 月 21 日、24 日《光明日报》

九、笔谈难字注音

前些日子看见纸报上有叶圣陶先生等建议难字注音，我非常赞成。汉字在历史上有它的贡献，但是它存在着一些缺点，主要的缺点是难写、难认、难读。逐步简化汉字可以在一定程度上解决汉字难写、难认的问题。但是还有难读的问题，不是简化汉字所能解决的，应当另想办法。

在汉字中，难读的字真不少，看见了一个字，会写了，也大致知道是什么意思（例如知道它是地名），只是不会念，有时候自己以为会念，其实是误读。湖南有个郴县，我屡次搭京广铁路火车都从郴县经过，就是不知道"郴"字该念什么音，直到后来人们在站名牌上用拼音字母注上了（CHENXIAN），才解决了我的问题。苏州有个甪直镇，"甪"字是个难字，幸亏我从前读的古文里有个角里先生（商山四皓［hào］之一），据说"角"字应该少写头上一笔，并且应该读像"录（lù）"音，所以这个"甪"字难不倒我。后来我想，现在有几个青年人读过商山四皓的故事呢？岂不是多数人读不出来吗？还有一个"圩"字真奇怪，有时候读 yú，有时候读 wéi（在"圩田"），但是广东、广西人把它作为"墟"的简体（"墟"就是集市的意思），读像"虚"音。我手边有一本地图，在广西壮族自治区图内一律写作"墟"，没有简化；在广东省图内一律写作"圩"。恐怕连绘制地图的人也没有搞清楚"圩"是"墟"的简化字，这就难怪广播员看见"圩"字就念 yú 了。老挝是一个国家的名字，我们应该慎重地读它。但是字典里一般只把"挝"字注成 zhuā 音，有人问我，字典注 zhuā，为什么念 guō？其实现在真正把"挝"念 zhuā 的倒是很少了，但是有人念 guō，有人念 wō。如果注上了音，这些读音上的困难都没有了。

我想，最好取消一些难读的字，换上容易读的同音字，例如"阿剌伯"换成"阿拉伯"，真是痛快！否则不知又有多少人念成"阿剌（cì）伯"了！但是，这个办法一时还不能普遍做到，那么，最好的办法就是把它注音。

不要顾虑有些人没有学过拼音字母。注上了音，没有学过拼音字母的人可以不去管它，他们不会受到任何损失；对于学过拼音字母的人来说，好处可大了。现在中小学校正在推行拼音字母，再过几年，学过拼音字母的人就多起来了。何况没有学过拼音字母的人正好趁此机会学一学。所以难字注音又有推行拼音字母和推广普通话的好处。

1961年《文字改革》十二期

十、我谈写文章

《新闻战线》的编辑同志要我写一篇文章，谈谈写文章。我自己的文章写不好，这个题目我怎能谈得好呢？我推辞了几次都不行，只好硬着头皮谈几句。

文章是写下来的语言。文章和语言都是用来表达思想的，我们不应该把文章和语言分割开来。现在许多写文章的人，从中学生到新闻记者、大学教授，拿起笔来写一篇文章的时候，心里想，我现在是写文章，跟说话不一样，要写得文一点，多加上一些辞藻，多加上一些政治名词，多绕一些弯子。这些人在小学高年级和初中的时候，文章本来是很通顺的，到了高中和大学，文章越来越不通了。毛病在于，他们错误地认为文章越文越好；他们不懂得，文章脱离了口语，脱离了人民大众的语言，决不能成为准确、鲜明、生动的文章。

文章又是有组织的语言。在这一点上，也可以说文章和口语不一样。我们平常说话的时候，往往是不假思索，想到哪里就说到哪里，有时候语言不连贯，甚至前后矛盾，句子也不合逻辑，不合语法。有的同志在小组或大会上发言，头头是道，娓娓动听，但是人家把他的话记录下来，发表出去，读者却又发现他的话毛病百出，缺乏逻辑性和科学性。因此，我们在写文章的时候就要好好地构思，在文章的条理以及逻辑性和科学性方面多考虑。所以写文章要仔细推敲。我认为主要要在逻辑性和科学性方面仔细推敲。

毛主席教导我们，写文章要有三性：准确性、鲜明性、生动性。我觉得，现在我们的报纸上的文章，鲜明性方面做得较好，准确性方面做得较差。所以我这里主要谈谈准确性的问题。准确性有两个方面：一方面是内容的准确性，另一方面是表达形式的准确性。我这里主要是谈表达形式的准确性，也就是语言的逻辑性。

不但逻辑推理要有逻辑性，我们造一个句子也须要有逻辑性。凡是不合事理的句子，也就是不合逻辑的句子。平常我们所谓主谓搭配不当、动宾搭配不当、形容词和名词搭配不当等等，严格地说，都不是语法问题，而是逻辑问题。例如《新闻战线》1979 年第二期梁枫同志批评的"最好水平"，是形容词和名词搭配不当，表面上是语法问题，实际上是逻辑问题。依汉语语法，形容词用作定语时，应该放在其所修饰的名词的前面，"最好水平"这个结构并未违反语法规则，因此也没有犯语法错误。但是，"最好水平"这个词组是违背事理的，"水平"的原义是水的平面，水的平面永远是平的，没有好坏之分，只有高低之分，因此说"最好水平"就是不合事理。这种例子真是举不胜举。有一天我听中央台的广播，讲到某人民公社所走的道路是"行之有效"的，我觉得很奇怪。我们平常只听说"有效方法、有效措施"，没有听说过"有效道路"。第二天看报纸，已经改为"走上了正确的道路"。改得好！这样一改，就没有毛病了。又有一次，我在报上看见某公社"闯出了一条正确的道路"。正确的道路是客观存在的，不是任何人闯出来的。我们平常只说"闯出一条新路"，不说"闯出一条正确的道路"。有时候，从标题起就出了语病，例如某日某报有一条新闻，标题是《舍身忘死救儿童》，讲的是一个中学生"舍身"救人的事迹。标题只七个字就有两个错误：第一，"舍身"通常指牺牲了性命；这个中学生救活了一个小女孩，他自己没有死，说他"舍身"是不合事实的。第二，"忘死"是什么意思呢？如果说的是那个中学生忘记自己的死，而他自己并没有死，谈不上忘记自己的死。即使他死了，也不能说他"忘死"，因为死人无知，没有忘不忘的问题。也许作者说，这里的"忘死"指的是"不想到自己会死"。那也不好。应该是置生死于度外，明知冒生命的危险，也要救人。有时候，过分夸大的语句也会出毛病。最近我看了一篇文稿，其中有一句话："我们要为台湾归还祖国贡献一切力量。"我说："你把一切力量都用于争取台湾归还祖国了，还有什么力量再贡献给四个现代化呢？"把"一切"二字删去，就没有毛病了。有时候，不但是逻辑性问题，而且是科学性问题，例如冰心同志嘲笑的"月圆如镜，繁星满天"，比不上曹操的"月明星稀"更合乎事实。皓月当空，三、四等以下的星星都被月光遮掩住了，我们还能看见繁星满天吗？

由此看来，要学好写文章，首先要学好造句。古人的语文教育，要求人们写出通顺的文章。所谓通顺，指的是语言合乎语法，合乎逻辑，主要是用词造句的问题。而在造句的问题上，主要是用词不当的问题。什么叫做用词不当呢？就是把某一个词用在不合适的上下文里。为什么会用词不当呢？这是因为写文章的人不懂那个词的真正意义（如"水平"），或者是懂的（如"有效、闯出"），到下笔造句时却又忘了。韩愈说过：为文须略识字。拿今天的话来说，就是写文章要懂得语词的真正意义。韩愈是一代文豪，尚且说这样的话，可见识字的重要性。我老了，写文章还常常查字典、词典，生怕用词不当。识字是基本功，同志们不要轻视它。

为了写好文章，须要有好的语文修养。毛主席说："语言这东西，不是随便可以学好的，非下苦功不可。"毛主席要求我们：第一，要向人民群众学习语言；第二，要从外国语言中吸收我们所需要的成分；第三，我们还要学习古人语言中有生命的东西。这个道理很重要，我在这里谈谈我的体会：

第一，要向人民群众学习语言。这一点非常重要。人民群众的语言，最鲜明，最生动，值得我们学习。为什么报纸上多数文章总是那么干巴巴的？就是因为作者喜欢掉书袋，堆砌辞藻，半文半白，离开人民群众的语言很远，失掉宣传的效果。这是走错了路。希望这些同志回过头来，好好地学习人民群众的语言。

第二，要从外国语言中吸收我们所需要的成分。毛主席说："我们不是硬搬或滥用外国语言，是要吸收外国语言中的好东西，于我们适用的东西。因为中国原有语汇不够用，现在我们的语汇中就有很多是从外国吸收来的。……我们还要多多吸收外国的新鲜东西，不但要吸收他们的进步道理，而且要吸收他们的新鲜用语。"我们吸收外国的语汇，要提到社会主义现代化的高度来认识。今天，现代汉语的语汇中从外国吸收来的词语，比"五四"时代以前高出数十倍，如果我们要学得像，不走样，最好是学好外语。例如"水平"一词来自外语①，我们看见英语 level 只有高低之分，没有好坏之分，就不会再写出"最好水平"这样的话了。又如"词汇"

---

① 水平，中国古代叫做"准"，只用于具体意义（水的平面），不用于抽象意义。

一词来自英语的 vocabulary（即毛主席说的"语汇"），指的是一种语言里的全部的词（斯大林叫做"词的总和"）①。现在有人说："某词典共收了两万个词汇。"那就错了。一部词典只有一个词汇，不能有几千或几万个词汇。我们只能说这部词典共收了两万个词或两万个单词。我们应该把吸收外语而走了样的情况改变过来。

第三，我们还要学习古人语言中有生命的东西。这主要是指成语来说的。学习成语，可以丰富我们的词汇。许多成语都能起言简意赅的作用。这也和吸收外语一样，要学得像，不走样。有一次，我看见一张电影说明书上把"突如其来"写成了"突入其来"，这显然是因为作者不懂"突如"是什么意思。"突如"就是"突然"②。作者不懂，所以写错了。我的意见是：最好少用自己不懂的成语；如果要用的话，请先查一查词典。

关于写文章，还有一个篇章结构的问题。这主要是逻辑推理的问题。要学习一些典范文，学会逻辑推理的本领。我的意见是：可以熟读马、恩、列、斯、毛的文章，注意篇章结构是如何严密。我们不但要学习马、恩、列、斯、毛的革命理论，同时也要学习他们的文章的逻辑推理。我建议大家读毛主席的《实践论》和马克思的《工资、价格和利润》。这两篇文章是逻辑推理的典范。当然还有其他的文章，这里不一

① "词汇"（语汇）这个名词译得很好。中国古代有所谓"字汇"，就是字典。
② 《周易·离卦》："突如其来如。"

一介绍了。

1979 年《新闻战线》第四期

十一、谈谈写信

最近两年来，我和祖国各地许多青年同志通信。我每天收到三五封信，多到八九封。他们差不多每人头一句话都说："您料想不到一个陌生人给您写信吧？"其实我早就料到了。这些青年同志，多数是写信向我买书。他们不知道，写书的人是没有书出卖的！还有许多同志寄来他们所写的诗（有些是诗集），请我给他们改。我说："诗要有诗味，你如果有了诗味，用不着改了；如果没有诗味，我没法子替你把诗味放进去。何况我自己就不是诗人，怎能替你改诗？"有的同志写长篇研究论文要我介绍出版，那我就办不到了。我们应该信任出版社的编辑部，如果他们认为你的论文有价值，自然会给你发表的。有的同志多次寄论文来，我就无力应付了。有的同志要求我指导他们怎样读书写文章，接受他们做函授生，那我就爱莫能助了。我今年八十岁了，学校里早已免除我的教学工作。我怎能接受函授生呢？

由于和青年同志通信多了，我发现有些同志还不大会写信。《语文学习》编辑部约我写文章，我写不出，忽然想起"谈谈写信"这个题目来。不知道编辑部肯不肯给我发表这篇短文。

　　首先从信封上的收信人姓名和寄信人姓名谈起。多数人在信封上写"王力教授收"，或"王力先生收"，都不错。我个人不大喜欢人家称我教授，因为文化大革命以来，教授这个名称已经臭了。在学校里，人家都叫我王先生；我听了比较舒服。有的人叫我一声王力同志，我就心里乐滋滋的。因为我们这些老知识分子很多心，以为人家不肯叫我同志，是因为我是资产阶级知识分子！有的同志在信封上写"王力伯伯收"，那是不合适的。因为信封上的收信人姓名是写给邮递员或送信人看的，邮递员和送信人不叫我王伯伯。外国也没有这个规矩，将来咱们和外国人通信，切不可以在信封上写Smith伯伯收或Jones伯伯收！有的同志在信封上干脆写"王力收"，那更不好！我回信说："你在信内称我做尊敬的王力教授，太客气了；你在信封上写王力收，又太不客气了。"这是礼貌问题。那位青年同志复信感谢我的指教。其实我不怪他，因为不少人是这样写信封的，甚至机关、学校给我来信也有这样写信封的。还有一些同志在信封上写"王力（教授）收"，把"教授"二字放在括号内（或者把"教授"二字写得小些），我不懂这是什么意思。我认为也是没有礼貌的，似乎是说，你本来不配当教授，我不过注明一下，以便投递罢了。真令我啼笑皆非！我还听说许多青年人写信给父亲，在信封上写的是"父亲大人安启",写信给姐姐,在信封上写的是"姐姐收",那就更可笑了。

我认为中学语文课里应该教学生写信,首先教他们学会写信封。

有的同志给我写信用的是机关、学校的信封,有的是某某革命委员会,有的是某某大学,等等。这也是不合适的。最好不用机关、学校的信封;用了,也该加上自己的姓名(或单写一个姓亦可)。如果不加上自己的姓名,应该算是犯法的,因为你把私人的信当做公函发出了。前些日子我收到胡乔木同志一封信,他用的是中国社会科学院的信封,还加上"胡乔木"三个字。我们应该向胡乔木同志学习。

下面谈谈写信的内容。

写信总有一个目的。除了家信之外,一般总是对别人有所请求。你应该开门见山,把你的请求提出来,不必兜一个大圈子。我收到不少人的信,首先恭维我一番,然后用很长的篇幅叙述他怎样有志努力学习,要为四个现代化做出贡献,长达八九页信纸,最后才抱歉说:"我说了一大堆话,打搅了您,浪费您很多时间,请您寄给我们一部《古代汉语》!"这样不好。你既然知道抱歉,为什么不少说一些废话呢?

写信没有什么秘诀,顺着自然就是了。写信就是谈话,由于对话人相隔太远,没法子面谈。如果我们写信仍照日常说话一样,不装模作样,不改变现代汉语的语法和词汇,就不会出毛病。有的青年人写信不是这样,而是改变现代汉语,因此就弄出毛病来。

　　近来某些人的来信中常常出现"您们"这个词，甚至在某会议给中央领导的致敬电中也用"您们"这个词。其实现代汉语里这个词并不存在。"您"字，北京话念 nín，是"你"的尊称。这个"您"并没有复数，北京人从来不说"您们"（nínmen）。因此，普通话也不应该有"您们"（可以说成"您两位、您三位"等）。最近某杂志刊登吕叔湘先生的一封信，编辑部把信中的"你们"擅改为"您们"。吕先生写信批评了编辑部。他说："我从来不说'您们'！"我们写信时，应该注意避免这一个语法错误。

　　有的青年人写信喜欢堆砌辞藻。那也不好。写信应该朴实无华。唯有家人父子的谈话最能感动人，堆砌辞藻反而显得不亲切，不诚恳。何况青年人往往语文素养不够，堆砌辞藻往往用词不当，弄巧成拙。我们应该引以为戒。

　　最不好的做法是写文言信，或者写半文不白的信。有一位青年同志和我通信讨论学术问题，我觉得他很有一些好见解。他忽然给我写来一封文言信，写了许多不通的句子，使我非常失望。另一位青年同志和我通信，想考我的研究生，也是忽然来了一封文言信，这封信的文言文写得很不错，但是我也不高兴。我复信说："如果你在试卷中写文言文，我就不录取你！"我们学习古代汉语是为了培养阅读古书的能力，不是为了学写文言文。我怀疑有的中学语文教师在教学生写文言文，那很不好。现代人应该说现代话，不应该说古代话。有一位青年人写了一封文理通顺的信给我，我正看得很高兴，忽然看到一句"吾误矣"，就给我一个坏印象。现代汉语明摆着一句"我错了"，为什么不用？偏要酸溜溜地说一句"吾误矣"！我恳切地希望中学语文教师注意纠正这种坏文风。

我在几年前听别人说过这么一个故事：一位青年干部写信给一位领导干部，最后一句是"敬祝首长千古"。我听了，笑弯了腰，我以为是人家编造出来的笑话。不料后来我自己也经历了一个类似的故事：一位青年同志在病床上给我写信，他在信中说："我在弥留时给你写这一封信。"我复信说："你在弥留，应该是快断气了，怎能写信呢？"

有时候，乱用文言词，会导致对方不高兴。有一次，我在某校做了一次演讲，事后收到那个学校的道谢信，信内说："承你来校做学术报告，颇为精彩，特函道谢。"又有一次，一位中年同志写信给我说："您来信给我批评，使我颇受教益。"这两位同志都用了文言词语"颇"字，他们不知道，在古代汉语里，"颇"字一般用作相当的意思（《广雅》："颇，少也。""少"就是"稍"的意思）。"颇好"是"相当好"或"比较好"，"颇大"是"相当大"或"比较大"。现代北方话虽然把"颇"字当做"很"字讲了，但南方还有许多地方不把"颇"字当做"很"字讲。那么"颇为精彩"只是"相当精彩"，"颇受教益"只是"稍受教益"，包含有不大满意的意思。为什么不说"很精彩、很满意"呢？又有一次，一位青年同志写信给我说："希望你一定答复我的信，切切！"他不知道，"切切"是从前做官的人命令老百姓的话。在旧社会里，县太爷出告示，最后一句是"切切此令！"你瞧！写半文不白的信有什么好处呢？

今年五月，我写了一篇《白话文运动的意义》在《中国语文》上发表。福建有一位工人同志写信批评我说："你为什么反对学文言文？难道我们工农大众就不要提高文化水平吗？"这位同志是把文言文和文化混为一谈了。《毛泽东选集》五卷，除了一篇《向国民党的十点要求》外，都是白话文，而且是用浅显的语言阐述很高深的理论，我们学习毛主席的伟大著作，同时也要学习毛主席提倡白话文的精神。

最后，我还想谈谈写字。

我国有个优良传统：给别人写信，特别是给尊辈写信，必须每个字都写得端端正正，否则不够礼貌。有时写得匆忙，字写得不够规矩，还要在最后来一句："草草不恭，敬希原宥。"现在有的青年人写信不是这样：他们笔走龙蛇，潦草得看不出是什么字来。说是草书吧？草书也是有章法的，或者是学的怀素，或者是学的米芾，或者是学的文徵明，都好认，惟有他们独创的草书不好认！这样，我们看信的人就苦了。结果是看信人看不下来，索性不看，吃亏的还是写信人！还有一种字并不是草书，而是横行导致的毛病。我们知道，汉字多数是形声字，分为两部分，或者是左形右声，或是右形左声，也有一些会意字是分成两部分的。现在有些青年人在横写的时候，贪图写得快，常常把前后两个字连起来写，以致前一个字的右边和后一个字的左边结合在一起，字与字之间界限不清楚。于是"林木"变了"木林"，"明月"变了"日朋"，等等，也就很难看懂。写信人省了一点时间，看信人要多花一点时间，岂不是得不偿失吗？

最后署名是一个大问题。许多青年人喜欢用草书签名，而他的草书又是自创的，别人看不懂。问题就严重了，叫我怎么写回信呢？我只好在信封上照描，说声对不起，信寄得到寄不到我不负责任！外国人签名也很潦草，但是他们的信是用打字机打印的，他们在签名的后面还用打字机再打出他的名字，清清楚楚，就没有问题了。我们没有打字机，签名潦草，谁知道你的高姓大名呢？关于通信地址，也应该写得清晰些，以免误投或无法投递。

我重复说一句，希望中学在语文课中教学生写信。这是最实际的问题，需要解决。因为学生毕业后无论做什么工作，总是需要经常和别人通信的啊。

1980年《语文学习》第二期

十二、谈谈小品文

（一）

小品文是散文之一种。简单地说，小品文是篇幅短小、形式活泼、内容多样化的一种杂文。"小品"这个名词,晋代就有了的,但当时所谓小品,指的是佛经的简本;直到晚明时代,才有所谓小品文。现代小品文又和晚明小品文不同。现代小品文受西洋 essay(随笔)的影响很深,往往令人有幽默感。一方面强调要写出作者的个性,另一方面又强调要描写社会生活的各个方面。宇宙之大,苍蝇之微,无一不可以写。要用平易的语言讲出高深的哲理。这就和晚明公安、竟陵的小品太不相同了。

关于小品文,鲁迅有很好的评论。他在《小品文的危机》一文中,把古代的小品文比做士大夫家里的小摆设,把现代的小品文比做匕首和投枪。这样,他就把小品文提高到革命文学的地位。鲁迅的杂文,有许多篇可以认为是革命的小品文,他凭着这匕首和投枪,和社会恶势力进行殊死的搏斗。我们学习小品文,就是要向鲁迅先生学习。

(二)

小品文大约要有下列一些特点:

第一,好的小品文常常是幽默的。幽默并不就是滑稽。滑稽只是逗笑,而幽默则是让你笑了以后想出许多道理来。"幽默"的正确含义是用严肃的态度来逗笑,好的小品文要做到你笑我不笑。英国幽默大师斯威夫特(Swift 1667－1745)的《基利佛旅游记》,林纾译名为《海外轩渠录》,"轩渠"是笑的意思,表面看起来是一大堆笑料,实际上是对英国社会入木三分的辛辣讽刺。我在我的《龙虫并雕斋琐语》的代序上说："世间尽有描红式的标语和双簧式的口号，也尽有血泪写成的软性文章。潇湘馆的鹦鹉虽会唱两句葬花诗，毕竟它的伤心是假的；倒反是'满纸荒唐言'的文章，如果遇着了明眼人，还可以看出'一把辛酸泪'来！"其实，中国古代所谓滑稽，也是幽默的意思。司马迁在《史记·滑稽列传》序上说："谈言微中，亦可以解纷。"我希望在社会主义社会中，多生几个当代东方朔。

第二，好的小品文要做到言浅意深，言近旨远。言浅，因为讲的往往是日常生活琐事，人人看得懂；意深，因为其中包含着哲理，只有聪明人看了才发出会心的微笑。言近，因为讲的往往是眼前的事物；旨远，因为从这一件小事可以类推引申出许多大道理来。徐文长说："云隐蛟龙，得其一鳞一甲，正是可思，不必现其全身。"这是小品文的秘诀。小品文的作者，要用画家尺幅千里、意到笔不到的手法去描写社会生活。我们主张含蓄，并不是说文章短了就好；如果言浅而意不深，言近而旨不远，也就味同嚼蜡。我们要让读者如嚼橄榄，嚼过后还有一种甜滋滋的回味，这才是小品文的上乘。

第三，辱骂和恐吓决不是战斗。即使是对敌人，小品文也只能是冷嘲热讽，而不是肆意谩骂。鲁迅说得好：必须止于嘲笑，止于热骂，而且要嬉笑怒骂皆成文章，使敌人因此受了伤或致死，而自己并无卑劣的行为，观者也不以为污秽，这才是战斗的作者的本领。

（三）

古今小品文都讲究情趣，没有情趣不能成为好的小品文。

但是情趣不等于低级趣味。相声艺术在某种程度上近似小品文，好的相声演员就是当代的优孟，他们演出的相声可以移风易俗，有助于精神文明的宣传；近来低级趣味渐渐侵入相声，有些相声只有言浅，没有意深；只有滑稽，没有幽默，全是低级趣味。低级趣味的作品只能逗笑，不能耐人寻味。某些作品的趣味低级到那种程度，甚至不能逗笑，听众昏昏欲睡。这种情况在现代小品文中也是有的。我自己写的小品文，有时也不免陷于低级趣味。

要医治低级趣味，必须提高自己的文学修养。谁也不愿意写出低级趣味的文章，问题在于不知道什么是低级，什么是庸俗。我们不但要研究中国文学，而且要研究外国文学。上面说过，现代小品文受西洋 essay（随笔）的影响很深。不研究西洋文学，不容易把小品文写好。在小品文中，辞藻的运用也是重要的。要学习古人的辞藻，也要学习外国的辞藻。当然我不是提倡堆砌辞藻。明白如话是主要的，适当地运用辞藻是次要的。小品文要有书卷气，要使读者感觉到你是博览群书的人。书卷气是医治低级趣味的良方。诗讲究意境，小品文也讲究意境，要把小品文写成一首意境高超的散文诗。

写小品文要有丰富的生活和敏锐的观察，既然小品文是从各个方面描写社会生活的，小品文的作者要有丰富的生活，这是不言而喻的。但是，更重要的是作者要有敏锐的观察力，否则不能发现社会生活的隐秘，把它揭露出来。要做到"人人心中所有，人人笔下所无"。人家看了你的文章都说："这种生活经历我也有，但是我写不出。看了你的文章以后，你的话在我的心中起了共鸣，你是先得我心，是说到我的心坎上去了!"这样，你的小品文才取得积极的效果。

小品文要有个性，个性表现出来就是你的文章风格。在表现风格的同时，常常流露出你的人生观。这些地方最能显出你的文章的感染力。感染力的好坏，决定了你的作品的社会效果。因此，小品文的最高要求，是作者高尚人生观的树立。

1982 年《文艺研究》第一期

十三、谈语言
——接受《新闻与成才》杂志记者的采访

语言是人们表达思想感情的工具，是人们进行文学创作、新闻写作和其他一切写作的工具，我们既然爱好写作，又想在这方面成才，就不能不首先掌握好这个工具，而且要像木匠爱斧锯、画家爱颜料、战士爱武器那样爱我们得以进行工作的工具。

本来，文章是记录人们口语的，是写下来的语言。人们说话干净利落，通俗易懂，语意明白，表达准确，不会有错。

那么用文字来把这些话表现出来，也就不应有错。而实际情况为什么不是这样呢？

许多写文章的人，从中学生到大学教授，从新闻记者到作家，拿起笔来总想我现在是写文章，跟说话不一样，要把语言装饰得华丽一点，想把语句表达得文雅一点，想把文章写得美妙一点。于是总想造一个时髦的句子，东拐西缠多绕一些弯子。实际呢？弄巧成拙，适得其反。他们不懂得，文章脱离了口语，脱离了人民大众的语言，就不可能是准确、鲜明、生动的。

有一篇描写英雄到大海救人的报道说："他冒着刺骨的寒风，迈着冻僵的双脚跳入了沸腾的大海。"这是一个很费解又不准确的句子，作者在说话时绝不会这么说，这叫故作姿态。

还有篇报道，出现"他冒着七月流火在圩堤上东奔西走"这样的句子。"七月流火"出自《诗经》，指夏天星辰移动的位置，并不指天气炎热。用"七月流火"形容天气炎热就不对。我们平常说话从不这样说，可能说"冒着烈火、顶着烈日"，如果说"我冒着七月流火怎样怎样……"肯定要被人大笑一番。

著名散文家朱自清晚年的作品比他早年的作品好，他晚年的作品更受读者欢迎，我自己就爱看他晚年的作品。

这是什么原因呢？我认为重要的一点就是话怎么说，文章就怎么写。他早年的作品语句过于修饰、做作，读起来很绕口，理解就更不容易了。他晚年的作品朴素、自然、平易近人，就很受读者欢迎。这对我们后人是一种启发。

　　是不是说口语与书面语没有区别呢？也不是的。文章是有组织的语言，在这一点上，也可以说文章和语言不一样。我们平常说话的时候，往往不假思考，想到哪里就说到哪里，有时候语言不连贯，甚至前后矛盾，句子不合逻辑，不合语法。有的同志在小组会上发言头头是道，娓娓动听，但是人家把他的话记录下来，仔细看一下，却又会发现毛病百出，缺乏逻辑性和科学性。所以，我不反对对口语加工，并且，我一直是主张口语要经过加工才能上升为书面语。

　　报刊上使用的语言更要认真推敲，反复斟酌，不要以讹传讹。报刊上的语言往往要被读者仿效，因而更应该强调准确性、规范化。否则，会在语言文字的运用上制造混乱。比如，我曾在《人民日报》上发表过意见，认为"最好水平"这个说法在口语中运用勉强说得过去，而在报刊上运用就不对了。水平，原意是水的平面，水的平面永远是平的，只有高低之分，没有好坏之分。因此，说"最好水平"，是违背事理的。但是，至今有些报刊还在使用"最好水平"这个词。

　　又比如，有的报刊批评某些人对事情采取满不在乎的态度时，习惯用"不以为然"这个词。这也是不对的。"不以为然"是不以为如此或不以为对的意思，而不是满不在乎的意思。从这里我们再一次看到了不能随便运用口语。

　　但是在将口语上升到书面语的时候，一定不能忘了它的目的是什么，出发点是什么，这就是要使读者能读懂。在对口语进行加工时，既要考虑规范化，又要考虑大众化，要能够被读者领会、理解。否则，这种上升就失去了意义！

有些话本不符合书面语的要求，不准确，也不规范，但由于说习惯了，改不过来，叫什么约定俗成。谁约定的呢？恐怕总是从少数人说错开始，一直不去纠正它，变成俗成的吧！所以，不要把约定俗成拿来作语病的挡箭牌，该规范化的、能够规范化的，还是尽量要规范化。

语言应该是发展的，规范的标准也不是固定不变的，不可能一劳永逸。

1985 年《新闻与人才》第二期

十四、名词的把戏

——不是论大众语，而是论大众语的提倡

有人说，整部的文化史都不过是一些名词和术语的把戏而已；这话粗粗看去似嫌过份，但证诸晚近我们所看到的许多情形，却不能不相信它是包含着相当的真理了。同样意义的一句话，若用几种不同的术语说起来，仿佛可以显出不同的立场，甚至不同的阶级性。但这种表面上是不同的阶级性，不同的立场，若分析到最后，实不过是一些名词的魔术，内

容是因了这魔术才神秘化，高深化，而使人凛然不敢侵犯；若一旦把这些名词的西洋镜拆穿，则内容的贫乏和无聊便明白的暴露出来。

譬如"老百姓"一物，若称之为"黔首"或"庶民"，则俨然是君主或贵族的口吻，民主主义者称之为"民众"，自以为为普罗阶级服务的少爷们则称之为"劳苦大众"，或简称"大众"，而老百姓自己，却只知道自己是老百姓罢了，对于上面的那许多说法是一概的莫测高深。

莫里哀的戏剧里有一位暴发户，一天有人教他懂得文学是分成韵文和散文两大类的，他恍然大悟地说："我说了二十年的散文还不知道自己说的是散文呀！"同样，我们的老百姓是说了十年、二十年，或三四十年的话了，却至今还不知道他们说的话有一个"正确"的名词，叫做"大众语"。甚至于，你就是特意提醒他说："你所说的就是大众语。"他们也必然瞠目不知所对。不但如此，我甚至敢说，即使《自由谈》上的大众语问题讨论不截止，而再继续讨论三五年，也还是跟老百姓不发生一点儿关系的。

自然，既有了一个戏台，便不得不随时请些角色来凑热闹。在胡适之先生用白话写的文章来提倡白话，反对文言，而获得成功之后的十五年，再有人用同样的白话写的文章来提倡"大众语"，反对白话的这一回事，为变化起见，自然也是在所不免的。于是乎"文言——白话——大众语"的三阶段便俨然成立；聪明的先生们还把这三个阶段装饰上了漂亮的理论，说什么文言是贵族阶级的语言，白话是市民阶级的语言，大众语则是劳苦大众的语言。阶级的立场一旦站清，有人稍表怀疑便是落伍而"反动"，于是，把"言论惟恐不左，而行动不妨稍右"奉为做人信条的人们，焉有不风从之理！

我们中国事事崇尚摹仿，这一回的运动倒的确是宝贵的创造。它不但是欧美诸资本主义国家所无，即连大众的"祖国"，也仿佛并没听到有过这么一种运动的存在。普希金生在封建的生产方式还统治着俄罗斯的时代，但普希金时代的俄文似乎跟普罗文学大师高尔基的俄文，并没有什么本质上的差异，同样的俄文，说了贵族阶级的话，说了市民阶级的话，也说了劳苦大众的话。而中国的三个阶级却仿佛是三个不同的民族，"应该有"三种不同的文字，这也许是中华民族的智力超越了俄罗斯民族的地方。

我们至今还不能严肃地批评这个运动，因为这个运动，虽然热闹得叫人眼花缭乱，但还没有看见代表的理论出来，颇有叫人摸不着边际之感。即使就已经有了的一些文章看，也大部分都只是布尔什维克语汇的堆积，叫人如读八股文。切实的方案是至今还没有开出来的。但只就"文字应该大家都懂"这个比较不神秘的原则上来看，则这个闹得不可开交的问题，切实地讲，实是应该包含两个问题：一是"语文合一"的问题，二是"普及教育"的问题。但若这样一说破，问题似乎平淡得没有趣味了，还不如"阶级""成千成万的大众"那些话来得刺激，动听，而且有强大的号召力，于是乎，只有使问题混乱而不会使问题解决的"大众语"这名词便应运而生。

关于"语文合一"，胡适之的白话运动早就是这个问题的解决了。若以为"五四"以后白话也渐渐地跟语言脱离（实际上，语与文的游离也是一种自然的趋势，文字比语言相当高出一层，也是有其必要性，不过到过份脱离，而且脱离得不必要的时侯，却自然应该加以阻止的），则我们应该继承"五四"的遗业，使白话走到应走的正路上去。若巧立花名，气势汹汹地要来革白话的命，而没有真真的本质的东西来做根底，则这种浪费，实不是有理性的人所能够容忍的。

至于"普及教育"（起码的说，是识字运动）的问题，却是太实际了。厚脸的空谈主义者可以从跳舞场、回力球场回来之后就提笔为文，叫别人去深入大众。我却自愧不配讨论"普及教育"的问题。因为问题贵乎实行，而这实行，即使是部分的实行，也不是我的能力所可能办到的。不过，为暂时救急起见，为稍稍识字的老百姓们供给一些浅近的读物，也是应该的事。过去，基督教徒为要深入民间，便把他们的圣经译成官话、吴语、粤语……甚至于苗文、猓猓文；读得出，听得懂的目的是早就达到。他们不像现在提倡大众语的先生们似的要来一次语言的革命，他们只是悄悄地干着，干着。他们的精神是决非跑跳舞场和回力球场的先生们所能梦想得到。这些先生们是除了出于拿稿费的动机而玩弄一些名词和术语的把戏之外，再也不会做出旁的较实际的事情来了。

十五、谈科学的文学院

一切的计划或方针都不过是一种希望，因此有人主张为政不在多言。但是，社会人士对于我们负责行政的人往往要问："你们预备怎样办？"我们对这问题，笑而不答未尝不可以，但若说出我们的希望来，使志同道合的人们协助我们，让我们更容易达到我们的目的，似乎也不是无益的事。

我在中大文学院三十五年度第一次纪念周，喊出了"科学的文学院"的口号。这里所谓科学的，自然是以科学方法来研究文科各部门的学问的意思。我说这话，绝对不是抹杀了传统的哲学、文学和艺术；我赞成旧园地继续耕耘下去，但是我们不应该忽略了尚待开垦的新园地。在文科各部门当中，历史学之必须用科学方法，是尽人皆知的。欧洲有些大学，社会学、人类学，及至于一切社会科学都属于文学院，更加重了文学院的科学性，语言学和生理学、物理学有关，它有语音实验室，简直是侵入了理学院的领域。剩下来只有文学和哲学，一般人认为和科学是没有多大关系的。但是，哲学方面，像近代的实证哲学，已经非常接近科学，而现代的数理逻辑，简直就是科学的一种了。文学方面，连文章的风格，也有些学者用科学方法去研究（例如法国的巴里教授）。可见在这科学时代，一切学术都有科学的趋势，我们自然不该故步自封了。

依国内一般大学的情况看来，理工医农等科往往比文法两科办得严格些，尤其是文学院对于同学们容易采取放任主义。这似乎和文学院的性质不无关系。实际上，文科的教授当中，硕学通才并不比其他的学科少些。不过，我们往往是律己严而责人宽；督责自己的时候多，督促同学的时候少。我自己就是这样的一个人。现在我才感觉到以往的态度不是很合理的态度。我们今后希望能多多督促同学，使同学们能达到理想的学术水准。我说"我们"，因为本学院各位系主任和教授们都是很热心地向这一方面做去的。

我一向不喜欢"整顿学风"四个字。我认为学风只可倡导，不可整顿。有了好教授，同学们自会专心上课；有了充足的图书、仪器，同学们自会热心研究。中大即使有缺点，也是国内大多数大学所共有的缺点，决不是中大所独有的。今后我们努力的方向，兴利重于除弊，希望本学院的优良教授一年比一年增加，设备一年比一年充实。关于前者，王校长正在而且将要继续地努力做去，同时我们也应该负起荐贤的责任；关于后者，事关全国的经济，短时期内我们不能期望太奢，然而我们也希望努力促其实现。

一个好大学的必需条件，除了良好的师资之外，以充足的经费和优良的环境为最要。中大的经费，比起欧美的大学来，虽则望尘莫及，比起国内其他著名大学却无逊色。至于中大的环境，因为地濒南方大港，容易接受世界文化，更比一般大学的环境为优。规模宏远的中大，具备了这两个优良的条件，应该有其灿烂的前途。二十二岁的青年，摆在眼前的是一番伟大的事业，中大是有前途的，因此，中大文学院也是有前途的。趁着中大的生辰，我们谨献这两句祝语。

上文原名"今后的中大文学院"，载 1946 年《国立中山大学二十二周年校庆纪念特刊》

再谈科学的文学院

去年校庆日，我发表了一篇文章，提出了"科学的文学院"的口号。今年校庆特刊的编辑先生找我写文章，我仍旧想要再谈一谈这个问题。

《大学》里说："古之欲明明德于天下者，先治其国；欲治其国者，先齐其家；欲齐其家者，先修其身；欲修其身者，先正其心；欲正其心者，先诚其意；欲诚其意者，先致其知；致知在格物。"这几句话虽是几千年前说的，到现代仍旧不失其为真理。整个的大学教育都应该以此为则；尤其是格物、致知这两个阶段应该认为大学的根本。一般人往往误会格物致知是理科的事，而不知道文科的学问也是格物致知，不过研究的对象不同而已。

这二三十年来，国人大都喜欢谈修齐治平和正心诚意；至于真正孳孳矻矻地去做格物致知的工夫的人，却往往被认为书呆子。其实如果没有格致做基础，一切修齐治平的理论都是空中楼阁。标语口号不是学问，由标语口号放大的文章也不是学问。真正的学问是建立在格物致知上的。

有些人明明做的是格致的工作，却偏要表明他的学问是和修齐治平有关系的，这也大可不必。学文科的人，不难在说漂亮话，而难在说正确的话和写一些"南山可移，此案必不可改"的文章。我们不希望养成一班韩退之、柳子厚、陈其年、袁子才，只希望大家步武着戴东原、阎百诗、段懋堂、朱丰芑、王静安、沙畹、伯希和，而加以改进。我们要把文科方面的一切 data 都当做物理现象去分析，当做生理现象去解剖。唯有这样，才可以避免做一个新冬烘，才可以赶得上这一个新时代。

1947 年《国立中山大学文学院院刊》第二期

十六、岭南大学员生工友协商会议开幕词

朱副市长、萧副厅长、陈校长、各位代表：

岭南大学员生工友协商会议今天开幕，得到朱副市长、萧副厅长和陈校长来会指导，本人谨代表全体代表致谢。

岭大"校协"是适应客观的需要而产生的，在此战争创伤尚未治愈的时候，岭大跟着整个国家社会走到了经济困难的阶

段。教职员工友薪水不够用，学生学费交不出。应怎样开源节流，怎样增加生产和增进员生工友的福利，非由全校各位坦白地诚恳地协商不可，这是校协召开的第一个理由。现在是新民主主义的时代，我们的课程应该配合着它，我们的教授法和学习法都会有所改变，这问题非师生共同解决不可，这是校协召开的第二个理由。学校的行政组织也应该走到更民主更合理的道路上，我们虽然在短时间内不能一切改变，但至少应该确定了校务委员会组织法，这是校协召开的第三个理由。

根据上面的理由，我们联合了多方面的人，如学校行政人员、教授、讲师助教、中小学教员、大中小学职员、大中小学学生和全校工友，并特别邀请校友代表及其他有关单位代表，共六十七人，来开这一个校协。这个校协，在名称上虽近似于人民政治协商会议，但在性质上却和各界人民代表会议大致相同，因为它并没有约束学校行政的能力。换句话说，校协的决议只能向学校建议，不能交学校执行。因此之故，我们这个会不用表决法。我们希望：多数的提案都可以协商成功，假如有些提案意见不能一致时，我们得举行测验，将赞成和反对的人数记下来，以供学校参考。

在这里，我愿意说一说协商的精神。我们认为每一件事，真理只有一个。如果真理在我一方面，人家不赞同我，是因为我没有耐心地去说服人家。如果真理在别人一方面，而我不赞成别人，是因为我没有虚心地自我检讨过。如果一方面耐心地说服别人，另一方面自我检讨，协商没有不成功的。在旧民主熏陶惯了的人们，对于协商不容易了解，他们不懂为什么开会用不着打架，为什么能得到一致的协议。其实，假使我们在平日能有批评和自我批评的精神，平时批评了别人，别人觉察了他们自己的错误，意见就接近了，平时批评了自己，自己和自己打架，也往往因此就不必和别人打架了。旧民主会议的打架，大多数是因为缺乏了协商的精神。我想我们一定能十分和谐，不至于犯这毛病的。

我们都是受过旧民主方式训练的人，恐怕一时改不过来，所以我们不敢希望这次校协开得十分满意。因此，我们必须把握着几个重点，例如学费征收问题、新知识学习问题、校务会议组织问题、合作社问题，都应该在这个会里得到协议。至于其他问题，如能获得一致的协议最好，否则宁愿保留，将来再耐心地说服别人，或让别人说服。如果大家同意，校协仍可保持，或下次另选（这等到闭会之日讨论）。时间过去了，时机成熟了，客观条件变迁了，也许现在反对你的意见的人到那时已经变了赞成你的人！倘若现在在旗鼓相当的情形之下，舌战一场，争得脸红耳热，勉强得到了过半数的同意，学校仍旧不敢采纳，又有什么用处呢？

总之，我们应该向中国共产党学习，共产党是最革命的，但也讲究计划和步骤。我们应该有计划有步骤地进行可能而必要的改革。这一个会议是我们的民主第一课，同时也是我们学习了二个月以后的第一次期中考试。我们的群众乃至社会人士会给我们打分数。我们不能希望一百分，但我们至少必须要有六十分！这是我们应该互相勉励的。

1950 年《岭南大学校报》第一一〇期

十七、法语的起原及其最早的史诗

现在的法兰西，在古代叫做高鲁。高鲁四面都有天然的疆界：北方与西方有大西洋，南方有丕列尼山脉与地中海，东南有阿尔伯山脉，东方与东北有莱因河。罗马人早就到高鲁来居住，借口说是来帮助马赛的居民（马赛的居民原是从希腊来的）。他们在马赛建立了罗马的一个行省①。他们记得罗马被高鲁人侵略过；当时高鲁北部的居民仍旧勇猛好战，如果不能征服他们，罗马就永远不得安宁。纪元前 58 年，爱都安人与爱尔维特人打仗②，爱都安人求救于罗马大将该撒；纪元前 51 年，该撒就把整个的高鲁造成了罗马的一个行省。高鲁人也曾很勇敢地抵抗，尤其是高鲁的大将维桑歇多利克斯

---

① 　这行省叫做 Nostra provincia，现在的 provence 就是从此得名的。
② 　爱都安人与爱尔维特人都是高鲁的民族。

很精忠，很英雄，只可惜高鲁的内部不睦，终于被该撒征服，杀了一百万的高鲁人，占领了高鲁的全境。

依该撒的纪事所载，高鲁分为三部分：南部为阿基丹人所居，中部为地道的高鲁人所居，北部为比利时人所居。阿基丹人原是伊比利的种族①；而高鲁人与比利时人所说的是赛尔特语。赛尔特语与梵文、希腊语、拉丁语同属于印欧语系。高鲁人在政治上的团结力不强，他们的文化又赶不上罗马的文化，所以罗马的语言与文化不久就被他们采用了。该撒与其继承者奥古斯德努力使高鲁人丧失了独立的回忆，于是把行政区域不依从前的部落而区分，却只依地理而区分；同时废除了他们的宗教与关于宗教的制度。过了一些时候，高鲁在言语习惯上都成了罗马的地方，换句话说就是罗马的言语经过了小小的变化之后，竟成为高鲁的言语了。让我们看它是怎样变迁的。

当罗马人到高鲁来的时候，他们说的是意大利古代的一种言语，叫做拉丁语；但是，这拉丁语有两种截然不同的形式：第一种是"文言"（sermo nobilio），第二种是"白话"（lingua rustica）。据人们传说，西塞禄②在当众用文言演说了之后，归家用白话告诉他的妻儿们。在白话里虽则也有许多文言里

① 伊比利是亚细亚的古国。
② 西塞禄是罗马的大演说家。生于纪元前 106 年，殁于纪元前 43 年。

的字，但它们所包含的成语是大不相同的。我们可以说，该撒的兵士们口里所说的话，与他自己的名著纪事里的言语相差很远。高鲁人所学会的不是该撒所用的文言，而是他的兵士们所说的白话。罗马每征服一个地方，就把这白话传播到那地方，因环境的关系，那些被征服的人民及其子孙们又在无意中把这白话有所增改，所以形成了八个族语。这八个族语就是：（一）法兰西语；（二）勃罗旺斯语；（三）西班牙语；（四）意大利语；（五）葡萄牙语；（六）加达兰语；（七）罗马白话；（八）罗马尼亚语。

上文说过，高鲁人被罗马征服后，就采用了拉丁语；那么，在第四世纪，日耳曼人也侵略高鲁，高鲁人岂不又抛弃了拉丁语而采用日耳曼语吗？不是的。当时法兰克人住在北边，布尔干特人住在东边，维西哥特人住在西南；日耳曼人虽是征服者，但是他们比不上罗马化的高鲁人文明，所以高鲁的言语与文化倒反被他们采用了。不过，日耳曼人到底带了些新观念来，高鲁人想要表现这些新观念的时候，就不能不采日耳曼的一些名词或术语。现代的法语里，有许多字是直接地从日耳曼语里来的，尤其是关于战争与封建制度的名词。

在高鲁，罗马的言语可分为两支：北方有"哀伊语"，南

方有"欧克语"①，而每一支当中又包括了许多方言。自从 13
世纪，十字军战胜了阿尔俾教徒之后，欧克语在文学上就失势
了。直到 19 世纪的末叶，米斯特拉尔（1830－1914）与其他一
些诗人仍用欧克语做诗，米氏的诗才很高，所以欧克语似乎复
兴了。

哀伊语里最主要的一些方言乃是丕加语、诺曼第语、布尔
干语、辅瓦都语与法兰西岛的方言，而所谓法兰西岛的方言就
是现在的法语。在这些方言当中，每一种都在文学上占过重要
的地位。后来法兰西语成为全国的国语，也并非因为当时用法
兰西岛的方言写成的文学作品远胜于其他的作品。加洛文族避
居拉安之后②，已经毫无势力了；诺曼第公爵、法兰西公爵与巴
黎伯爵所领有的土地，比路易第四与罗铁③所领有的土地大了许
多。巴黎伯爵大吴格（？－956）执掌着立国王的大权；加洛文
族时而依靠诺曼公爵，时而依靠巴黎伯爵暂保王位。后来诺曼
第与巴黎联络起来与王室作对，于是加洛文族就失了王位；987
年，大吴格的儿子吴格加贝（938？－996）登了王位，此后就
是所谓加贝朝。加贝朝以巴黎为首都，加贝的子孙把势力扩充

---

① 北方的人把"是"字说作"哀伊"，南方的人把"是"字说作"欧克"，故得
　此二名。
② 加洛文族曾为法国的国王，从 751 年至 987 年。
③ 都是加洛文族。路易第四在位的期间是从 936 至 954 年；罗铁是从 954 至 986
　年。

至全国。到了 13 世纪，费理伯第二（1165－1223）立了许多战功，王位越加稳固，于是国王的言语便成为国语。法兰西岛的方言既变了法国文学上的言语，于是其他各方言在起初的时候虽是同样重要的，也只能退为一地的乡谈了。

在研究中世纪文学史的时候，我们该注意到"老法语"与现代法语之间的主要差异点。老法语模仿拉丁语，有两种格的变化，就是主格与宾格；直到 15 世纪，主格的变化才消灭了。到了文艺复兴时代，有所谓"中法语"替代了老法语；中法语到了 17 世纪又变为现代法语了。

古书上曾援引了许多次高鲁的罗马语。至 768 年，圣经的列啥那注里也援引了几句话，是关于卑滨（？－768）的儿子查理第一（742－814）即位的事情的。但是若论用哀伊语写的全篇的文字，要推斯塔市堡誓辞为最早。这是 842 年，法兰西王查理第二（823－877）与日耳曼王路易（817—876）的誓辞。原文如下：

Pro deo amur et pro christian poblo et nostro commun savament, d'ist di in avant，in quant deus savir et podir me dunat, si salvarai eo cist meon fradre Karlo et in aiudha et in cadhuna cosa，si cum on per dreit son fradra salvar dift, in o quid il mi altresi fazet, et ab Ludher nul plaid nunqua prindroi, qui meon vol，cist meon fradre Karle in damno sit.

由这一篇誓辞看来，有许多字是拉丁文的形式，但我们也可以在其中看出若干现代法文的雏形，兹译成中文如下：

为了上帝的爱，为了基督民族共同得救，从今日起，只要上帝能赐予我的知识与能力，我愿在一切事情都帮助我的兄弟查理——但须他也同样地对待我；而且我不与罗迭尔订立我所乐意然而有害于我的兄弟查理的任何条约。

到了第十世纪，有胜爱拉丽的情歌。就法语的历史看来，这是很有兴趣的作品。兹仅录其第一阕如下：

Buona Pulcella fut Eulalie;

Bel anret corps, bellezour anima.

Voldrent la veintre li Deo imini,

Voldrent la faire diaule Seruir.

译成中文是：

爱拉丽是一个好女子；

她有美的身体，她有更美的灵魂。

上帝的仇敌们想要战胜她，

想要使她做魔鬼的奴隶。

依这情歌里的叙述，爱拉丽不肯否认她的上帝，于是罗马的皇帝马克西绵（276—305）判她受焚刑。他们把她投入火里，但她既没有任何罪孽，所以烧不着她。后来皇帝用剑斫断了她的头，她就变了一只白鸽，飞到天上去了。

　　此外有些古史料，在言语学上认为重要，而在文学上认为次要的，例如圣烈遮传、圣阿力克西传、耶稣受难记、哥尔孟与伊森巴尔等。这些作品与文学史没有很密切的关系，但是，如果我们要了解中世纪的法国文学，势不能不研究"老法语"。又如果我们要对于中世纪的文学作品罗兰歌彻底了解，更不能不用批评的眼光去研究法语里最古的一些史料。古代法语之研究，非但可以使我们懂得中世纪的文学作品，而且人类史里最奇怪的、最有兴趣的一个时期的制度与风俗，都因此给我们知道了。

　　自斯塔市堡誓辞至嚣俄等人的作品，期间相隔了一千年，然而19世纪的法语，仍是第九世纪的法语，也就是该撒的军队的言语，这是拉丁语里的士谈，每世纪逐渐变化，一千年来，替不少的天才表现他们的思想，造成了法国的文学。

　　巴里士说[①]："法国的史诗，乃是以罗马语为形式的日耳曼思想，与基督教的新文化——尤其是法兰西的新文化——的混合产品。"这话是很对的。

　　法国的史诗中有所谓"遮斯特歌"。"遮斯特"是"行为"或"历史"的意思。但除了遮斯特歌之外，还有伯洛丹史诗等。

----

① 　巴里士（1839－1903）是著名的语史学家，对于中世纪的诗也发表了许多研究的文字。

为陈述便利起见，我们可以分中世纪的史诗为三种：法兰西史诗；伯洛丹史诗；古史诗。

法兰西史诗又分为三部分：国王史诗；加伦史诗，或名基洛姆史诗；多昂史诗。现在我们先从国王史诗说起。

在第十一世纪的时候，封建的爵士可以说是有无限的权威，当时还没有市民阶级，而佃户阶级是可由爵士们任意役使或处置的。在法国境内，只有两种势力：第一种是男爵的势力，第二种是国王的势力；当时国王还不能借着人民的力量去制御男爵。男爵的府第高高地建立在岩石之上；当他征战归来的时候，只有他的妻儿们伴着他，而没有别人同他往来，于是他就觉得很寂寞了。偶然一个"行歌的诗人"到他的窗前来唱奥里维叶或罗兰的战功[①]，他当然是很欢迎的。有时候，爵士本身就是一个诗人，因此我们懂得：歌中所咏的当然是赞美爵士们的话，而国王倒反往往不能与男爵并肩了。有时候，诗人对于前王查理马特（689—741）、卑宾（？—768）、卡尔曼（742—814）的战功，也很颂扬；至于他们的衰弱的后裔以及加贝朝那些国王，就被他们比于"白须的皇帝"了。法兰西的"遮斯特歌"所咏的是与萨拉辛人的战争，及法兰西人所立的很大的战功；歌中主要的乃是政战的情调；女人与爱情在这里是不占重要地位的。

———————————

① 奥里维叶与罗兰都是古代著名勇敢的骑士，见下文。

诗中往往只用"高音缀的押韵法"①，而且诗做得很长，因此，在大多数的诗中，都令人感觉得颇为单调。但是，语气往往是强的，声调往往是响亮的；其天真处有时候倒又显得可爱。在这些作品里所浮现的一个社会，令我们联想到荷马时代的社会；"遮斯特歌"里的英雄们，其纯朴、忠诚勇猛，都能与伊里亚德里的英雄相比，所以就能引起我们很大的兴趣了②。

中世纪的史诗，可以罗兰歌为代表。

---

① 这是不完善的押韵法，例如以 Scmbre 韵 tondre，以 peindre 韵 peintre，以 a'm 韵 a'ge。

② 关于"遮斯特歌"的评价，E. Abry 在他的《法国文学史》里有下列的一段话："在天真烂漫的人民，他们只知道注重于歌中的本事，本事有趣味就好；至于歌的形式，他们是不大注意的。所以他们的诗歌的结构还不是完美的。较古的诗的句子较短，较近代的诗的句子较长。大部的句子只有十个音缀，但较近代的作品里也有十二个音缀的。他们押韵，只知顾及末字的高音缀，至于那高音缀后的音素就不为他们所注意了。例如 exemple 与 avenante、France 叫韵；直至近的歌词，才有真正的押韵，例如 aimerai 与 aurai、Bertolai、recoverrai 为韵。

他们的描写也是单调的。类似的意思，只晓得拿类似的语句去表现。诗的每句起首往往是同一起法，这虽则有些是叙述上不得不然的，但也显得当时的诗人不大晓得变换句法。譬如下面的句子：

奥里维叶觉得死神太使他痛苦了……
罗兰觉得死神逼迫他了……
罗兰觉得死神近了……
罗兰觉得死神开始擒他了……

他们的描写又往往是枯燥的，尤其是描写到情绪方面。例如描写一个人的痛苦，只有下面的一句话：

他双眼流泪，捋着他的白须。

又如罗兰歌中的美女阿尔德总算是一个要角了；但关于她的死，只有寥寥数字，未免太枯燥了。

　　778 年，卡尔曼征西班牙归来，他的"后军"在郎斯福谷为巴斯克人所袭击而覆没，大将罗兰战死，民众就借这一件大事去编成这一篇罗兰歌，巴斯克人变了不信教的萨抗辛人，郎斯福这一次的惨败，既足激起民众护教的热诚，又足鼓励法兰西人的爱国心。

　　萨拉哥斯（在西班牙）的国王马尔西看见他自己敌不过卡尔曼了，于是遣使乞和。罗兰奏请派遣他的继父（即他的母亲的丈夫）加纳龙到萨拉哥斯去答覆马尔西。谁知加纳龙妒忌罗兰的战功，竟与马尔西谋杀罗兰。当时是罗兰做后军司令，他们就派萨拉辛全军去袭击他，要在皇帝的大军未能到来救他的时候就使他全军覆没。他们依着他们的阴谋实行，于是罗兰在郎斯福就被大队人马袭击。罗兰的未婚妻阿尔德①有一个哥哥名叫奥里维叶的在他身边，看见了大队的仇敌到来，就劝他吹他的号角让卡尔曼回军救他。罗兰是自负的英雄，恐怕因此污辱了家声，就与萨拉辛人打起仗来。他们大显威风，把敌人杀了不少；终因寡不敌众，眼看就要全军覆没了。主教杜尔宾劝罗兰在此刻吹角，让卡尔曼来替他们报仇，而且把他们葬于圣地。于是罗兰把号角一吹，万山响动，卡尔曼听见了，就回军救他。但是，可惜啊！他尽管纵马加鞭，到来已经迟了！这时候，法国大雷，大风，雨雹，屋崩，地裂，大家以为是世界的末日到

———————————

①　或作"奥德"。

了。不是的！这是为罗兰吊丧！

他们在郎斯福战到最后的时候，全军覆没了，只剩下奥德维叶、罗兰与主教杜尔宾。奥德维叶又比二人先死；主教杜尔宾先为诸死者祝福，然后也死了。罗兰在吹号角的时候把太阳穴吹破了，现在他觉得他快要死了。萨拉辛人已被打退了，剩下罗兰独自一人。但是，他还怕死后他的宝剑为叛贼所得①，所以他把它打在岩石上，希望把它打断了。谁知这剑真是好剑，非但不断，倒反把岩石斩裂了。于是英雄的罗兰预备死去，把颈扭转来，不向西班牙，把宝剑与号角放在头的下面，忏悔他的罪孽，而以他的右手的手套献给上帝。天使的首领嘉伯利耶来迎接他，由许多天使把他的灵魂送上天堂去。卡尔曼到了郎斯福，收了骑士们的尸首，于是祈求上帝把日子延长，让他战胜了萨拉辛的大将巴里刚。上帝允许了他的祈求，于是他就扑灭了那不信教的军队，很悲哀地回到了爱克斯圣堂，把罗兰的死耗告诉了那美丽的阿尔德。阿尔德一听见了，立刻就倒在皇帝的跟前死了。加纳龙被处四马分尸之刑；马尔西已死，其寡妇则受基督教的洗礼，而上帝还派圣嘉伯利尔来告诉卡尔曼，要他再与那些不信教的人打仗。据罗兰歌说皇帝很希望能不再去打仗了。他说："上帝啊！我的命真苦！"他双眼流泪，捋着他的白须……

---

① 他的宝剑名为 Durendal。

罗兰歌真是一种好作品；尤其是歌中所描写的英雄甘心战死，"以免辱及亲爱的法兰西"，更能令人非常感动。我们不知道这歌是谁写的；歌后虽附着杜洛尔特的名字，但杜洛尔特大约只是抄歌的人。巴里士说："关于罗兰的问题很多，批评家也许永远不能解决……大约起初是在法属的伯洛丹地方编的，后来在安朱经过了删改。编歌的人大约是一个法国的法兰西人，最后在歌中加了些爱国与尊王的思想，全歌大约是在腓力第一御宇时代（1060－1108）完成的。"

最古的三篇史诗是：罗兰歌；卡尔曼的朝圣礼；国王路易。在国王史诗中，有"Ogier le Danois""Renaud de montauban Girard de Roussillon, Huon de Bordeaux, Berte aux Grands Pieds"（直译为大脚的贝尔德）等；又有不归国王史诗，亦不归加伦史诗或多昂史诗，而直隶于法兰西史诗者，如"Aioul""Amis et Amiles"等。加伦史诗与多昂的史诗往往是谱系式的叙述。作者叙述某一著名的英雄的初年的功绩，于是假定那英雄的祖宗或父亲有了种种非常的遭遇。这么一来，那英雄往往像是比他的祖父先出世似的。有些史诗是以十字军为题材的，例如安狄佑歇歌也属于法兰西史诗。中世纪的"遮斯特歌"非但在法国脍炙人口，而且为全欧洲所传诵，其实它也值得传诵的，虽则老法语的史诗中没有一篇能与但丁的神曲相颉颃，但是我们可以说罗兰歌实在值得赞美。我们只可惜罗兰歌与法兰西史诗中大多数的"遮斯特歌"的作者的姓名没有流传下来。

伯洛丹史诗往往被称为"罗曼"①；它们表现中世纪骑士的情绪，而且表示人们应该对妇女有礼貌，应该保护寡妇孤儿，又应该保护任何被压迫者。伯洛丹史诗是很可爱的，就其中所叙述的情节看来，它们的作者的想象力要比法兰西史诗的作者的想象力更丰富些。在伯洛丹史诗里，爱情居最重要的地位，情节也比"遮斯特歌"更有变化，其中不仅有战争的问题了。诗中往往是超自然的事迹，然而关于爱情的故事却是很可爱的，很动人的。伯洛丹史诗中的主人翁都是阿吐尔。依诗中说，阿吐尔乃是加尔国的国王，是像卡尔曼一般的大人物，比法兰克诸国王高贵多了。实际上，阿吐尔只是塞尔特的一个部落的酋长，他很英雄地抵抗撒克逊人的侵犯，后来他被放逐于阿华龙岛，还等候他的人民吁请他回去把敌人赶出去。诗人们也像借用罗兰战死的事实一般地去借用这塞尔特的小首领的故事，于是一件平常的事竟变成了诗人的神话。在诗人的口中，阿吐尔是一个神武的国王，他有二十员大将，这二十员大将每次在一起的时候，都是围着一张圆桌子而坐的，所以称为"圆桌骑士"，而伯洛丹史诗亦称为"圆桌史诗"。伯洛丹史诗中先有了些爱情叙事短诗，叫做"兰"，后来才有许多很长的"罗兰"，

---

① Roman 一家，在现代是小说的意思。古代凡以散文或诗叙述的故事，用罗马语写下来，都叫做 Roman。

但是大多数的"罗兰"是采取"兰"的题材的。玛利法郎士写了十二首"兰",其中最动人的故事要算特里斯丹的哀史了。

特里斯丹是哥奴爱国国王马尔克的侄儿。国王派他到爱尔兰去接那金发的伊索儿来做王后,伊索儿的母亲给新夫妇预备下了一种饮料;这饮料乃是仙方,男女二人同饮了之后,便"永远相爱,生死不渝"。谁知特里斯丹与伊索儿回到中途,一时弄错了,竟把那饮料喝完了。于是仙人就判他们永远相爱。后来给国王马尔克发觉了他们的秘密,就把他们驱逐到森林里去。他们二人在森林里过的差不多是原始野人的生活,有一天,马尔克遇见了他们,觉得很可怜,于是愿意收伊索儿为妻,但须特里斯丹渡海远去为条件。特里斯丹离了他的爱人之后,娶了另一个伊索儿,诺爱尔公爵的女儿。然而心念旧人,不胜痛苦。后来他被敌人的有毒的兵器伤了,于是他写信一封,寄给那金发的伊索儿,求她来医治他。如东来船载着伊索儿,船桅上就挂着白帆,否则船桅上就挂着黑帆,谁知他的妻子骗他,说帆是黑的。特里斯丹绝望而死,死后伊索儿才赶到,抚尸一恸,也就死了。

伯洛丹史诗的作者,最著名的是克列颠、拉乌尔、罗贝尔等。其中又以克列颠的作品最为重要,因为都是取材于加尔人民的传说的好作品。他的"罗曼"当中的杰作是:(一)车的故事;(二)狮的骑士;(三)克利歇斯;(四)贝斯华尔。德国诗人哈特曼、福尔佛蓝都曾模仿或翻译他的作品，现在我们还很喜欢读它。

末了要说到古史诗。古史诗里，重要的主人翁乃是亚历山大王（356B. C－323B. C.），而最著名的作家是阿尔贝里克。他的诗是用"欧克语"写的，传诵很广，"哀伊语"的诗人们也模仿他。希腊末期的英雄，到了中世纪的史诗里，都有许多神奇的事迹，与历史不尽相符。在 12 世纪，伯奴华也用古代的题材写了许多"罗曼"，例如特莱与伊尼亚在中世纪都是很有名的。当时的教士们虽沿用拉丁文，诗人们却不曾用拉丁文去写诗。直到 16 世纪文艺复兴，才有希腊文或拉丁文的文艺作品。

1948 年《包令留教授来华教学四十周年纪念特刊》

十八、谈谈怎样读书

我们指定研究生要读两本书：一本是《说文段注》，一本是《马氏文通》。同学们希望我讲一次课，谈谈怎样读书。今天我就来讲一讲，分三部分讲：第一部分论读书，泛泛地讲关于读书的一些问题；第二部分讲怎么读《说文段注》；第三部分讲怎样读《马氏文通》。

先讲第一部分，论读书。

首先谈读什么书。

中国的书是很多的，光古书也浩如烟海，一辈子也读不完，所以读书要有选择。清末张之洞写了一本书叫《书目答问》，是为他的学生写的，他的学生等于我们现在的研究生。他说写这本书有三个目的：第一个目的是给这些学生指出一个门径，从何入手；第二个目的是要他们能选择良莠，即好不好，好的书才念，不好的书不念；第三个目的是分门别类，再加些注解，以帮助学生念书。从《书目答问》看，读书就有个选择的问题，好书才读，不好的就不用读。他开的书单子是很长的，我们今天要求大家把他提到的书都读过也不可能，今天读书恐怕要比《书目答问》提出的书少得多，我们没那么多时间，因此，选择书很重要。到底读什么不读什么？拿汉语史来说，所有有关汉语史的书都读，那也够多了，也不可能。而且如果是一本坏书，或者是没有用处的书，那就是浪费时间，不只是浪费时间，有时还接受些错误的东西，所以选择书很重要，如对搞汉语史的来说，倘若一本书是专门研究六书的，或者专门研究什么叫转注的，像这样的书就不必读，因为对研究汉语史没什么帮助。读书要有选择，这是第一点，可以叫去粗取精。

第二点叫由博返约。对于由博返约，现在大家不很注意，所以要讲一讲。我们研究一门学问，不能说限定在那一门学问里的书我才念，别的书我不念。你如果不读别的书，只陷于你搞的那一门的书里边，这是很不足取的，一定念不好，因为你的知识面太窄了，碰到别的问题你就不懂了。过去有个坏习惯，研究生只是选个题目，这题目也相当尖，但只写论文了，别的书都没念，将来做学问就有很大的局限性，如果将来做老师，那就更不好了。作为汉语史的研究生除了关于汉语史的一些书要读，还有很多别的书也要读，首先是历史，其次是文学，多啦，还是应该从博到专，即所谓由博返约。

第三点，要厚今薄古。这是什么意思呢？这是因为从前人的书，如果有好的，现代人已经研究，并加以总结加以发挥了。我们念今人的书，古人的书也包括在里边了。如果这书质量不高，没什么价值，那就大可不念。《书目答问》就曾提到过这一点，他说他选的大多是清朝的书，有些古书，也是清朝人整理并加注解的，比如经书，十三经，也是经清朝人整理并加注解的。从前，好的书，经清朝人整理就行了，不好的书，清朝人就不管它了。他的意思，也就是我刚才说的那个意思。他的话可适用于现在，并不需要把很多古书都读完，那也做不到。

其次谈怎样读书。

首先应读书的序例，序文和凡例。过去我们有个坏习惯，以为看正文就行了，序例可以不看。其实序例里有很多好东西。序例常常讲到写书的纲领、目的，替别人作序的，还讲书的优点。凡例是作者认为应该注意的地方。这些都很好，而我们常常忽略。《说文》的序是在最后的，我建议你们念《说文段注》把序提到前面来念。《说文序》，段玉裁也加了注，更应该念。

《说文段注》有王念孙的序，很重要。主要讲《说文段注》之所以写得好，是因为他讲究音韵，掌握了古音，能从音到义。王念孙的序把段注整部书的优点都讲了。再如《马氏文通》序和凡例也是很好的东西，序里边有句话："会集众字以成文，其道理终不变。"意思是说许多单词集合起来就成文章了，它的道理永远不变。他上面讲到了字形常有变化，字音也常有变化，只有语法自始至终是一样的。当然他这话并不全面，语法也会有变化的，但他讲了一个道理，即语法的稳定性。我们的语法自古至今变化不大，比起语音的变化差得远，语法有它的稳定性。另外，序里还有一句话："字之部分类别，与夫字与字相配成句之义。"这句意思是说研究语法，首先要分词类，然后是这些词跟词怎么搭配成为句子。语法就是讲这个东西，这句话把语法的定义下了，这定义至少对汉语是适用的。《马氏文通》的凡例更重要，里边说，《孟子》的两句话"亲之欲其贵也，爱之欲其富也"，"之"是"他"的意思，"其"也是"他"的意思，为什么不能互换呢？又如，《论语》里有两句话："爱之能勿劳乎？忠焉能勿诲乎？"两句格式很相像，为什么一句用"之"，一句用"焉"？《论语》里有两句话："俎豆之事，则尝闻之矣；军旅之事，则未之学也。"这两句话也差不多，为什么一句用"矣"，一句用"也"呢？这你就非懂语法不可。不懂，这句话就不能解释。从前人念书，都不懂这些，谁也不知道提出这个问题来，更不知怎么解答了。这些问题从语法上很好解释，根据马氏的说法，参照我的意见，可以这样解释，"亲之欲其贵也，……"，为什么"之、其"不能互换？因为"之"只能用作宾语，"其"相反，不能用作宾语。"之、其"的任务是区别开的，所以不能互换。"爱之能勿劳乎？忠焉能勿诲乎？"为什么"爱之"用"之"，"忠焉"用"焉"？因为"爱"是及物动词，"忠"是不及物动词，"爱"及物，用"之"，"之"是直接宾语；"忠"不及物，只能用"焉"，因为"焉"是间接宾语。再有，"俎豆之事，则尝闻之矣；军旅之事，则未之学也"，"矣"是表示既成事实，事情已完成；"未之学也"，是说这事没完成，没这事，所以不能用"矣"，只能用"也"。凡没完成的事，只能用"也"，不能用"矣"。从语法讲，很清楚。不懂语法，古汉语无从解释。他这样一个凡例有什么好处呢？说明了人们为什么要学语法，他为什么要写一本语法书。不单是《说文段注》和《马氏文通》这两部书，别的书也一样，看书必须十分注意序文和凡例。

其次，要摘要作笔记。读书要不要写笔记？应该要的。现在人们喜欢在书的旁边圈点，表示重要。这个好，但是还不够，最好把重要的地方抄下来。这有什么好处呢？张之洞《书目答问》中有一句话很重要，他说："读书不知要领，劳而无功。"一本书，什么地方重要，什么地方不重要，你看不出来，那就劳而无功，你白念了。现在有些人念书能把有用的东西吸收进去，有的人并没有吸收进去，看了就看了，都忘了。为什么？因为他就知道看，不知道什么地方是好的，什么地方是最重要的，精彩的，即张之洞所谓的要领，他不知道，这个书就白念了。有些人就知道死记硬背，背得很多，背下来有没有用处呢？也还是没有用处。

这叫劳而无功。有些人并不死记硬背，有些地方甚至马马虎虎就看过去了，但念到重要的地方他就一点不放过，把它记下来。所以读书要摘要作笔记。

第三点，应考虑试着作眉批，在书的天头上加自己的评论。看一本书如果自己一点意见都没有，可以说你没有好好看，你好好看的时候，总会有些意见的。所以最好在书眉，又叫天头，即书上边空的地方作些眉批。试试看，我觉得这本书什么地方好，什么地方不合适，都可以加上评论。昨天我看从前我念过的那本《马氏文通》，看到上边都写有眉批。那时我才二十六岁，也是在清华当研究生。我在某一点不同意书上的意见，有我自己的看法，就都写在上边了。今天拿来看，拿五十年前批的来看，有些批的是对的，有些批错了，但没有关系，因为这经过了你自己的考虑，批人家，你自己就得用一番心思，这样，对那本书的印象就特别深。自己做眉批，可以帮你读书，帮你把书的内容吸收进去。现在我们自己买不到书，也可用另外的办法，把记笔记和书评结合在一起，把书评写在笔记里边，这样很方便。笔记本一方面把重要的记下来，另一方面，某些地方我不同意书里的讲法，不管是《马氏文通》还是《说文段注》，我不同意他的，可表示我的意思，把笔记和眉批并为一个东西。

另外，要写读书报告。希望你们念完指定的两本书后写个读书报告。如果你作了笔记，又作了眉批以后，读书报告就很好写了。最近看了一篇文章，一篇很好的读书报告，就是赵振铎的《读〈广雅疏证〉》，可以向他学习。《广雅疏证》没有凡例，他给它定了凡例，《疏证》是怎么写的，有什么优点，他都讲到了。像这样写个读书报告就很好，好的读书报告简直就是一篇好的学术论文。

下面讲第二部分，论读《说文段注》。

为什么要选《说文段注》给大家读呢？为什么不单读《说文解字》？因为《说文》太简单了，而且不容易读懂，经段玉裁一注解就好懂了。《说文段注》我们一向认为是很好的著作，念《说文》必须同时念《段注》。清代语言学者最有名的是段、王，二人是好朋友，段写《说文注》，王写《广雅疏证》，都是很好的书，把古书加以注解、发挥，所以我们读《说文解字》同时要读段注。下边讲几点应注意的地方：

第一点，注意段所讲的《说文》凡例。许慎自己没定凡例，那时也不兴写凡例。段在注里边给他讲凡例。比方说，《说文》头一个字是"一"，段说"一"在六书中属指事，"弌"是古文，他就解释什么叫古文。"元"字下说"从一兀声"，这是形声字。"天"字下说"天，颠也"，段说是转注，说转注不大妥当。不过他下边解释了很多转注，如："元，始也。""考，老也。"可以互相转注。但是"天，颠也"，不能倒过来说"颠，天也"，什么道理呢？"考，老"今天说起来是形容词，讲抽象东西，不那么具体，所以能转注。但"天，颠"就不同了，它们是两样具体的东西，不能转注。段常在头一卷的注解中讲凡例，如"丕"字下。还在《说文序》的注解中也讲了不少凡例，这些都须要特别注意。在这一点上，可以说是他在读懂了《说文》以后教别人怎样读。

第二点，要注意段的发明。段写《说文注》不单是许慎功臣，替许书作注，而是有自己的创造，也就是说，不单是帮助你读懂《说文》，而且有很多好东西超过《说文》本身。他的发明很多，讲四点：

（1）最大的优点是"因音求义"，也叫"以音求义"，从声音求意义。王念孙在《广雅疏证》序文里说："窃以诂训之旨，本于声音。故有声同字异、声近义同，虽或类聚群分，实亦同条共贯。"底下还有一段："今则就古音以求古义，引申触类，不限形体。"王念孙是这样做的，段玉裁也是这样做的。他的伟大成就就在他这几句话。可以说，清人研究语言文字成功也就成功在这儿。从声音求意义，不是光从形体来看。《说文解字》一向被人认为是讲字形的书，段玉裁也说，《说文》"形书也"。因此，研究《说文》的人常常为字形所束缚，同形的他懂，换一个写法他就不懂了。段是从声音来求，不同字形，他也说二字实在是一个字，至少是同来源的字。"引申触类，不限形体"，整个语言文字的研究都应依据这个原则，因为并不是先有文字后有语言，而是先有语言，后有文字，语言是根本的东西，而文字是随人写的，抓到语音就抓到了根本。《说文段注》最大的优点就在这里。

（2）他讲了些同源字，这是跟第一点因音求义有关的。比如在"辨"字下讲，"古辨判别三字义同也"。怎么知道这三个字意思一样呢？他看到《周礼》有的把"辨"写成"判、别"。

因为三字意思一样，同一来源。为什么同源？声音相同。大家知道，我写了一部《同源字典》，本来段玉裁很会写同源字典的，不过，段那时还主要是研究文字，因为念古书特别是经书主要要看字是什么意思，所以，他重视声音，还不是从语言来研究，如果从语言来研究，同源字典他是会写得很好的。

（3）段对假借的解释很好。六书中最难懂的是转注、假借，段说的转注恐怕是不大好的。转注怎么讲合适，可以不管它。跟大家讲过了，弄清楚什么是转注对汉语史研究毫无帮助。对假借他有个很好的解释，《说文序》中讲到假借："本无其字，依声托事，令长是也。"《说文》这个定义非常好，本来没有这个字，依声记事，借别的字来表示。定义非常准。底下例子举得很不好，他说，"令"本来是"命令"的"令"，后用作"县令"的"令"；"长"本是"长辈"的"长"，后用作"县长"的"长"。这样，意义上还是有关联的，不应叫假借，意义上没什么关系的才是假借，所以后来朱骏声把"令长是也"移到转注去了，他说的转注就是我们今天说的引申。许氏说"本无其字"很重要，朱骏声把这个也改了，这就错了，他说"本无其义，依声托字"，朱这样说就规定了凡假借都必有一个本字。朱的《说文通训定声》最大毛病就在这儿。段讲假借讲得很好，他说"假借有三变"，也就是三个阶段：开始所谓假借，就是本无其字，借一个同音字，他举了"难、易"为例，"难"本是鸟名，"易"本是"蜥蜴"，借为"困难"的"难"、"容易"的"易"，古人没有特别为"困难"的"难"、"容易"的"易"造字，这是最初的假借，叫"本无其字"。他说这是第一个阶段。第二阶段是有了本字，但还借用另外的字，就像我们写白字、别字。本有这个正字，但还要写个同音字，结果就是本有其字，还要假借。到第三个阶段，假借的不对。古人没有这个假借，就是写错了字，这也像我们今天写别字。但段认为这是第三个阶段。其实二、三阶段可并为一个，但段玉裁认为古人假借就是对的，后人假借就是错的，所以他把这个阶段分为两个阶段，总共成三个阶段了。这三个阶段最重要的是他讲的前两个阶段。有很多假借字本无其字，到后来也没给它造个正字。这个很重要，我们要研究通假、同源字，都很有用。

（4）段有历史观点，注意到这一点对我们研究汉语史很重要。可惜他讲的不多，但是他讲的这一点就足可以启发我们了。这个字在什么时代有什么意义，什么时代才产生这个意义，他讲到了，比如"履"，又叫"屦"，他说先秦二字有别："履"，动词，走路；"屦"，名词，鞋（他没说动词、名词，这是我说的）。二者完全不同。《诗经》有"纠纠葛屦，可以履霜"，不能说"葛履屦霜"。段玉裁说汉代以后才混同起来。现在查一查，到战国时代，"履"可以当鞋讲了。但段玉裁着重念的是经书，他的话也没什么错。可见，他注意了词义的时代性。再举一个例子，"仅"字表示"只有"，唐人文章甚言多，我们现在极言少，杜甫诗有"山城仅百层"，百层已很高，"仅"表示达到那么高。例子还有很多，如韩愈的《张中丞传后序》，有"士卒仅万人"，意思是说张巡认识很多士卒，而且能叫出名字来，这些士卒多到一万人。能叫出一万名士卒的名字，可见是够多了。"仅"用今天的意思去解释就不对了，"仅仅一万人"，完全不是这个意思。还有白居易的《燕子楼》诗序，与燕子楼主人分别"仅一纪"，意思是说分别好久了，用今天的意思解释就不通了。

第三点，要看些批评段注的书。段玉裁的书写得很好，但有没有缺点错误？当然还是有的。一切好书都有缺点，不能说好书就没缺点。段还是有一些地方讲错了或讲得不够妥当。后来就有人写批评段注的书，其中有一本徐灏的《说文解字注笺》，他对段注加以补充、纠正。补充的地方也有，纠正的地方多一些，我看徐灏的书很好，从前我写的《中国语言学史》好像没提他，以后修订时要把徐灏提出来介绍。他虽是替段注作笺，好像不是自己写的著作，其实他的学问很好，我看凡是批评段的地方，十之八九是对的，并且能提出自己的意见来。如果你有时间，可以找来看看，《说文诂林》收进去了，借不到《诂林》再想办法，图书馆是否有单行本？给《说文段注》作笺，并不是看不起段，而是尊重他。段玉裁自己就说了，希望后来人给他纠正错误。我们清朝这些学者们有一个很好的优点，就是很谦虚，他们都认为自己的东西还不够好，希望后人给他纠正。所以徐灏这个作法是段氏的功臣，并不是看不起段。如果段的书没有价值，就根本没必要给他作笺，给他作笺就表示他的书已经够好的了。

最后讲第三部分，论读《马氏文通》。

大家知道，《马氏文通》是中国最早的一部语法书。从前的人把语法书推到王引之的《经传释词》。《经传释词》也可以勉强算是语法著作，但还不是完整的语法著作，因为他专讲虚词，而且也不是纯粹从语法观点讲，另外，他没有语法的名词术语。利用语法术语来讲语法，那就从《马氏文通》开始。还有人说中国语言学家应把他数在第一个。

马建忠在清末是革新家，主张政治改革，使中国富强。另外，还写了这样一本书，叫《马氏文通》，"文通"就是语法的意思，当时还不叫语法，就叫"文通"了。

读《马氏文通》，要注意几点：

头一点是要看懂文言文。《马氏文通》是用文言写的，他的文言还相当古。他认为古代文言文是通的，到后代不通了，所以有些地方要仔细看，要看懂，不懂最好问问老师，举几个例子来说：

术语经常说"读"，其实"读"不念 dú，应该念 dòu（豆）。古代所谓句读，句是句子，读是中间稍微停顿，就是现在所谓分句。所以他有时提到一个词放到全读后面，"全读"就是整个分句。还有他讲到数词时，讲畴人讲数词不带名词。我们一般认为数词都要带名词，"一个人、一匹马"。"畴人"即古代数学家。他讲到"之"字，他认为是一个介词，他讲了这样一句话："偏正之间盖介之字，然未可泥也。大概以两名字之奇偶为取舍。"他的意思是说，"之"字是放在形容词和名词之间，比如"好书"也可以说"好之书"。现在北大讲语法还讲偏正结构，是从《马氏文通》来的。什么叫"盖介之字"？盖是一般的意思，一般是把"之"字放在偏正之间。"然未可泥也"，意思是说但是你不要太拘泥了，有时也可不放，并不一定非放不可，"大概以两名字之奇偶为取舍"，"大概"也是一般的意思，"以两名字之奇偶为取舍"，就是说字是双数还是单数，如果是双数就常用"之"字，单数就不用。比如"好书"，我们很少说"好之书"，但如果说"善本之书"，常加"之"，为什么？因为"善本"是两个字。这些地方好像很简单，但不懂文言文就看不懂。

第二点，要弄懂《马氏文通》里边的名词概念。《马氏文通》里模仿西洋的那个 grammar，他序文里也说 grammar 在希腊文原意是"字学"。他的术语全是外语语法书中的名词概念，因为出得早，与现在翻译的不一样，所以不好懂。比方开头讲"界说"，"界说"是什么呢？英文叫 definiton，原意是划个界，翻译过来就成为界说了，但后来译成"定义"，"界说"就是"定义"。也有容易看懂的地方，比方名字就是名词，静字就是形容词，动字就是动词，状字就是副词，这比较好懂，但有些地方不那么好懂，如书里有"散动"，要好好体会，否则就不懂。"散动"在英文中是 infinitive，现在翻做"原动词"，曾有一度翻作"无定动词"，《马氏文通》叫散动。刚才说读书的读，念 dòu，英文叫 clause。我说英文，是因为比较好懂，其实据说马建忠是从拉丁文来的，因为马建忠是天主教徒，拉丁文很好。他所谓接读代字（代字即代词），即在读中间用代词把它接起来，英文叫 relative pronoun，后来翻译为"关系代名词"，马氏叫接读代字。弄清楚这个很重要，要不你《马氏文通》就读不懂。你要把里边的名词概念一个一个译成英文，每个概念等于英文什么，如果你念的是俄文，就要知道他等于俄文什么。说到这里想到一件事，为什么汉语史研究生还要念外语？不念外语，《马氏文通》能念吗？你就念不懂了。读《马氏文通》应该拿英语语法来对照，然后你才能看得懂，《文通》里边讲到的名词术语，等于英文什么，章锡琛的校注本都注了，我从前念的本子没有校注，校注本是解放后出版的，但还要注意，如果对英语语法懂得不透，他注等于什么你还是不懂，所以你还要了解英语语法这个词起什么作用。比方说，《文通》所谓散动，等于英文 infinitive，章锡琛校注本已经讲到了，但是如果对英语语法的那个 infinitive 不懂或懂得不透，你还是没法理解，所以要知道英文作什么用，词性什么，比方为什么叫 infinitive；现在好像叫原动词，最初叫不定式。原动词好懂，但不确切。原动词是说它原先就是那么写的，在字典里查也是查到那么个动词，但这不符合原文的意思，原先翻作"不定式"或"无定动词"就符合英文原意了。为什么叫不定式？因为英文动词要随人称的变化、数的变化、时态的变化而变化，在谓语中，谓语动词是要有这些变化的。英文 infinitive 不须要有这些，在句子里也不须有任何变化，有变化是定下来的形式，没有变化就是不定式了。不定式动词主要有两种用法：一种用作主语，当名词用，所以不须要有动词的变化。另一种还是动词，但也不须要变化。那是在什么情况下呢？是在谓语动词后还带有动词，那就不须要变化了。英语常在动词后加一个 to，to 后再加一个动词，那个动词就不须要变化了。《马氏文通》所谓散动并不是不定式动词当主语用的那类，而主要是后面那一类，动词后再有动词的叫散动。这个问题很重要，首先要把《文通》的名词概念弄清楚，要知道这个名词概念是从哪里来的，在西洋语法里边等于什么。否则，这书就没有念懂。这是基本功，这是最重要的，要不《文通》就白念了。

第三点，人家都批评马建忠拿西洋语法作为框框，按西洋语法办事。这话怎么理解？如果《文通》真正拿西洋语法作框框，也不能怪他，因为他首先拿西洋语法来搞我们汉语语法，是中国语法学的创始人。世界各个语言的语法也有同有异，不能说各种语言的语法都完全不同，除极少数特殊语言外，一般语言都还有很多语法的共同点，所以如果按西洋语法来搞我们汉语语法，特别是在创始的时代，我们不能太责怪他。现在的问题是我们要仔细看《马氏文通》是否真正完全拿西洋语法作框框，这个很重要。关于实词的划分，他大概是拿西洋语法作框框的。叫名字的就是名词，叫动字的就是动词，叫静字的就是形容词，叫状字的就是副词，那是按西洋语法办事，这有什么不好？现在一般语法书还是这样叫的，只不过名称改了改。关于虚词，《马氏文通》有其独创性。虚词中有一种所谓"助字"，我们现在叫语气词。马氏自己说，助字是西洋没有的，中国特有的。西洋语法中有所谓语气，我们没有，但我们有助字。这个观点相当正确。助字是汉语特有的东西，这就没照抄西洋语法。所以不能说他照抄西洋语法。还有拿西洋语法作对比，不能说是框框，有些对比很巧妙，如接读代字，要是别人抄西洋法不会这样抄的。接读代字有三个字："其、者、所"，"所"字用的地方与英文所谓关系代名词用的地方不完全相同，结构也不完全一样，但他能悟得出来这个等于西洋的关系代名词。当然是否完全等于关系名词，大家有争论。比如"所"字，我也曾批评过他，不应叫关系代名词，杨树达更批评过他，说"所"字不应叫代名词，举的例是"卫太子为江充所败"，但后来编《古代汉语》时，我还是接受了《文通》的说法，认为"所"是代词。"卫太子为江充所败"是后来的发展，"所"字虚化了，失掉了代词性，而"卫太子为江充所败"这种形式，先秦是没有的。这些地方的"所"拿来比西洋关系代名词，还是有他的道理的。如果是拿西洋语法作框框，就绝不会想到这些地方。另外，《马氏文通》对具体语法问题的分析有创造。如他举了三个例子："亲之欲其贵也，爱之欲其富也。""爱之能勿劳乎，忠焉能勿诲乎？""俎豆之事，则尝闻之矣；军旅之事，则未之学也。"如单纯拿西洋语法作框框，可能分析不出来，你想到西洋语法，还要想到具体在汉语中怎么解释这些问题。"之"和"其"比较好懂，"之"用作宾语，"其"，他认为用作主语，其实还不大对，应该是"名词＋之"。"之"不能用做主语，

"其"不能用作宾语，这个他是对的。底下，"爱之""忠焉"，不是有分析能力的人，这个地方就讲不清楚了。他就能想到及物、不及物，想到"爱"是及物，"忠"是不及物。你要拿西洋语法作框子，碰到具体问题就解决不了了，你不懂这个是怎么个语法关系。"矣"和"也"也有分别，这在前边已经讲过了。我们不要用拿西洋语法作框框来说他，其实用西洋语法作框框，在汉语语法学初创时期，也是不容易的事。碰到具体问题，你能解决好那就是好。

　　还有一点，要看些批评《马氏文通》的书。可看杨树达的《马氏文通刊误》，所谓刊误，是指出《马氏文通》错误的地方，我看杨的水平跟我也差不多，有些地方批评《文通》是批评错了的。比方说，他说这个地方应说省掉个"于"字，《文通》没讲，但照理应有个"于"字。这个就是杨的错误了。为什么有"照理"呢？语法即语言习惯，每个民族，每个时代都有不同的语法，为什么说照理应有而省掉了呢？昨天看到一部字典的稿子，说《诗经·伐檀》的"寘之河之干兮"的"之"是"之于"的合音，应该是"寘之于河之干"。他不说省掉"于"字而说"之"是"之于"的合音，也是错的。说"诸"是"之于"的合音，因为"之于"两个字作反切成为"诸"，"之"怎么能叫"之于"的合音？"之于"反切不出"之"字来。这怎么行呢？那么，他为什么说"之"是"之于"的合音？因为他认为"寘之河之干"的"之"下没有"于"字是不合理的，他不知道有很多语言里边就是可以把底下的名词短语当间接宾语。间接宾语不加"于"字也可以，不管古代汉语还是西洋古代语言里边，都有无数例子，不能说"照理"应怎么样。语言不是照什么理的。所以有些地方，他批评《文通》其实他本人就错了。当然，有些地方杨还是说得对的。

为什么现在介绍读《文通》？这跟汉语史很有关系，因为他讲的是古代语法。《马氏文通》有个缺点，就是他没有历史观点，以为符合古代语法的就是正确的，后来语法有所发展，他认为是不正确的，错误的。他认为唐代韩愈稍微知道些文法，不过连韩愈他也觉得不大行了。所以他举例到韩愈为止，底下的就不再举了。如有历史观点就不会这样，不但韩愈、苏东坡是对的，直到后来《水浒传》《红楼梦》都是对的。因为语法已随时代发展成这个样子，你就不能用上古语法来衡量他了。在这一点上，马氏有很大的错误。

还有，要认识到《马氏文通》是一本好书，一本很有价值的书。他不但开创了中国的语法学，而且他里边有很多东西，现在回头再看看，还是应该吸收的，就是原来认为不好的，现在仔细想想，也还是有用的。黎锦熙先生用杜诗"不废江河万古流"来称赞《马氏文通》，这绝不是过奖。

这是作者 1979 年 9 月给研究生的一次讲课

原载 1981 年《大学生》第二期

十九、怀念赵元任先生

　　去年 5 月 17 日，赵元任先生从美国回到北京。这是他在解放后第二次回北京。第一次在 1973 年春天，周恩来总理会见了他。这次回来，邓小平副主席会见了他，中国社会科学院宴请了他，北京大学聘他为名誉教授。他的女儿赵如兰教授说，元任先生最满意的一件事是去年夏天他同女儿、女婿回国来了。的确是这样。他的高兴的心情我看得出来，所以我两次劝他回国定居。他说他在美国还有事情要处理，他回去再来。去年 12 月，清华大学打电话告诉我，元任先生已决定回国定居，我高兴极了。不料今年 2 月他就离开了我们。

　　在去年 6 月 10 日北京大学授予赵元任先生名誉教授称号的盛会上，我致了颂词。我勉励我的学生向元任先生学习，学习他的博学多能，学习他的由博返约，学习他先当哲学家、文学家、物理学家、数学家、音乐家，最后成为世界闻名的语言学家。

　　我在 1926 年考进清华大学研究院，当时我们有 4 位名教授：梁启超、王国维、赵元任、陈寅恪。我们同班的 32 位同学只有我一个人跟元任先生学习语言学，所以我和元任先生的关系特别密切。我常常到元任先生家里看他。有时候正碰上他吃午饭，赵师母笑着对我说："我们边吃边谈吧，不怕你嘴馋。"有一次我看见元任先生正在弹钢琴，弹的是他自己谱写的歌曲。耳濡目染，我更喜爱元任先生的学问了。

我跟随元任先生虽只有短短的一年，但是我在学术方法上受元任先生的影响很深。后来我在《中国现代语法》自序上说，元任先生在我的研究生论文上所批的"说有易，说无难"六个字，至今成为我的座右铭。事情是这样的：我在研究生论文《中国古文法》里讲到"反照句、纲目句"的时候，加上一个附言说："反照句、纲目句，在西文罕见。"元任先生批云："删附言！未熟通某文，断不可定其无某文法。言有易，言无难！"这是对我的当头棒喝。但是我还没有接受教训。就在这一年，我写了另一篇论文《两粤音说》。承蒙元任先生介绍发表在《清华学报》上。这篇文章说两粤没有撮口呼。1928年元任先生去广州调查方言，他写信告诉当时在巴黎的我说，广州话里就有撮口呼，并举"雪"字为例。这件事使我深感惭愧。我检查我犯错误的原因：第一，我的论文题目本身就是错误的。调查方言只能一个一个地点去调查，决不能两粤作为一个整体来调查。其次，我不应该由我的家乡博白话没有撮口呼来推断两粤没有撮口呼，这在逻辑推理上是错误的。由于我在《两粤音说》上所犯的错误，我更懂得元任先生"说有易，说无难"的道理。

我1927年在清华研究院毕业后，想去法国留学，元任先生鼓励我，说法国有著名的语言学家，我可以去法国学习语言学。从此以后，我和元任先生很少见面了。但是，元任先生始终没有忘记我。1928 年夏天，他把他的新著《现代吴语的研究》寄去巴黎给我，在扉页上用法文写着"avec compliments de Y. R. Chao"（"赵元任向你问好"）。1939 年 6 月 14 日，他从檀香山寄给我一本法文书《时间与动词》，在扉页上用中文写着"给了一兄看"。1975 年，他从美国加州寄给我一本用英文写的《早年自传》，在扉页上写着"送给了一兄存"。我至今珍藏着这三本书。元任先生每十年写一封"绿色的信"，印寄不常见面的亲戚朋友，我收到他的第二封和第五封。

　　我常常对我的学生说，元任先生之所以能有那么大的成就，就是因为基础打得好。1918 年他在哈佛大学取得了哲学博士学位，那时他才二十六岁。1919 年他回到他的母校康乃尔大学当物理学讲师。1921 年，英国哲学家罗素来中国讲学，元任先生当翻译。在他的《自传》里可以看出，他是以此为荣的。1922 年，他翻译了《阿丽思漫游奇境记》。1925 年，他从欧洲归国后，在清华大学教数学，次年才当上研究院教授。在 20 年代，元任先生谱写了许多歌曲，如《叫我如何不想他》等，撰写了一些有关乐理的论文，如《中国派和声的几个小试验》等。哲学、文学、音乐、物理、数学，都是和语言学有密切关系的科学，这些基础打好了，搞起语言学来，自然根深叶茂，能取得卓越的成果。他写的《现代吴语的研究》《南京音系》《广西瑶歌记音》《钟祥方言记》《湖北方言调查》（主编）、《广州话入门》《北京话入门》《中国话的文法》《语言问题》等，都是不朽的著作。我们向元任先生学习，不但要学习他的著作，还要学习他的治学经验和学术方法。

　　元任先生是中国的学者，可惜他在中国居住的时间太少了。据他的《自传》所载，他 1910－1919 在美国住了十年，1920－1921 在中国，1921－1924 在美国，1924－1925 在欧洲，1925－1932 在中国，1932－1933 在美国，1933－1938 在中国，1938－1982 在美国居住四十四年（1973、1981 回国两次）。假使他长期住在中国，当能对中国文化做出更大的贡献。据我所知，中华人民共和国建国以来，我们的政府一直争取元任先生返国。最后将近实现了，而元任先生却与世长辞。这不但使我们当弟子的深感哀痛，我国语言学界也同声叹惜。最后，我把我的挽诗一首写在下面，来表示我的悼念之情：

> 离朱子野逊聪明[①]，
> 旷世奇才绝代英。
> 提要钩玄探古韵[②]，
> 鼓琴吹笛谱新声[③]。
> 剧怜山水千重隔，
> 不厌轺轩万里行[④]。

---

① 离朱，又称离娄，传说中眼力最好的人。子野，即师旷，春秋时晋平公的乐师。
② 韩愈《进学解》："记事者必提其要，纂言者必钩其玄。"探古韵，指赵元任先生对中国音韵学有精深的研究。
③ 这里是说赵元任先生精通音乐，谱写了很多歌曲，比如著名的《卖布谣》。
④ 轺轩，汉代扬雄写有《轺轩使者绝代语释别国方言》，这里指方言。赵元任先生多次调查方言，著有《现代吴语的研究》《钟祥方言记》等。

今后更无青鸟使^①，
望洋遥莫倍伤情！

1982 年 4 月 27 日《人民日报》

二十、怀念朱自清先生

我初次认识朱自清先生是在 1932 年。当时他刚从英国回国，任清华大学中文系主任，我也刚从法国回国，受聘为清华大学中文系专任讲师（等于副教授）。朱先生比我大两岁，但是他成名早，我把他看做我的前辈。我和他一见面就觉得他和蔼可亲。在开始的时候，我只知道他是一位文学家；接触的日子长了，我发现他的学识渊博，作风正派，同事们都尊重他，学生们都敬爱他。

我说他作风正派，有两件事可作证明：第一件事是：有一段时间他兼任图书馆长，有一个馆员工作不称职，他把那馆员解聘了。当时他自己也辞去图书馆长的兼职，但他在离职前先把那人解聘了，以免把困难留给后任。第二件事和我有关系。按照清华大学的惯例，专任讲师任职两年得升为教授，

---

① 指赵元任先生印寄的一种绿色的信（green letters），每十年一次，寄给不常见面的朋友。

这是章程上规定了的。但是我任职两年期满，聘书发下来（当时学校每两年发一次聘书），我还是专任讲师。我到办公室里质问朱先生为什么不升我为教授，他笑而不答。我回来反躬自责，我在学校所教的是"普通语言学"和"中国音韵学"，而我不务正业，以课余时间去翻译《莫里哀全集》，难怪朱先生不让我升教授。于是我发愤研究汉语语法，写出了一篇题为《中国文法学初探》的论文。朱先生点头赞赏，就在第四年，我升任教授了。

抗日战争时期，大学教授的生活很艰苦。我和朱先生都在西南联合大学任教，都住在昆明的乡下。朱先生住在司家营，我住在龙头村。朱先生每逢星期天都来龙头村看我，共同吃一顿午饭。我们谈论一些学术问题。我不知道他曾在英国研究语言学，在谈论中我惊讶他在语言学方面有许多精辟的见解。

1943 年，我的《中国现代语法》和《中国语法理论》写成了，承蒙朱先生审阅全稿，并为《中国现代语法》写了序言。序言长达五千余字，这简直可说是这一部书的提要。这真是不寻常的友谊，我一辈子忘不了它。朱先生劝我把这两部著作向当时的政府申请学术奖金，他说一定能得头奖。结果发下来是三等奖。我大失所望，想把奖金退回去。朱先生笑着说："干吗退回去？拿来请我吃一顿岂不是好！"

朱自清先生的性格和闻一多先生不一样。闻先生是刚，朱先生是柔。朱先生可谓温温君子。记得有一次，国民党政府要创办一个东方语言学校，聘罗常培先生和我当筹备委员。

罗先生辞不肯干，我也想辞。朱先生劝我不要辞，这也是明哲保身之一道。

1946 年，闻一多先生被国民党特务杀害，他受到了很强烈的刺激。当时我在广州，他写信告诉我，连呼"卑鄙！卑鄙！"从此以后，他的思想有了很大的转变。抗战胜利后，他回到北平清华大学任教。这时他写了不少具有革命思想的文艺论文，分别收入《新诗杂话》《标准与尺度》《论雅俗共赏》里。

抗战胜利后，我被中山大学借聘，留在广州。朱先生几次写信催我回北平。我使他失望了。最后他来信说："现在我想通了，我们这些人分散在各地是有好处的。"

1948 年 8 月 12 日，朱自清先生病逝。我在广州，噩耗传来，不胜伤感。暂别竟成永诀！

解放后，我读《毛泽东选集》，在《别了，司徒雷登》一文中，读到毛主席赞扬朱自清说："一身重病，宁可饿死，不领美国的救济粮。"毛主席说我们应该写《朱自清颂》。我有这样一个具有爱国主义精神、有骨气的朋友，也引以为荣。

朱自清先生在文艺上、学术上的成就，用不着我来介绍。这里只想讲两件事：第一件是他写了一本《经典常谈》。在这一本书里，可以看见他是一位读书破万卷的学者。第二件是他的诗与散文都充满着语言美。他不堆砌辞藻，不掉书袋。他晚年的文章渐趋平淡，但是更加清新可喜，堪称白话文的典范。

前年我写了一首怀念朱自清先生的诗，现在抄录在下面，作为本文的结束：

怀佩弦

促膝论文在北院①，

鸡鸣风雨滞南疆②。

同心惠我金兰谊③，

知已蒙君琬琰章④。

子厚记游清见底⑤，

伯夷耻粟永流芳⑥。

荷塘月色今犹昔⑦，

秋水伊人已渺茫⑧。

此文写于 1983 年，发表于《完美的人格》，

1987 年生活·读书·新知三联书店出版

① 北院，指抗战前朱自清先生在清华大学的住所，当时王力先生也任教于清华大学，二人经常一起讨论学术问题。
② 《诗·郑风·风雨》："风雨如晦，鸡鸣不已。"滞南疆指王力先生与朱先生随校南迁至昆明。
③ 《易·系辞上》："二人同心，其利断金；同心之言，其臭如兰。"后用金兰比喻朋友之间的深厚友情。
④ 琬、琰都是美玉，此处琬琰章，指朱自清先生为王力先生《中国现代语法》写的序言。
⑤ 唐代文学家柳宗元字子厚，他在永州任时，写过不少山水游记，此处说朱自清先生的游记文学足以同柳宗元媲美。
⑥ 伯夷，商末孤竹君之子，周武王灭商后，伯夷耻食周粟而死。此处借喻朱自清先生在贫病之中，不吃美国救济粮，表现了中国人民的高尚民族气节。
⑦ 清华大学工字厅前边和右边都有荷花塘，朱自清先生常在此处散步，并写有优美的散文《荷塘月色》。
⑧ 《诗·秦风·蒹葭》："蒹葭苍苍，白露为霜，所谓伊人，在水一方。"此二句是说旧物依然，而人已不在，表现了王力先生对朱先生的深切怀念。

二十一、我所知道的李石岑先生

　　我认识李先生，是在民国十三年。当时我在上海南方大学读书，李先生在南方大学讲"哲学概论"；只是我认识了他，而他却不曾认识我。十四年夏，南方大学校长江亢虎给溥仪的信被发表在报纸上，社会上的人纷纷攻击他。南大的师生们也就否认他为校长。记得当时师生联席会议席上说话最激烈的是李先生。后来江亢虎从北京赶回来，把十四位教授解聘，又开除了三位学生代表，李先生是被解聘的教授之一，我是被开除的学生之一。在驱江运动中，我才与李先生很熟。固然，就现在回想起来，当时我与李先生都被人利用了，但我们并不后悔，我们不能因怕受人利用而不说我们所应该说的话。李先生还从各报纸上剪下了许多责骂或嘲讽江亢虎的文字，编成一部江亢虎阴谋复辟纪实。在这一点，我们可以看见他的"嫉恶若仇"的态度。

　　十五年夏，我到清华大学研究院读书；十六年秋，我到法国求学，与李先生见面的机会很少。十七年，李先生自己也到巴黎来了。他是自费出国的，专靠写稿子为活。起初三个月，他还跟我学法文，进步之速，实在可惊。但后来忙于写稿，就连学法文的时间都没有了。他在巴黎并没有过很宽裕的生活。

他喜欢吸烟，虽则他吸的并不多。他吸的烟卷儿往往只吸了三分之二，剩下的烟屁股就藏了起来；等到没钱买烟的时候，他就把那些烟屁股拆开，重新制造几枝烟卷，又可以支持一二天了。我与他天天见面，因此就认识了他的两种美德：第一，是他的真性情。我在上海的时候，还怀疑他是滑头。到了巴黎，经过了仔细观察，才知道他的诚恳是普通人所不及的。因为他并不仅仅发空论；他对待人的种种事实，都可以证明他有血性。第二，是他的努力的精神。从前我以为他只凭着他的聪明去做文章，并没有努力。后来我才知道一个人的学问不是专靠天才得来的。他在白天写文章还不算数；夜里还可以写到十二点钟，甚至一二点钟。他的精神也真好，并不觉得疲劳。昨天我与郑振铎先生谈起，李先生之死，也许就因为自恃身体好，不肯节劳的缘故。但我们知道，他为了经济关系，不能不为书写文章。所以我们可以说是经济把他害死了的。唉！万恶的社会！

关于李先生的学问，我实在不配谈，因为我不是研究哲学的。关于李先生的恋爱问题，我倒喜欢谈一谈。

去年李先生来信，要我对于李童事件发表意见。我复信说："你不幸而生于现代的中国，当然要做一个牺牲者。你在欧洲或后世，可以做一个'情圣'；在现代的中国，你却是一个罪人！他们都是在小洼里的泥鳅，当然不能了解大海里的鱼虾。假使人生是有意义的话，就在乎一生之中能流几滴恋爱的血泪；他们永远不能领略这一个境界，你也不必为他们而生气。"

当李先生恋爱一个女子的时候，他对爱情是非常真挚的。他的爱情不能恒久，这似乎是他的短处。但是，讨姨太太、逛窑子的人的爱情如何？纵使一辈子抱着黄脸婆的，他们心中的爱情是不是早已经死了，也是一个问题，将来到了男女离合自由的时候，像李先生这一种人乃是女子的最高理想的人物。李先生如果更有勇气的话，尽可以拼着饿死，顺着他的天性，做一个后代的恋爱的典型。但是，他冲突了一生，终不能不受社会的支配。这也可见社会威权之大了。

廿三年十一月十日

二十二、我所知道闻一多先生的几件事

我是在 1932 年认识闻一多先生的。当时闻一多先生从山东大学文学院长调职到清华大学中文系任教授，我从法国回来任专任讲师，系主任是朱自清先生，同事有杨树达、刘文典、浦江清、许维遹、余冠英等。闻先生的性格和朱先生的性格大不相同：朱先生温和，闻先生刚直。朱先生是散文家，闻先生是诗人。到了清华以后，闻先生开始进行学术研究。他反对当时清华大学所谓的"通材教育"（文科学生低年级要读理科课程），主张培养学术研究的人才。他告诉我们，要在教授会上力争，把中文系办成学术研究中心。

"七七"事变以后，清华大学、北京大学、南开大学搬到长沙，成立临时大学。1938年又由长沙搬到云南蒙自，不久又搬到昆明，成立西南联合大学。教师们自己弄交通工具，有的教师办出国护照，由广西经过越南去蒙自、昆明。惟有闻先生参加学生队伍，徒步去云南，共走了六十多天。旅途上他不刮胡子，留一把长髯，发誓等到抗日战争胜利后才把胡子剃掉。

在昆明，闻先生和学生一起积极参加进步文化活动。西南联大的学生演出曹禺的话剧《原野》，请他担任舞台和服装设计，他不辞辛劳，连舞台布景的图画都是他亲自画的。学生们赞扬他"七十高龄"还不辞辛劳来帮助学生演出。其实闻先生才刚满四十岁，只因胡子很长，才显得老了。不管老不老，当时的教授能积极参加学生的文化活动总是难能可贵的。

闻先生的刚直，表现为在教育工作中铁面无私。1941年，朱自清先生休假，闻先生代理系主任。系里一位老教授应滇南某土司的邀请为他做寿文，一去半年不返校。闻先生就把他解聘了（当时清华对教授每两年发一次聘书，期满不续聘，叫做解聘）。我们几个同事去见闻先生，替那位老教授讲情。我们说老教授于北京沦陷后随校南迁，还是爱国的。闻先生发怒说："难道不当汉奸就可以擅离职守，不负教学责任吗？"他终于把那位教授解聘了。

我和闻先生共事多年，友谊很深。1941年，清华大学三十周年纪念，我作了一次演讲，闻先生亲自去听讲。为了帮助我做科学研究工作，他派一位助教做我的研究助手。后来当他知道那位助教只是给我抄抄稿子，就不高兴了，觉得浪费人材，马上写了一封信给我，把那位助教撤回，叫我"另觅抄胥"。我当时也不高兴。后来我觉得他这样处理是对的，我毫无怨言。

闻先生曾经是自由主义者。但是，随着国难越来越深重，闻先生逐步认识到国民党的政治腐败，而只有毛主席领导下的中国共产党才是中华民族的希望，于是他坚决站出来与国民党反动派进行斗争。

某年，杨振声从美国讲学回国，西南联大中文系师生开欢迎会，杨振声吹嘘美国是"年青的国家"。闻先生当场反驳说："我认为美国不是年青的国家，苏联才是年青的国家。"傅斯年在一次会议上骂布尔什维克。闻先生奋然站起来说："我就是布尔什维克！"闻先生并不是共产党员，他故意自称布尔什维克，是表示对共产党的坚决拥护，以大无畏的革命精神压倒国民党反动派的嚣张气焰。

1944年12月，昆明市大中学生举行云南护国纪念大会，会后示威游行，闻先生和吴晗走在游行队伍的前列。1945年11月25日晚，大中学生六千余人在西南联大内举行反内战时事晚会，闻先生参加了。国民党派遣军队包围会场，架起了机关枪、小钢炮，并在学校附近戒严，禁止师生通行返家。各校学生联合罢课。国民党反动派于12月1日派大批军警特务在西南联大校舍、师范学院两处投掷手榴弹，死四人，伤十余人，这个血案被称为"一二·一"惨案。在学生罢课期间，国民党反动派胁迫闻先生，叫他出面劝导学生复课，闻先生大义凛然，严辞拒绝了。

在抗日战争时期，我写了一些小品文，在报上发表。闻先生批评我，说我不该写那些低级趣味的文章，消磨中国人民的斗志。1945年日本帝国主义无条件投降后，国民党变接收为"劫收"，大发国难财。出于愤怒，我写一首诗：

东海尚稽驱有扈，

北窗何计梦无怀？

剧怜臣朔饥将死，

却羡刘伶醉便埋。

衮衮自甘迷鹿马，

滔滔谁复问狼豺？

书生漫诩澄清志，

六合而今万里霾！

这首诗发表在西南联大学生出版的一份报纸上，闻先生看见了，说写得好。几天后，我到他家去看他，他很高兴，对他的儿子说："今天加点菜，留王伯伯吃午饭。"吃的是一盘豆腐干炒肉。这一盘豆腐干炒肉算是待客的盛馔。闻先生一面吃饭，一面向我宣传革命的道理，从毛主席的领导谈到解放区的炊事员。可以说，我是从闻先生口里第一次受到革命教育的。1946年初夏，我去广州中山大学讲学，路过广西某地，在一所中学作了一次演讲，其中一部分就是把闻先生向我宣传过的革命道理讲给学生听。

1946年7月15日，闻先生在李公朴追悼会上拍案而起，横眉怒对国民党的手枪，痛斥国民党祸国殃民的罪行，横遭国民党匪帮暗杀。那时我在广州，朱自清先生写信给我，告诉我这个不幸的消息。他在信中连声说国民党"卑鄙！卑鄙！"

毛主席在《别了，司徒雷登》一文中，高度评价了闻一多先生和朱自清先生。毛主席说："我们应该写闻一多颂、朱自清颂，他们表现了我们民族的英雄气概。"我们今天纪念闻一多先生，要发扬民主革命的光荣传统，为提高整个中华民族的科学文化水平而奋斗。

原载《闻一多纪念文集》，1980 年

二十三、祭父文

维中华民国三十六年二月二十日，距我父殁之百日，不孝男力谨以刚鬣柔毛清酌庶馐之仪，致祭于我父炳如府君之灵前而言曰：呜呼！亲尽能慈，惟我父恩为罔极；儿多不肖，惟吾子职为尤亏。泪零春雨，嗟补过之末由；心满秋霜，谨衔哀而上告。伏惟我父，衍世泽于三槐，垂春晖于寸草。以恩勤继温清，兴孝于慈；谓裕后即光前，视儿如命。不孝序居冢嗣，晞占南枝。贫几无以立锥，十年辍读；爱而求其脱颖，八载艰撑。挟泰山以超北海，蚊力难胜；逐铜臭以续书香，莲心独苦。儿之学业渐进，父之债筑弥高。悉索及于母金，罗掘求之友橐。年年作客，日日思儿。父恩与儿罪并增，儿业与父财俱毕！于是父归故里，儿返旧京。舐犊之愿既偿，反乌之情方切。虽乏肥甘之奉，犹承菽水之欢。不图家未跻于小康，国忽遭夫大厉。万姓疲于救死，一家无以为生。供养遂疏，尤恧业积。犹期天与遐龄，甘回谏果；讵料年方中寿，星黯玉绳！呜呼！生儿不得力，愿终虚于负米析薪；教儿徒读书，礼竟缺于凭棺临穴！百身莫赎，三酹何裨！儿之负父也无限，难倾十斛之泪于九泉；父之恕儿也已多，倘加一勺之恩于大海！佑兹来叶，益懋前徽！呜呼哀哉！尚飨！

1949年《南国月刊》第二期

二十四、"作家生活自述"特辑：王了一

　　编者先生来信要我写一篇"作家生活自述"，区区五百字，似乎没有推托的理由了。不过，我要声明一句：我虽自述，却不是作家。

　　我之所以不是作家，因为我从来不曾发表过一首诗、一篇小说，或一个剧本。偶然写几篇小品，是最近两年来的事。两年前，也因受了《星期评论》几十期的赠阅，想要报答报

答；又因穷得透不过气来，想恢复十余年前的"卖文为活"的生涯。既然以卖文为目的，就该多产，要多产除非"瞎胡调"，于是我开始写小品文。在《星期评论》发表的小品叫做"瓮牖剩墨"。《星评》停刊后，刘英士先生把未发表的几篇保送给《中央周刊》，于是《中周》上也有我的文章。最近几个月来，我又为昆明的《生活导报》写《龙虫并雕斋琐语》。这些纯然游戏的文字，够不上"作"，更不敢言"家"。

近来文章更不值钱——或者可说是更不值实物，"卖文为活"简直是变了"卖活为文"，为了不够香烟耗费的几个小钱儿，要把整天的生活卖给报馆或书店，实在干不下去了。所以近来又怕写文章。

如果我是一个作家，我可以说一说我的意向，例如预备写一部长篇小说，或编一个剧本等等。但是，因为我不是作家，所以我没有作家的意向。我只有一个幻想：假使我希望仍旧"卖文为活"的话，我打算搬到一个生活费用最低的城市或乡村去住，却把文章寄到稿费最高的地方（如昆明）去卖。

1944 年《当代文艺》第一卷第四期

二十五、我的治学经验

近几年来，要我写自传、谈治学经验的不少，我一向不愿意写，不愿意讲。因为我的学术成就不大，我的治学经验未必值得借鉴。可是作为北京市语言学会的会员，会议要求我和同志们交流治学经验，我只好勉强来讲讲，向同志们请教。

我认为，所谓这经验，主要是修养问题。所以今天我就主要来讲讲研究语言学应有的修养。

（一）方法论

我常常对我的研究生说：科学研究并不神秘，第一是要有时间，第二是要有科学头脑。有时间才能充分占有材料，有科学的头脑才能对所占有的材料进行科学的分析。古今中外有成就的科学家都是具备这两个条件的。我在学术上成就不大，就是因为我没有能够完全做到这两点。

解放后，我学习了《马恩列斯思想方法论》，懂得了进行科学研究必须搜集丰富的材料。充分占有材料之后，要分析材料的种种发展形态，并探究这种种形态的内在关系。在研究历史的时候，要说明某种现象在历史上怎样产生，并根据它的发展情形去观察这个现象现在变成了什么。这个马克思主义的方法论，对我五十岁以后的科学研究帮助很大。

（二）普通语言学的理论指导

我在我的《中国现代语法》自序上说："中国语法学者应该有两种修养：第一是中国语史学；第二是普通语言学。"用普通语言学的理论来指导我们的汉语研究，就能开辟许多新的园地。有人说我做了许多开创性的汉语研究工作，其实并不是什么开创性，只是普通语言学原理在汉语研究中的应用。

普能语言学里讲到很多很重要的道理，例如"语言是一个系统"这一个原理就很重要，我一生受用不尽。我从先秦古韵脂部中分出一个微部，主要根据是语音的系统性。要是从《诗经》用韵来看，好像独立不出来。因为微部字和脂部字合韵的相当多。但是我们得承认合韵。段玉裁在《答江晋三论韵》中说："谓之合而其分乃愈明，有权而经乃不废。"

不承认合韵，很多韵脚就混成一团。段玉裁从真部分出文部来，文部跟真部就有合韵的，怎么又分出来了呢？主要是看系统，要看它们在系统中能不能分。

从前，我在我的《汉语音韵学》里批判了戴震，说他唯心主义，后来我想：戴震是对的。他的话的大意是：按照系统来说，应该分的就分，不能因为有一两个合韵就不敢分；按照系统不能分的就不分。戴震提出的原理，从系统来看是对的。作为一个原理，批判它是不应该的。他的阴阳入三分，也是根据"语言是一个系统"看出来的。他的古音韵研究得不够好，是因为他没有能按照他所提出来的观点去做。可见，系统性很重要。

段玉裁从真部分出文部来，但是没有阴声；入声和文部对转。入声摆到哪里去了呢？摆到脂部（第十五部）去了。章太炎从脂部入声中分出一个队部（黄侃叫做没部），这就是文部的入声。按照语言系统，阴阳入对应，还差一个阴声。我从脂部分出微部，使微、物、文三部成为阴、入、阳三声对转，这是从系统性看出来的。两年前，我看到日本藤堂明保写的《汉字语源研究》采用了我的微部说，他说这样就有了系统性了。其实微部独立也不是我独创的。章太炎在《文始》里把"虽椎雷"等字归入队部①，我受他的启发，从系统性出发，分出了微部。当然单凭系统性，没有材料证明也不行。我是从南北朝诗人用韵的实例中发现这个情况的，因为在南北朝，脂、微还是分开的。

两年前我发表了一篇文章，讲普通话的日母字读音不应该是高本汉说的那样，是什么 [ş] 的浊音。当然不单是高本汉这样认为。很早的时候许多人都认为日母是 [ş] 母的浊音。我认为现代普通话的日母字的声母应该是 [ɹ]② 而不是 [ʐ]。这也是从语音的系统性考虑的结果。这当然要用几方面来证明，首先用语音实验证明。不必用机器，只凭听觉就行了。把"神"shen 中的 sh 念浊音，就不能念出"人"字来。当然用机器实验就更好了。考虑系统性也是一种证明方法。大家知道，现代北京话已经没有浊音声母了，[p] 系、[t] 系、[k] 系、[tɕ] 系、[ts] 系都没有全浊声母，怎么在 [tʂ] 系中就会冒出一个全浊声母呢？从系统性来看，是不可能的。

再说，从语音发展看，浊上变去，古代浊音上声字会变成去声，但是次浊就不变。"柳"字的读音不会变为 liù，"忍"字的读音不会变为 rèn，"语"字的读音不会变为 yù。次浊上

---

① 章氏后来在《国故论衡》里，认为队是去入韵。
② 最近我又认为不是 [ɹ] 而是 [I]，见《再论日母的音值，兼论普通话声母表》（编者注：见《龙虫并雕斋文集补编》）。

声不变去，这也是系统性的表现。因此，日母字不可能变为去声。如果日母是 sh 的浊音，为什么它的上声字不变为去声呢？

举出上面这些例子，意思是为了说明："语言是一个系统"这个原理我一生受用不尽。我用这个原理指导我的语言研究，相信是有成效的。

普通语言学还有这样一个原理：语言的历史发展也是系统的。从一个时代变到另一个时代，是一个新的系统代替一个旧的系统。它不是零零碎碎地变的。所以我们研究语言史决不能零敲碎打，而必须对整个语言系统进行全面的审查。

语言是社会的产物，没有社会就没有语言。这也是一个普通语言学的原理。我们研究语言，就要注意语言的社会性。我国古代的语言学家反对孤证。孤证之所以不可靠，是由于它缺乏社会性。

什么叫孤证？孤证就是缺乏社会性的偶而出现过一次的例证，例如：某个字在一个时代只在一本书中的一篇文章里出现了某一种意义，于是就以此为根据，给这个字提出一个义项来，这样的根据就是孤证。近些年来我看一些字典、词典的样品，就发现这个问题。举两个例子：有一本字典中，"信"有一个义项是"旧社会指媒人"，例证是《孔雀东南飞》中有个"信"字作媒人讲①。这就是个孤证。因为，除了《孔

---

① 古诗《焦仲卿妻》："自可断来信，徐徐更谓之。"

雀东南飞》以外，没有哪一本书或哪一篇文章里的"信"字是当媒人讲的——至少我还没有发现。我查余冠英注的《乐府诗选》的解释是："信，使者；断来信，就是回绝来使，指媒人。"他解释得很好。我们编《古代汉语》，经常讲一个字本来指什么，在这里受上下文的影响指的是什么。这在语言学上叫做临时意义。

黎锦熙有句名言说得很好："例不十，法不立。"他还说："例外不十，法不破。"为什么这么说呢？也就是要注意语言的社会性。我在三十多岁的时候写了篇文章，说上古时代没有系词，直到现在还在争论。反对的就找例证，其中有个别例子是成立的。但是"例不十，法不立"，例子那么少，是不是应该怀疑这本书经过后人篡改了啊？《论语》中写子路问路于桀溺，桀溺问他："是鲁孔丘之徒与？"有人根据这个例子反驳我说："这个'是'字，就不是个指代词。"这个反驳是很有力的。但是后来我看到《史记·孔子世家》里，桀溺的问话是："子孔丘之徒与？"就没有那个"是"。可以不可以说，"是"字是后人加的呢？很可能！"是"字作为一个系词，今天看书看报，满纸都是。但是在上古可不是这样，得辛辛苦苦地去找，很不容易找到一个例外。

文字也要注意社会性。我们说先秦时代"悦"字是"言"旁，不写作"忄"旁。如果先秦有"悦"字，《说文解字》就应该收它。没有收，可见没有①。可是偏偏《孟子》中就有它，《庄子》是两个（说、悦）都用。还有一个"懸"字。《说文》中只有"縣"没有"懸"，可是偏偏《孟子》中就有"懸"字。怎么解释？我认为很可能是后人传抄产生的错误。这一点也不奇怪。现在我们印书，经过校对，还出那么多的错误，古人传抄就没有错误？那么，为什么《论语》没有"悦"字呢？因为它是经书，传抄的人不敢随便改。不是经书的，他就敢改。《孟子》虽然也是经书，但它是到宋代才上升为经书的，在这之前，人们也敢改。《孟子》里那么多"悦"字、"懸"字，就很可能是后人改出来的。不然，孟子那个时代没有的字，怎么会在书里出现呢？出现了，又有谁懂它呢？

再如"阵"，上古都写成"陈"。颜师古在《汉书注·刑法志》里说："战陈之义本因陈列为名，而音变耳。字则作陈，更无别体，而末代学者，辄改其字旁从车，非经史之本文也。"但是我们编的字典、词典倒有新发现："阵"在《吕氏春秋》里就有。怎么看这个问题呢？这就要用语言（这里是文字）的社会性来分析了。别的书里没有，《吕氏春秋》里有，《吕氏春秋》的作者能造出一个人家都不懂的字吗？颜师古连《吕氏春秋》也没有读过？不可能吧？

上面说的是语言的社会性，这个原则非常重要，下面要说说历史比较法这个原则。

---

① 徐铉《进说文表》："悦，经典只作说""俗书讹谬，不合六书之体。"

历史比较法也很重要，特别是对于研究汉语史。不研究历史比较法，就研究不好汉语史。举例来说，历史比较法有一条：条件完全相同的语言，它不会忽然就分成两个、三个。音韵学家说，"家"古代要念成 gū。后来汪荣宝他们认为古代"姑"要念成 jiā。谁对呢？谁都不对。为什么？假如"家、姑"在上古时代读音完全相同的话，怎么又会分成两个音的呢？这是说不清楚的。所以，我们要研究历史比较法。对于古音的拟测，这个原理十分重要。高本汉尽管对上古汉语的语音拟测得不好，但是有一点应该肯定：他是接受了历史比较法的。他不会把"家"念成"姑"，也不会把"姑"念成"家"。

（三）语言学和古代汉语

我从七岁启蒙，读的是文言文。先念《三字经》，接着就念《五字经》——我们家乡管《神童诗》叫《五字经》。什么"天子重英豪，文章教尔曹。万般皆下品，唯有读书高"。我们家乡不兴念《百家姓》，所以没念。老师说《四字经》——我们家乡管《千字文》叫《四字经》——太深了，所以我也没念。我们家乡那个地方很偏僻，没有机会接触什么古书，连《十三经》都没有，顶多是四书、五经，我好像只念过四书，非常闭塞。

后来我到一个亲戚家当了小学教师。有一家亲戚的父亲在广雅书院当过学生，家中藏书很多，可是这个亲戚不怎么读书，把书堆在一个房间里，堆得满地都是。我说："你的书不看，可不可以借给我看？"他说："难得。反正我也不搞这个，你拿去替我保存好了。"我就把整整十四箱书都搬到家里去了。这么一来，我就像进了宝山，发现了宝。那些书不只是四书、五经，连天文地理，甚至还有《开元占经》之类，于是大开眼界。当然，我不能全都读，但是至少是知道了天下之大。这十四箱书对我后来的科学研究有多大影响，当时我不知道，后来我才懂得：不懂古代汉语，要研究汉语史就没有基础，甚至研究现代汉语，也不能没有古代汉语的基础。

　　研究普通语言学要不要有古代汉语的基础呢？这个问题我们争论过。有人说，研究普通语言学就用不着先研究好汉语。我说：不行！世界上那些研究普通语言学有成就的著名语言学家，都对自己本族、本国的语言有透彻的研究，否则写不出普通语言学的书来。我在自己的实践中越来越感觉到：所谓打基础，首先就要打好汉语的基础。

　　（四）语言学和外语

　　几十年前，赵元任先生跟我说："什么是普通语言学？普通语言学是拿世界上的各种语言加以比较研究得出来的结论。"我们如果不懂外语，那么普通语言学也是不好懂的；单研究汉语，也要懂外语。两年前，有人埋怨我说："我考你的汉语史研究生，为什么非考我外语？"至于对考大学中文系而考外语有意见的，那就更多了。

　　为什么学中文、研究汉语的人要懂外语？一条理由是：现在越来越多的外国人研究中文，有的还研究出很好的成果，写的论文值得参考。我们花时间拼命研究的问题，很可能是人家已经研究出成果的。人家的论文是用外语写的，不懂外文怎么读呢？近两年，汉藏语系学术会议，我看到美国的、法国的一些作者寄来的论文很好，很有价值。例如，关于内外转的问题，罗常培先生写过文章，我看了不满意。我也写过这方面的文章，觉得也没有解决问题。两年前看到美国的汉学家的文章，我认为他解决了问题。总之，有些好东西，用外文写的，我们要看，就得懂外语。

另一条理由是：研究汉语史要用外国语言的发展情况来比较、参考。这有好处。最近我写汉语语音史，把上古喻母四等拟测为 [ʎ]。我认为喻母四等在上古可能是某种 l（是与 j、q、x 同部位的 l）。这个意见跟李方桂先生的意见比较接近。他讲是一种 [r]。同法语 [l] 的湿音化（mouillé）比较，很像，说明喻母四等后来变成了 [j]。

外语很重要，可是在这一方面，我的修养很差。由于我没有上过中学，我到二十四岁才学英语。二十七岁我开始学法语，因为要到法国去念书。到了法国，法语还不会说。五十岁学俄语，那已经是解放以后的事了。我在三十九岁的时候休假一年，到越南学东方语言，主要学越南语。为什么说我的外语很差呢？我至今只能看英文书而不能用英语会话，俄语、越南语就更不行了，要借助于字典才能看书看报。我不懂日语，去年到日本去就变得"又聋又哑"。最近半年来，我每天早上听北京的日语广播讲座，但是年纪大了，记不住了。

　　尽管我的外语学得很差，可是就凭这一点外语知识，得到的好处却很大。我在三十多岁的时候写了一本《中国语法理论》，讲汉语的语法特点。要看出并说明汉语语法的民族特点，就必须用外语和汉语比较。在书中我用了英语、法语来作比较（偶而也引几段德语，那是抄来的，我不懂）。我还凭这点外语知识读了一些外国出版的语言学书籍和杂志。

　　（五）语言学和文学

　　语言学和文学的关系非常密切。高尔基说过："语言是文学的第一要素。"我说："文学是语言的精华。"

　　我在法国留学的时候，因为没有钱用，就卖文来维持生活。我先后翻译了三十多部法国文学作品，似乎是脱离了本行，不务正业，但是我至今不后悔。因为，有了一些文学修养，可以使语言的研究工作做得更好一些。

　　大家知道我写了一些有关诗词格律的书。诗词是文学方面的问题，而格律又是语言学方面的问题。所以许多地方，语言和文学是不可分的。

　　（六）语言学和逻辑

　　上面说过，从事科学研究要有科学头脑。对语言研究来说，科学头脑也就是逻辑头脑。

　　我在1932年写了一本《论理学》（即《逻辑》），收在《万有文库》里。1961年我写了一篇《逻辑与语言》，登在《红旗》杂志上。这里我要强调的是逻辑头脑对于语言研究的重要性。

科学研究所使用的方法，在逻辑上说，主要是归纳法。在充分占有材料以后，要对所掌握的丰富材料进行分析、归纳，才能得出结论。科学上犯错误，常常是由于没有使用归纳法，有点材料，马上使用三段论，演绎推理。科学的结论只能产生在分析、归纳之后，而不是在它之前。演绎推理还是需要的，但是合乎逻辑的顺序应该是：首先经过归纳，得出正确的结论，再用这个正确的结论作为前提，进行演绎推理。大前提正确，才可以演绎；大前提一错，一切全错。

循环论证是语言学界最容易犯的毛病，我们应该努力避免。我经常向我的研究生强调这一点。有的人口头上明白这个道理，可是实际上做起来却胡涂。去年有个研究生写了一篇论文，讲古汉语中的使动词。他说，使动词就是能带使动宾语的动词。他又解释使动宾语说，使动宾语就是在使动词后边的成分。这样的话给人讲明白了什么呢？我再三警告他不要犯循环论证的错误，但是他写起文章来就忘了。

我认为逻辑思维是很重要的。如果有两个人一样下大功夫，而其中一位成就大，另一位就不行，区别恐怕就在于有没有逻辑头脑。

（七）语言学和音乐

语言，特别是汉语，和音乐的关系是很密切的。为什么？因为汉语是声调语言。从前我在法国，有人问我："听说你们汉语是声调语言，那说汉语不就等于唱歌了吗？"我说："那也差不多。"

　　语言的声调和音乐的关系是很大的。我学过王光祈的《中国音乐史》，获得了许多中国音乐的知识。例如，我懂得了三分损一、三分益一的乐理。律吕的知识对研究诗歌很有用处。汉语的声调是可以用五线谱谱出来的。

　　最近我跟几个同志一起研究京剧的唱腔，这跟音乐的关系更大了。我们知道，中国的戏曲，唱起来常常是和语言的自然声调一致的。一致，才叫人容易听得懂；不一致，就不大好。现在有一些歌不讲究和语言的自然声调一致，听起来别扭，例如"你是灯塔"，唱起来好像在说"你是等他"。京剧，以及一些其他的地方戏有时听起来好像也不和语言的自然声调一致，那是因为方言的关系。

　　汉语和音乐的关系，如果没有一点乐理知识，就不容易理解。

（八）语言学和自然科学

　　语言学和自然科学的关系十分密切，特别是现代，产生了语言学和许多自然科学的边缘科学，语言学和自然科学的关系就更加密切。

　　语言，在脑子里没有说出来的时候，叫语象，这是心理学问题。发出语音，气从肺部经声门、声带，到口腔、鼻腔、舌头牙齿，这是生理学问题。声音发出来以后在空气中传播，这是物理学问题。这三个学科，和语言学的关系是太密切了。

　　语言学理论中有一个很重要的发展，叫音位学，这是从心理学来的。还有实验语音学，这是生理学、物理学在语言研究中的运用。我在巴黎大学学的就是实验语音学。我写的博士论文，题目就是《博白方音实验录》。开始的时候，我觉得困难重重。我没有上过中学，对物理学一窍不通，对生理学更是莫名其妙。我花了很多时间去观察人体解剖图，研究横膈膜、喉头、声带和各种发音部位。我学会了使用浪纹计和音叉，学会了音频的实验，这样，才把语音实验做下来。要是不懂物理学（主要是声学），很多东西就讲不清楚，例如：什么叫元音？元音的性质是什么？音色决定于什么？等等。如果我们没有一点声学知识，就不能进行语音实验。最近十多年来，实验语音学又有了更大的发展，要学会使用语谱议，要学会分析共振峰（共振峰与元音的关系特别大）。

1970 年我翻译 R. Jakobson 的《语音分析初探》，觉得很吃力。许多自然科学术语我不懂，只好向朋友请教。最后，经吴宗济同志审改，才得以发表出来。

我在学习语言学的时候，碰到有些语言学著作是用数学来说明某些语音问题的，我就看不懂，也只好去请教朋友。1961 年我主编一部《古代汉语》。《古代汉语·通论》中有《古代文化常识》，头一篇就要讲中国古代的天文。我急来抱佛脚，只好去学天文。学天文要懂三角，我又去学三角。拿中国古代天文与现代世界通用的天文进行对比，就不是简单的事，例如现代天文学中讲的某个星座相当于古书中所说的什么星，要弄清楚是不容易的。可是如果不弄清楚，古代汉语的有关部分就弄不懂。《诗经·豳风·七月》头一句"七月流火"，"火"是心宿，这还好办，什么叫"流"？依余冠英先生的解释是：每年夏历五月黄昏的时候，心宿当正南方，过了六月就偏西而下了。他讲的是夏代的天文，到周代就不一样了。戴震在《诗外传》上说，由于岁差的关系，周代心宿到六月在黄昏时才中天，所以说"七月流火"。可见天文学对古代汉语的研究是很重要的。

自然科学重要极了。学了自然科学可以增长知识，更重要的是可以训练我们的头脑。我们搞文科的人常常缺少科学头脑。在自然科学里，对就是对，错就是错，没有科学头脑就不行。搞语言学的人有了科学头脑，语言学就可以搞得好得多。在这方面，我可以说是太糟糕了，因为我没上过中学。前年我在武汉开的中国语言学会成立大会上讲我对于语言研究的意见，冒出了一句讲稿上原先没有的话，就是："我一辈子吃亏就吃亏在我不懂数理化。"后来许多报纸报导的时候说：王力说研究语言的人要懂数理化。这样的报导搞丢了一个字，不是研究语言，而是研究语言学要懂数理化。

学点自然科学，懂了数理化，有一个科学头脑，在语言学研究中随时用得着。

＊　　　　　　＊　　　　　　＊

以上讲的八点，可以说是我的治学经验。八点都是讲的学术修养的问题。我认为除了修养以外没有什么可谈的。就我自己的实践来说，有成功的方面，也有失败的方面。失败的方面在于外语没有学好，自然科学也不行。我认为，我们研究语言学必须掌握与语言学有关的科学知识，然后才能把语言研究工作做好。这不是说要由博返约，不是说先打好基础，就可以研究好语言；而是说，要把各种有关的知识当作语言学的组成部分来对待。例如声学，声学应该是语言学的一个组成部分。不是学了声学，由博返约，再回来研究语言学。前面说的八点，都应该说是语言学的组成部分。不知我的意见对不对，说出来供同志们参考。

前几天，我写了一篇文章纪念赵元任先生。文章说到赵先生为什么取得了那么高的成就。赵先生就是因为有多方面的基础才取得那么高的成就的。这个话，我在授予赵先生北京大学名誉教授的会上也说过。赵先生二十六岁在哈佛大学拿到了哲学博士学位。1921 年英国大哲学家罗素来中国，他当翻译。此后，他到他的母校康纳尔大学当物理学讲师。1925 年他回到清华大学教书，开始他教数学，后来才到清华研究院当教授，教语言学。他文学也不错，翻译过《爱丽丝漫游奇境记》。他在音乐方面的造诣就更深了。1981 年他回国，音乐界人士专门开会欢迎他。赵先生是由哲学家、物理学家、数学家、文学家、音乐家做底子，最后才成为世界闻名的语言学家的。我一辈子都想学他，没有学好，为什么？因为我先天不足，学术修养很差，特别是自然科学基础差，以致我的学术成就平平（这不是谦逊，而是实情）。

我说的八点，也可能有的对，有的不对，请同志们多多指教。

这是作者 1982 年在北京市语言学会首届年会
上的报告，原载《高教战线》1984 年第 5 期

二十六、我是怎样走上语言学的道路的

问：您是怎么开始研究语言学的？

答：我在年轻的时候，想当一个小说家。我七岁上学，老师给我们讲《三国演义》，讲到慷慨激昂的时候，拍起桌子来，给我留下深刻的印象，从此我就爱看小说。当时看的是章回小说，记得看过的是《水浒传》《西游记》《飞龙传》《薛仁贵征东》《平山冷燕》等十多部小说。常常在月光底下看。我的眼睛就是这样近视了的。我打算自己写一部小说，主人公的名字都拟定了，名叫王鸾珠。后来这部小说没有写出来，只是二十六岁时写了一篇短篇小说投登在《小说世界》上。

我在什么情况下开始研究语言学的呢？

我二十岁时当小学教师，看见我父亲的书架上有一本周善培的《虚字使用法》，很感兴趣，就拿来稍为改编，加上自己的意思，教给学生（当时我的学生有比我年龄大的），这可以说是我研究语言学的开始。但是，真正走上语言学的道路，则是受了赵元任先生的影响。我二十六岁那年的秋季，考上了清华大学研究院国学系。赵元任先生给我们讲"中国音韵学"，我深感兴趣。这个兴趣比看了周善培《虚字使用法》所感的兴趣大多了。因为赵先生所讲的"中国音韵学"是历史比较法在汉语史上的应用，和清代音韵学家所讲的大不相同。我在清华研究院的毕业论文是《中国古文法》。这篇论文是梁启超先生指导的，但是我又请赵先生审阅。赵先生写的一些眉批我至今珍贵地保存着，这上头都是语言学的大道理。我在清华大学研究院毕业后，就去法国巴黎大学专攻语言学。

问：什么是语言学？语言学是不是枯燥无味？

答：语言学是研究语言的科学，它把语言作为科学研究的对象，但是语言学并不等于语言。语言学家是要学习多种语言的，但他们学习本国语言和外语只是手段，不是目的。目的是对语言现象进行科学的研究，取得科研成果。更正确地说，语言学是研究语言的本质、结构和发展规律的科学。语言学的主要分科是普通语言学、语音学、实验语音学、音韵学、语法学、语义学、词汇学、方言学、历史比较法、比较语言学、描写语言学、语言史，等等。现代还有新的语言学派，如社会语言学、数理语言学等。所以有人说，语言学是社会科学和自然科学之间的边缘科学。

语言学是不是枯燥无味的？如果拿文学来比较，语言学的确是枯燥无味了。但是，语言是科学，文学是艺术，是不好拿来比较的，我爱好文学艺术，但是我更爱科学，这就说明了我为什么从文学转到语言学的道路上来。从科学的角度看，我自己觉得语言学比自然科学更有趣。因为语言是社会交际工具，我们天天用得着它。把它研究好了，就能对文化作出贡献。我们天天说话，但是对于许多语言现象习而不察，讲不出一个道理来，一旦从科学研究中获得解决，此中的乐趣，不是一般的人们所能体会到的。我和语言学结了五十多年的不解缘，决不是愁眉苦脸过日子的。

《人民日报》1982 年 6 月 3 日

二十七、我和商务印书馆

商务印书馆成立的时候（1897 年），我还没有出生，按年龄来说，我比商务小。关于商务的历史，我知道的不多，但是我和商务的关系，已有五十多年的历史了。

1927 年，那时我二十七岁，商务印书馆出版了我的第一本书《老子研究》。那是我二十六岁时写的，由当时正在主编《教育杂志》的李石岑先生介绍到商务印书馆，很快就被接受了。这位李石岑先生不但是我的老师，而且我们之间还有过一段共患难的经历。他是当年反对南方大学校长江亢虎而被解聘的十四名教授之一，我是被开除的三名学生之一，这使我们之间的关系比一般师生更近了一层。李先生很欣赏此书，他把它编入《民铎丛书》里。

1927 年我到法国留学，由于经济困难，我就想译些书维持生活，仍然是由李石岑先生介绍到商务印书馆，也被接受了。我共译了二十多部剧本，后来又译左拉的小说《小酒店》《娜娜》。每次译稿寄出以后，都是很快就收到了稿费，这使我又高兴又纳闷。后来，和李石岑一起被解聘的教授之一周予同先生写信告诉我，说我的译稿都是叶圣陶先生审阅的，还说对我的译文有十六字的评语："信达二字，钧不敢言；雅之一字，实无遗憾。"这时我才明白为什么我的稿子总被采用，并且稿费总能及时寄到。我在法国能够完成学业，要感谢上面提到的这三位教授，特别是叶圣陶先生。后来商务说不要小说了，建议我翻译涂尔干的一本社会学著作《社会分工论》，我也译了，并很快出版。此后又叫我译一部经济学的书，但不久商务就遭到了日本帝国主义的轰炸，我也就不能译了。也正是因为这次轰炸，我译的剧本只出版了十多部，其余的稿子都毁于兵燹。

1932年我结束了在法国的学业，写信给清华大学，希望能够回到母校教书，得到了肯定的答复之后，我便启程回国，想到自己欠下的债务，途经上海时我便去找王云五。本来我不认识他，只是靠我和商务过去的一点因缘自我介绍。他告诉我《万有文库》还有四部书没人写，问我愿不愿担任。这四部书是：希腊文学、罗马文学、论理学（现称逻辑学）、巴士特（今译巴士德）。我没有犹豫就答应下来。前两本很快写完了，不久，第三本也写出来了，可是第四本就遇到了困难。巴士特是法国生物学家、化学家，微生物学的奠基人。这本书不但要介绍他的生平，更重要的是向中国读者介绍他的医学成就，而我于医学却是个门外汉，这可把我难坏了，当时有一个正在清华就读准备出国留学的学生，我已记不清他的真名，只记得后来署名孙逸，听说他是学生物学的，我就请他合作。后来这本书终于也写成了，不过除第一章介绍生平外，都是孙逸写的，我在该书的序言中如实地说明了这些情况，并表示："以彰吾过，并表孙君之功。"

就在这个时候，我又由朱光潜先生介绍，给国立编译馆翻译《莫里哀全集》。只译了一册半，后来因为国立编译馆把稿费改为版税，我就没有继续翻译下去。《莫里哀全集》第一册由国立编译馆出版，商务印书馆印刷并发行。其余半册没有出版，解放前被带去台湾，不知下落。

我在清华开了"中国音韵学概要"和"普通语言学"两门课，音韵学的讲义后来交商务出版了，并编进《大学丛书》。其时我三十五岁，按清华的规矩，从外国留学回来的人，任教二年以后可以升教授，我已教了两年书，但并没给我提升。我就带着这个疑问去找当时任中文系系主任的朱自清先生，他笑了笑，我就明白了：因为自己这几年不务"正业"嘛！花那么多时间弄什么希腊文学、罗马文学、论理学、巴士特、莫里哀，这和中文系的专业有什么关系呢？于是我就又写了一篇论文《中国文法学初探》，这回，朱先生看了就很满意了。我在语言学方面的成就，这是头一篇。我主要讲中国文法不能按外国框框套，要找出和外语不同的特点。文章发表后，日本马上翻译过去并出了单行本，他们寄我一本，我就拿着这本书去找商务，后来又加进另外一篇文章，以单行本出版了。这时候，商务对我已经非常信任了。

此后，大概是 1937 年吧，还有一本书《中国语文概论》（解放后中国青年出版社重新出版时名为《汉语讲话》），本是我暑期课外讲课的讲稿，也交由商务出版了。

抗日战争时期，我随校离京到南方去，在长沙办临时大学，我在书店买了一部《红楼梦》，整天抱着读，从中寻找汉语的特点，这样我就又写了《中国现代语法》和《中国语法理论》两本书。原来作为西南联大的讲义时，只是一部书。这还要感谢闻一多先生，是他建议我分成两部书的，一部讲法，一部讲理。这两本书又交商务出版了。

1938 年我还写过一本小书《汉字改革》。当时清华教授陈之迈编《艺文丛书》，要我写这本书，我记得，是交香港商务印书馆出版的。以后我在商务出的书就不多了。近年商务又出版了我的两本书，一本是普及性的小册子《音韵学初步》，另一本是我的新著《同源字典》。

想起我和商务的这些历史因缘，心里很是激动，不光是对我个人的成长，更主要的是在发展中华民族的科学文化上，商务印书馆有过重要的贡献。我相信，今后，在实现祖国四化和建设精神文明的伟大事业中，商务印书馆必将发挥越来越大的作用。明年是商务成立八十五周年，谨献俚词，以申祝贺：

　　　　翰墨因缘五十年，名山事业赖君宣。

　　　　印书岂但为商务？制版还看覆古编。

　　　　歇浦楼高百城拥，洛阳纸贵九州传。

　　　　俚诗祝嘏将宏愿，永把斯文播大千！

　　　　　　　　　　1981 年 12 月 10 日

　　　　该文系王力先生口述，郭庆山记录、整理，

　　　　　　原载《新闻研究资料》1982 年第 4 期

后 记

　　王了一，即我国著名的语言学家王力先生。王力先生在语言学领域取得了空前卓越的成就，同时在文学领域也作出了重要的贡献。他翻译过近三十部法国的文学作品，写过情意盎然的诗篇及独具匠心的散文。这本《龙虫并雕斋琐语》就是他的散文集。王力先生学识渊博，思想敏锐，写起散文来，得心应手，挥洒成章，鞭挞时弊，则切中肯綮，即使闲话家常，也情趣横生，给人以一种惬意的美感。

　　这本集子主要是王力先生抗战时期在昆明写的散文。1949年上海观察社曾出版，因印数不多，流传不广。1973年香港波文书局重印。1982年中国社会科学出版社再版，删去五篇文章。因当时出版社雇人抄写底稿，出现了不少错字，曾引起社会上的批评，王先生也深感遗憾。此次中国社会科学出版社李钊祥先生表示愿意再版，实在是一件大好事。王力先生的夫人夏蔚霞先生委托我和李钊祥先生一起把这本书出好。我细校了两遍原文，改正了其中的错字。希望能以此告慰王力先生的在天之灵。

　　应出版社的要求，将1982年版删去的五篇文章恢复原貌，同时增补15篇文章，归为《增补拾遗》，其中有散文，也有一些知识性短文。这些短文平铺直叙，明白易懂，对广大读者尤其是青年读者是有益处的。

　　正在受夏先生的委托写这篇后记的时候，收到了漓江出版社寄来的隋千存先生编著的《王力幽默散文赏析》，感到十分高兴。隋先生在书中呼吁：在中国现代文学史上，应该让王力先生的散文占据它应有的地位！隋先生的这种呼吁，我想是一定会引起现代文学史家的响应的。

张双棣
1993 年 8 月 27 日于北京大学